As Garotas de Beantown

As Garotas de Beantown

JANE HEALEY

Tradução S. T. Silveira

Editora Pausa

Copyright © 2019 by Jane Healey

This edition is made possible under a license arrangement originating with Amazon Publishing, www.apub.com, in collaboration with Sandra Bruna Agencia Literaria.

Todos os direitos reservados

Nenhuma parte desta publicação pode ser reproduzida, distribuída ou transmitida por qualquer forma, seja por meios mecânicos, eletrônicos, seja via cópia xerográfica, sem a prévia autorização por escrito da Editora.

Esta é uma obra de ficção. Nomes, lugares, personagens e eventos são fictícios em todos os aspectos. Quaisquer semelhanças com eventos e pessoas reais, vivas ou mortas, são mera coincidência. Quaisquer marcas registradas, nomes de produtos ou recursos nomeados são usados apenas como referência e são considerados propriedade de seus respectivos proprietários.

Editora
Silvia Tocci Masini

Preparação
Lígia Alves

Revisão
Carla Neves

Diagramação
Charlie Simonetti

Capa
Dog Eared Design

```
Dados Internacionais de Catalogação na Publicação (CIP)
           (Câmara Brasileira do Livro, SP, Brasil)

   Healey, Jane
         As garotas de Beantown / Jane Healey ; tradução S.
   T. Silveira. -- São Paulo : Editora Pausa, 2020.

         Título original: The Beantown girls.
         ISBN 978-65-5070-007-2

         1. Ficção norte-americana I. Título.

   19-31901                                        CDD-813
              Índices para catálogo sistemático:

       1. Ficção : Literatura norte-americana    813
           Cibele Maria Dias - Bibliotecária - CRB-8/9427
```

Dedicado às jovens da Cruz Vermelha Clubmobile,
da Segunda Guerra Mundial.

Capítulo 1

14 de julho de 1944
Nova York

Dottie, Viv, e eu estávamos juntas no convés do *Queen Elizabeth*, cercadas por uma dúzia de outros agentes da Cruz Vermelha e centenas de soldados americanos. O outrora glamoroso navio de cruzeiro, agora pintado de cinza por sua função atual de transporte de tropas, estava fazendo seus preparativos finais antes de partir para a Europa.

Nós três estávamos desfrutando da atmosfera festiva enquanto as pessoas no cais abaixo acenavam para os passageiros, gritando suas últimas despedidas para os entes queridos a bordo. Tínhamos nos despedido de nossas famílias em Boston havia seis semanas, mas acenávamos e sorríamos para os estranhos que nos desejavam felicidades.

– Eu tenho que dizer, todas nós parecemos muito inteligentes com estes novos uniformes – Dottie disse, ajustando seu boné azul-claro da Cruz Vermelha e acenando para Viv e para mim em sinal de aprovação. – Fiona, a cor realça o cinza em seus olhos.

– Obrigada, Dottie – respondi. – Concordo, não são tão ruins.

– Não tão ruins exceto por estes sapatos pretos frágeis que eles recomendaram que comprássemos – Viv interveio, olhando para baixo com uma expressão azeda.

– Eles são horríveis. Muito fora de moda. Mas, sim, os uniformes são surpreendentemente elegantes.

– Querida, vocês estão todas mais do que elegantes – elogiou um soldado ao nosso lado, olhando para Dottie enquanto assobiava. Seus dois amigos assentiram. Eles deviam ter acabado de terminar o segundo grau. Muitos daqueles soldados novatos pareciam estar brincando de vestir o uniforme do pai. Ainda assim, o rosto de Dottie assumiu um profundo tom de rosa, e ela desviou o olhar.

– Oh, pelo amor de Deus, Dottie, pelo menos diga "obrigada" – Viv sussurrou para ela com um empurrão. – Ela agradece, querido – Viv disse ao soldado com um sorriso, e agora era ele que estava corando.

– Ela tem razão – opinei. – Esse definitivamente não será o último elogio que você vai receber de um soldado. É melhor se acostumar com isso.

Dottie estava prestes a responder, mas uma banda do exército no cais abaixo começou uma apresentação estrondosa de "Over There", e um grupo arruaceiro do outro lado começou a cantar tão alto que foi difícil falar por cima do barulho.

Olhei para os deques acima do nosso, para as centenas de homens que, assim como nós, estavam espremidos contra as grades, dando adeus à multidão. Juntos e rindo, todos escondiam o nervosismo sob a bravura.

E foi então que avistei meu noivo, o Segundo Tenente Danny Barker, entre os homens no convés acima do nosso. Meus braços explodiram em arrepios apesar do calor, e me senti um pouco desfalecida. Alto e loiro, ele parecia incrivelmente bonito em seu uniforme da Força Aérea do Exército dos Estados Unidos. Ele estava sorrindo e acenando para a multidão lá embaixo também, e eu só podia repetir seus gestos para não gritar seu nome e subir correndo até ele. Eu queria tanto fazer isso que meu coração doía muito. Mas me obriguei a não chamá-lo, porque no fundo eu sabia. Sabia que não era ele. Não podia ser. Danny Barker tinha sido declarado desaparecido em combate havia mais de oito meses, abatido nos céus da Alemanha.

A buzina do navio explodiu avisando a nossa partida do porto, e mais soldados se juntaram para cantar. Dottie e Viv não perceberam que eu estava segurando a grade do navio com nós brancos nos dedos enquanto tentava me agarrar à realidade. Eu estava desesperada para abafar o sentimento de pânico que borbulhava dentro de mim. Balancei a cabeça para a frente e para trás, piscando algumas vezes. Quando olhei para cima de novo, percebi que o soldado que eu podia jurar ser Danny tinha apenas uma pequena semelhança com ele. O soldado era alto e loiro como Danny, mas seus traços angulosos não eram nada parecidos com os do meu noivo.

Era um dia quente de julho em Nova York, e o ar marítimo estava manchado pelo cheiro de diesel, cigarros e colônia barata. Não sei se foi a umidade que deixou a atmosfera pesada ou as emoções de centenas de soldados no navio conosco, pulando para cima e para baixo, gritando suas despedidas finais antes de partir para a guerra.

Algumas das mulheres na multidão abaixo tinham começado a chorar, segurando seus lenços e se esforçando para capturar os últimos vislumbres de seus amados filhos, irmãos e pares românticos para que pudessem se lembrar deles nos próximos meses. Senti tristeza na boca do estômago, uma dor que eu havia conseguido empurrar para o fundo nos últimos meses. Mas agora, a caminho da Europa, tudo vinha à tona. *Oh, Deus,* pensei. *E se tudo isso for um enorme erro?*

Senti o rosto corar e achei que poderia vomitar. Puxei o braço de Dottie. Viv estava seduzindo alguns dos homens ao lado com uma história sobre aprender a jogar pingue-pongue durante nosso recente treinamento em Washington.

– Preciso encontrar um banheiro – falei no ouvido de Dottie. – Estou me sentindo um pouco enjoada.

– *Shhhh*, é meio cedo para ficar enjoada, Fiona – Dottie retrucou. – Ainda nem saímos do porto. Fiona? Fiona! – Dottie me chamou enquanto eu me movia o mais rápido que podia pela multidão de soldados, com minha mão sobre a boca.

Ouvi saudações de "Ei, boneca!" e "Qual é o problema, sardas?" das dezenas de homens pelos quais passei. Alguns deles perguntaram graciosamente se eu estava bem.

Finalmente encontrei um banheiro escondido no espaço embaixo das escadas que levavam a um deque superior. Fechei a porta atrás de mim e a tranquei, respirando mais uma vez enquanto espirrava água no rosto. No pequeno espelho redondo, eu parecia ainda mais pálida do que o normal, o que tornava as sardas do meu nariz mais proeminentes. Ajustei as presilhas do meu novo quepe e alisei o cabelo recém-cortado na altura do ombro. Foi só então que percebi que minhas mãos estavam tremendo. Abri a pequena escotilha acima do vaso sanitário para deixar entrar um pouco de ar e me afundei no chão. Não vomitei, mas, pela primeira vez em muitos meses, comecei a chorar.

Em março, eu tinha deixado Viv e Dottie me arrastarem para ver a matinê de sábado de Jane Eyre, estrelando Orson Welles e Joan Fontaine. Esse sempre fora um dos meus romances favoritos, então, relutante, concordei em ir. Antes de o filme começar, assistimos a um pequeno noticiário. As palavras "*Agora, mais do que nunca, sua Cruz Vermelha está ao lado dele*" piscavam na tela com a foto familiar de um soldado ao lado de uma mulher usando o uniforme da Cruz Vermelha, o mesmo que eu vestia hoje. Seguiram-se imagens de jovens Cruz Vermelha Clubmobile que serviam as tropas em toda a Europa. Havia um trio dessas jovens na Itália e mais imagens delas no Norte da África, servindo alegremente café e donuts aos soldados em um caminhão transformado. Havia outras cenas dessas mulheres tocando discos e dançando o *jitterbug* com soldados no cenário de edifícios destruídos. Então, começou uma locução:

As nossas jovens da Cruz Vermelha Clubmobile devem ser solteiras, graduadas e ter mais de 25 anos de idade. Elas são escolhidas a dedo por sua aparência, educação e personalidade. São fortes fisicamente e têm uma atitude sociável e amigável.

Ver aquelas mulheres viajando, ajudando diretamente nos esforços de guerra, tinha despertado algo em mim que eu não sentia desde que Danny havia desaparecido. Era uma combinação de esperança e alegria. Aquela sensação que você tem antes do primeiro dia de faculdade ou quando começa em um novo emprego. O noticiário parecia um sinal do céu. Talvez eu pudesse fazer algo concreto nos esforços de guerra, além de montar pacotes de cuidados na USO local, uma unidade de suporte às tropas. Trabalhar como voluntária para a Cruz Vermelha poderia ser uma forma de homenagear Danny. E, acima de tudo, era um projeto, um caminho a seguir – uma maneira de tentar descobrir o que havia acontecido com ele no dia em que seu avião foi derrubado. Logo depois de ver aquele filme, decidi me candidatar para me tornar uma jovem Cruz Vermelha Clubmobile.

Eu me levantei, me olhei no espelho e disse em voz alta para meu reflexo:

– Muito bem, Fiona. Você achou que esses soldados não lhe lembrariam o seu noivo desaparecido? Você pensou que ir para a guerra seria um passeio no parque? Controle-se.

Dei um pulo quando alguém bateu na porta do banheiro.
– Fiona! Fi? Você está falando sozinha? Abra a porta. – Reconheci a voz rouca de Viv vindo de fora.
– Fiona, sabemos que você está aí – Dottie disse em seu tom agudo. – Abra a porta.

Limpei as lágrimas e destranquei a porta para ver minhas melhores amigas do outro lado. Viviana franziu o cenho para mim, os olhos azuis-violeta estudando meu rosto. Dottie estava ao lado dela, olhando por cima dos óculos vermelhos, incapaz de esconder sua preocupação.

– Oh, Jesus, Fiona, olhe para você – Viv exclamou enquanto entrava com Dottie, trancando a porta atrás delas. – Temos de limpar você. Nenhum soldado precisa vê-la inchada e com o rosto molhado de lágrimas. Devemos elevar a moral deles, não fazê-los se sentirem piores.

– Hum, sim, não brinque, Viv. Por que você acha que estou me escondendo no banheiro? – respondi quando ela começou a espalhar pó no meu rosto.

– Pegue, passe um pouco de batom também. Essa cor de coral vai ficar bem em você, Fi; é muito leve para o meu tom de pele – Dottie ofereceu enquanto me entregava o batom. – Agora, enquanto Viv arruma você, quer nos dizer o que está acontecendo? Você está bem? Por que saiu correndo daquele jeito?

– Desculpem, garotas. Estar com todos esses soldados e ver os seus entes queridos se despedindo... Não vou mentir: isso me afetou – expliquei. – Eu também senti que estava enlouquecendo porque por um minuto pensei que um dos soldados no convés acima de nós fosse Danny. Não faz nem um ano que ele foi... que ele foi embora e... meu Deus... tudo isso me tocou... Nós não estamos mais em treinamento em Washington, estamos no navio indo para a Inglaterra... para a guerra. Eu tenho tentado... quero dizer, acho que tenho sido muito forte sobre tudo isso, mas agora? Foi demais.

– Querida, sente-se. Precisamos conversar – Viv disse enquanto deslizava pela parede embaixo da escotilha. Ela tirou um maço de Chesterfield do bolso e acendeu um cigarro.

– Você vai mesmo fumar aqui, Viv? – Dottie perguntou, agitando uma mão na frente do rosto e fazendo careta. – Isso não é contra as regras? Não é proibido fumar de uniforme?

– Quem vai me denunciar? – Viv ironizou, com um sorriso e um piscar de olhos. Dottie deu um suspiro e se sentou contra a parede oposta, onde me juntei a ela.

– Quer um cigarro? – Viv perguntou. – Vai acalmar seus nervos.

Balancei a cabeça. Dottie acariciou meu joelho e disse:

– Fiona, querida, honestamente? Você tem sido tão forte, tem sido... bem, tem sido um pouco esquisita, sinceramente. Você tem estado muito calma.

Viv concordou com a cabeça e deu um trago no cigarro.

– Dottie tem razão. Você perdeu seu noivo em outubro, e nos últimos meses mal falou sobre isso, mesmo quando perguntamos. Você só tem seguido em frente. Estou meio surpresa que não tenha se desintegrado muito antes de entrar neste navio.

– Ele está desaparecido, não perdido – respondi. – E finalmente vou ser honesta com as duas, porque vocês são minhas melhores amigas no mundo e eu não poderia ter feito isto... não poderia ter me candidatado ou passado pelo treinamento, não poderia ter entrado neste navio... sem vocês. Danny está desaparecido. Ele pode muito bem estar... ele pode estar morto, mas o que me mantém acordada à noite é o fato de eu não ter certeza de nada. A verdade é que eu espero encontrar respostas, ou talvez até mesmo encontrá-lo. Sei que pareço louca só por dizer isso... mas não tenho certeza de que posso viver o resto da minha vida com esta "falta de ação". Então agora vocês sabem. Há uma série de boas razões para estarmos aqui, mas querem saber qual é a minha principal? Tentar descobrir algo sobre Danny.

– Viv, você me deve cinco dólares – anunciou Dottie, empurrando sua amiga com o pé.

– O quê? – perguntei, incrédula, esperando por uma resposta mais atenciosa à minha confissão. – Espere... Vocês duas fizeram uma aposta sobre isso?

– Nós fizemos e você ganhou, Dottie – retrucou Viv, com uma risada. – Fiona. Por favor. Nós somos amigas desde o primeiro dia da faculdade. Acredite ou não, nós conhecemos você muito bem. Dottie tinha certeza de que era por essa razão que você estava fazendo isso.

– Eu pensei que estivesse perdendo a cabeça quando vi Danny naquele deque. Estou um pouco arrasada agora que estamos a caminho.

– Bem, é claro que você está nervosa e ainda está de luto. – Viviana me olhou nos olhos. – Querida, você não precisa ser tão forte o tempo todo. Pode se desfazer de vez em quando... mas tente não fazer isso na frente dos soldados, está bem?

– Nunca na frente dos soldados – confirmei. – Meu Deus, alguns deles são crianças.

– Ouvi um monte deles dizendo que se formaram no mês passado – Dottie acrescentou, mastigando um fio de seu cabelo. – Na escola secundária. E eu apoio o que Viv disse: estamos aqui por sua causa. Você não precisa se esconder do jeito como tem tentado nos últimos meses. Vamos superar isso juntas. Estamos todas nervosas.

– Eu não estou tão nervosa – interrompeu Viv com um encolher de ombros enquanto batia seu cigarro, cinzas borrifando o chão do banheiro.

– *Shhhh*, Viv, você sabe que até *você* está – Dottie a corrigiu. – Eu estou, por muitas razões, e uma delas é que não sou tão extrovertida quanto você e Viv. Acho que mal passei nesse quesito na entrevista pessoal. Se eu não tivesse tocado meu violão no final, tenho certeza de que eles teriam me rejeitado.

Dottie estava certa sobre isso. Ela não era adequada para a personalidade "extrovertida, amigável" que a Cruz Vermelha estava procurando. Em algum momento, teria que falar com os soldados e tocar seu violão, não apenas sorrir lindamente e corar.

– Enfim, eu entendo que você queira respostas sobre Danny – Dottie continuou. – E nós três estamos aqui juntas, por todas as outras razões de que falamos.

– Ela está certa – disse Viv. – Todas nós precisamos disso. Tem sido tão frustrante ver Danny, o irmão de Dottie, todos os nossos amigos, homens da *nossa idade*, serem enviados para a guerra e não podermos fazer nada para ajudá-los a não ser montar kits de primeiros socorros e servir estúpidas salsichas na USO.

– Como você mesma comentou, Fiona, se Danny possivelmente deu sua vida para a guerra, você pode...

– Eu posso dar um ano. Eu sei – respondi, com um suspiro. Eu poderia dar um ano. E eu sabia que mal conseguia suportar a ideia de viver mais um dia com meus pais e irmãs sentindo pena de mim, ou trabalhar na prefeitura com o restante da equipe constantemente me olhando com piedade.

– E, se tivéssemos esperado muito tempo, a guerra poderia ter acabado – completou Dottie. – Mesmo que não fosse assim, não tenho certeza se a Cruz Vermelha iria passar por Boston entrevistando para posições no Clubmobile novamente. Tivemos que aproveitar a oportunidade quando ela apareceu.

– Eu sei – disse Viv. – Preparadas ou não, estamos a caminho da Inglaterra. Acabamos de enfrentar seis semanas de treinamento para esses trabalhos. Tive que aprender a jogar badminton, pelo amor de Deus. Não há como voltar atrás agora.

– Eu sei, Viv. Desculpe ter me descontrolado por um momento – assumi, começando a me acalmar porque, na verdade, ela estava certa. – O que vou fazer, saltar ao mar? E Deus nos livre de não usar suas recém-adquiridas habilidades de badminton.

– E lembre-se – acrescentou Dottie, ajustando seu quepe –, é algo muito importante termos sido escolhidas para isso. Uma das garotas acabou de me dizer que só escolhem uma em cada seis candidatas. Uma em cada *seis*. Passar por aquela bateria de entrevistas e exames... é uma tarefa de prestígio.

– E algumas partes podem ser divertidas, você sabe – Viv lembrou. – Viagem, aventura, nossa primeira viagem à Europa... nossa primeira viagem para qualquer lugar! E nós três podemos ir juntas! Quando foi a última vez que você realmente se divertiu, Fiona?

– Eu sei, eu sei. Obrigada por me lembrarem – agradeci, dando um sorriso para as duas. – Este é um recomeço. Um recomeço do qual eu preciso desesperadamente.

– Você está certa. – Viv piscou para mim quando se levantou e jogou o cigarro no vaso sanitário. Dottie deu um salto para cima, agarrou minhas mãos e me puxou do chão.

Nós três ficamos em frente ao espelho e fizemos uma rápida checagem em nós mesmas. Éramos um estudo de contrastes. Dottie era pequena e tinha a pele clara, bochechas rosadas e cabelos negros grossos como os do restante de sua família portuguesa. Seus óculos serviam apenas para realçar os grandes olhos escuros. Viv, por outro lado, era alta, com cachos castanho-avermelhados, maçãs do rosto elevadas e lábios cheios. Eu era a mais pálida das três, com olhos verde-acinzentados e aquelas sardas no nariz.

– Melhor ajeitar seu quepe para conseguir exibir as luzes na frente do seu cabelo, Fiona – Dottie aconselhou. Meu cabelo era castanho-claro, mas eu tinha uma faixa loira estranha na frente.

– Talvez eu devesse ajustá-lo bem na frente dos meus olhos inchados para que ninguém saiba que estava chorando – respondi, franzindo os olhos.

Todas nós pulamos quando alguém começou a bater na porta alto e ouvimos uma voz dizer:

– Alôôôôôôôô? Olá, Boston? Vocês estão aí? É Blanche.

– Como se não pudéssemos perceber pelo sotaque – falei, abrindo a porta para ver Blanche Dumond, uma jovem geniosa de Nova Orleans. Ela era curvilínea, loira, e falava rápido. Nós a conhecemos em um treinamento em Washington.

– Achei que tivesse visto você vindo nesta direção – Blanche disse, levantando as sobrancelhas para mim. – Você está bem, querida? Não está com um bom aspecto.

– Ela está bem – mentiu Viv quando saímos do banheiro. Blanche ficou conhecida como uma espécie de fofoqueira entre todas as garotas recém-chegadas à Cruz Vermelha.

– *Hãrram.* – Blanche não estava convencida. – De qualquer forma, um grupo de nós está indo para o convés dos oficiais. Eles o chamam de *Gaiola*. Há um bar, uma boate e um piano. Vocês querem se juntar a nós? Vocês precisam daquele cartão de identificação vermelho que eles deram a todas nós para entrar. Só para oficiais acima do capitão e as garotas da Cruz Vermelha.

– Claro – disse Viv. – Acho que todas nós poderíamos tomar um drinque antes da guerra. Ei, Dottie, você poderia tocar piano! Ou poderia pegar seu violão na nossa cabine.

– Hum... não, isso não, talvez na próxima vez – Dottie replicou, já ficando rosada com o pensamento de se apresentar na frente de qualquer um fora da escola primária na qual ensinava.

– Bem, vamos lá! – chamou Blanche, dirigindo-se para as escadas.

Viv e Dottie foram na frente, enquanto eu permanecia do lado de fora do banheiro.

– Daqui a pouco irei para lá – informei, e ambas pararam e olharam para mim, com preocupação nos olhos.

– Você promete, Fi? – Dottie perguntou.

– Sim, sim – respondi. – Quero me refrescar um pouco mais. Você sabe, os olhos. – Apontei para o inchaço que eu podia sentir debaixo deles.

– Está bem, nos vemos lá – Dottie disse, e elas continuaram andando.

Voltei para o banheiro, fiquei em frente ao espelho e passei um pouco de água fria nos meus olhos inchados. Coloquei a mão no bolso e senti a carta dobrada. A última carta que eu havia recebido de Danny antes de ele ser alvejado em algum lugar sobre as florestas da Alemanha. A data da carta era 8 de setembro de 1943. Danny desapareceu por volta do dia 20 de outubro. Sua família e eu descobrimos um mês depois. Tirei a carta do bolso e comecei a abri-la, a lê-la pela milésima vez. Abri a metade e vi meu nome no topo da página com sua caligrafia familiar e horrível, mas depois parei. Olhei para o espelho, meus olhos inchados me encarando. Dobrei a carta e a empurrei para dentro do bolso o máximo que pude.

Eu já tinha memorizado a carta; lê-la novamente não ia me ajudar agora.

– Você vai conseguir, Fiona – eu disse ao meu reflexo. – Preparada ou não, você está agindo.

Passei o batom que Dottie me deu, e os olhos que olhavam para mim agora tinham mais determinação e força do que quando entrei no banheiro. Era hora de ir para a guerra. Esperando encontrar respostas. Talvez encontrar Danny.

Capítulo 2

19 de julho de 1944

Dormir num beliche estreito numa cabine minúscula com outras cinco mulheres significava ter um sono intermitente todas as noites e acordar em horas estranhas, muitas vezes com sonhos intensos e perturbadores.

Danny e eu estávamos sentados na grande manta de algodão vermelho e branco que eu tinha espalhado no gramado do Monumento de Bunker Hill. Era um dia lindo, mas cheio de vapor, no final de agosto, com uma brisa e um leve cheiro de maresia a alguns quarteirões de distância. Danny partiria para a Europa em três dias. Nós dois estávamos tentando ignorar esse fato, embora ele ficasse pairando entre nós, silencioso e pesado como o ar do verão.

Ele estava deitado de lado na manta, apoiado no cotovelo enquanto mordia uma das maçãs que eu tinha comprado em um carrinho de mão no início do dia. Cobri os olhos para enxergá-lo melhor. Um metro e oitenta, membros longos e atléticos, a face com covinhas e olhos azuis amendoados, o cabelo loiro-claro agora cortado de acordo com os padrões militares. Eu ainda podia ver um vislumbre do garoto de 19 anos por quem eu tinha me apaixonado no segundo ano da faculdade, mas estava ficando cada vez mais forte. Ele olhou para mim e sorriu, passando o dedo pelo meu braço nu, me dando arrepios.

– Como *você* está, Fi? – ele perguntou calmamente, sua covinha desaparecendo quando o rosto ficou sério.

– Estou indo... Estou bem – menti. – Este foi um dos melhores sábados que eu já tive. Betty Grable estava tão boa quanto eu esperava que estivesse em Coney Island. E me diverti muito andando pelo Festival de Santo Antônio, comendo pizza e cannoli até ficarmos empanturrados, e agora estamos aqui sentados ao sol nesta linda tarde de verão... O que mais eu poderia querer?

Danny continuou olhando para mim, ainda sério.

– Querida, foi um grande dia, o melhor, mas não podemos ignorar o fato de que estou indo embora.

Aquele buraco no meu estômago. Estudei o rosto dele, e então suspirei.

– Eu sei. Eu estou bem. Vou ficar bem. Sentirei sua falta terrivelmente; já estou sentindo sua falta, se é que isso é possível. Mas tenho certeza de que estou melhor do que você. Não sou eu que vou para meio mundo de distância para lutar na guerra. Como você está?

Eu me deitei de lado em frente a ele, me apoiando em um cotovelo enquanto alisava minha saia verde e branca de algodão e a colocava debaixo de mim para que não inflasse com a brisa.

– Estou mais pronto do que nunca, acho eu – Danny disse, colocando o miolo da maçã na grama e estendendo a mão para pegar a minha. – O treinamento acabou. É o que todo homem da nossa idade tem que fazer... – Ele apertou minha mão e olhou em meus olhos. – A parte mais difícil é deixar você.

Ele se inclinou e me deu um longo beijo.

– Eu vou me manter bastante ocupada – expliquei, com relutância, me afastando para o caso de minha mãe ou uma de suas amigas passarem. – Como você sabe, não há monotonia no escritório do prefeito. Os dias voam. O prefeito Tobin continua amontoando mais responsabilidades sobre mim a cada minuto. É claro que vou ajudar mamãe e papai com minhas irmãs mais novas. As gêmeas estão deixando minha mãe louca ultimamente. Oh, e Dottie, Viv e eu vamos ser voluntárias na USO, no Charlestown YMCA...

– Oh-oh, não deixe nenhum soldado da USO tentar roubar você de mim enquanto eu estiver fora – ele advertiu.

– Isso nunca vai acontecer – retruquei, dando-lhe um empurrão de brincadeira. – Vou deixar bem claro que sou comprometida. Além disso, todos eles vão disputar para chamar a atenção de Viv. E Dottie também. Eles vão simplesmente interpretar a timidez dela como se estivesse se fazendo de difícil.

– Vocês três podem ser um problema quando estão juntas – ele disse, sorrindo. – Talvez eu tenha uma conversa com aquelas duas antes de partir.

– Eu acho que você quer dizer que podemos ser muito divertidas quando estamos juntas – respondi.

Ele estava olhando para mim, sério novamente.

– O que foi? – perguntei, colocando minha mão em seu rosto.

– Estou tentando memorizar seu lindo rosto. Suas sardas e seus olhos que mudam de tom com o tempo. A mecha loira na frente do seu cabelo que você está sempre empurrando para longe dos olhos. Vou sentir tanta falta do seu rosto.

– Eu vou sentir falta do seu também – respondi, de repente sentindo meu peito apertar e meus olhos se arregalarem. – Muito.

Eu me inclinei para beijá-lo de novo, piscando rápido para não começar a chorar.

– Fiona – ele sussurrou. Estávamos com os narizes encostados. – Precisamos falar sobre a possibilidade... Se algo acontecer comigo por lá...

– Não. – Eu me sentei, me sentindo fisicamente mal com as palavras que ele estava dizendo. – Nada vai acontecer com você lá. Eu sinto isso no meu coração. Você vai estar de volta em... pouco mais de um ano... e vamos nos casar, e eu *finalmente* vou sair da casa dos meus pais, e começaremos nossa vida juntos. Você vai terminar a faculdade de Direito, tornar-se um promotor público como você sempre sonhou. Com o tempo vamos ter filhos, talvez comprar uma pequena casa fora de Boston. Podemos finalmente ter um casal de cães terrier...

Ele ouviu em silêncio. Olhando para além do monumento, para algo que eu não podia ver.

– Estou falando sério. Você vai ficar bem. E, se você não estiver bem, juro por Deus que vou te buscar eu mesma...

Ele ainda estava quieto, então continuei falando.

– Esta guerra tem que... tem que acabar em breve, certo? Não pode...

Fui interrompida por um som alto e agudo.

– O que foi isso?

– *I'll be seeing you...* Te vejo em breve – Danny disse, como sempre fazia quando nos despedíamos. Era sua música favorita. Ele olhou para mim de novo e agarrou minha mão como se fosse a última coisa que seguraria.

– Por que você está dizendo isso?

O som da buzina soou de novo. Eu me sentei, espantada, e abri os olhos, quase batendo a cabeça no beliche acima de mim. Ouvi a buzina de nevoeiro, usada para avisar os outros navios sobre o *Queen Elizabeth*, e ouvi também o ressonar silencioso de pelo menos duas das seis garotas em nossa pequena cabine. Suspirei e olhei para o beliche acima de mim, onde Viv dormia. Toda vez que acordava de um sonho com Danny, ainda era uma surpresa amarga.

Fiquei na cama por mais quinze minutos antes de perceber que não conseguiria voltar a dormir. Devia ser mais de meia-noite, mas eu precisava pegar um pouco de ar. Procurei debaixo do meu beliche pelo meu uniforme, que estava bem dobrado ao lado do meu novo e brilhante capacete de aço e máscara de gás. Eu me vesti deitada na cama, peguei meus sapatos e abri a porta da cabine, deslizando para o corredor o mais silenciosamente possível.

O hall estava mal iluminado. Decidi subir até a Gaiola, onde minhas amigas e eu tínhamos passado boa parte do tempo. Conhecemos algumas das outras garotas da Cruz Vermelha e alguns soldados – jogando cartas e cantando ao piano. Alguns dos soldados eram bons músicos. Viv e eu ainda não tínhamos conseguido convencer Dottie a contribuir com seu talento.

Subi vários lances de escadas e apreciei o silêncio, que foi interrompido pela buzina em intervalos regulares. O *Queen Elizabeth* tinha sido projetado como um navio de cruzeiro de luxo para aproximadamente dois mil passageiros por viagem. No final do nosso primeiro dia a bordo, porém, nos disseram que havia quinze mil soldados e cerca de cem trabalhadores da Cruz Vermelha a caminho da Inglaterra no navio. Isso significava que era sempre barulhento e lotado. Todos comiam duas refeições medíocres por dia em turnos determinados. Nunca havia cadeiras suficientes, e, embora os soldados muitas vezes se dispusessem a ceder seus assentos para nós, minhas amigas e eu ficávamos mais confortáveis sentadas no chão, no estilo piquenique.

O vazio noturno e o sossego foram uma mudança bem-vinda da agitação diurna e do caos. Como cheguei ao topo das escadas para o convés dos oficiais, parei por um minuto e ouvi. Alguém estava tocando piano no salão. Caminhei naquela direção, apertando mais o casaco em volta de mim. Era uma noite fria, sem estrelas, e o navio estava cercado pela neblina. Quando me aproximei do salão, vi um soldado sentado ao piano, com os olhos fechados, completamente imerso em sua música. Um cigarro aceso apoiado em um cinzeiro ao lado dele no banco, junto com um maço de Lucky Strike. Eu o reconheci pelo cabelo ruivo – ele estava tocando piano algumas noites antes, e uma enorme multidão de oficiais e trabalhadores da Cruz Vermelha estava cantando junto. No final da noite, a cerveja ainda estava fluindo, e os versos da música "Roll Me Over in the Clover" se tornaram cada vez mais confusos.

Abri a porta do salão, entrei e me sentei em uma das cadeiras de couro marrom para ouvir, dobrando as pernas para baixo de mim. Cheirava à cerveja velha, e havia uma névoa sempre presente de fumaça de cigarro. Alguns oficiais estavam jogando cartas em uma mesa no canto oposto, e todos eles me deram acenos de cabeça e sorrisos.

O soldado tocava piano como se estivesse em transe. Jazz. Eu conhecia a música. Quando ele terminou a canção, virou e olhou para mim com um pequeno sorriso. Tinha olhos castanhos calorosos.

– Há tão poucas mulheres neste navio. Ver você é como ver um fantasma.

– "Rhapsody in Blue"? – Sorri de volta.

– Sim – ele disse. – Muito bem! É essa mesmo.

– Desculpe incomodá-lo – falei. – Não estava conseguindo dormir e vim aqui para tomar um pouco de ar.

Ele fez um sinal com a mão e deu uma tragada no cigarro.

– Está tudo bem. Eu tenho vindo aqui todas as noites. Gosto do silêncio. Não há muito silêncio neste navio.

– Verdade. – Assenti.

– Gostaria de beber uma Krueger's? – Ele pegou debaixo do seu banco uma cerveja, oferecendo-a para mim. – O garçom já encerrou o expediente, mas deixou várias para nós, notívagos.

– Por que não? – respondi, com um encolher de ombros. Peguei a cerveja e a abri. – Obrigada. Talvez me ajude a dormir. – Dei um gole antes de acrescentar: – Você toca lindamente. É músico profissional?

– Sou. Obrigado. Sou líder de uma banda de swing em Chicago... Bem, eu era, antes desta confusão toda. Você toca?

– Não, mas a minha amiga Dottie, que está aqui comigo, toca piano e violão. Ela é incrivelmente talentosa. Temos tentado fazê-la tocar a semana toda, mas ela tem vergonha – expliquei. – Minhas amigas e eu gostamos de swing, adoramos as *big bands*. A propósito, me chamo Fiona. Fiona Denning.

– Prazer em conhecê-la, Fiona. Sou Joe Brandon. – Ele estendeu a mão para apertar a minha. – Você é uma das garotas da Cruz Vermelha, presumo...

– Sim.

– O que você vai fazer lá? Já sabe? – ele perguntou.

– Minhas amigas Viv, Dottie e eu estaremos em um desses Clubmobiles... Em Washington disseram que provavelmente seríamos enviadas para a França. Temos treinamento em Londres por algumas semanas, e eles vão nos designar oficialmente. E você?

– Capitão da 28ª Divisão de Infantaria – disse ele, acendendo um novo cigarro. Ele tinha dedos longos. Dedos feitos para tocar piano. – Eu vou liderar uma banda lá, acredite ou não.

– Eu acredito, tocando como você toca... – respondi. – Talvez minhas amigas e eu possamos ver sua banda algum dia.

– Talvez você veja. – Ele sorriu para a ideia. – De onde você é, Fiona Denning?

Era assim que as conversas a bordo tinham começado a semana toda. *De onde você é? O que você faz? Para onde está indo agora?*

– Eu sou de Boston – contei.

– Ah... Fã dos Red Sox?

– Claro. Fã dos Cubs?

– Está brincando? Desde criança – disse ele. – O que você faz em Boston?

– Eu trabalho... Bem, eu *trabalhava* como assistente no escritório do prefeito, na prefeitura – respondi.

– Você gostava?

– Eu gostava de verdade. E eu era boa no meu trabalho – complementei, pensando nos meus colegas de trabalho, todas as garotas do escritório que tinham sido tão solidárias depois que Danny desapareceu. – Era agitado, e cada dia era diferente, lidando com uma crise ou outra. Mas as horas voavam, e as pessoas com quem eu trabalhava eram agradáveis. O prefeito Tobin era um chefe honesto. Não perfeito, mas justo.

– Então, o que a fez tomar essa decisão? – ele perguntou. – Quero dizer, eu sou *obrigado* a ir. Os homens não têm escolha. Sempre fico impressionado quando conheço garotas como você que *querem* ir para a guerra. Por que você... e suas duas amigas, certo? Por que decidiram fazer isso?

Parei por um instante e olhei para ele. Esse era outro teste. Desde o início da semana, já tinham feito essa pergunta para mim dezenas de vezes. Eu ainda não tinha compartilhado minha história com os soldados que conhecera no navio. Engoli a dor. Eu não tinha sido escolhida como uma Clubmobile para poder contar aos soldados a minha história triste. Eu estava lá para ajudá-los a enfrentar a guerra, não para lembrá-los dos horrores dela.

– Sim, minhas duas melhores amigas da Faculdade de Pedagogia de Boston estão aqui comigo. Depois de ver tantos de nossos amigos e familiares, tantos homens da mesma idade que nós, partirem para fazer a sua parte, não parecia certo permanecer fora disso. Fomos a uma matinê de sábado há um tempo atrás, e vimos um filme sobre jovens da Cruz Vermelha Clubmobile por toda a Europa e África, ajudando as tropas, e... pronto. Nós três tivemos que nos candidatar. Minha amiga Viv foi pega desde o início. Ela adora arte e design e conseguiu um emprego em uma empresa de publicidade de prestígio no centro de Boston no ano passado, mas eles quase nunca a deixavam fazer nada além de servir café. Ela pensou que, se fosse apenas para servir café e donuts, poderia muito bem fazer isso para as tropas. Mas a minha amiga Dottie, a tímida? Demorou um pouco mais para ser convencida. Ela era professora de música numa escola primária em Back Bay, em Boston. Ela amava seu trabalho, amava seus alunos, então não tinha certeza se queria deixá-los. Foi a ideia de ver Viv e eu viajando pelo mundo sem ela que finalmente a fez escolher o caminho certo. E ela tem um irmão no Pacífico. Um grupo de nossos amigos da faculdade também está combatendo. Sentimos que seria uma grande oportunidade... Desculpe, estou divagando em...

Senti as bochechas esquentarem e bebi um gole de cerveja.

– Não... fui eu que perguntei. Eu estava curioso – ele disse. – Todos nós temos amigos e familiares nesta guerra agora... – Ele passou os dedos pelos cabelos cortados. Apontou para mim. – Aposto que o seu namorado está lá também. Ou no Pacífico ou no Norte da África, talvez? Você deve ter alguém. Uma garota bonita como você...

A buzina pontuou seu elogio.

Eu esperava que ele não visse a sombra que cruzou meu rosto quando ele disse aquilo. Balancei a cabeça, provavelmente mais uma vez, e agradeci:

– Obrigada, mas não. Era só a possibilidade de podermos viajar juntas e servir. Nós pensávamos que, se nós três pudéssemos ser aceitas, seria incrível. E você? Tem alguém em casa esperando? – Eu estava ansiosa para mudar de assunto.

– Tenho – ele respondeu, sorrindo ainda mais do que antes. – Mary Jane Abbott. Ela é uma professora de inglês e tem os olhos castanhos mais bonitos que já se viu. Quer ver a foto dela? – Ele tateou, procurando pelo bolso.

– Claro – falei enquanto ele me entregava o retrato. Era a foto de uma garota de cabelos escuros com enormes olhos de corça. Ela estava usando um vestido com ilhós e rindo para a câmera. – Ela é linda – elogiei.

– Ela é. – Ele suspirou. – E talvez ela realmente espere por mim.

– Você duvida mesmo que ela o espere? – perguntei, franzindo o cenho.

– Um pouco – ele disse, o sorriso desaparecendo. – Ouvi muitas histórias. Os rapazes das famosas cartas *Querido John*, aquelas escritas para terminar um relacionamento, chegam lá dizendo que a garota deles está noiva ou mesmo casada com outra pessoa.

– Eu tenho um pressentimento de que ela vai esperar por você – animei-o. Eu queria que isso fosse verdade para aquele simpático e bonito pianista. – Acho que você não tem com que se preocupar.

– Obrigado – ele respondeu, não muito tranquilo. Ele olhou para baixo e apontou algumas das teclas.

Começou a tocar novamente, e alguns dos outros soldados levantaram a cabeça em apreciação. Era "Moonlight Cocktail", uma música que a orquestra de Glenn Miller tinha tornado muito popular alguns anos antes. Ainda era uma das minhas favoritas, e observei enquanto ele fechava os olhos e desaparecia na música. Não tenho certeza se era a melodia ou a cerveja, mas me senti muito mais relaxada do que quando a buzina me sacudiu.

— Bem, é melhor tentar voltar a dormir, embora não tenha certeza se vou conseguir — anunciei depois que ele terminou a canção. — Entre a buzina e o ronco da minha amiga Viv... Oh, e acho que realmente ouvi ratos correndo pela nossa cabine esta noite também. Eca. — Fiz uma careta.

Joe riu.

— Boa sorte, Fiona Denning. Foi um prazer conhecê-la.

Ele se levantou quando fiz o mesmo e apertou minha mão.

— Você também, Joe. Obrigada pela cerveja. Se eu não o encontrar nos próximos dias antes do desembarque, boa sorte.

— Obrigado. — Ele sorriu e fez uma pequena saudação enquanto eu me virava para sair. Eu estava prestes a abrir a porta para o deque quando ouvi:

— Fiona!

— Sim? — Eu me virei para trás, para ver Joe ainda parado ao lado do piano. Ele caminhou até mim.

— Qual é o nome dele? — perguntou, virando a cabeça para o lado.

— O quê? — falei. Senti minhas bochechas rosadas.

— Seu namorado, aquele de quem você não queria falar. Qual é o nome dele? Está tudo bem, pode me dizer. Essa guerra já durou tempo suficiente para eu saber... Sei reconhecer quando uma pessoa perdeu alguém.

— Seu nome é... Eu... Seu nome era... É... — Eu não sabia como dizer. Ele era passado ou presente? *Ele está perdido ou ele se foi?* — Danny. Danny Barker. Ele é meu noivo — eu disse finalmente. — Ele é segundo tenente na Força Aérea, no 338º Esquadrão de Bombardeio. Ele... desapareceu em outubro do ano passado. Em algum lugar da Alemanha. Descobri no final de novembro.

Soltei uma respiração profunda. Foi um alívio contar a alguém sobre aquilo depois de manter segredo durante toda a semana. Era bom reconhecer minha dor.

— Desaparecido... Sinto muito — ele disse. — Você ouviu mais alguma coisa depois disso? Você sabe...

– Isso foi tudo. Seus pais não souberam de nada desde então. Tem sido difícil ficar sem notícias.

– Entendo. – Ele olhou para baixo e chutou o chão de madeira. – Perdi um primo. E um dos meus velhos amigos do colégio desapareceu no Pacífico Sul.

Ele olhou para mim, seus olhos simpáticos.

Pisquei algumas vezes para evitar derramar lágrimas na frente daquele homem que eu tinha acabado de conhecer.

– Então, no primeiro mês depois de ter descoberto, fiquei em uma escuridão total – eu disse, lembrando que minha mãe e minhas irmãs me arrastavam da cama durante aquele tempo, me forçando a jantar com elas. A dor me engoliu, e eu senti que nunca mais respiraria sem o aperto no peito, a dor no coração. – Você consegue entender... Nós estávamos juntos desde o segundo ano da faculdade. Sou uma pessoa que faz planos, e tinha planejado minha vida inteira com ele. Danny insistiu que colocássemos nossos planos do casamento em espera por causa da guerra. Então, quando recebi a notícia... aquilo me despedaçou. Quando comecei a sair daquela névoa e pensei mais claramente, eu me senti inquieta – continuei. – Ele desapareceu em ação, mas estar desaparecido não é estar morto. O que diabos aconteceu com ele? Ele desapareceu para sempre? E se ele estiver escondido em algum lugar em um vilarejo? Então, inventei um novo plano. Decidi que tinha que descobrir o que aconteceu com ele. E achei que a melhor maneira de fazer isso era chegar à Europa, ao Continente. E, para uma mulher, a Cruz Vermelha era uma das únicas opções.

– Então, a verdadeira razão para ir à guerra é encontrar o seu noivo desaparecido... – perguntou ele, dando-me um olhar que não consegui decifrar.

– Bem, sim, essa é definitivamente a principal razão. Só admiti isso em voz alta para as minhas amigas que estão aqui comigo. Não é algo que eu tenha dito a ninguém. Não me interprete mal: estou orgulhosa por estar na Cruz Vermelha, por estar cumprindo esta missão, mas, sim, eu quero encontrar respostas sobre ele.

– Mesmo que não seja a resposta que você quer – ele disse suavemente.

– Mesmo que não seja – respondi, o aperto no meu peito retornando. – Eu pensei sobre isso. E não saber é a pior parte. Eu me sinto como se estivesse num limbo de luto.

— É impressionante. — Ele me olhou nos olhos com uma intensidade que me fez corar de novo. — Fazer isso. Eu não acho que muitas garotas fariam.

— Obrigada, mas acho que a maioria das pessoas diria que sou louca. — Dei a ele um sorriso frouxo. — Tenho certeza de que minhas amigas pensam que eu sou. Mas elas sabem o que acontece quando me decido.

— Não é loucura — ele disse, balançando a cabeça. — Esta guerra é a loucura. Mas o que você está fazendo, se você tem uma pequena chance de descobrir o que aconteceu com ele, bem, eu não a culpo por tentar. É corajoso.

— Eu não me sinto particularmente corajosa — retruquei, com um encolher de ombros. — De qualquer forma, eu só... Não estou aqui para compartilhar minha história triste. Não foi por isso que eles me aceitaram para este papel.

— Sim, mas então, alguns de nós... — Ele olhou para baixo, para seus pés novamente, pensando. — Olha, ninguém na América está passando incólume por esta guerra. Ninguém. Você não precisa ficar sempre calada sobre a sua história quando chegarmos lá. Esta guerra já durou tempo suficiente, e a esta altura a maioria de nós tem uma história triste ou duas. Às vezes ajuda falar sobre isso. Faz todos se sentirem menos sozinhos.

— Obrigada.

— É verdade — ele concluiu.

— Bem, boa noite, Joe. Agradeço a conversa.

Eu não sabia o que fazer, então estendi a mão para apertar a dele de novo. Ele sacudiu a minha, colocou as palmas das mãos sobre ela e a apertou antes de me soltar.

— Eu também. Boa noite, Fiona. Boa sorte.

Eu sorri e me despedi enquanto a buzina soava de novo.

— Vou ficar de olho na 28ª Infantaria quando estiver lá, Capitão.

— Faça isso. E eu vou cuidar das três garotas do Clubmobile de Boston — ele prometeu.

Capítulo 3

21 de julho de 1944
Londres, Inglaterra

De acordo com Viv, eu dormi no trem durante a viagem de oito horas da Escócia até a Estação Euston, em Londres. Ela disse que tinha baba no ombro para comprovar. Não me lembro de ter dormido. Só me lembro de estar desconfortável, espremida junto com Viv, Dottie e um bando de outras garotas da Cruz Vermelha no frio e no escuro, no trem das tropas, a noite toda. Eu me lembro de Dottie adormecendo no meu ombro, e acho que devo ter adormecido no ombro de Viv.

Nosso trem tinha acabado de chegar a Londres. Estávamos andando pela estação em direção aos caminhões que nos levariam a um dormitório da Cruz Vermelha para mulheres, onde ficaríamos durante o nosso treinamento de Clubmobile. O enorme relógio da estação informava a hora local: cinco da manhã.

– Meu estômago está roncando – Dottie sussurrou enquanto estávamos na fila. – Estou faminta.

– E as suas rações gourmet? O queijo enlatado não estava delicioso? – perguntei, não conseguindo esconder o meu sarcasmo.

– Só comi o chocolate. Eu não suportava olhar para o resto – ela respondeu.

Dottie estava usando seu capacete e um casaco de lã azul da Cruz Vermelha para não precisar carregá-los. Ela tinha o violão e a musette – uma bolsa de lona do exército – sobre um dos ombros, e o cantil e a máscara de gás sobre o outro. Parecia que ia cair sob o peso de tudo aquilo. Nós estávamos desajeitadamente carregando todo o nosso equipamento, mas o tamanho reduzido de Dottie e seu grande violão tornavam tudo muito pior para ela.

— Os biscoitos não eram muito terríveis — Viv comentou, dando um enorme bocejo. — Fiquei feliz pelo minimaço de Chesterfield incluído.

— Quase fumei um na esperança de que isso diminuísse meu apetite — Dottie resmungou. — Mas ouvi dizer que eles são terríveis para as cordas vocais.

— Dottie, você não vai cantar na frente de ninguém, então o que importa? — Viv retrucou. — Um cigarro não vai matá-la.

— Pode ficar com meu Chesterfield, Viv — ofereci.

— O meu também — disse Dottie. — E isso não é verdade. Eu canto na frente dos meus alunos.

Saímos da estação atravessando seus enormes arcos e caminhamos em direção à fila de espera dos caminhões do exército. Inalei o ar úmido de Londres, me refrescando depois do abafamento do trem com as tropas.

— Olá! Olá! Cruz Vermelha, por aqui, por aqui! — Bem do lado de fora da estação havia uma mulher muito alta usando um uniforme da Cruz Vermelha segurando um cartaz que dizia BEM-VINDAS JOVENS DA CRUZ VERMELHA! Ela gritava para nós com uma voz estridente e acenava. Já havia uma dúzia de mulheres do navio em pé atrás dela. — Olá, sou Judith Chambers, diretora de campo da Cruz Vermelha, encarregada da orientação de vocês. Bem-vindas.

Ela nos deu um sorriso caloroso e estendeu a mão para mim, Viv e Dottie. Judith Chambers estava provavelmente na casa dos trinta e poucos anos, tinha bem mais de um metro e oitenta de altura, rosto longo, olhos azuis brilhantes, cabelo castanho-escuro, no comprimento do queixo. Ela era a mulher mais alta que já conheci.

— Estamos apenas esperando por alguns minutos o restante do grupo, e então vou levar todas vocês para os caminhões que irão levá-las para o número 103 da Park Street, em Mayfair — ela explicou. — É lá que vocês ficarão durante os oito dias de treinamento.

— Oito dias? — Dottie perguntou, franzindo o cenho debaixo do capacete enquanto ele caía sobre o rosto dela. — Eu pensei que ficaríamos em Londres por duas semanas.

— Sim, esse era o plano original — respondeu a Srta. Chambers. — Mas a equipe executiva da Cruz Vermelha, com a contribuição dos militares, tomou a decisão de encurtar o período de treinamento para que vocês meninas entrem em campo o mais rápido possível. Uma das razões pelas quais foram selecionadas é porque são inteligentes e bem-educadas. Espero que todas aprendam rápido também. Já operaram uma máquina de donut ou dirigiram um caminhão de duas toneladas antes?

Ninguém disse que sim. Olhei em volta, e todas balançavam a cabeça com expressões faciais que variavam de ansiosas a divertidas.

A Srta. Chambers soltou uma risada e acenou com a mão.

– Claro que não! Isso não é possível... Vocês vão ficar bem.

Dottie levantou as sobrancelhas para mim e Viv, não convencida.

– Hmm... Srta. Chambers – Viv disse. – Por que a pressa de nos levar para o campo?

– Bem, nós apenas não temos um número suficiente de vocês para levar – a mulher respondeu. – O programa Clubmobile superou nossas expectativas em termos de popularidade. Os soldados absolutamente adoraram, então os líderes militares querem tantos Clubmobiles quanto pudermos fornecer. Nós recentemente enviamos mais de quatrocentas mulheres para o continente depois do Dia D, e agora estamos com falta de pessoal em todo o Reino Unido.

– Espere... Reino Unido? – perguntei, sentindo algo no estômago que não tinha nada a ver com fome. – Em Washington nos disseram que seríamos enviadas para a França.

– Sim, bem, Washington está sempre atrasada em termos de informação – explicou a Srta. Chambers com um sorriso. – Nesta guerra, temos que ter cuidado ao compartilhar notícias sobre todas as nossas idas e vindas. O campo inglês é provavelmente o destino de vocês, pelo menos por enquanto. Possivelmente a Escócia, mas vocês saberão com certeza em alguns dias.

Como não sorri, ela estudou meu rosto por um segundo antes de acrescentar:

– Você está bem? Fiona, certo? Você parece um pouco pálida.

– Eu tinha em mente que iríamos para a França e depois para a Alemanha – respondi, sem querer explicar meus verdadeiros motivos. – Você acha que chegaremos ao continente em algum momento?

– Minha querida, embora eu não possa prever o futuro, é certamente uma grande possibilidade – falou a Srta. Chambers, observando minha reação.

– Quanto tempo acha que teremos que ficar no Reino Unido? – eu quis saber. Flagrei Viv me encarando, me dizendo com os olhos para parar de fazer tantas perguntas.

Mas não consegui evitar. Senti-me decepcionada por ficarmos presas no Reino Unido. A última localização conhecida de Danny, a Alemanha, era aonde eu precisava chegar, do jeito que fosse.

– Eu realmente não consigo dizer; as coisas mudam muito nesta guerra – continuou a Srta. Chambers. – Então, é em algum lugar no Reino Unido por enquanto, mas isso pode mudar a qualquer momento, dependendo das necessidades de nossas tropas. – Ela pausou antes de acrescentar: – Isso vai ser um problema, Fiona? Por que tanta ansiedade para ir a outro lugar? Na Cruz Vermelha, temos de ir para onde as nossas tropas precisam de nós.

– Sim – eu disse. – Sim, claro.

Olhei para os meus sapatos pretos feios, sentindo o rosto ficar quente. O que eu ia fazer, ter um ataque de raiva por não ir para o continente? Ainda assim, fiquei devastada ao ouvir que não só não iríamos agora como não havia nenhuma garantia de que chegaríamos lá. Minhas dúvidas e tristeza começaram a surgir novamente, e aquela dor familiar no peito estava de volta.

– Pense nisso, Fiona, a zona rural inglesa... – Dottie pediu, colocando um braço ao redor do meu ombro.

A Srta. Chambers passou a responder perguntas de outra garota.

– Não teremos que nos preocupar em não saber a língua, e vamos ver muita coisa bonita, hmm... jardins... talvez... ovelhas inglesas? Vai ser ótimo.

– Oh, sim, ovelhas inglesas e jardins de rosas – disse Viv, sarcástica, provocando Dottie. – Vai ser ótimo. Mal posso esperar para ver essas ovelhas. Você acha que elas têm sotaque inglês?

Dottie esmurrou seu braço, e ambas começaram a rir, o que me fez sorrir, apesar de tudo. Eu estava mais do que desapontada, mas não tive escolha a não ser colocar uma expressão corajosa no rosto por enquanto.

– Certo, acho que estamos todas aqui – anunciou a Srta. Chambers depois que as últimas garotas da Cruz Vermelha do *Queen Elizabeth* chegaram ao nosso grupo. – Temos que começar a ir para os caminhões. Tenho certeza de que vocês estão todas cansadas, com fome e querendo chegar...

Um som terrível pontuou o ar, como uma sirene de polícia, porém mais elevada e mais frenética. A Srta. Chambers parou de falar e olhou para cima. Houve outro som no céu – um barulho alto e profundo como uma moto, se aproximando.

– Que som é esse? – perguntei.

– É a Força Aérea Real Britânica, certo? – Dottie quis saber, olhando para a Srta. Chambers.

– Srta. Chambers, uma bomba voadora V-1 – avisou um jovem soldado britânico em voz alta enquanto passava pelo nosso grupo. – Todos nós precisamos nos abrigar.

– Do que diabos aquele rapaz está falando? – Blanche Dumond perguntou, estalando uma bola de chiclete.

Os soldados que dirigiam começaram a saltar de seus veículos, assobiando e gritando. Os grupos de recrutas à nossa frente se viraram, correndo de volta para a estação. O barulho estava ainda mais alto quando um número maior de pessoas à nossa volta começou a correr.

– Coloquem os capacetes, garotas! Bomba voadora chegando! – um soldado americano de expressão doce e pálida gritou para nós enquanto passava.

A Srta. Chambers, com o rosto lívido, acenou para todas nós.

– Ouçam o que ele diz, meninas. De volta à estação. Capacetes colocados, depressa, não parem. Vamos para o grande saguão para nos abrigarmos.

– Que diabos é uma bomba voadora? – Viv perguntou, sem fôlego, a outro soldado enquanto corríamos. Ele correu ao nosso lado e teve a gentileza de pegar um pouco do equipamento de Dottie quando viu que ela estava com dificuldade.

– Você vai aprender em breve. Apenas fique em segurança por enquanto – ele explicou, em tom agudo.

Quando estávamos prestes a entrar no arco da Estação Euston mais uma vez, o soldado devolveu o equipamento a Dottie e disse:

– Bem-vinda a Londres!

E correu de volta para conduzir mais pessoas ao prédio a fim de se abrigarem.

Dottie apertou seu capacete enquanto lutava para segurar o resto do equipamento novamente. Martha Slattery, uma garota de uma fazenda de

Iowa que tínhamos acabado de conhecer na travessia, correu atrás de nós com Blanche Dumond.

A estação de trem estava um caos total, com civis, soldados e funcionários da Cruz Vermelha correndo para dentro a fim de se proteger, muitos deles colocando apressadamente seus capacetes enquanto tentavam encontrar um lugar para se abrigar do que estava por vir. Muitos soldados estavam entregando seus capacetes para mulheres civis e crianças, enquanto alguns oficiais gritavam instruções, dizendo às pessoas para onde ir. O rugido da bomba voadora era tão alto agora que ecoava na estação de trem cavernosa.

Abrimos caminho para o magnífico saguão da estação, com centenas de pessoas indo na mesma direção. Mas para onde? Se a bomba atingisse a estação, haveria algum lugar lá dentro verdadeiramente seguro? Qual seria o tamanho da explosão? Meu estômago se encolheu, e senti que poderia vomitar.

– Ali, senhoritas, dirijam-se para qualquer uma das câmaras. Depressa! – a Srta. Chambers disse, frenética, quando nos viu.

Nosso grupo se dispersou e correu para a multidão em direção aos vários compartimentos. Eu me sentia ainda mais enjoada e um pouco tola. Viv, Dottie e eu, junto com Blanche e Martha, nos amontoamos em uma câmara perto do banheiro das senhoras. De canto de olho, vi uma pessoa incrivelmente pequena com um uniforme da Cruz Vermelha correndo em nossa direção na velocidade máxima, capacete e equipamento na mão. Ela se espremeu ao nosso lado.

– Olá, Martha. Ei, Blanche. – Uma garota que reconheci do navio se enfiou ao lado de Martha, que se moveu para lhe dar mais espaço. – Eu sou Frankie Cullen – ela disse, acenando para mim, Dottie e Viv.

Ela não tinha mais que um metro e meio, com olhos castanho-claros brilhantes e cachos castanho-escuros e cintilantes espreitando debaixo do capacete, mas havia uma firmeza nela, apesar de seu tamanho infantil. Olhou em volta, observando a cena sem um traço de medo. O barulho começou a ficar mais alto, e mais soldados e civis continuaram surgindo dentro da estação para se proteger. Os cidadãos britânicos pareciam bastante calmos, mas muitos dos jovens soldados americanos que tinham acabado de chegar conosco pareciam horrorizados, assim como muitas das garotas

Clubmobile. Mais de uma jovem tinha começado a chorar.

– Jesus, é tão barulhento – disse Dottie, com lágrimas nos olhos, enquanto mastigava um fio de cabelo, o que eu suspeitava ser uma combinação de nervosismo e fome. Estávamos todos ouvindo e olhando para cima, para o lindo teto côncavo bem acima de nós.

– Mas vamos ficar bem, certo? Não pode ser tão perto – eu disse, mais para me acalmar do que qualquer outra pessoa. Logo depois disso, o som ensurdecedor parou. O céu acima da estação de trem ficou completamente silencioso. Agora até mesmo alguns dos homens e mulheres britânicos pareciam aterrorizados. Uma parte dos jovens soldados americanos estava segurando as lágrimas. O choro de um bebê ecoou pelas paredes.

– Segurem-se! Segurem-se e fiquem calmos! Fiquem calmos, mantenham-se abaixados! – um oficial do exército gritou para qualquer um que pudesse ouvir.

Agarrei uma das mãos de Viv e uma de Dottie enquanto nos agachávamos ainda mais na câmara.

Uma idosa sentou-se perto de nós com um sobretudo cinza esfarrapado, usando um capacete que um soldado tinha acabado de lhe dar. Ela fechou os olhos, juntou as mãos e começou a rezar.

Bem-vinda a Londres. As palavras do soldado para nós minutos antes ecoaram na minha cabeça.

E então a bomba explodiu do lado de fora da Estação Euston.

A explosão foi ensurdecedora, um som mais agudo do que eu esperava. Meus ouvidos ainda estavam zunindo minutos depois de termos percebido que havia acabado, o que fez o rescaldo parecer muito mais surreal quando olhei ao redor, para as expressões de terror nos rostos das pessoas, ouvindo, mas não entendendo bem o que estava acontecendo. O som do vidro estilhaçado veio de algum lugar do outro lado da estação, onde a explosão tinha acontecido. E o bebê que chorava estava agora gritando. Seu grito não foi o único que ouvi.

Levou alguns segundos para eu absorver que tinha acabado, e finalmente pude parar de apertar as mãos de Dottie e Viv.

A senhora de casaco esfarrapado foi a primeira a se levantar perto de nós. Ela devolveu o capacete emprestado, limpou-se e se foi.

Outros civis britânicos na estação seguiram o exemplo dela. Com olhares como se estivessem levemente constrangidos com a situação, limparam a poeira dos joelhos, disseram palavras tranquilizadoras a seus filhos e deixaram a estação para passar o resto do dia em sua cidade devastada.

A maioria de nós, que tinha acabado de chegar dos Estados Unidos, não estava se segurando tão bem. A aparência de muitos dos jovens soldados próximos tinha ficado cinzenta no rescaldo do bombardeio. Um soldado se agachou com os joelhos no peito, seu capacete cobrindo todo o rosto enquanto ele sufocava um soluço.

Blanche tinha puxado um cigarro e estava tentando acendê-lo, mas sua mão tremia tanto que não conseguia aproximar a chama o suficiente para capturá-la. Marta se inclinou e tentou colocar as mãos ao redor do isqueiro para ajudar, mas ela também estava tremendo, então não havia como auxiliar. Meu coração estava acelerado, e pela primeira vez eu pensei em começar a fumar. Qualquer coisa para acalmar o nervosismo. Eu tinha certeza de que estava com a mesma expressão de choque que Viv e Dottie.

Apenas Frankie Cullen parecia completamente composta, estudando a cena ao nosso redor como se estivesse fazendo anotações mentais. Ela deu um salto e começou a juntar seu equipamento com uma eficiência e seriedade que julguei irritante.

– Esse tremor de bomba que vocês estão sentindo? – Judith Chambers disse, projetando a voz para todas as garotas da Cruz Vermelha que estavam remotamente ao alcance. – É normal. Acontece com todo mundo nas primeiras duas vezes. Eu prometo que isso vai parar depois de um tempo. – Ela se levantou e tirou o capacete. – Vocês nem vão pensar nele depois de alguns dias. Vamos lá, confiram se pegaram todas as suas coisas. Está na hora de ir até Park Street e se instalar.

Todas nós saímos de nossos esconderijos, pegando nosso equipamento e mais uma vez deixando a estação. Pesadas com nossas máscaras de gás, capacetes e tudo o mais que estávamos carregando, parecíamos um bando de pintinhos perdidos, abalados e exaustos enquanto seguíamos a Srta. Chambers, nossa mãe galinha. Não consegui nem falar por alguns minutos. O restante das garotas também estava em silêncio. Foi nosso primeiro encontro de perto com uma guerra que antes só conhecíamos pelos jornais e pelo rádio.

– Preciso de uma bebida – disse Viv, quebrando o silêncio enquanto mastigava a unha do polegar. Era algo que só fazia quando estava nervosa, uma raridade para ela.

Blanche riu e colocou o braço no ombro de Viv:

– Oh, querida, vamos beber um copo depois desta baboseira.

Enquanto caminhávamos, eu continuava olhando para o outro lado da estação, onde o vidro se partira com o impacto da bomba acima. Nosso trem havia chegado por um dos trilhos daquele lado apenas uma hora antes. Foi pura sorte não estarmos na estação quando a bomba explodiu. Coloquei uma mecha de cabelo atrás da orelha e percebi que minhas mãos também estavam tremendo.

– Bem, essa teria sido uma ótima maneira de morrer – Viv disse, como se estivesse lendo meus pensamentos. – Chegar até aqui e comer poeira no primeiro dia?

– Nem brinque – censurei.

– Eu ainda não acredito que isso acabou de acontecer. Tudo bem aí, Dots?

Ela estava caminhando ao nosso lado com a cabeça baixa.

– Sim, eu estava pensando sobre o que meus pais diriam – ela sussurrou. – Você se lembra de como eles ficaram furiosos. Eles foram tão contra eu fazer isso com meu irmão já no Pacífico. Isso *não* é algo que eu vou contar quando escrever para casa.

Desta vez, quando saímos debaixo dos enormes arcos da Estação Euston, o ar de Londres tinha um cheiro acre, e uma torre de fumaça escura do outro lado do prédio parecia ameaçadora. Todas nós olhamos para o céu enquanto caminhávamos, ouvindo a sirene recomeçar.

Vendo que a maioria de nós ainda estava traumatizada, a Srta. Chambers continuou falando enquanto caminhávamos, levantando a voz para que a maioria do grupo pudesse ouvi-la.

– São bombas voadoras V-1. Mísseis sem piloto com motores – ela disse, de uma forma tão prática que era inquietante. – Os alemães as lançam da costa da França. Elas se parecem com pequenos aviões, e na extremidade da cauda há uma luz brilhante contínua. Quando o motor desliga, a bomba cai e explode ou desliza um pouco antes de cair e explodir. Uma coisa que se aprende rapidamente é que você está em segurança até conseguir *ouvir o motor*. A boa notícia é que uma bomba voadora destrói o objeto que atinge, mas não muito ao redor dele.

– Meu vizinho me contou sobre as bombas voadoras em uma de suas últimas cartas para mim. Ele as chamava de aviões-foguetes – contou Martha. – As pessoas têm saído em massa da cidade por causa delas. Fiquem felizes por permanecermos em Londres por apenas oito dias.

– Isso parece muito tempo se houver bombas constantemente caindo – reclamou Dottie, parecendo à beira das lágrimas novamente.

– Srta. Chambers? – chamei, levantando a voz enquanto andávamos vários metros atrás dela. – Com que frequência as bombas voadoras caem?

– Elas têm vindo em número crescente neste verão, com certeza, e é por isso que tantas mulheres e crianças foram retiradas para o campo – ela respondeu, em um tom que não consegui interpretar. – Mas elas costumam vir à noite. A partir de amanhã, depois de desfazerem as malas e se instalarem, vocês vão trabalhar à noite, em turnos de duas jovens de cada vez, observando as V-1 do telhado para poderem avisar todas as outras a fim de se protegerem se uma estiver chegando.

– Sério? – Blanche soltou a fumaça para cima. Ela e Viv estavam no segundo cigarro tremido. – É assim que vamos saber que elas estão vindo? Algumas de nós olhando para o céu?

– Sim – respondeu a Srta. Chambers, olhando Blanche nos olhos para ter certeza de que ela sabia que estava falando sério. – Como eu disse, tudo isso vai se tornar rotina para vocês em breve. Ótimo, os caminhões estão todos aqui. Subam, senhoritas, vamos registrá-las no clube para que possam dormir um pouco. Sei que estão todas exaustas e com fome.

– Srta. Chambers, eu faço o primeiro turno – ofereceu Frankie Cullen, sentada ao meu lado enquanto nos preparávamos para a viagem. – Não preciso dormir muito, de qualquer maneira. Ei, Fiona, por que você não se junta a mim amanhã à noite? – Ela me deu uma cotovelada.

– Hum, claro. – Minha voz estava no limite do sarcasmo. Essa era a última coisa que eu queria fazer. Mordi a língua.

– Perfeito, isso resolve tudo – a Srta. Chambers resumiu com um aceno de cabeça.

– Obrigada, Frankie e Fiona.

Com exceção de Frankie, o restante de nossa tripulação estava amuada e faminta agora que nossa longa jornada tinha terminado com uma bomba assustadora. Eu me sentia fisicamente mal por causa de tudo aquilo, mas talvez ainda mais porque não estávamos indo para o continente. Precisava dormir para poder pensar com clareza novamente. E precisava de um novo plano agora que íamos ficar presas no Reino Unido.

Olhei pela janela para as ruas de Londres, assombrada por uma guerra que já durava quatro longos anos. Enquanto seguíamos no caminhão, vimos prédios cinza com janelas cobertas e pilhas de tijolos amontoados ao lado de bombas empoeiradas. Devido a anos de racionamento, hortas cresciam ao redor da Torre de Londres e da Praça St. James. A maioria das pessoas nas ruas, se não estava vestindo algum tipo de uniforme militar, usava roupas e sapatos desgastados e esfarrapados. Os londrinos pareciam tão maltratados quanto a própria cidade.

Duas garotas suspiraram enquanto o motorista passava pela frente da Catedral de St. Paul, ainda de pé, majestosamente, embora os edifícios ao redor dela tivessem sido completamente destruídos. Algo sobre aquela catedral entre as ruínas me fez segurar as lágrimas.

– Imaginem – eu disse a Viv e Dottie quando todas nós abrimos as janelas – viver em condições de guerra como estas em Boston? Por anos? Não sei como eles conseguiram.

– Você ficaria surpresa com o que o espírito humano pode suportar, com o seu poder de adaptação. Eu sei que vocês ainda estão em choque com o bombardeio, mas falei sério quando disse: vocês vão se adaptar a este novo mundo com o tempo. – A Srta. Chambers olhou ao nosso redor, seu tom curto, calmo e profissional. – E os ingleses são duros na queda...

Pensei nos londrinos na estação logo após o bombardeio, fazendo de conta que o deflagrar de uma bomba era apenas um grande inconveniente, como uma tempestade ou um trem atrasado. Quanto tempo levou para que eles se acostumassem com as sirenes e os bombardeios aéreos como sua nova rotina? Quanto tempo levaríamos?

Capítulo 4

Querido Danny,

    Eu deveria estar escrevendo aos meus pais e irmãs agora mesmo. Prometi a eles que faria isso assim que chegasse, mas, em vez disso, estou escrevendo para você, embora, é claro, não tenha um endereço para enviar a carta. Cheguei a Londres para oito dias de treinamento da Cruz Vermelha, e tenho me perguntado sobre o que você pensaria se soubesse que estou aqui. Você sem dúvida acharia que sou louca por me voluntariar para ir à guerra. Você ficaria preocupado com minha segurança e tentaria me convencer a ir para casa. Mas, quando você desapareceu, o meu mundo virou de cabeça para baixo. O que é minha vida sem nossos planos futuros?

    Embora eu já tenha tido meus momentos de dúvida, estar aqui é melhor do que não fazer nada. Minha vida parou depois que você partiu. Pelo menos agora sinto como se estivesse avançando depois de meses de espera. Esperando notícias sobre você. Esperando que a vida acontecesse. Muita espera.

    Percebo agora como eu era ingênua ao pensar que, de todos os homens que iam para a guerra, você seria um dos que ficariam bem. Quando acordo de manhã, por vezes *demoro alguns segundos para me lembrar de que você está desaparecido... e o meu coração dói de novo.*

Se você está em algum lugar, agora estou muito mais perto de você geograficamente – mas você está em algum lugar? Ainda não estou no continente, mas vou chegar lá.

Viv, Dottie e eu estamos atualmente dormindo juntas em um quarto simples, no estilo de um dormitório universitário, em um prédio que a Cruz Vermelha ocupou. Depois da nossa viagem, e de um primeiro contato com uma bomba voadora, tivemos que esperar na fila por horas para nos registrarmos. Quando eles finalmente nos designaram quartos, eu estava tão cansada que nem me lembro de ter adormecido. Dottie ainda está dormindo profundamente ao meu lado, enrolada como um gato. Decidimos deixar a Princesa Viv ter a outra cama só para ela porque, acredite ou não, ela ronca como um velho e gordo avô, e ela teria nos convencido a fazer isso de qualquer forma. O ronco dela acabou de me acordar, apesar de eu ainda estar exausta da viagem. São cerca de cinco da tarde, hora de Londres, e eu...

Saltei ao som de uma batida barulhenta na porta, e alguém disse "olá" com uma voz melodiosa do outro lado.

– Ei, Boston! As garotas acordaram aí dentro?

Abri a porta para ver Blanche do outro lado, cachos loiros brilhantes presos, batom vermelho reluzente cor de maçã do amor, perfeitamente aplicado. Ela parecia novinha em folha comparada ao meu estado entorpecido.

– Eu mal estou acordada. Viv e Dottie ainda estão desmaiadas – sussurrei.

– Bem, acorde-as, querida – Blanche disse com um sorriso. – Temos que ver Londres enquanto podemos. Martha e Frankie estão se arrumando agora. Nos encontramos lá embaixo em uma hora.

Esfreguei os olhos. A ideia de ir a qualquer lugar além de voltar para a cama não era atraente, mas eu já tinha aprendido que Blanche não aceitava um não como resposta.

– Para onde vamos?

– Rainbow Corner – respondeu Blanche.

– *Rainbow* o quê? – perguntei, sufocando um bocejo.

– É o clube da Cruz Vermelha no West End, perto de Piccadilly. É o lugar certo para ir. Acorde as garotas. – Ela me olhou de cima a baixo, e acrescentou: – E você definitivamente deve tomar um banho. – Enquanto se afastava, ela disse por cima do ombro: – Além disso, temos que usar nossos uniformes, ou Chambers vai perder a compostura. Mas podemos usar saltos altos.

Ao anoitecer, nós seis saímos às ruas de Londres com nossos uniformes de verão e saltos altos. Eu ainda estava cansada, mas me senti muito melhor depois de um banho morno e uma troca para roupas novas.

– Blanche, tem certeza de que temos que usar nossos uniformes quando saímos para uma noite na cidade? – perguntou Viv. – Eu trouxe um vestido novo para situações como esta.

– Isso é o que o restante das garotas do nosso andar estava dizendo – disse Blanche. – Afinal de contas, vamos a um Clube da Cruz Vermelha. Mas você realmente quer se meter com o lado ruim da Srta. Chambers no primeiro dia?

Viv suspirou.

– Acho que não.

– Só para que eu entenda, essas bombas voadoras podem acontecer a qualquer hora, dia ou noite? – Dottie perguntou a ninguém em particular. – Pode acontecer neste momento? Quero dizer, uma bomba pode cair bem na nossa frente? – Ela estava esquadrinhando o céu, nervosa.

– Nós ouviríamos e encontraríamos um lugar para nos protegermos – Frankie retrucou, em tom prático. – Não adianta nos preocuparmos constantemente com isso. Deus, eu gostaria de poder estar lá em cima, ajudando a abater alguns deles.

– Você gostaria de poder estar lá em cima? Do que você está falando? – indaguei.

Blanche e Martha se tornaram amigas de Frankie no *Queen Elizabeth*. Eu ainda não a conhecia muito bem, só sabia que ela levava muito a sério ser uma garota Clubmobile e definitivamente era um pouco entusiasmada demais. Isso me irritava.

– Você não sabia? – Blanche disse, estalando o chiclete. – Frankie aprendeu a pilotar aviões. Ela queria ser piloto.

– Esse era o plano original, inclusive a minha licença de piloto. Eu tinha me candidatado a ser uma das WASPs, as Pilotos de Serviço da Força Aérea Feminina. Mas sou muito baixa, então eles rejeitaram meu pedido – lamentou Frankie, com amargura na voz. – Eles não aceitam ninguém que tenha apenas um metro e meio de altura. – Ela pausou por um segundo antes de acrescentar: – É claro, se eu tivesse sido aceita, eles não me deixariam presenciar qualquer ação de combate. Eu ficaria em uma base no Texas ou algo assim. Prefiro estar aqui.

O West End de Londres era um enorme mar de pessoas. Descemos a rua lotada do lado de fora do clube e fomos para a fila na porta da frente.

– Meu vizinho, Tim, me falou sobre este lugar em suas cartas – Martha me disse, com os olhos empolgados, enquanto seguíamos as outras garotas. Ela parecia ter acabado de sair da fazenda com seu uniforme. O cabelo castanho-escuro e grosso estava preso sob o quepe, as bochechas redondas coradas. Ela não estava usando maquiagem, só um pouco de batom rosa natural.

– O Rainbow Corner é um dos maiores clubes da Europa. Tem quartos em estilo de hotel no andar de cima, um salão de dança, salas de jogos com máquinas de *pinball*, uma barbearia, uma máquina de refrigerante e restaurantes em estilo americano. É um de seus lugares favoritos aqui.

– Uau – exclamei, olhando para o prédio de tijolos de cinco andares. Em toda a fachada, acima da entrada e abaixo de três arcos de janelas no segundo andar, estavam as palavras "American Red Cross Rainbow Corner" em letras enormes e vermelhas sobre um fundo de azulejo branco.

Blanche estava certa: a região de Piccadilly Circus de Londres estava agitada. Parecia que metade dos jovens na Grã-Bretanha estava fora nesta noite fria de verão. Jovens britânicas usando muito blush conversavam com soldados americanos. Sotaques canadenses, australianos e da Nova Zelândia podiam ser ouvidos enquanto andávamos pelas ruas. Soldados franceses, holandeses e tchecos passeavam juntos, conversando e rindo em suas respectivas línguas. Era um aglomerado de militares e civis, mas, com tantos americanos na área, quase parecia mais Nova York do que Londres.

– Meninas! Meninas da Cruz Vermelha! Venham para cá! – O homem que verificava as identificações na porta nos acenou.

Saímos da fila e fomos até ele. Alguns dos soldados que esperavam para entrar assobiaram e acenaram com a cabeça. Alguém disse "Uau, garotas americanas!" quando caminhamos para lá.

Todas nós entregamos nossas identificações ao homem. Olhei em volta, e por um minuto pensei que estivéssemos com problemas.

– Vocês devem ser recém-chegadas – observou o homem mais velho com o uniforme da Cruz Vermelha amarrotado.

– Chegamos esta manhã – respondi.

– Bem-vinda ao Teatro Europeu de Operações, Fiona, também conhecido como o ETO – ele respondeu, olhando para a minha identificação com um sorriso. – Agora você já sabe: as garotas da Cruz Vermelha podem passar na frente, mesmo em noites loucas de sexta-feira como esta.

– Eu não sabia disso... Obrigada – agradeci.

– Hora de relaxar e finalmente tomar aquela bebida, senhoritas. Vamos – Blanche chamou, forçando-nos a entrar com empurrões brincalhões.

Mais gritos de "lindas" e uivos de lobo nos alcançaram enquanto passávamos pelas portas. Olhei para Dottie, e ela já estava corando. Viv sorriu e manteve a cabeça erguida, piscando para alguns dos rapazes enquanto passava, só para deixá-los loucos.

Percebi Frankie revirando os olhos pelas costas de Viv, claramente irritada. Não foi a primeira vez que a vi reagir assim. Eu podia dizer que ela achava que Viv e Blanche eram um pouco levianas e sedutoras demais, como se não levassem nosso trabalho ali a sério o suficiente.

Na recepção, uma mulher de cabelos escuros estava sentada atrás de uma mesa com uma pilha de papel e algumas canetas. Havia um jovem soldado sentado com ela, bebendo uma garrafa de Coca-Cola. Ele abriu a boca quando todas nós entramos.

– Entrem, entrem. Sejam bem-vindas ao Rainbow Corner – disse a mulher. – Sou Adele, uma das voluntárias frequentes aqui. Tão adorável ver mais jovens americanas chegando.

Calculei que ela tinha trinta e poucos anos, com olhos castanhos quentes e um comportamento bondoso.

Todas nos apresentamos e Adele nos deu uma breve e bem ensaiada explicação sobre as diferentes áreas do clube e os serviços disponíveis.

– Podemos conseguir ingressos para um show no West End, e também oferecemos passeios por Londres – informou Adele, e pude perceber que ela estava terminando seu discurso. – Vocês têm alguma pergunta?

Murmuramos nossos agradecimentos e dissemos que não.

– Eu tenho que ajudar este jovem a terminar a carta para sua mãe agora, mas por favor não hesitem em me perguntar qualquer coisa. Sejam bem-vindas, agradecemos a preferência. – E então, quando começamos a nos afastar, ela acrescentou: – Oh, e vocês estão com sorte. Como é sexta-feira, há uma banda fantástica no salão de dança chamada *Hepcats*. Vocês não podem perdê-los. Eu planejo ir mais tarde para uma ou duas danças. – Ela sorriu.

– Quero explorar este lugar – Frankie comentou. – Alguém quer vir?

– Vamos entrar para ver a banda! – Dottie disse. Ela jamais recusaria uma chance de ouvir música ao vivo.

– Parece bom, Dots – respondeu Viv. – Eu preciso sentar e tomar uma bebida gelada depois da caminhada.

Blanche e Martha concordaram em perambular com Frankie, enquanto Viv, Dottie e eu seguimos o som do swing. Entramos em um salão de dança enorme com pé-direito alto e paredes de painel de cor creme cobertas com gesso decorativo. Havia luzes penduradas em toda a sua largura, e uma bola de cristais suspensa no centro da pista de dança. Havia um bar no canto de trás, e a banda estava em um palco no lado oposto da entrada. Pequenas mesas e cadeiras estavam espalhadas perto das paredes ao redor do ambiente. O salão estava repleto de casais se movimentando ao som de "Stompin' at the Savoy", interpretada pelos *Hepcats*.

Aproximamo-nos do bar, onde a maioria dos homens ficou mais do que feliz por se afastar para nos deixar passar. Elogios, assobios e "Ei, bonecas" vieram até nós o tempo todo. Viv sorriu e assentiu, agindo como uma estrela de cinema respondendo aos seus fãs. Ela até mandou um beijo para dois jovens soldados enquanto passávamos, e um deles cambaleou para trás, segurando o coração. Dottie abaixou a cabeça, vermelha como as molduras dos óculos, o que só fez alguns dos rapazes se esforçarem mais para chamar sua atenção. Segui atrás delas, dando aos soldados um sorriso amigável enquanto percebia que estava procurando na multidão por um segundo tenente loiro alto que nunca encontraria lá. Se Danny estivesse vivo e em condições, de qualquer maneira ele não estaria neste clube esta noite.

– O que vocês gostariam de beber, senhoritas? – perguntou o barman quando finalmente chegamos ao bar.

– Um gin tônica e duas cervejas, por favor – disse Viv.

– Temos cerveja britânica quente e Coca-Cola Americana gelada. Sem gin tônica por aqui – respondeu o barman, com um sorriso melancólico. – E cerveja só na sexta e sábado à noite. Regras da Cruz Vermelha. – Ele deixou cair a voz num sussurro. – Para ser honesto, eu acho que o alto escalão nem sabe que servimos cerveja.

– Posso afirmar que as senhoritas devem ser novas por aqui – uma voz profunda e com sotaque britânico veio do outro lado do bar.

Nós olhamos para um... bem, não havia outra maneira de descrevê-lo, um homem impressionante com um uniforme da Força Aérea Britânica, a RAF, à direita do bar, segurando uma caneca de cerveja. Ele era alto, e, com seu sotaque, grandes olhos escuros e cabelo preto grosso, eu só conseguia pensar em Cary Grant. Ele levantou sua caneca em um brinde.

– Bem-vindas a Londres. Estou muito feliz que finalmente tenham mandado mais algumas garotas da Cruz Vermelha para cá. Posso perguntar se restaram mais jovens no seu país? Porque parece que todos estão no meu.

– Quase todos foram embora. O que faz um oficial britânico num clube americano? Isso não é contra as regras? – Viv disse, batendo o copo dela contra o dele. Dottie e eu trocamos olhares furtivos que diziam: *esse homem está perdido*. Nenhum deles conseguia resistir quando Viv começava a flertar.

– Bem, tenho amigos em altos cargos, certo? – ele alegou, com um sorriso. – Eu sou Harry Westwood, convidado por alguns de meus novos amigos americanos. De onde vocês todas são?

– De Boston – respondeu Viv. – Eu sou Viv. Estas são Dottie e Fiona.

– Viv, como a atriz Vivien Leigh? – perguntou Harry.

– Como Viviana Occhipinti – respondeu ela, dando-lhe aquele sorriso quente que partia tantos corações.

– Linda cidade, Boston, apesar da história terrível do nosso país lá – disse Harry.

– Você esteve lá, então? – Viv perguntou.

– Um dos meus velhos amigos foi para Harvard, e eu o visitei quando estava de férias em um verão – ele respondeu. Harry olhou para cima e notou algo perto da entrada do salão de dança. – Se você me der licença, preciso ir encontrar alguém. Tenham uma boa noite, senhoritas.

Ele assentiu, inclinou o copo e entrou na multidão.

Olhei para Viv e percebi que ela estava desapontada. Nenhum homem jamais se afastara dos encantos dela. Nunca nenhum homem se afastara.

– Bem, ele estava com pressa – Viv comentou, seguindo-o com os olhos. – Devo estar perdendo o jeito. Vamos encontrar uma mesa muito boa.

– Você acha que ele se parecia com Cary Grant? – Dottie perguntou, quando nos sentamos em uma mesa pequena e vacilante no canto do salão. – Eu achei que ele se parecia exatamente com Cary Grant.

– De jeito nenhum. Você não está perdendo o jeito, Viv – consolei-a. – Ouvi dizer que os britânicos podem ser muito reservados.

– Oh, eu realmente não me importo – Viv disse, com um pouco mais de ênfase, acendendo um cigarro e examinando a multidão uma última vez. – Já falei a vocês, meninas, não estou aqui para conhecer meu marido. Estou aqui para ver o mundo. Para ter uma aventura fora das quatro milhas quadradas de Boston onde eu moro e trabalho. E, vocês sabem, realmente contribuir para a guerra e tudo isso.

– Saúde, meninas – disse Dottie, batendo a caneca dela com a nossa antes de tomar um gole. – Não posso acreditar que estamos em Londres. E ouçam essa banda! – Ela esticou o pescoço para ter uma melhor visão do palco. – O pianista deles é incrível. Vocês estão ouvindo? Ele também é lindo. É *quase* o suficiente para me fazer esquecer nosso encontro com a bomba hoje.

— Quase, mas não o suficiente — respondeu Viv. — Eu ainda estou tremendo. — Ela me deu uma cotovelada e acrescentou: — Então o que está acontecendo, Fiona? Dottie e eu notamos que você tem estado estranhamente quieta desde que chegamos. Você ainda está perturbada com a bomba ou é porque estamos presas aqui na Grã-Bretanha? Ou é Danny?

— Um pouco de tudo — respondi, tomando um gole da minha cerveja. — Mas, quanto a ficar presa na Grã-Bretanha, depois de dormir pensando nisso, acho que sei o que nós precisamos fazer.

— Nós? — perguntou Dottie.

— Nós — eu disse. — Então, daqui a oito dias vamos para o campo com o restante dos membros do Clubmobile que acabaram de chegar.

— Sim, e qual é exatamente o seu grande plano? — Viv perguntou, olhando para mim com ceticismo.

— Tudo o que precisamos fazer, a única coisa que realmente podemos fazer, é impressionar a Srta. Chambers com nossas habilidades — expliquei. — Temos que ser o melhor trio do Clubmobile que ela já viu. Vamos deixá-la de boca aberta com nossa ética profissional e nosso charme. Ela rapidamente perceberá o nosso valor, e, como somos incríveis, seremos as primeiras mulheres do grupo a serem enviadas para o continente. Quero dizer, quão difícil será esse trabalho? Somos universitárias, mulheres profissionais, pelo amor de Deus.

— Não sei, Fiona. Não sei se vai ser tão fácil quanto você pensa — disse Viv.

— Estou dizendo, vai ser fácil para nós — insisti. — E já somos amigas, então trabalhamos bem juntas. Embora, Dottie, você definitivamente precise superar seu medo do palco com as tropas. Olá, Dottie? Você ouviu o que eu disse?

Dottie estava corando e olhando atrás de mim, onde a banda parou para uma pausa rápida. Eu me virei para ver um homem alto com cabelos avermelhados dirigindo-se para nossa mesa. Levei um minuto para localizar seu rosto, e então me lembrei dele da minha noite sem dormir no *Queen Elizabeth*.

– Joe Brandon, o pianista do QE! Como você está? – Eu me levantei para cumprimentá-lo e fazer as apresentações.

– Ah, as garotas de Boston. – Ele puxou uma cadeira para se sentar conosco. Um dos membros vestido de branco dos Hepcats veio atrás dele e lhe deu uma garrafa de cerveja.

– Foi bom ter você lá, Brandon – agradeceu o membro da banda. – Não diga a Bernie, mas você é muito melhor nas teclas. Você pode tocar conosco a qualquer hora.

– Ah, eu duvido, Wayne – ele disse ao outro. – Mas obrigado, foi divertido.

– Espere, era você lá em cima? – perguntei enquanto Wayne se afastava. – Dottie tinha acabado de dizer que você era incrível, e ela conhece música melhor do que ninguém.

Eu imediatamente me arrependi de dizer aquilo, porque Dottie estava visivelmente mortificada. Pelo menos eu tinha deixado de fora a parte sobre ela também achar que ele era lindo.

– O que um pianista está fazendo no exército? – Viv perguntou, encobrindo Dottie, que não conseguia dizer uma palavra.

Joe explicou que era Capitão da Banda Militar da 28ª. Ele estava olhando para Dottie enquanto falava, mas ela mal podia encontrar o olhar dele enquanto tomava um grande gole de cerveja e brincava com seus óculos.

– Dottie, Fiona me contou que você toca mais de um instrumento. Isso é verdade? – Joe perguntou, tentando deixá-la à vontade com um sorriso gentil.

– Eu... sim... toco – disse Dottie, sua voz suave. – Violão e piano... embora não tão bem quanto você. Eu também toco clarinete, apesar de ser o que menos gosto dos três.

– De qual você gosta mais? – ele quis saber.

– Eu acho que violão – respondeu ela, com um aceno lento. – Eu trouxe o meu, mas preciso ganhar coragem para tocar para as tropas... Fiona estava dizendo isso, e ela está certa. O meu público habitual tem menos de 12 anos, na escola primária onde ensino música. É... apenas diferente.

– Tenho certeza de que os rapazes vão adorar você. Confie em mim – ele disse, transformando-a em um ponto vermelho novamente. – Então, quais são algumas de suas bandas favoritas? De que tipo de música você mais gosta? – Joe perguntou.

Dottie começou a relaxar enquanto falava sobre seu amor por Glenn Miller e Andrews Sisters.

Eles continuaram a falar sobre música, seus arranjos e canções favoritas, bandas diferentes que tinham visto ao vivo em Boston e Chicago. Era como se Viv e eu nem estivéssemos lá. Fiquei um pouco surpresa que Dottie estivesse falando com Joe. Viv me chutou debaixo da mesa, e eu sabia que ela estava pensando a mesma coisa. Em Boston, Dottie às vezes pedia licença para ir ao banheiro feminino quando os rapazes se sentavam conosco em um clube, só para evitar falar com eles.

– Eu adoraria ouvir você tocar algum dia, Dottie – Joe sugeriu, tomando um último gole de cerveja e levantando-se da mesa. – Vou a um bar a alguns quarteirões para me encontrar com alguns amigos, então tenho que correr. Parto em poucos dias, mas espero encontrar vocês novamente.

– Tenho certeza que sim – disse Viv. – Cuide-se, Joe.

– Foi muito bom conversar com você – Dottie agradeceu, dando a ele um sorriso com covinhas.

Ele parou, bateu levemente na cabeça e olhou para nós três por alguns segundos.

– Todas as garotas de Boston são assim tão bonitas?

– Claro que são – eu disse, sarcástica, balançando a cabeça. – E, sim, tenho certeza de que nos veremos de novo. Cuide-se.

Quando ele se afastou, Viv se inclinou sobre a mesa, acariciou a mão de Dottie e deu a ela um sorriso brincalhão.

– Bem, se você falar com todos os soldados como com ele, Dottie, você vai ficar *muito bem* aqui. Toda a nossa preocupação com você será em vão.

– Viv, é só porque ele é ligado à música – Dottie alegou. – Esses tipos são mais fáceis de conversar comigo.

– Ele é um rapaz *bonito* – Viv comentou.

– Sim, ele é – confirmei. – Não pensei nisso na noite em que o conheci no barco, mas ele é bonito.

– E ele gostou de você – Viv disse, empurrando Dottie.

— Não gostou — Dottie retrucou, com esperança na voz.

Então eu me lembrei da garota dele em casa, Mary Jane. Oh, droga. Eu estava prestes a contar a Dottie quando a banda começou de novo, dessa vez tocando "Moonlight Serenade", e a multidão explodiu em aplausos desvairados. Um casal estava dançando sozinho no meio da pista de dança. Levei um segundo para perceber que era Adele, a mulher da Cruz Vermelha da recepção, e o arrojado britânico Harry Westwood. Eles surpreenderam a todos enquanto dançavam pela pista, em perfeita sincronia com a música e entre si.

— Bem, eu vou ser amaldiçoada... — observou Viv. — Vocês acham que ele é...

— Meninas, que diabos estão fazendo aqui no canto? — Blanche disse, abordando a nossa mesa. — Assim que começarem a tocar algo divertido, vocês todas vão se levantar e dançar. Martha e Frankie estão jogando sinuca lá em cima com alguns soldados, mas eles vão se juntar a nós em breve.

— Certo, Blanche — eu disse, enquanto ela se sentava. — Você tem alguma ideia do motivo de terem tirado todo mundo da pista por causa daqueles dois?

— Claro que sim — respondeu Blanche, emocionada por compartilhar a fofoca. — Vocês não sabem quem é Adele?

— Não faço ideia. — Viv lhe entregou um cigarro e apontou para Harry Westwood. — É o marido dela?

— Não, tola, ela é uma viúva recente — revelou Blanche. — Ela era casada com um lorde. Ela é conhecida aqui como Lady Cavendish, mas seu nome de solteira é Astaire. Como *Fred Astaire*. Ela é irmã de Fred e sua parceira de dança original.

Todas nós ficamos admiradas e nos viramos para ver o giro final do casal em torno da pista de dança. Ela não era mais uma criança, mas ainda era uma dançarina linda. Quando a música parou, todos começaram a aplaudir muito, e Adele e Harry fizeram uma reverência rápida antes que a banda começasse com a música "Oh Johnny, Oh Johnny, Oh!" e a pista se enchesse de casais.

Blanche me puxou pela mão e acenou para Viv e Dottie.

— Tudo bem, garotas, nós vamos pegar alguns soldados para dançar o *jitterbug* e animá-los antes de irem para Deus sabe onde.

Não tenho certeza se foi a cerveja ou o entusiasmo dela, mas nós três nos levantamos e a seguimos até a pista de dança, rindo o tempo todo.

Capítulo 5

22 de julho de 1944

Só voltamos aos nossos dormitórios no número 103 da Park Street bem depois da meia-noite, e, quando caí na cama ao lado de Dottie depois de escovar os dentes, meus pés estavam doloridos por dançar de saltos altos. Muitos dos oficiais e soldados do Rainbow Corner ficaram entusiasmados por terem garotas americanas ao vivo com quem dançar, e o entusiasmo era contagiante. Eles nos imploraram para não irmos embora. Pela primeira vez em meses, me esqueci de tudo enquanto flutuava com soldados suados e ria com minhas amigas.

O horário de despertar chegou rápido demais. sete horas da manhã... Dottie e eu tivemos que arrastar Viv, morta de sono e roncando, para fora da cama a fim de nos vestirmos e chegarmos a tempo à sede da Cruz Vermelha em Grosvenor Square. As sirenes de ataque aéreo começaram assim que chegamos à porta da frente.

— Não se preocupem, meninas. A previsão de hoje é de céu nublado, com poucas chances de haver bombas voadoras — eu disse para Viv e Dottie, tentando esconder meu nervosismo ao som da sirene enquanto uma recepcionista nos orientava a subir a escadaria escura de mogno para a sala de treinamento.

— Você é muito engraçada, Fi — retrucou Viv, sem se preocupar. — Eu já sinto os tremores só de ouvir aquela maldita sirene. E não acredito que não posso fumar nas aulas.

— Eu preciso de café. E nunca vou me acostumar com as sirenes — resmungou Dottie, tentando olhar pelas janelas enquanto subíamos a escada.

Encontramos a sala de aula no segundo andar. Era uma sala de conferências que tinha filas de cadeiras voltadas para um estrado e um quadro-negro. Quando chegamos aos três assentos vazios da frente, acenamos e cumprimentamos, conversando com diferentes grupos de garotas enquanto passávamos. Procurei por Blanche, Martha e Frankie, mas não as vi.

Dez minutos depois, a porta se abriu e Judith Chambers entrou segurando algumas pastas, seguida por duas outras mulheres com uniformes da Cruz Vermelha e dois oficiais do exército. A sala se acalmou enquanto a Srta. Chambers dirigia-se ao púlpito. Uma das mulheres que a acompanhavam começou a escrever no quadro-negro:

TREINAMENTO CLUBMOBILE

Precauções de Ataque Aéreo

Precauções Antigás, Cuidados e Exercícios de Respiração

Procedimentos de Primeiros Socorros

Trabalho em Ambulância e Manejo de Macas

Direção de Caminhões GMC (Incluindo Direção no Escuro) E Licença de Direção Britânica

Como Fazer Donut e Café

— Bom dia, senhoras. Uma calorosa recepção ao seu primeiro dia de treinamento em Londres — disse a Srta. Chambers em voz alta, sorrindo para nós. — As sirenes se devem ao que nós apelidamos de bombas voadoras das *oito horas*. As sirenes esperam poder alertar militares a caminho do café da manhã ou do trabalho. Mas não se preocupem. Alguém virá nos avisar se tivermos que ser transferidos para o porão.

— Oh, ótimo — Dottie sussurrou para mim. — Pelo menos, se nos enviarem para fora do país, haverá menos bombas de zumbido, certo?

— Eu não tenho ideia — sussurrei de volta.

– Temos muito para arrumar em oito dias de treinamento, sem falar em outras tarefas administrativas necessárias, como distribuir seus uniformes com calças de batalha, cartões de racionamento e outras necessidades – a Srta. Chambers continuou. – Eu vou separá-las em...

Naquele momento, a porta se abriu e algumas garotas entraram em pânico. Nós não tivemos dúvidas de que deveríamos evacuar. Mas eram Blanche, Martha e Frankie. Blanche e Martha pareciam um pouco desgrenhadas e tinham olheiras. Era possível que tivessem dormido de uniforme. E a pele de alabastro de Blanche tinha um tom nitidamente esverdeado.

– Oh, meu Deus, alguma de vocês ouviu as garotas chegando ontem? – Viv sussurrou, dando-nos um olhar divertido. Dottie e eu balançamos a cabeça.

– Aham. – A Srta. Chambers deu a elas um sorriso breve enquanto todas murmuravam desculpas por estarem atrasadas. – Que gentil de vocês se juntarem a nós, senhoritas.

Cabeças abaixadas, elas correram e tomaram assento algumas filas atrás de nós. A Srta. Chambers limpou a garganta e deu a elas um olhar cortante, até começar a falar de novo.

– Antes de separá-las em grupos para o treinamento, agora é uma boa hora para conversarmos sobre alguns dos requisitos para ser uma jovem da Cruz Vermelha Clubmobile. Essa é, como vocês sabem, uma tarefa de prestígio, e todas vocês passaram por um rigoroso processo de seleção. Após a conclusão do treinamento aqui em Londres, vocês estarão em campo, trabalhando sozinhas com os militares, exceto para checagens feitas pelo seu capitão de seção. E eu também estarei passando para avaliar, em algumas ocasiões, para ter certeza de que as coisas estão em ordem em cada grupo.

"Em relação ao comportamento, devemos mantê-lo nos mais altos padrões, e todas vocês devem obedecer às regras da Cruz Vermelha e do exército, apresentadas nas diretrizes que receberam em Washington. Algumas das diretrizes mais importantes a serem lembradas são: em primeiro lugar, obedecer às solicitações e ao regulamentos do exército. Em segundo lugar, respeitar o toque de recolher à meia-noite, a menos que uma permissão especial seja concedida. Em terceiro lugar? Ser sempre pontual. O exército não espera por ninguém. E estar atrasada numa zona de guerra... Isso pode colocá-las em perigo, ou até mesmo matá-las."

Ela disse esta última parte enquanto olhava diretamente para Martha, Blanche e Frankie, sentadas em suas cadeiras, tentando se esconder sob seus quepes. Eu me virei e vi um vislumbre do rosto de Frankie; ela parecia furiosa.

Outras garotas na sala começaram a se contorcer em seus assentos, sussurrando umas para as outras. Viv olhou para mim e revirou os olhos, mexendo com um cigarro imaginário. Dottie se recusou a olhar para nós. Ela gostava de cumprir regras, e as bombas voadoras realmente a tinham abalado. Sua pele de oliva estava pálida, e ela olhava diretamente para a frente da sala. A Srta. Chambers pegou cada sinal de sua plateia.

– Neste momento, sei que tudo isso parece difícil – ela disse, segurando o púlpito e esquadrinhando a sala, tentando fazer contato visual com o maior número possível de nós. – Mas entendam que vocês acabaram de chegar ao limiar de uma guerra que só vivenciaram nos jornais. Em menos de duas semanas, vocês saberão mais do que nunca como é estar perto das linhas de frente desse conflito. Este trabalho é um privilégio, mas garanto que vai desafiá-las mais do que qualquer coisa que já tenham feito. Vocês precisam estar preparadas. É para isso que servem as diretrizes. É para isso que serve o treinamento desta semana.

Ninguém mais sussurrava. A sala estava silenciosa enquanto as sirenes do lado de fora tocavam.

– Se alguém perceber que não pode seguir as diretrizes – continuou a Srta. Chambers – ou se decidirmos que alguém não está à altura da tarefa, entendam que a Cruz Vermelha se reserva o direito de enviá-las para casa imediatamente.

Segurei a respiração com aquele comentário. A atmosfera era tensa e desagradável, pois todas nós olhávamos em volta umas para as outras, muito desconfortáveis. Ninguém ali queria ir para casa. Isso não aconteceria conosco. Eu me encarregaria disso.

– Hum, não nos voluntariamos para isto? E ela está ameaçando mandar pessoas para casa no *primeiro dia*? É uma ótima maneira de levantar o ânimo, não acham? – Viv reclamou, entredentes.

– Não exatamente – eu disse. – Mas não estou preocupada em ser mandada para casa.

Apesar do aviso, eu ainda me sentia confiante de que Viv, Dottie e eu tínhamos todos os requisitos. Tínhamos educação, personalidade e talento. Embora Dottie fosse tímida, eu tinha certeza de que ela compensaria isso com seus dons musicais. Nós ficaríamos bem.

– Fiona? Fiona, preste atenção. Eles estão nos dividindo em grupos para treinamento – Dottie disse, me agarrando pelo braço.

– Começaremos com as precauções de ataque aéreo. Vamos lá!

– Jesus Cristo, assim já é demais! – McAllister gritou enquanto caminhava até Viv. Ela tinha a máscara de gás colocada e havia puxado um espelho compacto, ajustando os cachos em volta da borracha cinza. Um grupo de garotas começou a rir.

– Pronto, assim está melhor – elogiou Viv, a voz abafada atrás da máscara enquanto fechava seu espelho e o colocava no bolso.

– Terminou, senhorita? – McAllister perguntou. Ele estava na frente dela com as mãos nos quadris, o peito inchado, a careca resplandecendo à luz da tarde. Ele tinha o olhar cansado de um professor que perdera completamente a paciência.

Viv mostrou a ele os dois polegares para cima, o que sem motivo nenhum nos fez começar a rir mais. Depois de passar o dia em um curso de atualização de treinamento de primeiros socorros e uma aula de prevenção de ataques aéreos, tínhamos acabado de chegar de ônibus para nossa última sessão da tarde.

Estávamos a trinta minutos de Londres, na base militar americana Camp Griffiss, no Bushy Park, o segundo maior parque real de Londres. Nos tempos de paz, eu tinha certeza de que o parque era lindo, mas agora grande parte de seus mil e cem acres tinha sido transformada pela guerra. Seus lagos e fontes tinham sido drenados e cobertos com redes camufladas para esconder do inimigo qualquer marca topográfica. Uma pista de aterrissagem para aeronaves pequenas tinha sido construída, assim como várias pistas para a passagem de tanques, e havia baterias antiaéreas e metralhadoras onde quer que olhássemos.

Sentindo-nos um pouco ridículas, duas dúzias de nós estávamos em um campo aberto e lamacento, cheirando a esterco de cavalo, enquanto tentávamos colocar nossas máscaras de gás. Parecíamos criaturas alienígenas quando finalmente conseguimos.

Tinha chovido na noite anterior, e o ar estava tão úmido que minhas roupas grudavam em mim. O soldado nos fez tirar as máscaras e colocá-las mais meia dúzia de vezes para ter certeza de que todas sabíamos como usá-las, ajustando-as corretamente.

Dois jipes cheios de soldados passaram pelo campo. Quando nos viram, eles se inclinaram pelas janelas e começaram a assobiar e a gritar. Nós acenamos e mandamos beijos de volta com nossas máscaras, o que os fez comemorar ainda mais.

– Acalmem-se, senhoritas – pediu McAllister com um grunhido.

Dottie e eu estávamos assistindo enquanto o cabo exasperado ajudava Viv a ajustar sua máscara de gás corretamente pela sexta vez.

– As aulas de direção desta semana devem ser interessantes – eu disse, enquanto tentava tirar os fios de cabelo emaranhados de minha máscara de gás –, já que eu dirigi, oh, três vezes na minha vida.

Respirei fundo. Dirigir era a única coisa que me deixava nervosa no treinamento. Eu era uma jovem da cidade e nem sequer tinha carteira de motorista.

– Isso é três vezes mais do que eu – respondeu Dottie.

– As garotas do interior terão muito mais facilidade do que nós – refleti.

– Sim, Martha dirige *tratores* – retrucou Dottie. – E ela não é a única.

– Ei, Boston. – Frankie veio atrás de nós, tirando a máscara de gás como se tivesse feito aquilo a vida toda. Seus cachos fugiam em todas as direções.

– Frankie, o que aconteceu ontem à noite? – perguntei.

– Honestamente, eu estava pronta para ir embora quando vocês saíram, mas Blanche e Martha me imploraram para ficar – Frankie respondeu, revirando os olhos. – E então ficamos dançando, o que foi divertido, mas, que vergonha, perdi completamente a noção do tempo. Você acredita que o clube funciona 24 horas por dia? Conseguimos dormir três horas. E você viu o olhar da Srta. Chambers? Ela não ficou feliz conosco.

Ainda estou tão brava comigo mesma por ter concordado em ficar. Eu sabia que deveria ter ido embora. Eu disse àquelas duas que era a última vez que estava me metendo com o lado ruim da Srta. Chambers. Não vou ser expulsa. Já é ruim o suficiente ter sido rejeitada pelas WASPs.

– Eu não estou surpresa que Blanche quisesse ficar – comentei.

– Claro que sim. – Frankie balançou a cabeça. – Eu juro que a única razão pela qual a garota está aqui é para flertar com os oficiais.

– Martha é a única que me surpreende – continuei. – Não pensei que a fazendeira tivesse isso dentro dela.

– Oh, Martha sabe *dançar* – exclamou Frankie. – Ela não é tão boa quanto Adele Astaire, mas fez bonito. Onde as pessoas dançam em Orange City, Iowa? Nos campos de milho? Todos os rapazes do lugar queriam uma chance de dançar com ela. De qualquer forma, esta noite temos plantão no telhado, Fiona. Você está pronta para isso? – perguntou Frankie.

Eu tinha esquecido que ela me oferecera como voluntária.

– Claro, Frankie – respondi, chateada. *Eu tenho escolha?*

– Vamos lá... Quero vocês oito – chamou o soldado, apontando para mim, Dottie, Frankie e Viv junto com outras quatro garotas. – Vocês todas estavam conversando. Parecem prontas para serem as primeiras a passar pela perfuratriz da câmara de gás lacrimogêneo. – Ele apontou para o pequeno barracão de madeira a cem metros de distância.

– Agora? – Doris, uma garota sulista do Alabama, perguntou, franzindo o cenho. – Com nossos uniformes?

– Sim, *agora mesmo* e com seus uniformes – disse McAllister, imitando sua voz, com sotaque sulista e tudo. – Você com certeza não pode tirá-lo.

Fomos até o barracão sombrio e exposto ao vento enquanto ele nos dava as instruções finais para o teste do gás lacrimogêneo. O homem nos conduziu para dentro, e nós nos atrapalhamos com as máscaras imediatamente, segurando a respiração pelo maior tempo possível. Em menos de trinta segundos o soldado nos conduziu para fora do outro lado do barracão.

Sufocando, engasgando, gritando e rindo, cambaleamos para fora do barracão e tentamos remover nossas máscaras.

– Agora abaixem-se até o chão e sintam cheiro de gás antes de retirar suas máscaras – ele ordenou.

Nós estávamos em pé em um enorme lamaçal atrás do barracão. Olhamos em volta uma para a outra com nossos uniformes e apenas acenamos para ele. Ninguém queria ficar muito em baixo.

– Não! Abaixem-se! PARA BAIXO! Agora! – ele gritou.

O grito assustou a todas nós, e eu me agachei com Viv e Dottie quando Frankie, Doris e as outras três garotas se atiraram na lama. Senti pingar uma gota nas minhas bochechas.

– O que em nome de Deus vocês estão fazendo? – McAllister perguntou.

– Você mandou nos deitarmos! – Frankie olhou para ele. – Estou fazendo o que você mandou. Estou deitada.

– Eu disse para se *abaixar*, não se deitar – McAllister respondeu.

– Bem... aqui dentro da máscara de gás parecia *deitar*. – Frankie estava irritada, enquanto tentava se levantar da lama.

McAllister estava com o rosto vermelho, a boca fina e apertada. Mas dessa vez sua expressão severa começou a ceder.

– Eu disse... – E então ele não conseguiu se segurar. Estava mordendo o lábio, mas abriu um sorriso e começou a gargalhar, virando-se e se afastando para se recompor. Isso foi o suficiente para que o nosso grupo começasse a chorar de rir.

Dottie ria tanto que cambaleou e caiu de cócoras e depois ficou de pernas para cima, seu traseiro meio ensopado e seus óculos cobertos com tanta lama que não podíamos ver seus olhos. Olhei para Viv enquanto ela tentava desesperadamente se livrar da bagunça e ficar limpa, mas era tarde demais: seu uniforme estava salpicado, e seus sapatos mal eram visíveis. Ela ria a ponto de ter lágrimas correndo por seu rosto lamacento.

– Fazer donuts e dirigir tem que ser mais fácil do que isso – eu disse a Dottie enquanto Viv e eu tentávamos puxá-la para cima, todas nós ainda rindo.

– É melhor que seja – Viv observou. – Olha o que o dia de hoje fez com as minhas unhas. Tenho que repintá-las quando voltarmos.

Dottie e eu olhamos uma para a outra e reviramos os olhos. Se as unhas de Viv sobrevivessem à guerra, seria um milagre.

Naquela noite, de volta a Park Street, depois de um banho frio e uma refeição quente, encontrei Frankie no telhado. Eu não a teria visto sentada no canto mais distante sobre um caixote de madeira se não fosse pela ponta do cigarro dela brilhando na escuridão. Havia uma agradável brisa de verão, e também aquele cheiro acre familiar, um lembrete de que a guerra estava ao nosso redor.

– Olá – cumprimentei, caminhando até ela, ainda segurando a carta fechada que estava esperando por mim quando voltamos do treinamento.

– Ei, encontrei dois caixotes para nos sentarmos – ela comemorou, movendo-se para o outro.

– Obrigada. Alguma ação até agora? – perguntei.

– Não, silêncio esta noite. Parece tão assustador lá fora. Nem uma luz à vista.

– Ainda vou retornar a Londres quando as luzes estiverem de volta.

– Eu estava pensando a mesma coisa – Frankie disse.

– De onde você é, afinal? – perguntei. Se fôssemos ficar sentadas ali a noite toda juntas, achei que deveria conhecê-la melhor.

– Chicago, Illinois. Simplesmente a melhor cidade do mundo – ela elogiou. – Grande torcedora dos Cubs, é claro.

– Você é a segunda pessoa que conheço de Chicago. O que você faz lá? – eu quis saber.

– Eu trabalhava na Marshall Field's, a loja de departamentos... Era vendedora no departamento de calçados. Eu adorava, e era muito boa. Era uma das melhores vendedoras todos os meses.

– Por que isso não me surpreende? Então, por que sair para fazer isto?

– Bem, eu não sou enfermeira, e eles não me deixavam voar – ela respondeu. – Eu precisava fazer algo na guerra. Este trabalho é o mais próximo que posso chegar do verdadeiro combate.

– Por que razão você gostaria de estar em um combate de verdade? – perguntei. Ela ficou quieta por um momento. Mesmo enquanto estava sentada, seu joelho balançava para cima e para baixo, constantemente em movimento.

– Desde que meu marido, Rick, morreu na guerra, há dois anos, tenho desejado revidar – ela revelou. Examinei-a, observando a cidade escura. Por um momento, fiquei sem palavras.

– Frankie, eu... sinto muito. Não fazia ideia – eu disse. Ela era uma viúva de guerra. Apertei bem a carta.

– Está tudo bem. Achei que Blanche tivesse lhe contado. Ela conta tudo a todos. – Ela pausou por um momento antes de continuar. – Não me entenda mal. Por muito tempo nada estava bem. Rick era bombardeiro no Corpo Aéreo do Exército dos Estados Unidos, morto no norte da África em julho de 1942. – Ela suspirou. – Fiquei tão furiosa com isso no início. Tão furiosa. Mas você não pode continuar se sentindo assim, ou isso sufoca você. – Ela pausou por um minuto, dando um trago no cigarro. – Mas o que as pessoas dizem é verdade: o tempo cura. Pelo menos começou a me curar. E estar aqui? É exatamente o que eu precisava.

– Eu entendo isso – falei em voz baixa. Nós duas ficamos quietas por um minuto, olhando para o céu. – Blanche lhe falou sobre meu noivo, Danny?

Frankie assentiu, me olhando nos olhos.

– Claro – ela disse. – Não saber deve ser uma tortura. Você deve se perguntar o tempo todo onde ele está, se escapou, se está na Alemanha, se ele... – Ela se deteve.

– Se ele se foi... – terminei o pensamento dela. – É uma tortura. – Respirei profundamente o ar frio da noite antes de começar a falar novamente. Agora eu entendia o empenho de Frankie no nosso trabalho ali de uma forma que não compreendia antes.

– Ainda tenho sua última carta, que recebi em outubro. Eu a guardo na parte de baixo da minha mussette. Não a leio há algum tempo, porque praticamente a memorizei e aquilo me deixa muito triste. Ele sempre terminava suas cartas com "Te vejo em breve"...

– Como a música. – Frankie assentiu.

Nós duas fazíamos parte de um clube do qual ninguém nunca quis ser membro. Mas era um vínculo próximo, um vínculo que eu estava grata por ter ali.

– Obrigada por me falar sobre Rick. É bom conversar com alguém que entenda. Viv e Dottie têm sido muito solidárias, mas...

– Mas elas não entendem de verdade – ela completou.

– Não, e espero que nunca entendam.

Olhei para o envelope na minha mão.

– Isto é uma carta de casa?

– Sim. – respondi. – Da minha família. E estou morrendo de vontade de abri-la porque sinto muita falta deles, mas tenho receio porque pode trazer notícias de Danny. É das minhas três irmãs mais novas.

– Você está com medo de abri-la? – ela perguntou, estendendo a mão. – Quer que eu abra?

Pensei por um segundo.

– Você faria isso? Por favor, olhe para ver se há notícias dele, para eu saber...

Entreguei o envelope a ela. Frankie abriu-o cuidadosamente e segurou a carta perto do rosto para a ler no brilho do cigarro. Vi os três estilos diferentes de caligrafia das minhas irmãs e as figuras bobas que elas tinham desenhado nas laterais do papel timbrado.

– Não. Nada de novo sobre Danny. Bem no início da carta, sua irmã Niamh diz: "Até o momento desta carta, ele ainda é considerado desaparecido em ação".

Suspirei e percebi que estava prendendo a respiração enquanto ela lia.

– Ela me contaria. Minha irmã se saiu bem. É tortura, mas... Não posso deixar de ter esperança – eu disse.

– Entendo – respondeu Frankie. – Posso ler em voz alta para você? É muito doce. Quantos anos elas têm?

– Niamh tem 23 anos. Deidre e Darcy têm 18 – respondi. – Claro, por favor leia o restante.

Frankie leu a carta em voz alta:

Agora que tiramos isso do caminho, como você está? Como foi a viagem? Já está com saudade de nós? Estamos montando um pacote de cuidados para enviar. Do que você precisa? Deidre está tricotando um lenço vermelho e luvas. Não se preocupe, não vamos esquecer o Kotex! Não posso acreditar...

As sirenes de ataque aéreo começaram, e Frankie e eu pulamos. Nós paramos e vasculhamos os céus, procurando por qualquer V-1 em direção a Park Street. Ela me devolveu a carta. Continuamos procurando, e eu podia sentir o coração batendo na garganta.

– Certo, se encontrarmos algo chegando, tocamos o sino? – perguntei.

Frankie assentiu.

– Nós tocamos o sino, corremos para baixo para bater nas portas das pessoas, e então vamos todos para o porão, colocamos os capacetes e puxamos travesseiros sobre nossas cabeças até que acabe.

– Frankie... – Apontei para o horizonte. Ouvi antes de avistar. A ponta da cauda, uma luz branca muito brilhante.

– Sim, essa está chegando perto. Pegue seu capacete e vamos embora! – ela disse, colocando seu próprio capacete e correndo para a escadaria.

– Você acha que vamos nos acostumar com isso? – perguntei, enquanto voávamos pelas escadas para avisar os outros, o barulho no céu lembrando um motor de motocicleta e ficando mais alto a cada minuto.

– Nós não temos escolha.

Capítulo 6

24 de julho de 1944

Fiquei ao lado de Dottie e Viv, estalando os dedos enquanto olhávamos, com desconfiança, para o enorme caminhão GMC de 10 toneladas à nossa frente. Tínhamos acabado de nos transformar nas garotas de uniformes camuflados do exército que Norman, o nosso instrutor de direção britânico, tinha atirado contra nós quando chegamos à sua garagem em Camp Griffiss para o primeiro dos quatro dias do nosso curso de direção e manutenção de carro. Os últimos dois dias de formação seriam dedicados à produção de donuts e café.

O treinamento seria concluído com uma cerimônia com Harvey Gibson, chefe da Cruz Vermelha, no Teatro Europeu. Outros trios Clubmobile, incluindo Blanche, Martha e Frankie, estavam distribuídos pela base, tendo suas próprias aulas particulares com um instrutor.

Desde o início eu estava entusiasmada com a ideia de ser uma garota Clubmobile. Mas não estava empolgada com a ideia de dirigir o monstro diante de mim.

– Não sei por que temos que ter essas lições agora se estamos na Inglaterra e vamos ter nosso próprio motorista aqui – disse Dottie.

– Exatamente – concordou Viv, olhando para as roupas que estava usando com evidente desagrado. – Quem dera pudéssemos pular esta parte e passar para a produção de donuts.

– A razão pela qual você está tendo aulas agora é para que esteja preparada se e quando precisarmos mandá-la para a Zona V – esclareceu a Srta. Chambers ao vir da garagem acompanhada de uma mulher atlética, que também estava vestida com um uniforme da Cruz Vermelha. A mulher era alta, embora não tão alta quanto a Srta. Chambers, com cabelo loiro e um rosto que minhas irmãs descreveriam como bonito, mas sem graça.

– Bem, isso faz sentido, então, Srta. Chambers – eu disse, com um sorriso. Ela teria que nos mandar para a Zona V em algum momento. Tentando fingir entusiasmo, acrescentei: – Estamos realmente ansiosas pela aula, já que definitivamente queremos estar prontas para o continente, hã... para a Zona V.

Viv ergueu as sobrancelhas, sinalizando que eu estava sendo um pouco exagerada.

– Eu queria apresentar a vocês Liz Anderson – disse a Srta. Chambers. – Ela recentemente serviu com os Clubmobiles no Norte da África. Liz será a capitã de campo do seu novo grupo Clubmobile, o Grupo F. Vocês serão um dos oito Clubmobiles do grupo de Liz.

Viv, Dottie e eu nos apresentamos à mulher que era nossa nova chefe e conversamos com ela sobre nossa origem e as experiências dela na África.

– Ainda nem sabia que havíamos sido designadas para um grupo – comentei.

– Sim, bem, estamos aqui para uma reunião de finalização dos detalhes, porém já resolvemos quase tudo – disse Liz. Ela nos deu um sorriso caloroso. – Estou ansiosa para trabalhar com vocês. E acreditem em mim quando digo que sei que esses caminhões parecem intimidantes, mas vocês ficarão bem assim que se familiarizarem com eles.

– E é melhor vocês pegarem o jeito rapidamente. Faltam apenas alguns dias de treinamento – lembrou a Srta. Chambers com uma risada. – Vocês precisam obter as licenças britânicas e passar no teste escrito de Norman, ou não irão a lugar nenhum.

– Espere, há um teste escrito também? – Viv indagou, olhando para mim e Dottie.

– Apenas algumas questões básicas sobre manutenção – respondeu Liz, tentando nos tranquilizar, algo que a Srta. Chambers definitivamente não estava fazendo. – Como verificar o óleo e o combustível, manter o distribuidor limpo...

– O quê? – Dottie e eu dissemos ao mesmo tempo.

– O distribuidor. Vocês não sabem o que é?

Norman caminhou com um kit de ferramentas, seu uniforme já manchado com graxa preta. Ele estava na casa dos 60 anos e falava com sotaque cockney, de quem nasceu no East End, em Londres. O olhar em seu rosto muito franzido me dizia que ele não estava exatamente entusiasmado por ter que ensinar as garotas americanas a dirigir.

– Vejo que vocês estão vestindo seu uniforme camuflado. Preparadas para continuar com isso, então?

– Boa sorte, senhoritas. – O tom de voz da Srta. Chambers dizia "vocês vão precisar".

Quando as duas mulheres começaram a ir embora, Liz virou-se:

– Vai dar tudo certo. – E mostrou o polegar para cima.

Quase duas horas depois, estávamos terminando nossa lição sobre as partes do veículo sob o capô, ou "o boné", como Norman chamava.

– Agora me digam o que é isto e o que é isto – disse Norman, apontando.

– Hmm... isto é a chave, e isto é uma bugiganga – respondi, olhando para ele com uma expressão séria. Ele parecia tão irritado que eu tive que sorrir. – Oh, eu só estou provocando você, Norman – falei, batendo em seu ombro. – Este é o carburador, e estas são as velas de ignição.

Norman soltou o fôlego e assentiu.

– Certo. Vocês garotas da Cruz Vermelha vão me levar para beber.

Naquele momento, outro Clubmobile veio pela estrada em direção a nós, a buzina tocando e "Deep in the Heart of Texas" explodindo pelos alto-falantes.

– O que é...? – Norman disse.

– Ei, garotas! – Blanche e Martha estavam inclinadas para fora das janelas do Clubmobile, gritando e acenando para nós enquanto passavam. Frankie estava dirigindo, claramente satisfeita consigo mesma, sentada atrás do volante do lado direito do carro. O instrutor estava sentado ao lado dela, segurando-se no painel, olhando para a frente como se estivesse à beira de um ataque cardíaco.

– Vejo vocês mais tarde... se Frankie não nos matar primeiro – Blanche brincou, colocando as mãos ao redor da boca e gritando alto o suficiente para ouvirmos por cima da música.

– Vão ter que pagar uma cerveja ao velho Alfie hoje à noite – disse Norman, balançando a cabeça. – E eu que pensei que o grupo de vocês fosse ruim.

— Norman, querido, quando vamos realmente dirigir? — Viv perguntou, batendo os cílios para que ele corasse. As aulas de manutenção eram necessárias, mas tediosas e chatas.

— Agora que vocês têm uma ideia do que está embaixo do capô, têm que entrar embaixo do caminhão.

— Desculpe, você mencionou *embaixo* do caminhão? — Dottie questionou.

— Sim, vocês três — disse Norman.

— Vocês vão estar no meio do nada um dia, na França ou na Alemanha, e vão agradecer a Norman quando o caminhão quebrar e não tiverem uma alma à vista para ajudá-las. Vocês precisam entrar embaixo do caminhão e depois aprender a trocar o pneu. Só então eu deixo vocês dirigirem.

— Você está certo. Nós com certeza vamos. Obrigada, Norman — respondi. Eu sabia que ele estava chegando ao seu limite conosco. — Muito bem, senhoritas, vamos nos ajoelhar aqui — chamei, ajoelhando-me perto do GMC. Naquele momento, um jipe cheio de soldados se aproximou e começou a buzinar para nós. Balançamos as mãos e demos os sorrisos de sempre quando ouvi:

— Ei, é Boston! — Joe Brandon pulou do jipe e veio correndo. — Só queria dizer olá. — Notei que ele olhou Dottie nos olhos quando falou. Norman resmungou, aborrecido com a interrupção.

— Oh, olá, Joe — Dottie cumprimentou, movendo os óculos pelo nariz enquanto olhava para ele, a cor subindo pelas suas bochechas.

— Ei, garotas, como vai a aula?

— Horrível — Norman bufou.

— Ainda nem terminamos a manutenção — falei. — Estamos prestes a entrar embaixo do caminhão antes que Norman desista de nós.

— *Elas* estão prestes a entrar embaixo do caminhão — corrigiu Viv. — Eu vou ficar aqui fora e tomar nota.

— Você não vai fazer nada disso! — Norman bufou, braços cruzados, e, quando olhou para Viv, apontou o dedo para ela e acrescentou: — Viviana... oh... oh... oh, vocês precisam parar de brincar.

— Bem, não quero atrapalhar vocês — disse Joe. — Mas vou tocar com alguns dos membros da minha banda no Paramount Dance Hall no domingo à noite, e adoraria que vocês três viessem.

– Perfeito – comemorei. – Será nossa última noite em Londres.

– Podemos levar algumas amigas? – Viv perguntou.

– Vocês podem levar todas as amigas que quiserem – respondeu Joe, sorrindo, dando uma olhada tímida para Dottie e chutando a sujeira feito uma criança. Um rapaz do jipe o chamou e avisou que eles tinham que ir embora.

– Eu vou deixar vocês voltarem ao trabalho – Joe acrescentou. – Até logo.

– Até logo – Dottie disse, e Viv deu uma cotovelada nela enquanto nos despedíamos. – Oh, parem – Dottie retrucou, dando-lhe uma cotovelada nas costas.

– Parar o quê? – Viv perguntou. – Ele só tinha olhos para você, Dottie.

– Ela está certa, Dottie – concordei. E então me lembrei que eu ainda tinha que contar a ela sobre a garota de Joe o esperando em casa...

– Tudo bem, tudo bem – Norman disse. – Embaixo do caminhão agora. Temos muita coisa para fazer.

Fui a primeira a rastejar para lá, e imediatamente bati a cabeça contra o que eu tinha certeza que era o eixo.

– Ai – gritei, e uma gota de graxa caiu no meu rosto. E tudo o que eu conseguia pensar era: *Danny Barker, se você pudesse me ver agora*.

Dottie e Viv se juntaram a mim, e todas nós ficamos lado a lado debaixo do caminhão enquanto Norman gritava as diferentes partes que precisávamos lubrificar.

– Não posso acreditar na quantidade de graxa que pingou na minha cara – disse Viv. – É nojento. E um desastre para a nossa pele.

– Não posso acreditar na quantidade de partes que há aqui embaixo. Não estávamos quase terminando? – Dottie perguntou.

– Dottie, enquanto Norman está fora de alcance, preciso lhe contar algo – comecei.

– O que foi? – ela quis saber.

– Bem, na noite em que conheci Joe Brandon no navio, ele me contou que tinha uma garota o esperando em casa. Uma professora chamada Mary Jane.

– Aquele lobo – Viv grunhiu. – Você jamais imaginaria pela maneira como ele estava te olhando agora mesmo.

– Me desculpe, foi o que ele me disse na época – falei. – Eu queria lhe contar antes, e me esqueci. Talvez ele não esteja mais com ela...

– Tudo bem, Fiona, de verdade – Dottie respondeu, a voz abafada. – Vocês estavam vendo coisas demais onde não havia nada.

– Concordo com Viv. Não que ele seja um lobo, mas parece gostar de você – contemporizei. – Então talvez ela tenha rompido.

– Como eu disse, não existe nada. Vamos embora em breve, e eu provavelmente nunca mais vou vê-lo depois de Londres. – Dottie fingiu pouco-caso, sua voz de alguma forma esperançosa e desapontada ao mesmo tempo.

– Você ainda quer ver a banda dele tocar? – perguntei.

– Por que não? Tenho certeza de que eles serão ótimos – ela respondeu.

– E nós vamos nos certificar de que você esteja absolutamente linda nessa noite – avisou Viv.

– Blanche me disse esta manhã que estamos autorizadas a usar roupas civis, já que será nossa última noite em Londres. Provavelmente a última noite em que poderemos usar um vestido bonito em muito tempo. Joe Brandon ficará com o coração partido.

– Oh, eu não...

– Meninas, vocês estão engraxando ou tagarelando aí embaixo? – Norman nos chamou. – Eu quero treinar um pouco de direção antes que escureça.

Eu tinha envolvido o cabelo em um lenço vermelho para tentar cobri-lo, mas vários fios tinham escapado e estavam grudados no meu pescoço. Eu podia sentir a sujeira e a graxa no rosto, e meu uniforme camuflado estava imundo.

Avistei duas grandes botas de couro preto brilhantes ao lado dos sapatos marrons de Norman enquanto rastejava para fora. O sol tinha saído, e tive que proteger os olhos para ver o oficial. Ele tinha mais de um metro e oitenta, peito largo, e seu nariz parecia um pouco deslocado, como se tivesse sido quebrado e montado de novo. Seu cabelo preto grosso era curto, com um corte militar, e ele tinha grandes olhos escuros com uma pequena cicatriz em uma das sobrancelhas. As botas eram diferentes daquelas da maioria dos soldados que eu tinha visto, e ele tinha um distintivo de paraquedas prateado no peito e um adesivo com dupla insígnia A no ombro.

— Oh, olá — cumprimentei, tentando pelo menos colocar um pouco do cabelo de volta para dentro do lenço. Eu tinha certeza de que naquele momento estava parecendo o oposto de uma garota da Cruz Vermelha. — Estamos terminando, Norman.

— Olá — disse o oficial, assentindo, distraído. Ele foi o primeiro soldado a não sorrir para mim. Agora eu tinha certeza de que estava ainda mais desarrumada do que pensava. — Então, Norman, você acha que será capaz de consertar o jipe nos próximos dias se eu o trouxer amanhã de manhã? — perguntou o oficial. — Nós vamos para Leicester em breve.

— Sim — Norman respondeu. — Para você? Claro que sim.

— Obrigado, senhor. — Ele olhou para mim de novo, ainda sem sorrir. — Cruz Vermelha?

— Sim — respondi. — Clubmobile. Leicester. Isso é nas Midlands, no Norte, certo? Acho que também estamos indo naquela direção.

— Oh? — ele disse. — Bem, se vocês forem para lá, não se metam em problemas. Não queremos nos preocupar com um grupo de garotas dirigindo caminhões de donuts ao redor do campo.

— Vamos ter um motorista lá — retruquei, irritada. Bati continência e cruzei os braços. — Mas qual é o problema com garotas dirigindo caminhões?

— Nada. — Ele levantou as sobrancelhas, divertindo-se. — Tenho certeza de que vocês vão ficar perfeitamente bem. Apenas se cuidem.

— Ei, podemos sair agora? — Viv gritou de debaixo do caminhão. — Acho que terminamos.

— Tenho que ir — anunciou o oficial. — Obrigado, Norman. Boa sorte, uh...

— Fiona. Fiona Denning. Eu apertaria sua mão, mas... — Olhei para minhas mãos cobertas de graxa preta e sujeira.

— Está tudo bem — ele disse, levantando as mãos, e finalmente me deu um sorriso meio de lado. — Sou o Capitão Peter Moretti, 82ª Divisão Aerotransportada. Somos paraquedistas. Tenho que correr. Obrigado novamente, Norman.

Ele fez um sinal com a cabeça e correu em direção aos prédios administrativos no lado oposto do pátio das garagens. Viv e Dottie haviam saído de debaixo do caminhão e estavam se limpando.

– Quem era aquele? – Dottie perguntou.

– Algum capitão da 82ª. Ele acha que as garotas não devem dirigir caminhões.

– Ora, ele está totalmente certo – Viv concordou.

– Viv! – Bati no braço dela. – Você não está ajudando.

– O oficial não é um capitão qualquer – disse Norman. – Aquele é Peter Moretti. Um pugilista de Nova York. Peso-pesado. Ele estava subindo no ranking antes de entrar para a 82ª Divisão Aerotransportada. Quase lutou contra Joe Louis.

– Ele *parece* mesmo um pugilista – comentei.

– Aqueles rapazes da 82ª acabaram de voltar da Normandia – explicou Norman, balançando a cabeça. – Trinta e três dias seguidos de sangue, sem alívio. Quase metade deles se foi.

– Oh, Jesus. – Dottie suspirou. – Mortos?

– A maioria... Alguns desaparecidos. Mas que diferença faz, não é? – Norman disse, balançando a mão em triste resignação. – Corajosos e bons garotos americanos. Não é como alguns dos seus que vêm aqui, beber, perturbar e correr com garotas britânicas não muito comportadas. Não, a 82ª Divisão Aerotransportada é brilhante.

– Podemos aprender a dirigir essa coisa agora, Norman? – Viv perguntou, tentando e falhando em limpar a sujeira do rosto com seu lenço rosa rendado.

– Sim, se vocês puderem trocar esse pneu em menos de 30 minutos, vamos começar a ter aulas de direção logo em seguida – anunciou Norman.

– Mas esse pneu parece pesar 500 quilos – contestei. – Não há como levantá-lo.

– Vocês conseguem. O último grupo de garotas da Cruz Vermelha conseguiu – Norman disse, olhando para o relógio. – Vocês têm 30 minutos. Andem logo com isso, então.

– Vamos – chamei, enquanto Viv soltava um gemido e Dottie parecia a ponto de chorar. – Se trabalharmos juntas, vamos terminar esse maldito pneu antes de percebermos.

Capítulo 7

27 de julho de 1944

Um fato divertido que aprendemos durante nossas aulas de direção sobre os caminhões Clubmobile é que, apesar do tamanho, a capacidade do tanque é de apenas quatro galões e meio. Gasolina, ou petróleo, como os britânicos chamam, era tão escassa na Inglaterra que só se conseguia em campos militares. Você precisava ter muito cuidado com a quantidade de gasolina que tinha no tanque, ou se arriscava a ficar sem combustível – "sozinho em uma estrada escura em algum lugar, com bastardos nazistas sanguinários vindo atrás de você" –, como Norman nos disse.

Se você enfrentasse qualquer outro tipo de problema estranho com o combustível, a primeira coisa a fazer seria verificar a tubulação de abastecimento e a conexão para ver se havia vazamentos ou sujeira. Em seguida, você deveria conferir o funcionamento da bomba de combustível. Se mesmo assim você não conseguisse descobrir o que estava errado com o maldito caminhão, seria recomendável checar a bomba de combustível para o carburador.

Durante nosso treinamento com Norman, ele também nos ensinou a substituir uma lâmpada gasta, verificar a bateria e os cabos principais, as velas de ignição e todas as conexões de fios, se houvesse problemas elétricos. A troca de um dos pneus enormes do Clubmobile provou-se um dos obstáculos mais difíceis e nos tomou muito mais que 30 minutos, mas finalmente conseguimos. Eu tinha brincado com Dottie e Viv que deveríamos abrir nossa própria oficina quando voltássemos da guerra.

Era o nosso último dia com Norman, e finalmente estávamos nos sentando para o exame escrito, provando nosso novo conhecimento sobre essa área. Era uma prova de quinze perguntas e eu me sentia confiante em que todas passaríamos. Pela centésima vez, desejei que fosse o suficiente para obter nossas carteiras de habilitação britânicas.

Depois do exame escrito, Norman ia aplicar o exame de direção exigido para recebermos nossas carteiras. Rezei para que ele nos aprovasse. Apesar dos seus melhores esforços, nós três continuávamos a ser péssimas motoristas. Talvez se tivéssemos mais uma semana para aprender, mas nosso tempo tinha se esgotado. Depois do treino com donuts nos dias seguintes, estaríamos a caminho de Midlands, preparadas ou não. Pelo menos teríamos um motorista enquanto estivéssemos na Inglaterra.

Tínhamos passado os últimos três dias dirigindo pelas estradas dentro e ao redor de Bushy Park. Dottie estava muito nervosa. Ela congelava e hesitava ao volante, com uma grande quantidade de veículos do exército buzinando atrás dela. Viv constantemente acelerava e freava, não importava quantas vezes Norman gritasse com ela. De nós três, eu era provavelmente a melhor, o que não dizia muito. Dirigir o enorme caminhão parecia estranho, e eu ainda não tinha uma sensação efetiva de controle ao volante.

– Terminaram? – Norman entrou no minúsculo escritório da oficina, onde nós três estávamos reunidas em uma pequena mesa de madeira, terminando o exame escrito. Eu estava enjoada de tão nervosa, e o forte cheiro de gasolina que permeava o edifício só piorava a situação.

– Feito, Norman – eu disse com um sorriso, entregando-lhe o meu exame.

– Tudo bem, Fiona, você é a primeira a ir, então. As senhoritas ficam e acabam – avisou a Dottie e Viv.

– Como assim? Agora? – perguntei.

– Sim, nós só temos uma manhã antes de vocês terem que voltar para Grosvenor Square. Vamos – ele respondeu, já saindo pela porta.

– Boa sorte, Fi. Você vai se sair bem – Dottie tentou me animar.

– Sim, definitivamente não estrague tudo – recomendou Viv. – Você é nossa grande esperança.

– Puxa, obrigada, Viv – respondi, sarcástica.

Saí para encontrar Norman falando com o boxeador que se tornou capitão do exército, Peter Moretti.

– Ele está pronto. Você vai encontrá-lo nos fundos, com a chave na ignição – disse Norman. – Carburador novo, bateria nova, verifiquei as velas de ignição. Aquele jipe não vai te dar mais problemas embaixo do capô.

– Esperemos que sim. Obrigado por trabalhar tão rapidamente. Oh, olá. – Moretti acenou para mim, cauteloso e muito sério.

Ele era mais maduro, não como muitos dos soldados mais jovens, que nos davam sorrisos enormes, fáceis e tropeçavam em si mesmos para se tornarem amigos de algumas garotas americanas recém-chegadas.

– Olá – cumprimentei de volta. – Teste de direção esta manhã, para minha habilitação britânica. *Muito animada*. – Eu estava fazendo aquela coisa nervosa, falando para preencher o ar. Muito animada? Cale a boca, Fiona.

– Oh, acho que isso é muito bom – respondeu Moretti, obviamente nada animado.

– Bom, *se* ela passar – disse Norman, levantando as sobrancelhas. – É um grande se, e agora estou sendo muito honesto com você.

– Nossa, obrigada, Norman. Você é pior que a Viv – retruquei. Moretti apenas balançou a cabeça e, mais para si mesmo, disse:

– As mulheres não são feitas para a guerra.

– Perdão? – Levantei o queixo, indignada, e olhei para o rosto dele, percebendo que devia ter mais de um metro e oitenta. Seu olhar estava entre desaprovação e descrença.

– As mulheres não foram feitas para isto. Sem ofensa, mas você não foi feita para a guerra – ele repetiu.

– Honestamente? Alguma pessoa civilizada foi feita para a guerra? – perguntei. – E muitas mulheres estão fazendo a sua parte. E quanto às garotas do Exército Terrestre aqui, ou à Força Aérea Auxiliar Feminina? Há muitas de nós trabalhando na guerra, feitas para ela ou não.

– Sim, mas seu trabalho não é como aqueles empregos – disse Moretti, franzindo a testa para mim, seu tom tenso. – Pelo menos o trabalho que aquelas mulheres fazem é realmente necessário. Você está aqui para servir donuts. E, para os oficiais, vocês são apenas mais um problema com o qual devemos nos preocupar.

Senti o rosto esquentar, indignada por ele nos enxergar daquela maneira. *Desnecessário*. E, claro, eu estava insegura. Quantos outros oficiais nos viam como um incômodo com o qual tinham que lidar? Norman estava assistindo àquela conversa, não escondendo o fato de que estava se divertindo.

– Bem, estou... – Tentei manter a compostura. Eu não queria demonstrar quão chateada eu estava. Respirei e cruzei os braços na frente do peito. – Lamento muito que se sinta assim, Capitão Moretti – eu finalmente disse. – Acho que vamos provar que você está errado. E, se por acaso você e eu ficarmos perto um do outro no campo, prometo que o meu grupo Clubmobile nunca será um problema para você. Ficaremos fora do seu caminho.

Ele olhou para mim por um segundo, ainda sério, mas então sua boca se abriu num sorriso de lado.

– Sim, vamos ver – ele disse, com um encolher de ombros. – Espero que você esteja certa.

– Eu sei que estou – retruquei, recuando bruscamente.

– Tudo bem. – Ele fez um aceno de despedida. – Vou deixar você fazer o seu teste. Obrigado novamente, Norman.

– Não por isso, capitão – Norman falou. – Cuide-se.

– Vou me cuidar, meu amigo. – Enquanto caminhava para pegar seu jipe, Moretti se virou e acrescentou: – E Fiona?

– Sim? – respondi, ainda fervilhando. E surpresa que ele se lembrasse do meu nome.

– Se nos encontrarmos de novo, pode me chamar de Peter.

Ele desapareceu atrás da garagem antes que eu pudesse responder. Fiquei ali com a boca aberta, ainda com raiva, e atrasada demais para dar a última palavra.

Norman subiu no banco do passageiro, que, para meu cérebro americano, estava do lado errado do carro. Fiquei aliviada por termos um motorista na Inglaterra. O lado oposto da estrada e o carro já haviam se mostrado suficientemente estressantes.

– Ele é um dos melhores – disse Norman. – Parece meio rude, mas aqueles rapazes da 82ª Divisão...

– Eu sei, eu sei. A 82ª Divisão Aerotransportada é a melhor, de primeira, *blá-blá-blá* – resmunguei, meu rosto queimando quando me lembrei de como o Capitão Moretti tinha sido desdenhoso. Ele não precisava insultar todos os meus motivos para estar ali.

– Você não tem noção do que ele passou – alegou Norman. – Eu disse a vocês, a 82ª esteve na Normandia por quatro semanas sem descanso.

Eles perderam muitos homens. E as coisas que viram... presenciando seus companheiros explodirem? Você não tem nenhuma ideia do que isso faz a um homem. Ele foi derrotado por esta guerra. Tudo o que ele quer é manter os homens que lhe restaram vivos, e ele não quer que nada o distraia disso.

Olhei para Norman, e minha raiva diminuiu. Ele tinha razão, mas eu esperava não ter de encontrar o Capitão Moretti... Peter... de novo.

– Está pronta, então? – Norman perguntou enquanto eu colocava o cinto de segurança.

– Eu tenho escolha? – Eu me sentia como se fosse vomitar.

– Não... Vamos continuar com isso.

O dia estava úmido e chuvoso, então é claro que eu já suava de calor e de nervosismo quando coloquei o caminhão em marcha, acelerei e comecei a dirigir. Passamos por um grupo de soldados que jogavam futebol em campo aberto, e eles começaram a me apoiar, assobiando e gritando coisas como:

– Vamos lá, Cruz Vermelha, você consegue!

Aquilo não me acalmou muito, mas não pude deixar de rir.

Chegamos a uma colina e cruzei os dedos para não ter que mudar a marcha novamente para chegar ao topo, mas é claro que precisei. As engrenagens não funcionaram, esqueci de pisar no pedal do acelerador na hora certa, e lá estava eu com Norman, travados, dez minutos depois do meu teste. Dei a ele um olhar de cordeiro e comecei a me desculpar, mas ele calmamente puxou o freio de mão e me tranquilizou:

– Relaxe. E lembre-se de pisar na embreagem imediatamente se precisar subir uma colina como esta.

Assenti e respirei fundo. Meu sonho de fazer o teste de direção com confiança se despedaçou. Dei a partida, o motor rugiu e nós saímos mais uma vez. Passamos por quartéis, barracas e refeitório. Estava me sentindo melhor quando dirigi para o caminho do reservatório e subi uma colina, quando uma árvore pareceu brotar no meio da estrada enquanto descíamos do outro lado. Virei bruscamente para a direita, xingando enquanto saíamos da estrada, descendo por entre alguns arbustos e surpreendendo um par de veados pastando. Consegui frear um pouco antes de chegarmos a um lago coberto de redes de camuflagem.

Fechei os olhos e ouvi Norman dar um longo suspiro.

– Você acha que está sozinha no mundo ou algo assim, Srta. Denning? – ele disse, e eu fiquei aliviada ao ouvir diversão na sua voz.

– Sinto muito, foi aquela árvore... – justifiquei.

– Retorne agora, dê a volta – ele mandou. – Você consegue fazer isso, não consegue? Há uma estrada para a esquerda, contornando aquela árvore. Reduza a velocidade para não sobrecarregar os freios.

– Sim, isso mesmo – concordei, limpando o suor que gotejava na minha testa.

Enquanto dava ré, olhei para o veado, que me encarava como se dissesse que até mesmo eles poderiam fazer melhor. Voltamos à nossa rota, e o resto da jornada transcorreu misericordiosamente sem incidentes. Dirigi por algumas crateras de bombas, muita lama e valas, e finalmente chegamos às estradas suaves e estáveis ao redor de Camp Griffiss. Parei o caminhão a algumas centenas de metros da garagem. Se Norman não fosse me aprovar, eu queria ouvir isso dele fora do alcance de Viv e Dottie. Eu me perguntava quantas garotas do Clubmobile antes de mim haviam reprovado no teste de direção. Apoiei-me na roda, a cabeça descansando contra minhas mãos, segurando a respiração para o veredito.

– Bem, não foi um desastre completo, foi? – Norman disse, enfatizando o *foi* com a agora conhecida inflexão britânica. Ele esfregou a mão no rosto. – Olhe, nenhuma de vocês é muito boa, certo? – ele continuou, e comecei a estalar os dedos, esperando. Ele parou por uma eternidade, olhando o para-brisa antes de finalmente acrescentar: – Mas você vai se dar bem se for preciso.

– Sim! – respondi e, sem pensar direito, me inclinei e dei um abraço em Norman. – Obrigada, muito obrigada, Norman. – Quando me afastei, ele estava vermelho, mas sorrindo.

– Me prometa – ele começou – que vai continuar praticando. Você nunca vai melhorar se não fizer isso. E você tem que melhorar se eles te mandarem para a França. Você é a grande esperança do grupo, embora Dorothy seja muito boa debaixo do capô... Ela tem essa parte resolvida. Viviana é um pouco desesperada, não é? Estava acostumada a dar voltas por aí com os rapazes, talvez.

– Talvez – eu disse, sentindo o estômago dar um nó novamente. – Você... Acha que elas também vão passar?

— Eu acho que, se elas não baterem em nada, sim, elas vão passar — ele respondeu. — Apesar do que o capitão falou, o exército precisa muito de vocês, garotas. Agora vamos buscar a sua licença britânica, finalmente.

Eu queria abraçá-lo de novo, mas sabia que um abraço era mais do que suficiente para o nosso velho mecânico britânico.

Na manhã seguinte, nós três estávamos recém-habilitadas, apesar de tudo, quando nos reunimos com um grupo de companheiras Clubmobile para a sessão final de treinamento: donuts e café.

— Bem, isto vai ser muito melhor do que ontem — eu disse a Viv quando entramos em uma oficina cavernosa onde havia várias estações montadas com máquinas de fazer donuts.

— Novamente, desde que não estrague minhas unhas, tudo ficará bem — ela retrucou.

— Ei, garotas, Dottie nos contou que vocês vão ao Paramount Sunday à noite para assistir uma banda. Algumas das outras garotas e eu podemos nos juntar a vocês? — Blanche perguntou enquanto caminhava atrás de nós com Dottie.

— Claro — eu disse. — Vamos fazer Dottie parecer particularmente glamorosa esta noite.

— Oh, não, não precisam fazer isso. Está tudo bem — Dottie reclamou, mas ficou claro que ela não tinha superado sua paixonite por Joe Brandon.

— Aproximem-se, aproximem-se, garotas — a voz clara da Srta. Chambers ecoou pelas paredes quando ela nos chamou de uma das estações na extremidade oposta da oficina. — Muito emocionante, seus últimos dias de treinamento antes de partirem — ela disse quando estávamos todas em um semicírculo ao redor da estação.

"Na minha frente está uma das máquinas emprestadas à Cruz Vermelha pela *Donut Corporation of America*. A boa notícia é que elas podem produzir quantidades enormes de donuts em um curto período de tempo: 48 dúzias por hora. A má notícia é que elas são delicadas, temperamentais e cheias de óleo quente. Tivemos que mandar uma menina para casa por causa de queimaduras graves, então vocês devem ter muito cuidado ao operá-las."

– Lindo – sussurrei entre dentes.

– Todo o processo requer atenção, habilidade e três pessoas para manter tudo funcionando. Agora escolham uma estação com sua equipe, e vamos começar.

Pegamos uma estação ao lado de Blanche, Martha e Frankie.

– Ei, meninas, como foram seus exames de direção? – perguntou Frankie. – A Martha aqui é um ás da condução de tratores. Até os soldados ficaram impressionados. Blanche e eu nos saímos bem no final. Todas nós passamos facilmente. Eu a vi parada naquela colina em Griffiss ontem, Fiona, e quis ir ajudar, me senti tão mal. Seu instrutor passou você?

– Sim – respondi.

Nesse momento a Srta. Chambers passou por ali, verificando nossas máquinas para ter certeza de que o interruptor de aquecimento estava ligado, e eu a vi tomar nota desse comentário. Tentei calar Frankie com os olhos, mas é claro que ela estava tão ocupada mexendo com a máquina de donut que nem percebeu.

– E Dottie me contou que você saiu da estrada e quase acertou um veado? – Frankie disse, se encolhendo. – Você tem muita sorte de ele ainda ter te ultrapassado. Graças a Deus você não vai precisar dirigir a menos que seja enviada para o continente. Parece que vai precisar de mais prática antes disso.

A Srta. Chambers tinha ido para outros grupos, mas eu tinha certeza de que ela também tinha ouvido isso.

Dottie olhou para mim, desculpando-se com os olhos. Ela estava prestes a falar quando Blanche, baixando a voz, avisou:

– *Hmm*, Frankie, querida, acho que Fiona é educada demais para mandar você calar a boca. – Ela colocou uma mão no ombro de Jackie. – Ela não quer que a Srta. Chambers ouça nada que a impeça de chegar ao continente em algum momento, sabe?

Frankie deixou cair a pinça de donut que estava segurando, e a mão dela voou até sua boca.

– Oh, Fi, sinto muito. Eu ia me oferecer para dirigir com você, para ajudá-la se pudesse – ela disse, e eu sabia que se sentia terrível. – Mas acho que ela não me ouviu.

– Não, ela estava a apenas dois metros de você. Claro que ela não ouviu – Viv continuou, com a voz cheia de sarcasmo.

– Está tudo bem, Frankie – tranquilizei-a, a minha voz bem firme. – E eu não preciso que você dirija comigo. Obrigada mesmo assim.

Depois da nossa conversa no telhado, eu entendi por que Frankie era tão excêntrica, mas não pude deixar de me irritar com a crítica à minha destreza na direção bem na frente da Srta. Chambers. Eu tinha certeza de que ela tinha ouvido cada palavra.

– Agora, senhoritas, primeiro misturem a massa nas grandes tigelas de metal em sua estação – orientou a Srta. Chambers, em pé em uma estação de donuts na frente da sala novamente. – Para transformar a mistura pré-fabricada em massa, vocês devem pesar a farinha de donut e a água com cuidado e medir as temperaturas de ambas. Há instruções em suas estações, então vamos começar.

– Esperem, então nós estamos no campo, há quatrocentos soldados esperando na fila para os donuts, mas temos que pesar e medir a temperatura da água e farinha toda vez? Ela está falando sério? – Dottie nos disse isso em voz baixa enquanto colocávamos a farinha em uma pequena balança.

– Eu sei, parece loucura – concordei.

– Água muito fria fará os donuts absorverem muita gordura – explicou a Srta. Chambers, enquanto caminhava pela sala. – A água muito quente vai torná-los ainda piores, então vocês têm que acertar. Assim que tiverem as medidas e as temperaturas certas, podem começar a misturar.

– Hmm, Srta. Chambers? – Viv chamou, sorrindo docemente para nossa instrutora.

– Sim, Viviana? – a Srta. Chambers respondeu, caminhando até a nossa estação.

– Estamos prontas para despejar tudo na tigela cilíndrica, mas eu não vejo nada para misturar. O que devemos usar? – perguntou Viv.

– Vocês têm seis mãos entre vocês três. É com elas que se mistura – disse a Srta. Chambers, divertida.

– Oh, não, tem que haver um jeito melhor – Viv recuou da tigela, horrorizada.

A Srta. Chambers balançou a cabeça:

– Não há outra maneira – ela se manteve firme. Apontou para a farinha peneirada e a água. – Agora misture-as com as mãos. Vá em frente, eu vou guiar o grupo quanto a isso.

– Eu? – Viv perguntou. – Misturar com a mão?

Ela ficou chocada com o pensamento enquanto olhava para a Srta. Chambers e em seguida para as unhas carmesim perfeitamente bem cuidadas.

– Vá em frente, Viv – estimulei, mordendo o lábio para não rir.

– Sim, Viv, vá em frente. Mostre para nós como se faz – Dottie disse, também tentando se manter séria.

– Sim, querida, vamos – pediu a Srta. Chambers, ficando impaciente com a hesitação de Viv.

Viv fez uma careta enquanto despejava a água e a farinha juntas. Ela olhou para a mistura com medo, respirou fundo, fechou os olhos e mergulhou suas belas mãos. Dottie e eu não podíamos nem olhar uma para a outra porque estávamos prestes a rir. Pobre Princesa Viv.

– Isso mesmo, vamos, entre na massa – Judith Chambers estimulou, elevando-se sobre Viv enquanto olhava para a tigela. – Sabe esses caroços que você sente? São o açúcar e os ovos da mistura que fazem um bom donut. Você tem que trabalhar essas partes fora da massa.

– Vamos, Viv – exclamou Blanche, e percebi que ela, Frankie e Martha também estavam gostando do show. Quando a Srta. Chambers ficou satisfeita com o trabalho que Viv estava fazendo, ela seguiu em frente para ajudar os outros grupos. Assim que se afastou, todas nós começamos a rir.

– Sim, sim, divirtam-se. Estão felizes agora? – Viv disse, encarando-nos com um toque dramático. – É melhor vocês terem cuidado, ou vou atirar um caroço em uma de vocês. Não posso acreditar que temos que fazer isso no campo. Não posso acreditar que tenho que fazer isso com as unhas. – Ela tirou uma das mãos da tigela. Era uma bagunça pegajosa. – Oh, meu Deus! Olhe para isto. Já me tirou totalmente o esmalte das unhas. Esses donuts vão ficar repletos de lascas vermelhas brilhantes de esmalte de unhas.

– E feitos com amor por uma garota Clubmobile – declarei, enquanto continuávamos rindo.

– *Amor* não é a palavra que eu tinha em mente – grunhiu Viv. – Isto é nojento.

– Tudo bem. Se a sua massa já estiver homogênea, prenda o cilindro na máquina com muito cuidado. Finalmente está na hora de fazer os donuts – anunciou a Srta. Chambers ao grupo.

Ela bateu palmas e, em um tom meio cantado, acrescentou:

– Preparem suas pinças já.

Prendemos o cilindro pressurizado à máquina da melhor forma possível, embora não parecesse estar suficientemente seguro.

– Você acha que isto está ligado? – perguntei a Dottie enquanto lutávamos para prendê-lo.

– Eu acho que sim. – Dottie deu de ombros.

Viv estava amuada, tentando tirar toda a massa das mãos. E então, como um pequeno milagre, a massa saiu do cilindro e começou a cair no óleo em círculos perfeitamente formados. Dottie estava pronta com sua pinça, pegando os donuts do óleo e jogando-os na prateleira de resfriamento quando eles alcançavam uma cor marrom-dourada. A oficina estava cheia de ar quente e úmido e uma fragrância adocicada e suave que dominava enquanto todos os grupos produziam dezenas de donuts.

– *Eca*. Você acha que vamos nos acostumar com o cheiro? – Martha disse da estação vizinha, cobrindo a boca com as mãos. – Está me dando náuseas.

– A mim também – falei. – Talvez nossos narizes fiquem dormentes.

– O que é esse som de assobio? – Viv perguntou, finalmente se recuperando do trauma de mexer a massa e ajudando Dottie. Ouvi um apito agudo vindo de algum lugar em nossa máquina.

– Não sei, que estranho – eu disse, tentando encontrar a fonte. – Srta. Chambers, nossa máquina está assobiando. Isso é normal? – Eu me dirigi para o lugar onde ela estava ajudando algumas garotas cuja máquina já estava com defeito. A Srta. Chambers virou a cabeça na pergunta e, com um olhar de medo no rosto, gritou para nós:

– Afastem-se! Afastem-se dessa máquina agora!

Todas nós corremos vários metros para trás quando o assobio se transformou em um enorme *boom* e a tigela de massa voou para fora da máquina, explodindo no ar.

Várias garotas gritaram, e nós três nos abaixamos e tentamos nos proteger do que estava por vir. O cilindro veio abaixo com um barulho alto, deformado e torto.

Muita massa. Na nossa estação, no chão. Em nossas roupas e aventais, até mesmo em nossos cabelos. Cobriu os sapatos de Dottie e se espalhou na frente da camisa da Viv. Olhei para o lado e vi que a massa tinha atingido Blanche, Martha e a estação de Frankie também. O restante das garotas na oficina estava olhando para nós, com expressão de horror, e o cheiro de donuts extragordurosos e bem fritos encheu o lugar, pois vários grupos haviam se esquecido de tirá-los do óleo a tempo.

A Srta. Chambers correu em nossa direção.

– Vocês estão todas bem? – ela perguntou, respirando fundo e examinando os danos.

– Que diabos aconteceu? – Dottie perguntou. – Estava tudo indo tão bem e então...

– Você não seguiu as instruções – a Srta. Chambers sentenciou, com um suspiro. – Você precisa fixar o cilindro pressurizado corretamente, ou ele pode explodir. Foi o que aconteceu. Que isso seja uma lição para todas vocês. – A Srta. Chambers se voltou para o grupo: – Agora, limpem essa bagunça, senhoritas. Quando terminarem, podem juntar-se à próxima estação para o resto do treino.

Esfreguei as mãos no rosto, limpando um pedaço de massa. Viv, Dottie e eu olhamos uma para a outra. Eu estava em algum lugar entre chorar e rir. Não havia dúvida de que nós três estávamos causando alguma impressão na Srta. Chambers, mas não exatamente aquela que eu tinha planejado.

Capítulo 8

30 de julho de 1944

Fiquei olhando no espelho em nosso pequeno banheiro do dormitório e ajustei o quepe da Cruz Vermelha sobre as duas pontas do meu cabelo, puxando a mecha de fios loiros pela lateral do rosto em um movimento suave. Um pouco de pó, blush, um toque de rímel e outro de batom rosa, e eu estava pronta para sair. Era a manhã da cerimônia de apresentação do Cruz Vermelha Clubmobile aos militares, e foi uma sensação boa vestir nossos uniformes e me sentir limpa e bonita, não coberta de lama, massa ou graxa de carro.

– Fiona? Você está aí? – ouvi Dottie chamar do lado de fora da porta.

– Sim? – respondi, acrescentando um pouco mais de blush, mas ainda assim não conseguindo esconder minhas sardas. – Já acabei se você precisar entrar aqui.

– Houve uma mudança de planos – Dottie anunciou quando abri a porta. Ela estava só de roupa de baixo e óculos, parecendo irritada.

Umas poucas jovens Clubmobiles passaram por nós em diferentes tipos de roupas. Uma garota de Nova York chamada ChiChi tropeçou e xingou enquanto passava, puxando a calça de cintura alta azul-escuro que fazia parte do uniforme de combate. As Andrews Sisters estavam cantando no único toca-discos do dormitório, e risos e conversas saíam dos quartos. Havia uma palpável sensação de alívio no ar agora que o treinamento tinha acabado.

– Qual foi a mudança? – perguntei.

– Temos que usar nossos novos uniformes de combate.

– O quê? Por quê? – eu quis saber. – É de lã. Nós vamos assar.

– É para a publicidade – explicou Dottie. – A revista *LIFE* vai estar lá, e o alto escalão da Cruz Vermelha quer que nós estejamos com os uniformes que vamos usar no trabalho de campo. Eles querem tirar um monte de fotos nossas segurando donuts e coisas assim.

– Mas isso é loucura. Nós vamos ficar tão suadas e superaquecidas que vamos desmaiar.

– Eu sei, é ridículo – Dottie concordou. – Mas temos que mudar de roupa agora. O ônibus estará aqui em 15 minutos.

– Estou usando um terno de palhaço – Viv se queixou enquanto andávamos pelo quarto. Ela franziu o cenho enquanto girava e mostrava o novo uniforme para nós. O traje incluía uma jaqueta com cinto curto com dois bolsos profundos na frente e uma calça de cintura alta combinando, todas no mesmo azul profundo dos uniformes da Força Aérea Real. – Eu sei que foi ajustado para mim, mesmo assim não gostei – disse ela, com um suspiro. – Você acha que vamos ter que usar a jaqueta neste calor?

– Tenho certeza que sim, pelo menos para as fotos – resignou-se Dottie, abotoando a camisa branca obrigatória.

– Bem, pelo menos o chapéu não é feio – contemporizei, tirando o quepe que eu tinha ajustado tão cuidadosamente e o substituindo pelo chapéu azul, que tinha uma aba mais larga. – Acho que gosto mais dele. Pelo menos não vai deslizar da minha cabeça.

– Fi, como você está? Continua chateada com a explosão do donut? – perguntou Viv.

– Oh, Deus, não me lembre. – Coloquei a cabeça nas mãos, revivendo o momento, sentindo a morte novamente. Inclinei-me contra meu colchão. Tínhamos passado o dia todo fazendo as malas, e tudo o que eu tinha, menos algumas trocas de roupa, estava no meu armário.

– Eu sei que o treinamento não foi assim tão bem quanto você havia planejado...

– Isso é um eufemismo... – retruquei.

– Mas, Fi, isso foi apenas um treinamento. Existe melhor maneira de mostrar que somos uma equipe de alto nível do que trabalhar bem no campo juntas? – Dottie tentou me animar. – Vamos ser muito boas. Vamos ser notadas pelas razões certas.

– É isso que tenho tentado dizer a mim mesma – respondi. – Vamos fazer melhor. E temos sorte de já sermos amigas.

– Falando sério – intrometeu-se Viv –, ouvi três garotas brigando como gatas no treinamento de donuts no outro dia.

– E eu vou ter aulas de direção com nosso motorista em Midlands – confessei. – Uma de nós precisa melhorar na direção. Quero que o nosso seja um dos primeiros Clubmobiles deste grupo a ser enviado para França. Temos de ser.

– Vamos ser, não tenho dúvidas. – exclamou Dottie, escovando seu cabelo preto brilhante e colocando o novo chapéu.

– Os ônibus estão aqui. Vamos, meninas, se apressem. Vamos – chamou Frankie, enquanto corria pela frente da nossa porta.

– Tudo bem, garotas, está na hora de conhecer o brasão da Cruz Vermelha – falei. Vesti minhas luvas brancas, joguei o lenço branco sobre o pescoço e fechei a porta atrás de nós por uma das últimas vezes.

A cerimônia foi grandiosa, com mais pompa e circunstância do que qualquer uma de nós havia previsto. Grande parte da sua imponência se deveu ao ambiente natural do evento. Aconteceu no Royal Holloway, na Universidade de Londres, a vários quilômetros do centro da cidade, provavelmente em função de sua arquitetura, já que o risco de que as bombas voadoras caíssem sobre nós diminuiu um pouco. Em um gramado lindo e amplo, nos reunimos em frente a um enorme prédio de tijolos com pináculos que o faziam parecer mais um castelo do que uma faculdade.

O sol conseguiu romper as nuvens assim que a cerimônia começou. Estávamos em fila com nosso uniforme de combate, luvas brancas e lenços, dando o nosso melhor para não ficarmos tão suadas e quentes quanto nos sentíamos. Atrás de nós, nossos Clubmobiles recém-pintados brilhavam ao sol.

A Srta. Chambers estava lá, junto com todos os novos capitães de campo da Cruz Vermelha, incluindo nossa própria capitã do Grupo F, Liz Anderson. Harvey Gibson, comissário da Cruz Vermelha Americana na Grã-Bretanha, também estava presente, assim como a maioria do pessoal da sede da Cruz Vermelha e, é claro, vários oficiais militares de alto escalão.

A banda do exército começou a tocar, e o Batalhão da Polícia Militar passou por nós em perfeita formação para a cerimônia de revista.

Eles estavam resplandecentes em seus capacetes brancos, cintos e luvas, e eu não fui a única garota tentando segurar uma lágrima quando eles desfilaram.

De canto de olho, percebi um fotógrafo, vestido com um blazer marrom-claro e um chapéu preto, tirando fotos de vários ângulos. Ele me pegou olhando e acenou. Esbocei um pequeno sorriso, e ele tirou mais algumas fotos comigo mostrando o polegar para cima.

Depois que a música acabou, dois dos generais subiram ao pódio e fizeram alguns comentários sobre o quanto estavam gratos pela Cruz Vermelha e pelo programa Clubmobile.

Finalmente, o Sr. Harvey Gibson, um homem robusto e careca com um sorriso generoso e acolhedor, aproximou-se do pódio. A primeira parte do discurso foi para os dignitários, mas as palavras finais foram dirigidas a nós.

– Nós da Cruz Vermelha estamos enormemente orgulhosos do programa Clubmobile e de todas vocês, esta última classe de meninas Clubmobile. As nossas "Garotas Donut".

– *Ugh*, por que ele usa esse apelido? Eu odeio isso – sussurrei a Viv. – Me lembra meninas com vestidos no estilo marinheiro.

– Concordo, é totalmente horrível – respondeu Viv.

– Vocês vão deixar Londres para servir as nossas tropas amanhã – continuou Gibson. – E não poderia ser em melhor hora, pois temos pouco pessoal depois de enviar tantos Clubmobiles para o continente. O programa Clubmobile tem agora dois anos e é extremamente bem-sucedido. Ele surgiu de uma ideia simples, segundo a qual a forma mais útil de servir o soldado na batalha seria levar-lhe um símbolo do calor de casa quando ele mais precisava. E isso poderia ser feito com uma xícara de café e donuts servidos por uma garota americana. Senhoritas, acreditem em mim quando digo que sei que os donuts e o café são apenas acessórios, pois vocês fazem muito apenas por estarem lá. Agradeço a todas por terem deixado suas casas e famílias para virem até aqui e se voluntariarem para este importante trabalho.

Com uma rodada de aplausos, a cerimônia terminou e nós fomos até os Clubmobiles, onde os donuts e o café já estavam esperando. O nosso Clubmobile recebeu o nome de Cheyenne. Era um caminhão GMC de duas toneladas e meia, recém-reformado, com engrenagens e direção ao estilo americano. O exterior estava pintado de verde militar com a inscrição "Clubmobile – Cruz Vermelha dos Estados Unidos" em letras vermelhas e brancas em toda a lateral, e havia duas grandes janelas a partir das quais estaríamos servindo as tropas.

Encontramos nosso Clubmobile, mas não conseguimos localizar nosso motorista, um civil britânico chamado Jimmy English. Ele não tinha aparecido na cerimônia para nos encontrar por razões que ninguém pôde explicar. Harvey Gibson veio até mim quando eu estava me servindo de uma xícara de café de um bule em uma mesa em frente ao Cheyenne.

– Olá. Harvey Gibson. – Ele apertou minha mão. Tinha um carisma e calor inegáveis. – Eu gosto de me apresentar a todas as novas garotas.

– Olá – respondi. – Sou Fiona Denning, de Boston.

O Sr. Gibson estava prestes a dizer algo quando um fotógrafo de chapéu preto se aproximou atrás de mim e disse, com um sotaque forte de Nova York:

– Ei, Sr. Gibson. Gary Dent, da revista *LIFE*. Uma foto com a jovem senhorita para a matéria que estou fazendo?

– Claro – respondeu Gibson, com um sorriso.

Posamos juntos. Tentei tirar um pouco do suor do rosto e dei ao fotógrafo um sorriso estranho.

– Perfeito. Você tem aquele olhar de garota americana, sardas e tudo – Gary Dent declarou.

– Tire tantas quantas você precisar – o Sr. Gibson ofereceu.

– Farei isso. Posso tirar algumas de vocês dois conversando? Apenas ajam naturalmente.

– Claro – concordou o Sr. Gibson.

– Então, Fiona, o que fez você decidir se tornar uma garota Clubmobile?

O que eu devia dizer? Quanto devia revelar em um momento como aquele? Hesitei por alguns segundos, mas decidi confiar em meu instinto.

– Estou aqui porque meu noivo desapareceu em ação – respondi, e a mandíbula de Harvey Gibson caiu aberta, quase imperceptivelmente. – Ele está desaparecido desde o outono passado – prossegui, tentando manter a voz firme, minhas emoções sob controle. – O avião dele caiu em algum lugar na Alemanha. E agora estou aqui porque queria fazer alguma coisa.

– Uau, isso é bom. Continue falando. – Gary deixou a câmera pendurada na alça ao redor do pescoço, puxou um bloco de notas e um lápis.
– Qual era o nome do seu noivo?
– O nome dele é Danny Barker – eu disse. – Ele é segundo tenente da Força Aérea do Exército dos EUA, 338º Esquadrão de Bombardeio.
– Srta. Denning, Fiona, sinto muito pelo seu noivo – lamentou-se Harvey Gibson, colocando uma mão no meu ombro. – E eu a admiro por estar aqui.
– Obrigada, Sr. Gibson. Minhas amigas Viv e Dottie também vieram. Todas nós queríamos fazer algo para ajudar no esforço de guerra. E estamos felizes que isso nos tenha oferecido um caminho.
– Eu também. Tenho certeza de que você vai deixar seu noivo orgulhoso – disse ele, os olhos cheios de bondade, não de piedade.
– Onde estão essas amigas? Vamos tirar uma foto – propôs Gary.
– Bem aqui – Viv disse, levantando a mão, e desta vez foi a mandíbula de Gary Dent que se abriu quando ele começou a clicar.
Dottie se juntou a nós, colocando o café no chão e tirando os óculos.
– Bem, olhe só para vocês três – elogiou Gary Dent, assobiando. – Uma com o Sr. Gibson e depois algumas só com as três.
Depois de alguns cliques, o Sr. Gibson se afastou, e ficamos só nós. As pessoas começaram a olhar com interesse. Vi a Srta. Chambers observando. Ela estava em pé com alguns outros funcionários da Cruz Vermelha, e não parecia satisfeita.
– Eu me sinto como uma estrela de cinema – disse Dottie, rindo nervosamente.
– Virem o corpo para o lado e o rosto para a câmera, garotas. Levantem o queixo um pouco assim – Viv ordenou. – Confiem em mim, eu acho que é o melhor.
Depois que ele terminou, nós agradecemos, e então ele correu para Blanche e pediu para ela posar com uma bandeja de donuts. Ela ficou ereta, segurando uma bandeja em cada mão e piscando para ele.
– Bem, isso foi divertido – declarou Viv. – Será que vamos aparecer na última parte da revista?
– Aproveitando a sessão de fotos, senhoritas? – A Srta. Chambers veio até nós enquanto renovávamos nosso café.

– Correu tudo bem, acho eu – respondi. – Uma boa publicidade, certo?

– Sim – ela disse. – Posso dar uma palavra rápida com você, Fiona?

Dottie e Viv me deram olhares de solidariedade enquanto se afastavam.

– Eu não sabia do seu noivo – ela falou, em voz baixa. – Sinto muito.

– Obrigada, Srta. Chambers.

– Você ouviu alguma notícia dele desde que chegou aqui?

– Não, nada. – Senti aquela dor familiar na boca do estômago. – Pensei que ouviria algo por aqui.

– Bem, espero que você tenha notícias em breve – ela desejou. – Eu compreendo mais do que nunca que você queira ir para o continente. E admiro sua perseverança em se tornar uma garota Clubmobile. Mas, honestamente, observei você e suas amigas esta semana em treinamento, e...

– Srta. Chambers, por favor, espere. Acho que sei o que está prestes a dizer – eu disse, segurando minha mão. – Apenas me ouça. Nosso treinamento não foi tão bem quanto eu esperava, acredite. Mas nós provaremos ser uma das melhores equipes de Clubmobile que a senhora tem. Eu prometo. Vou trabalhar mais do que qualquer outra pessoa, e sou muito organizada. Quanto a Viv, os rapazes vão amá-la. Dottie pode tocar qualquer instrumento musical que colocarem na frente dela. E elas também são muito trabalhadoras. Nós não vamos decepcioná-la.

– Não se trata de me decepcionar, e sim de estar pronta – ela disse, franzindo o cenho. – Estar no continente no meio de uma batalha é muito diferente de estar aqui. Você tem que ser inabalável e ter aquele sorriso da Cruz Vermelha preparado, mesmo sob as circunstâncias mais difíceis. Você tem certeza de que está pronta para essa parte? Emocionalmente, quero dizer?

– Definitivamente – respondi. Foi como colocar uma máscara. Tive que esconder minha persistente incerteza, meu nervosismo e minhas dúvidas. E minha dor. Essa mulher era a guardiã do continente. – A senhora está perguntando por causa de Danny, se estou emocionalmente pronta? Estou. – *Estou?*

– Não vai se lembrar do seu noivo a cada esquina? – ela perguntou, examinando meu rosto, tentando ver através da máscara. Eu me lembrei daquele primeiro dia no *Queen Elizabeth*, quando vi Danny no navio. Não tinha acontecido desde então, mas isso não significava que nunca mais voltaria a acontecer. Balancei a cabeça. – Devo admitir que estou surpresa que você tenha passado pelo processo de entrevista sem que isso surgisse. Você ainda está de luto... compreensivelmente, claro – disse ela. Eu me limitei a encará-la. Não adiantava protestar. – Tem certeza de que consegue lidar com soldados que estão traumatizados e com saudade de casa? Você não sabe como é...

– A senhora está certa, eu não sei como é. Mas posso fazer isso. Preciso fazer isso.

Meu apelo inflamado foi tanto para convencê-la quanto para convencer a mim mesma. Porque eu tinha medo de falhar nesse trabalho, de não estar pronta, mas ela não precisava saber disso.

– Mas eu tenho outras preocupações – continuou a Srta. Chambers. – Não tenho dúvida de que todos os soldados vão adorar a aparência de vocês três, mas há muito mais. Acontece que eu sei que vocês passaram com dificuldade nos testes de direção. E Viviana? Eu sei que você disse que ela é trabalhadora, mas não vi exatamente esse lado dela durante o treinamento. Dottie parece inteligente e capaz, mas não se encaixa no perfil extrovertido da personalidade do Clubmobile. Estou surpresa por ela ter sido aceita, para ser honesta. Ela tem que tentar ser mais extrovertida, e precisa compartilhar esses supostos talentos musicais que até agora eu ainda não vi.

– Vamos trabalhar em todas essas coisas, e depois em outras – prometi. – Nós podemos fazer isso, Srta. Chambers. Vamos provar à senhora que estaremos prontas para a França.

Senti as bochechas queimando.

– Bem, você sabe se vender, mas, se o continente é para onde quer ir, você tem que me provar – ela exigiu. – Ou receio que vá passar a guerra deste lado do canal.

Capítulo 9

Aquela foi a nossa última noite em Londres, e a cidade escurecida estava mais uma vez viva e pulsante com os jovens festejando como se fosse véspera de Ano-Novo. Nas ruas sombrias havia grupos de soldados de todos os países aliados, embora mais uma vez parecesse que a maioria deles era formada por americanos. E havia grupos de civis britânicos que procuravam escapar da triste monotonia da guerra.

No total, nossa tripulação de cinquenta e duas garotas da Cruz Vermelha Clubmobile estaria embarcando para nossas missões em todo o Reino Unido na manhã seguinte, mas planejamos aproveitar a última noite na cidade que aprendemos a amar durante nossa curta estadia.

– Garotas, tentem acompanhar. Estamos quase chegando – Viv gritou para mim, Frankie e Martha.

Ela estava na frente com Dottie. Cerca de uma dúzia de nós caminhávamos pelas ruas escuras até o Paramount Dance Hall, na Tottenham Court Road, onde a banda de Joe Brandon estava tocando.

– Ouvi dizer que você é uma grande dançarina, Martha – comentei. – Onde aprendeu a dançar tão bem?

– No meu grupo da igreja, acredite ou não – ela respondeu. – Nós estávamos procurando uma maneira de levantar dinheiro, então começamos a organizar bailes no primeiro sábado do mês. Foi preciso convencer algumas bandas decentes a irem tocar em Orange City. Mas, quando a notícia se espalhou, jovens de todos os lugares começaram a chegar. Alguns viajavam uma hora ou mais para isso, apenas para ter algo para fazer. Então isso fazia com que conseguíssemos atrair bandas ainda maiores. Depois começamos os concursos de dança. Foi quando eu realmente aprendi a dançar bem.

– Talvez você possa me dar algumas dicas hoje. Eu mal sou boa o suficiente para sobreviver – falei.

– Claro – Martha respondeu. – Espero que Adele Astaire possa estar lá hoje. Todas nós poderíamos aprender com ela.

– Ela é incrível – confirmei com um aceno de cabeça.

– Você sabe quem *também* era incrível? – Blanche perguntou, vindo atrás de nós. – O homem com quem ela estava dançando naquela noite. Ele era lindíssimo. Você se lembra dele?

– Eu me lembro; nós conversamos com ele no bar – respondi, lembrando do arrojado soldado britânico chamado Harry Westwood, que chamou a atenção da Viv por um segundo. – Ei, alguma de vocês recebeu correspondência hoje?

– Sim, recebi uma carta da minha mãe e uma do meu vizinho – disse Martha.

– Eu recebi uma dos meus pais também – acrescentou Frankie.

– Viv recebeu uma de sua irmã, Aria, que deve dar à luz seu terceiro bebê por estes dias, e Dottie até recebeu uma de seu irmão Marco. Ele é um bombeiro da Marinha que está estacionado no Pacífico – expliquei. – Mas eu não recebi nada nesse lote. Nenhuma notícia.

Toda vez que o correio chegava, eu ficava com aquele aperto no peito de ansiedade que podia sentir até os dedos dos pés. Eu queria receber alguma correspondência, porque estava começando a sentir muita falta dos meus pais e irmãs, mas temia ao mesmo tempo por causa da possibilidade cada vez maior de ter más notícias.

– Eu não vou dizer para não se preocupar porque você ainda vai se preocupar – começou Frankie. – Mas quero te dizer que ficarei feliz por me sentar e ler todas as cartas que chegarem, como eu fiz no telhado, só para que você não esteja sozinha se a notícia for... sobre Danny.

– Eu também – disse Martha.

– Basta dizer – acrescentou Blanche.

– Obrigada, meninas – agradeci.

Em Midlands, Frankie, Martha e Blanche ficariam nas proximidades, e estávamos felizes com isso.

Viramos mais uma esquina e chegamos ao Paramount Dance Hall, a calçada sob nossos pés vibrando pelo som da *big band* vindo de dentro.

– Ei, bonecas! Vocês são garotas da Cruz Vermelha Americana? – um soldado com pele de oliva disse assim que entramos no clube. Ele estava parado com um bando de soldados, e eles nem tentavam esconder a admiração, assobiando e se acotovelando uns aos outros enquanto nos esquadrinhavam de cima abaixo.

– Isso mesmo, querido. – Blanche lhe deu um sorriso deslumbrante. Ela estava linda: os cachos loiros tinham sido puxados para cima da cabeça em um coque, e ela usava um lindo vestido verde-esmeralda com renda nos ombros.

– Onde estão seus uniformes agora? – perguntou o soldado.

– Última noite na cidade, então podemos nos vestir como civis – respondeu Blanche.

– Última noite? Não faça isso comigo – disse o soldado, colocando as mãos no peito, o rosto exageradamente franzido. – Me promete uma dança?

– Se você tiver sorte. – Blanche piscou o olho, e seus amigos riram e o provocaram.

– Jesus, Blanche, já chega. Entre no clube já – ordenou Frankie, irritada, mas divertida, enquanto lhe dava um empurrão.

Era tão bom vestir algo bonito e ficar sem uniforme durante a noite. O vestido de Viv era de um azul-escuro profundo com um decote de ombro a ombro, com detalhes em cruz no corpete. A cintura caída enaltecia cada uma de suas curvas. Dottie usava um vestido justo em cima e com uma saia rodada na cor creme com debrum marinho que a fazia parecer a quarta irmã Andrews. O vestido de Martha era estampado floral cor-de-rosa simples, mas bonito. Frankie estava usando um vestido com corpo de veludo preto e saia fúcsia.

E eu estava usando meu vestido preto favorito. Tinha um corpete com alças de espaguete debaixo de uma blusa de tule com capuz. Estava preso na cintura com um cinto de couro preto e tinha uma saia de rabo de peixe. Eu usava um pente com uma rosa vermelha falsa com meu cabelo torcido para cima e para o lado na parte da frente; o restante caía ondulado nos meus ombros.

O salão estava envolto em uma névoa de fumaça, os cheiros de perfume barato e cigarros misturados com o odor azedo de cerveja velha. Joe Brandon tinha trazido mais do que apenas alguns de seus companheiros de banda. Ele estava no palco, o suor escorrendo pelo rosto enquanto acompanhava ao piano um conjunto de dez instrumentos, incluindo uma seção de cornetas. Casais enchiam a pista de dança, rindo e dançando uma fantástica interpretação de "Sing, Sing, Sing, Sing".

As palavras da Srta. Chambers pesavam sobre mim, mas eu havia prometido a Viv e a Dottie que tentaria relaxar e me divertir na nossa última noite ali. Respirei fundo, alisei meu vestido e caminhei com minhas amigas ao longo da borda da enorme pista de dança. Finalmente encontramos algumas mesas que podíamos empurrar juntas, e um garçom de blazer branco veio imediatamente para atender nosso pedido de bebida.

Um grupo barulhento e agitado da RAF estava bebendo cerveja de cor âmbar e comemorando um aniversário nas mesas ao lado da nossa.

– Ele ainda tem uma garota em casa? – Dottie estava olhando para o palco quando perguntou. Seu cabelo escuro estava em ondas suaves ao redor do rosto, e havia um tom melancólico em seus olhos. Viv tinha passado o delineador preto em suas pálpebras e um batom vermelho brilhante. Ela parecia deslumbrante, mas não acreditou quando lhe dissemos.

– Acho que sim, e sinto muito que você esteja desapontada – eu disse. – Ele certamente parecia estar flertando com você.

– Está tudo bem – ela respondeu, com um suspiro e com um aceno da mão. Ela se virou de costas para o palco enquanto o garçom trazia nossas bebidas. – Mesmo que ele estivesse flertando, não teria nada demais. Todos nós vamos nos separar.

– Verdade – concordei.

– Desculpem, digo, senhoritas, esses soldados estão incomodando vocês? – Harry Westwood, oficial da RAF e sósia de Cary Grant. Ele ficou atrás da cadeira de Viv e apontou para o grupo de soldados da RAF ao nosso lado.

– Está tudo bem – respondeu Viv, dando-lhe um olhar divertido que me dizia que ela definitivamente não o tinha esquecido.

– Oh, é Viviana, não, Vivien, de Boston – disse ele, exibindo um largo sorriso que fez Dottie me chutar debaixo da mesa. – Que bom ver vocês novamente, senhoritas da Cruz Vermelha.

– Você também. Desculpe, seu nome? – Viv perguntou a ele, e revirei os olhos para Frankie e Dottie porque sabia que ela não tinha esquecido.

– Westwood, companheiro, venha tomar uma cerveja conosco – um dos soldados o chamou. – A menos que você seja bom demais para o nosso grupo.

– Nada disso – ele disse. – Mas eu esperava convidar a Srta. Occhipinti para dançar. E meu primeiro nome é Harry. Vamos?

Ele estendeu a mão. Viv olhou para sua mão e então o encarou. Foi como assistir a um filme, aquelas duas pessoas lindas, tão confiantes, tão acostumadas a fazer os outros obedecerem a sua vontade.

– Por que você não toma aquela cerveja, e eu vou pensar sobre isso? – Viv sorriu e piscou. – Acabamos de chegar aqui. Quero conversar um pouco com minhas amigas.

Os dois se encararam, e pude perceber que ele ficou um pouco desapontado, mas então riu e disse:

– Muito bem. Pense nisso, Viviana.

– Você está louca? – Blanche bateu no braço de Viv, depois que Harry se afastou. – Ele é o cara mais lindo deste lugar. O que você está esperando? Além disso, esse grupo precisa de mais assunto. Precisamos de alguns escândalos.

Antes da Cruz Vermelha, Blanche tinha sido colunista de fofocas de um jornal de Nova Orleans, o que não foi uma surpresa para ninguém.

– Viv, ele se lembrou do seu sobrenome – comentei. – Nós o conhecemos por um minuto no Rainbow Corner?

– Honestamente, nem eu me lembrava do seu *sobrenome* – confessou Frankie.

– É por isso que eu sei que ele vai voltar – disse Viv, bebendo seu gin tônica. – Isso é vingança por ter me deixado para trás da última vez. – Ela sorriu e piscou para Blanche.

– Você é louca – acusou Blanche. – Mas não duvido que ele volte. Você está um estouro com esse vestido, como dizem os britânicos.

– Obrigada, querida – disse Viv, acendendo um cigarro e oferecendo um para Blanche.

Examinei o salão, observando a dança, a multidão que conversava e ria. Por algumas horas, estávamos todos fingindo que não havia uma guerra acontecendo do lado de fora das portas. E, mais uma vez, procurei por um oficial que eu sabia que não estaria lá, e senti a dor me invadir como uma onda.

— Eu sei no que você está pensando, ou melhor, em quem você está pensando. Você está com aquele olhar — Dottie falou no meu ouvido, batendo na minha mão. — Você se esforça tanto para esconder. Mas tudo bem, você está entre amigas. A Srta. Chambers não pode nos ouvir.

— Eu sou patética — reclamei, piscando para me livrar das lágrimas. — Se a Srta. Chambers me visse agora, me mandaria para casa. Eu estava louca por ter inventado isto aqui?

— Não, de jeito nenhum — disse Dottie. — Quando você me contou que queria se candidatar, achei muito corajoso. Sua bravura me fez decidir me candidatar também. Parte do motivo pelo qual estou fazendo isso é para me forçar a sair da casca. Deixar meu irmãozinho e meus pais, com o Marco designado já tão longe? Foi a coisa mais difícil que já fiz. Mas eu também precisava fazer isso. Por mim.

— Estou muito orgulhosa de você, Dottie — elogiei. — E minha salvação é ter você e Viv comigo.

— Muito bem, acabei a minha cerveja. Quem quer ir procurar uns soldados para dançar? — Martha disse, batendo seu copo na mesa e saltando da cadeira. — Quem me acompanha?

— Eu vou — anunciou Viv.

Blanche se levantou, assim como algumas outras garotas, incluindo uma Frankie um pouco relutante, assim como ChiChi, Doris e Rosie, uma equipe do Clubmobile Dixie Queen que conhecemos durante nosso treinamento.

— Espere, para onde foi Harry Westwood? — perguntei, olhando para onde ele estava sentado com os oficiais da RAF.

— Desapareceu. Talvez tenha me deixado para trás novamente — Viv respondeu, tentando parecer indiferente apesar da decepção nos olhos.

Dottie e eu ficamos conversando com as garotas dos Clubmobiles que permaneceram na mesa, incluindo Ruthie Spielberg e Helen Walton, duas amigas de Dakota do Norte que não paravam de falar. Enquanto Ruthie contava uma história, os cabelos da minha nuca se levantaram, e senti alguém me observando. Olhei em volta do hall novamente e vi um grupo de oficiais sentados em um canto escuro no lado oposto da pista de dança. Eles estavam bebendo cerveja, seus rostos sérios enquanto conversavam calmamente. No meio do grupo estava o Capitão Peter Moretti. Ele estava olhando para mim.

Fiquei irritada de novo, lembrando nossa conversa sobre mulheres na guerra. Pensei em ignorar seu olhar, mas segui por outro caminho, acenando e lhe dando um pequeno sorriso. Ele se virou e começou a falar com o oficial loiro sentado ao seu lado.

– Que grosseiro – sussurrei entre os dentes.

– O quê? – Dottie perguntou.

– Ei, garotas de Boston, como estão? – Joe Brandon veio à nossa mesa e nos cumprimentou como se fôssemos velhos amigos. – Estou tão feliz que tenham vindo. Dottie, você vai se juntar a nós esta noite?

– Nunca! Eu não sei como você faz isso – respondeu ela, rindo, as bochechas coradas por vê-lo.

Meu Deus. Não importava se ele tinha uma garota em casa, Dottie estava apaixonada.

– Por que você não está no palco? – ela perguntou.

– Mandei um dos meus companheiros de banda tocar no meu lugar para que eu pudesse pelo menos pegar uma cerveja ou uma Coca-Cola; está tão quente sob as luzes lá no palco – ele disse, enxugando a testa. – Querem vir ao bar comigo?

– Claro – Dottie aceitou, agarrando minha mão e me puxando para cima.

No bar, Joe pediu bebidas para nós três.

– Ei, Joe, você já teve notícias de Mary Jane? – perguntei enquanto ele entregava nossas bebidas. Ele tinha que ser honesto. Eu não queria que ele partisse o coração de Dottie. Joe olhou para mim e então para o rosto de Dottie, que ficou pálida.

– Eu... – ele balbuciou, respirando fundo, enxugando nervosamente a sobrancelha novamente. – Sim, tive ontem pela primeira vez. Ela está preparando sua sala de aula para o início da escola.

– Sua noiva? – Dottie perguntou.

– Não, ela é minha namorada – ele disse em voz baixa. – Dottie...

Eles se olharam profundamente nos olhos um do outro, e de repente eu estava atrapalhando um momento particular.

– Tenho que encontrar o banheiro feminino – informei. – Voltarei em poucos minutos.

Caminhei pela multidão até o banheiro, que ficava em um corredor estreito perto das portas da frente. Havia uma fila, é claro, então fiquei atrás de um bando de garotas britânicas que se derretiam por causa de alguns soldados que tinham acabado de conhecer. Uma delas estava usando um perfume de lavanda tão forte que me fez tossir um pouco.

– Pensei que você estivesse na pista de dança com suas amigas.

Ergui a cabeça e vi Peter Moretti, que ocupava mais da metade do corredor estreito com seus ombros largos.

– E eu pensei que você fosse acenar de volta quando o cumprimentei do outro lado do salão, alguns minutos atrás – respondi, com uma careta, me sentindo desprezada e ainda incomodada com nossa última conversa.

– Quando você fez isso? Eu não a vi – ele disse.

– Por que não acredito em você? – Saí do meu lugar na fila. Aquele sorriso de lado de novo.

– Honestamente, eu não a vi.

– Por que você não está dançando? – perguntei.

– Eu não danço.

– Nunca?

– Nunca – ele disse. – Eu sou... bem, eu *era* um boxeador, então fico muito bem em pé... mas não danço.

– Eu tinha ouvido dizer que você era boxeador. Norman é um admirador seu.

– Norman é um bom homem.

Houve um silêncio estranho quando a fila para o banheiro das senhoras avançou e os rapazes passaram por nós, tentando chegar ao banheiro dos homens.

– Bem, até logo – ele se despediu.

– Sim, suponho que vamos nos encontrar em Leicester, ou por aí – respondi.

Ele olhou para o teto, suspirou e disse:

– Sim, vocês garotas da Cruz Vermelha estão indo para lá. Também enviaram um grupo de vocês para a Normandia com as tropas em julho.

– Tenho certeza de que você ficou muito feliz com isso – provoquei.

– Não é nada contra vocês pessoalmente – ele explicou. – Eu sei que a aborreci no outro dia. Mas simplesmente não vejo razão para colocar mulheres americanas em risco para que elas possam distribuir donuts. Não faz sentido.

— Não é nada contra nós, mas você continua insultando toda a minha razão de estar aqui — retruquei. — Eu sei que você não dá valor para isso, mas devemos estar fazendo algo certo, ou eles não continuariam contratando mais de nós.

Ele deu de ombros.

— Não sei. Novamente, sem ofensa, eu simplesmente não entendo. Talvez pareça que você está ajudando, e isso é tudo o que importa. Talvez fique bem em fotos para as pessoas em casa.

Lembrei-me da sessão fotográfica da revista LIFE, e meu rosto ficou quente. *Ele sabia disso?*

— Não vou tentar convencê-lo — eu disse, e, vendo que a fila tinha desaparecido, decidi sair. — Acho que não conseguiria se tentasse. Só espero que algum dia você consiga enxergar o nosso valor. Até logo — me despedi e me dirigi à porta do banheiro das senhoras. Assim que voltei para o hall, Martha e Viv me puxaram para a pista de dança. A banda estava tocando de novo, e agora tinha um cantor, um soldado chamado Marty. Ele não era nenhum Bing Crosby, mas não era ruim.

— Nada de ficar sentada no canto, Fi — disse Viv, apertando meu cotovelo. — Temos outro rapaz aqui que precisa de uma parceira.

— Algum sinal de Harry Westwood? — eu quis saber.

— Não, desapareceu. — Viv encolheu os ombros. — Azar dele.

Elas me apresentaram a um rapaz chamado Timmy, um jovem alto e magro que não tinha parceira de dança. Joe Brandon estava de volta ao palco no piano, parecendo amuado. Dottie estava rindo e dançando com um soldado que não parecia ter idade suficiente para se barbear.

Timmy provou ser um dançarino melhor do que parecia, e eu realmente relaxei e me diverti enquanto ele me dava dicas de passos e me rodopiava pelo chão. A banda tinha acabado de começar outra música quando Harry Westwood apareceu novamente e subiu ao palco. Ele fez sinal para que a banda parasse de tocar, e alguns dos soldados da plateia vaiaram. Harry pegou o microfone e se virou para o público. O olhar em seu rosto fez a vaia parar.

— Senhoras e senhores, lamento informá-los de que o clube tem que ser evacuado imediatamente — disse Harry, enquanto olhava para a multidão, calmo, sério e respeitoso. — Há muito barulho aqui dentro para ouvir as sirenes do lado de fora. Temos relatos de um número sem precedentes de V-1s chegando à cidade nas próximas vinte e quatro horas, e precisamos tomar todas as precauções necessárias. Por favor, saiam do clube de forma ordenada e sejam cautelosos ao voltarem para seus alojamentos. Fiquem em segurança e que Deus os abençoe.

Não houve pânico na multidão quando as pessoas tomaram a última bebida, começaram a encontrar seus amigos e saíram da Paramount. O sentimento no ar era de resignação. A bolha despreocupada do clube tinha acabado de arrebentar, e era hora de voltar para a guerra.

As sirenes estavam tão altas lá fora que fiquei espantada por não termos ouvido. Afastei o cabelo do rosto com um tremor de mãos. Eu tinha quase me acostumado à constante ameaça das bombas... mas não exatamente.

– Viv, querida, aí está você. – Harry Westwood veio até nós enquanto esperávamos pelo resto das meninas para nos organizarmos. Viv me deu um olhar lateral com as sobrancelhas levantadas. – Eu posso providenciar uma carona para levar o seu grupo até o local onde vocês estão hospedadas na parte de trás de um dos caminhões da RAF – ele ofereceu. – Peço desculpas porque não é exatamente um transporte de estilo, mas vai levá-las até lá em segurança.

– Está bem, obrigada. Fica a cerca de duas milhas daqui – Viv explicou. – Nós somos onze.

– Bem – disse ele. – Reúna o restante das suas amigas e espere aqui mesmo. Eu volto já.

Ele desapareceu na multidão.

– *Querida?* – chamei. – Ele nem conhece você.

– Quem se importa? Ele vai nos levar embora. – Ela pausou antes de acrescentar: – E, sim, é um pouco avançado, mas você tem que admitir, com aquele sotaque britânico, qualquer coisa parece deliciosa.

Nós duas começamos a rir. Dottie e Blanche saíram, seguidas por Frankie, Martha, as tagarelas Ruthie e Helen, a equipe Dixie Queen e o restante do grupo. Estávamos procurando o caminhão da RAF quando Peter Moretti pisou na minha frente.

– Alguns dos meus rapazes têm jipes; podemos levar vocês para casa – anunciou ele. – Eles vão parar aqui em menos de um minuto...

– Nossa carruagem chegou – Viv anunciou enquanto um caminhão da RAF encostava. Harry Westwood estava no banco do passageiro. Ele pulou para fora e começou a ajudar todas as garotas a subir na traseira.

— Oh, parece que já temos uma carona — observei. — Mas obrigada. Foi gentil da sua parte pensar em nós.

— Um caminhão da RAF, hein? — Ele tinha uma irritação inconfundível na voz. — Bem, tenham cuidado e voltem logo para casa. Vocês estarão muito expostas na parte de trás do caminhão, então fiquem abaixadas. Protejam-se se ouvirem um V-1 mesmo que esteja longe.

— Tenho certeza de que ficaremos bem — eu disse. Era uma grande mentira, e ambos sabíamos disso. Ninguém tinha certeza.

— Eu também só queria dizer que estou... Me desculpe se a ofendi. *Novamente*, me perdoe.

— Não se preocupe com isso. Você sabe mais sobre esta guerra do que eu. — Relaxei depois do pedido de desculpas dele, sem perceber o quão tensa eu me sentia.

— Sim — ele respondeu. — Agora eu...

— Fi, vamos! Temos que ir agora! — Frankie disse, de pé na parte de trás do caminhão da RAF.

— Obrigada de novo — falei.

Subi na traseira do caminhão com minhas amigas. Enquanto o veículo se afastava, virei para trás para ver Peter Moretti olhando para mim. Ele acenou antes de caminhar para a multidão.

— Quem era, Fi? — Dottie perguntou enquanto eu me sentava ao lado dela.

— Oh, ele é aquele capitão da 82ª Divisão Aerotransportada que conheci na garagem de Norman. Ele nos ofereceu uma carona também. Mas ele é um pouco rabugento.

— Ele não pode ser tão ruim se ofereceu para nos dar uma carona — Dottie disse.

— Acho que sim — respondi, com um suspiro.

Não tive vontade de falar sobre minha conversa com ele no início da noite, especialmente na frente de todas as garotas na traseira do caminhão da RAF. Eu tinha certeza de que Martha e Blanche tinham bebido um copo a mais porque estavam agindo como se estivessem em uma festa sobre rodas. Estávamos totalmente expostas, sem capacetes, mas elas continuavam rindo, gritando e assobiando para todos os soldados que passavam na rua.

As sirenes continuaram a soar enquanto nosso motorista da RAF voava pela cidade, que estava cheia de pessoas e veículos tentando chegar em segurança. Eu não conseguia ouvir o barulho familiar da bomba voadora, mas havia uma tensão inegável no ar. Londres sabia o que estava por vir.

Capítulo 10

Chegamos ao número 103 da Park Street em pouco tempo, e Harry Westwood e o motorista da RAF ajudaram as onze de nós a saltarem para fora da traseira do caminhão. Entramos correndo a fim de pegar nossas máscaras de gás e nos preparar para dormir no porão, se necessário.

— Vejo você novamente em breve — disse Harry a Viv, que foi a última a sair. Ele segurou a mão dela por mais alguns segundos do que o necessário.

— Não vou prender a respiração — avisou Viv, com uma piscadela e um sorriso.

Quando entramos no hall, conversando e rindo, a Srta. Chambers e Liz Anderson estavam esperando por nós. Podíamos ouvir passos e um som caótico vindo dos quartos lá em cima.

— O que está acontecendo? — perguntei. O restante do grupo tinha ficado quieto e parecia ter ficado sóbrio. A Srta. Chambers parecia furiosa.

— O que está acontecendo é que a cidade está sob ataque — respondeu a Srta. Chambers. — O que está *acontecendo* é que nós estávamos esperando por vocês por mais de uma hora. Vocês sairão em seus Clubmobiles esta noite. Embora eu questione seriamente se algumas de vocês deveriam ir.

Ela me encarou quando disse isso e comecei a olhar para o chão, mas pensei melhor e apenas devolvi seu olhar, sem pestanejar. Eu provaria. Nós provaríamos.

Enquanto isso, todas começaram a fazer perguntas, levantando a voz enquanto tentavam conversar umas com as outras. Liz Anderson levantou a mão pedindo silêncio.

— Deixem-me explicar — ela disse, numa voz calma e comedida. Não parecia nem um pouco perturbada pela nossa chegada tardia. — Com os relatórios avisando sobre o bombardeio de V-1s que pode chover sobre a cidade a qualquer momento, achamos que a opção mais segura é ir para Midlands esta noite. Vamos nos encontrar com os motoristas designados em Camp Griffiss. Espero em Deus que vocês já tenham feito as malas, porque só terão 20 minutos para trocar de roupa e juntar todo o equipamento. Mantenham seus capacetes à mão. Vamos tocar o sino se todas nós precisarmos ir para o porão. – Ela bateu palmas. – Agora mexam-se, e vejo vocês lá embaixo em 20 minutos.

Frankie nos levou em uma corrida louca pelas escadas até nossos quartos. Foi um caos nos dois andares superiores quando as garotas usando vestidos entravam e saíam dos quartos, fazendo as malas e se organizando. Baús, mussettes do exército, capacetes e máscaras de gás foram empilhados do lado de fora de algumas portas, prontos para partir. Era possível sentir o nervosismo, a excitação e o medo no ar.

Dottie corria para a janela do nosso dormitório a fim de ouvir o som muito familiar dos V-1s enquanto nos trocávamos e reuníamos nossas coisas. Viv não estava completamente pronta, então eu a ajudei a empurrar o resto de seus pertences para dentro do baú.

– Dottie, o que você falou ao Joe depois que eu deixei vocês dois? – perguntei.

– Ele disse que gostava muito de mim. Ele me acha muito bonita – ela respondeu. – E eu disse "obrigada pelo elogio, mas o que você disse para a sua garota, que ficou em casa?". Ele acha que a ama, tinha planos de se casar com ela, enfim. Mas tentou me convencer de que, já que vai ficar longe dela por muito tempo, deveríamos nos divertir no momento porque somos duas pessoas que gostam uma da outra. E *então* ele tentou me beijar. Eu me desculpei e pedi àquele rapaz para dançar comigo para colocar um fim na conversa.

– Você fez aquele rapaz ganhar a noite – observou Viv, rindo.

– Acho que sim – Dottie confirmou, com um sorriso. Mas então o sorriso dela desapareceu. – Eu ainda tenho uma terrível queda por Joe. Ele é bonito e talentoso. E, desde o começo, foi tão fácil conversar com ele. Vocês duas sabem que isso nunca acontece comigo. Mas que tipo de homem diz à sua garota que a ama enquanto tenta beijar outra?

– Bem pensado. Você fez a coisa certa – elogiei. – E nós vamos embora, de qualquer maneira.

– Verdade – ela concordou, com um suspiro. – Mas não consigo deixar de pensar em como seria beijá-lo.

– Há muitos peixes na guerra, Dots. Peixes que não acham certo serem infiéis à sua garota em casa – Viv alegou.

– Cinco minutos! – a Srta. Chambers gritou nas escadas. – Caminhões chegando em cinco minutos!

Juntamos todo o nosso equipamento, e por hábito, procurei sentir a carta no fundo da minha bolsa. Só que não a achei. Pousei minhas coisas e abri a mussette para ver melhor.

– Fi, vamos – Dottie chamou. – Qual é o problema?

– O envelope com a última carta de Danny para mim não está na minha mussette – eu disse, agitada. – Não sei onde eu poderia ter colocado. Não está aqui.

Viv e Dottie deixaram as coisas delas e começaram a checar no quarto, debaixo das camas e em suas próprias coisas. A carta não estava em lugar nenhum.

– Não acredito que a perdi. – Segurei as lágrimas. – É a última carta que tenho dele. Como pude ser tão descuidada?

– Calma – pediu Viv. – Não paramos desde que saímos de Boston. É difícil manter o controle de tudo.

– Sim, mas não é como perder um par de meias – choraminguei. – Isso é importante.

– Senhoritas! Nossa carona está aqui – Liz chamou do andar de baixo.

– Temos que ir – disse Dottie, pegando minha mão. – Você me contou que não a lia havia algum tempo porque a deixava muito triste.

– Eu não lia a carta desde que chegamos ao *Queen Elizabeth*.

– Senhoritas, o que estão fazendo? Vocês estão prestes a perder sua carona. – Liz parou na nossa porta, sem fôlego. Ela olhou para mim. – Está tudo bem?

– Sim – eu disse. – Eu... Perdi algo, mas talvez esteja enfiado no fundo do meu baú ou em algum outro lugar nas minhas coisas.

– Bem, vamos lá, então – Liz chamou, sua impaciência evidente enquanto agarrava um pouco do nosso equipamento e saía pela porta.

Eu sabia que a tinha perdido. Mas talvez Dottie estivesse certa. A carta tinha sido como um peso, enchendo minha mussette com a tristeza e a dor que emanavam de suas páginas manchadas de lágrimas. Se eu quisesse fazer esse trabalho direito, talvez fosse hora de aliviar um pouco minha carga. Pelo menos eu ainda tinha a fotografia dele.

Olhamos ao redor do nosso dormitório uma última vez, mas eu sabia que tínhamos que sair. Mordi o lábio para reter as lágrimas enquanto descíamos as escadas.

Nós três ficamos em frente ao nosso Clubmobile, o Cheyenne, com todo o nosso equipamento, ouvindo o incrível ressonar vindo acima da cabine do veículo. Era alto e barulhento, pontuado por um ronco ocasional. Jimmy English, nosso motorista britânico designado, estava dormindo profundamente, caído sobre o volante.

— Não tenho certeza se já ouvi alguém roncar tão alto — eu disse.

— Eu podia ouvir meu pai à distância de três quartos, mas este homem é pior — comentou Dottie. — *Tsc, tsc.* Pobre da esposa dele.

Tínhamos chegado a Camp Griffiss minutos antes com o resto das garotas. Além dos oito Clubmobiles do Grupo F, havia dois caminhões de carga para suprimentos e um jipe com motorista para Liz. Tínhamos acabado de nos despedir de Blanche, Martha e Frankie quando elas foram embora em seu Clubmobile, o Tio Sam, com seu motorista, um rapaz baixo e gordinho chamado Trevor.

As sirenes do ataque aéreo ainda estavam soando, e era possível ouvir os sons ocasionais dos motores dos mísseis. Ainda não tínhamos chegado perto de nenhuma bomba voadora, mas isso não significava que não aconteceria. Eu queria sair da cidade o mais rápido possível, o que significava acordar Jimmy English ou dirigir eu mesma o Clubmobile. Subi para alcançar a janela do lado do motorista e bater no ombro dele.

— Sr. English, olá? Hora de acordar — falei em seu ouvido. Ele respondeu com um ronco ruidoso que cheirava a álcool. — Oh, Deus, ele cheira como se tivesse tomado banho numa banheira de uísque — observei, fazendo uma careta para Viv e Dottie.

– Você está brincando – Viv disse. – Ele desmaiou de tão bêbado? Isso é fabuloso. Ele está em grande forma para nos levar a mais de cem milhas em um apagão.

– Nós somos o último Clubmobile aqui – Dottie alertou, enquanto víamos o sétimo carro do Clubmobile se afastar. – O que vamos fazer?

– Vamos sair daqui de alguma forma – gemi. Dessa vez subi até a cabine, agarrei o ombro dele, sacudi o homem e, em uma voz muito alta, falei diretamente no ouvido dele.

– Jimmy. Olá, Jimmy! Acorde, hora de ir.

Ele abriu um olho e olhou para mim com uma careta.

– Que diabos você quer? – ele grunhiu, com um sotaque cockney como o de Norman.

– Queremos sair de Londres. Esta noite. Você não está ouvindo as sirenes do ataque aéreo? Eu sou Fiona, essas são Dottie e Viv, e você é o nosso motorista.

– Que horas são? – ele perguntou, endireitando-se e esfregando o rosto. Ele tinha uma floresta de cabelos pretos e pelo menos três dias de barba no rosto.

– É hora de ir embora. Há quanto tempo você está desmaiado? – Viv perguntou, acendendo um cigarro.

– Pode me dar um cigarro? – ele pediu, olhando para o maço de Chesterfield de Viv. Eu pulei do caminhão para que ele pudesse abrir a porta e sair. Viv entregou-lhe um cigarro e a caixa de fósforos. Era um tipo magro e musculoso, com uma estrutura atarracada. Pelas linhas ao redor dos olhos, imaginei que estivesse em torno dos 40 e poucos anos.

– Não vamos sair pela manhã? – ele disse, olhando todo o nosso equipamento no chão. – O que aconteceu?

– Se você pensou que fôssemos sair pela manhã, por que estava dormindo no caminhão agora? – Dottie perguntou.

– Meu amigo me deixou aqui depois que voltamos do bar – ele respondeu, encolhendo os ombros. – Já fiz as malas. Não tinha motivo para ir para casa se precisava estar aqui de madrugada.

– Então você nem sabia da decisão de sair hoje à noite? – perguntei.

– A senhora da Cruz Vermelha apareceu. É isso que ela estava dizendo, então? – ele disse, referindo-se a Liz Anderson. – Eu estava exausto.

Não ouvi uma palavra sobre isso.

– Você estava dormindo – acusei. – E, sim, temos que sair hoje à noite. Mais precisamente agora. Nós somos as últimas aqui. Você consegue dirigir? Parece que esteve no bar.

– Cheira como se *ele* fosse o bar – Viv resmungou, entre os dentes.

– É claro que consigo dirigir – ele afirmou, de pé, mais alto.

– Se você não conseguir, nós todas tivemos aulas de direção – eu disse. – Temos nossas licenças britânicas. Eu posso... Posso tentar dirigir.

Viv e Dottie olharam para mim como se eu tivesse perdido a cabeça. Olhei para elas, avisando-as silenciosamente para não me contradizerem. A verdade era que eu estava apavorada com a possibilidade de dirigir, mas viajar pelo campo com um Jimmy English bêbado era igualmente assustador.

Jimmy explodiu em gargalhadas. Ele tropeçou para trás e continuou rugindo de rir como se fosse a coisa mais engraçada que ele já tinha ouvido.

– O que foi? – perguntei, cruzando os braços. – O que é tão engraçado?

– Você? Dirigindo *isto*? Em um apagão só com as luzes dos olhos de gato? – ele disse, limpando as lágrimas dos olhos. – Seria ótimo. Norman me contou tudo sobre vocês três. – Ele apontou para mim com o cigarro aceso. – Vocês não fariam isso por duas milhas, fariam?

– Sim, nós faríamos – respondi.

– Não, definitivamente não faríamos – Viv corrigiu.

– Quieta, Viv – pedi.

– Mas ela tem razão, Fi, precisamos dele – disse Dottie. – Precisamos de você, Sr. English.

– Mas ele ainda está bêbado – retruquei, apontando para o homem. Os olhos escuros dele eram vítreos e manchados de sangue. – Você percebeu isso, certo? E eu não acho que você iria discordar, não é, Sr. English?

– Não vou negar. – Ele fez um movimento de cabeça. – Mas aposto que sou um motorista muito melhor bêbado do que você sóbria.

Eu estava prestes a discordar quando ouvi algo. E todos nós olhamos para o céu ao som do barulho baixo, ficando mais alto a cada segundo.

– É isso mesmo. São os insetos que vêm aí, não são? – Jimmy disse, pisando no cigarro. Ele entrou em ação, pegando nosso equipamento e carregando-o para o Clubmobile. – Não tenho mais tempo para discutir, senhoritas.

– Jesus Cristo – sussurrei enquanto carregávamos todas as nossas coisas. – Nós realmente vamos deixar esse homem nos levar?

– Que escolha nós temos? – Dottie indagou. – Nós só passamos nos exames de direção porque Norman nos deu uma chance, e estou tremendo de medo das bombas voadoras. Eu quero sair daqui.

– Amém, Dots – comemorou Viv. – Está na hora de ir.

Subimos na frente, quatro ocupantes na cabine. Era apertado, mas não terrível. Espiei pela pequena janela na parte de trás e vi a pequena cozinha e todo o nosso equipamento empilhado. De repente vi um flash de movimento e pelagem laranja, e pulei quando algo veio saltando pela janela bem na nossa direção. Viv gritou.

– Ei, gatinho. De onde é que ele veio? – perguntei. O gato saltou para o colo de Jimmy.

– Oh, esta é a minha gata, Vera Lynn – disse Jimmy, dando a partida no Clubmobile. – Tive que trazê-la comigo. Não tenho ninguém para cuidar dela.

Vera era uma gata laranja. Sua orelha esquerda estava cortada na ponta, e um de seus olhos verdes estava parcialmente fechado, como se outro gato a tivesse esmurrado.

– Você deu à sua gata o nome de Vera Lynn, a cantora? – perguntei, sobrancelhas levantadas, sem poder esconder o divertimento.

– Qual é o problema com o olho de Vera? – Dottie perguntou.

– Oh, não. *Não*. Eu odeio gatos – reclamou Viv, cobrindo a boca. Com a voz abafada, ela acrescentou: – Eles roubam sua respiração. Além disso, Vera precisa de um banho.

Ela estava sentada ao lado da janela do lado oposto do carro, e se moveu como se fosse abrir a porta e pular para fora. A cabine do Clubmobile cheirava a cigarro, uísque e felino fedorento.

– Mantenha a porta fechada, menina. Lá vamos nós – anunciou Jimmy, com a voz firme. Acho que as bombas voadoras que estavam chegando o deixaram sóbrio, pelo menos eu esperava que sim. Ele beijou Vera na cabeça e a jogou nas costas enquanto ela miava em protesto.

Ligando o Clubmobile, Jimmy pisou no acelerador com tanta força que todas nós sentimos um golpe. Saímos da base e entramos na noite escura, avançando facilmente a mais de setenta milhas por hora. Nosso motorista semibêbado viajou pelas estradas a um ritmo vertiginoso, como se as bombas voadoras pudessem nos atingir diretamente. Fiz uma oração silenciosa. Meu pavor era que, caso as bombas não acabassem conosco, a forma como Jimmy dirigia certamente o faria.

Capítulo 11

31 de julho de 1944
Leicester, Inglaterra

Meus olhos ainda estavam fechados quando ouvi o som de um galo cantando do lado de fora da janela próxima à minha cama, e me lembrei que não estávamos mais em Londres.

Durante toda a viagem até Leicester na noite anterior, eu tinha segurado a porta do caminhão com os nós dos dedos brancos. Com certeza iríamos bater em uma vaca, uma cerca ou um carro. Por algum milagre, Jimmy conseguiu nos deixar em segurança no nosso destino. Fomos alojadas perto de um dos vilarejos nos arredores da cidade de Leicester, em uma fazenda de pedra pertencente a uma adorável viúva chamada Sra. Tibbetts. Às três da manhã, finalmente chegamos a sua casa, sonolentas e famintas. Ela nos cumprimentou na porta com um sorriso, nos ofereceu algumas tortas salgadas e chá e nos mandou direto para a cama.

Nosso quarto ficava no segundo andar, um cômodo comprido e estreito com teto inclinado e três camas de solteiro uma ao lado da outra. Era o quarto de seus filhos – os três estavam na guerra, um na Itália, dois no Pacífico. Dottie já estava acordada e em pé junto à janela, onde havia aberto a cortina escura.

– Venha ver, Fiona.

Não tínhamos conseguido ver nada quando chegamos, na noite anterior. Naquela manhã o campo inglês era de tirar o fôlego e um contraste diante de Londres. Havia um jardim dividido por um caminho sinuoso – estava florido, repleto de margaridas cor de laranja, dedaleiras roxas e gerânios rosa pálido. Além do jardim havia colinas onduladas de vários tons de verde, salpicadas de rebanhos de ovelhas. Ao longe se podia ver um lago com alguns gansos brancos que flutuavam preguiçosamente na superfície.

Abri a janela e respirei profundamente o ar fresco do campo.

– Isto é lindo – exclamei. – Como em um romance de Jane Austen.

– Não é? – Dottie disse com um sorriso. – Acho que temos que acordar a Princesa V. – Ela gentilmente sacudiu Viv, que se limitou a resmungar e se virar.

– Olá? Olá, bom dia! – A Sra. Tibbetts bateu na nossa porta e olhou para dentro. – Oh, me desculpe. – Ela moveu a cabeça para trás. – Eu não sabia que vocês não estavam vestidas.

– Está tudo bem, Sra. Tibbetts – respondi, entrando no corredor de pijama e alisando meu cabelo. – Bom dia.

– Você dormiu bem, querida? – ela perguntou, com esperança na voz. Ela era mais baixa do que eu, com olhos azul-claros e cabelo castanho com mechas grisalhas. Tinha o rosto redondo e um sorriso muito bonito.

– Sim, dormi. Sua casa é linda. Obrigada por nos deixar ficar aqui.

– Imagine – ela disse, num sotaque que era diferente do de Jimmy, embora eu não pudesse identificar exatamente sua origem. – E estou feliz por ter companhia. Tem sido muito silencioso só comigo e os animais. Comecei a falar com eles, pelo amor de Deus. – Ela riu. – Tem chá e café da manhã lá embaixo. – Ela sorriu e acariciou meu ombro antes de se virar para sair. – E Jimmy vai levar vocês para a Granby Street quando estiverem prontas para ir.

– Jimmy já está aqui? – perguntei.

– Jimmy não foi embora – ela explicou. – Ele não estava em condição de dirigir nem mais um minuto, então peguei alguns cobertores e ele dormiu no sofá.

– Isso foi sábio – elogiei. – Obrigada.

– Não se preocupe. Vejo vocês lá embaixo.

Voltei para o quarto para me vestir, passar batom e escovar o cabelo. Fiquei surpresa ao ver Viv e Dottie quase prontas para sair.

– Por favor, me diga que ela não falou em chá – Viv pediu, sua voz ainda mais rouca do que o normal. – Eu preciso de uma xícara de café forte, ou vou me matar. Maldito galo.

– Eu prefiro galos a sirenes de ataque aéreo – Dottie disse.

– Podemos tomar um café no clube da Cruz Vermelha – falei. – Temos que ir. Liz Anderson vai nos encontrar lá às nove para distribuir nossas tarefas.

– Bem, pelo menos eu tenho este esmalte de unha pálido agora, então, quando ele grudar na massa, os soldados não serão capazes de vê-lo em seus donuts – brincou Viv.

– Você poderia não usar esmalte, Viv – sugeriu Dottie. – Lascas de esmalte nos donuts são nojentas.

– Não usar nenhum? Nunca – Viv perguntou, em um horror engraçado.

Ajustei meu chapéu e olhei para nós três em nossos uniformes de combate.

– Parecemos oficiais – eu disse.

– Eu ainda acho que a nossa aparência é de palhaços de terno – retrucou Viv.

– Oh, cale-se, Viv. – Dottie bateu nela.

Eu ri, e então me emocionei um pouco.

– Obrigada, garotas – falei em voz suave, olhando para minhas duas melhores amigas. – Por me fazerem chegar até aqui. Eu não poderia ter feito isso sem vocês.

– Ainda temos muito mais pela frente, Fi – observou Dottie. – Mas você é muito querida.

– Tudo bem, tudo bem – disse Viv, balançando a mão no ar e saindo pela porta. – Não precisa nos agradecer, mas não importa. De nada. Agora, podemos ir procurar um café americano, por favor?

Depois de um café da manhã com os ovos frescos da própria fazenda da Sra. Tibbetts, tomate frito, cogumelos e torradas, um Jimmy calmo e sóbrio e sua gata muito barulhenta Vera nos levaram pelo interior da Inglaterra, passando por explosões de flores e cercas recortadas, por aldeias que pareciam ter saído diretamente de um conto de fadas infantil. À medida que nos aproximávamos de Leicester, ficava claro que essa parte da Inglaterra não tinha sido poupada pelos horrores da guerra. Os edifícios tinham sido bombardeados e ainda não tinham sido substituídos, e os escombros haviam sido removidos em alguns lugares, mas os danos ainda eram chocantes. Jimmy explicou que, como em Londres, Leicester havia sofrido seus próprios danos devastadores de ataques aéreos alemães no final de 1940.

Por toda a cidade, postes de luz e pedras do meio-fio tinham sido pintados com grossas listras brancas para ajudar os motoristas a se deslocarem durante os apagões. Pensei em Jimmy nos levando na noite anterior naquela escuridão, embriagado e pouco confiável, só com seus minúsculos faróis e um eventual sinalizador. Não tenho certeza de como ele fez aquilo, mas estava grata.

Jimmy nos deixou e foi abastecer o Clubmobile, e Liz Anderson nos encontrou na entrada principal do Clube de Serviço da Cruz Vermelha na Granby Street. Para alívio de Viv, ela nos levou imediatamente ao refeitório para pegarmos canecas de café fumegantes.

– Qual de vocês vai ser a capitã? – Liz perguntou enquanto nos sentávamos à mesa. Ela tinha uma pasta na frente, com "Cheyenne" escrito na aba.

– Desculpe, ainda nem discutimos isso – eu disse, um pouco envergonhada.

– Na verdade, já discutimos. – Viv apontou para Dottie e para si mesma. – A capitã é Fiona, sem dúvida. De nós três, ela é perfeita para o trabalho.

– Sim, Viv tem razão – disse Dottie. – Ela dirigiu o escritório do prefeito em Boston. É extremamente organizada. Nós nomeamos Fiona.

– Fico feliz que vocês duas tenham me contado com antecedência – falei, irritada.

– Oh, por favor, Fi, se uma de nós tivesse o cargo, você o assumiria mesmo assim – disse Viv.

– É verdade – Dottie concordou.

Liz olhou para nós três, divertida, enquanto fiquei em silêncio para considerar.

– O que eu sei é que nenhuma de vocês quer o cargo e estão tentando me convencer a aceitar – repliquei, fazendo uma careta exagerada. – Tudo bem. Eu aceito.

Liz me deu uma rápida atualização sobre os deveres da capitã que revisamos no treinamento, o que incluía tarefas tediosas como garantir que Jimmy mantivesse Cheyenne funcionando corretamente e manter um registro semanal de quantos donuts faríamos e dos maços de cigarros que distribuiríamos.

– Está certo. Agora vamos à parte boa. – Liz tirou outro papel da pasta. – Leicester tem localização central, perto de várias instalações militares. A cada dia da semana, vocês serão designadas para duas ou três localidades. Durante as manhãs, Jimmy vai pegar vocês na Sra. Tibbetts e trazê-las aqui para o jardim, onde mantemos os Clubmobiles, também conhecido como o "Beco dos Donuts". Nós temos dispositivos elétricos lá atrás para que vocês possam fazer alguns deles antes mesmo de pegarem a estrada. Já que hoje é o primeiro dia, eu ia designar apenas um acampamento em vez de dois, mas tenho pouco pessoal e prometi que conseguiria uma equipe para Huntingdon esta noite. Estão prontas para isso?

Dottie, Viv e eu olhamos uma para a outra, a realidade de tudo aquilo nos deixando nervosas.

– Claro. Prova de fogo, certo? – eu disse.

– Ótimo. – Liz olhou para nós, procurando as palavras. – Por fim, eu queria mencionar, vocês não são o grupo favorito da Srta. Chambers...

– Você já percebeu isso. – Viv deu um riso.

– Mas vocês vão ficar bem – ela nos encorajou, dando-nos um sorriso reconfortante. – Além disso, vocês poderiam servir café e biscoitos velhos de cachorro que eles ainda ficariam felizes em ver as garotas americanas.

Liz nos acompanhou, e encontramos Jimmy no Cheyenne no Beco dos Donuts, onde o ar estava denso com o cheiro doce, agora familiar e enjoativo, de donuts e graxa.

– Certo, acho que vocês estão prontas – ela disse. – Tivemos que contratar algumas senhoras locais para virem aqui para a sede de manhã cedo para nos ajudar a complementar a produção de donuts, então vocês já têm várias dúzias para começar. Jimmy, já carregou tudo?

– Sim, carreguei, Srta. Liz – ele respondeu. Estava sentado no banco da frente, fumando um cigarro.

– Está na hora de ir. O Major Bill O'Brien vai ser a sua ligação com o exército. Ele vai encontrar vocês na primeira base para ajudá-las a se situar. – Liz nos entregou a papelada. – Se vocês tiverem algum problema, ele vai resolver.

– Liz, seria possível conseguir algumas tintas? – Viv perguntou, passando a mão pelo lado do Cheyenne. – Eu gostaria de enfeitar este bebê.

– Acho que podemos arranjar isso – Liz respondeu, satisfeita com a ideia.

Agradecemos e nos despedimos. Enquanto estávamos nos afastando, acenei para ela, e Jimmy parou o Cheyenne, grunhindo sua irritação.

– Você sabe quando vamos receber outro lote de cartas? – perguntei.

– Acredito que até o fim da semana, no máximo – ela contou. – Se eu receber algo para vocês três, deixarei na casa da Sra. Tibbetts.

– Nenhuma notícia é sempre boa notícia, certo? – Dottie tentou me tranquilizar enquanto nos afastamos.

– Acho que sim – respondi. – Só recebi aquela carta das minhas irmãs desde que deixamos os Estados Unidos.

– Estaremos ocupadas o suficiente para manter sua mente longe de qualquer notícia – Viv me tranquilizou. – Embora eu ache que duas paradas em nosso primeiro dia é demais, francamente.

– Que notícia você está esperando? – Jimmy perguntou. Ele ficou quieto por um momento depois que lhe contei sobre Danny, mas então disse, com um aceno de cabeça: – Ah, bem, espero que você receba uma notícia boa logo.

– Obrigada – eu disse calmamente. Olhei pela janela para os céus azuis e as colinas verdes, as sebes e as flores, me perguntando pela milionésima vez: *Onde você está, Danny? Você está em algum lugar?*

Nossa primeira parada foi a meia hora de Leicester, então mandamos Jimmy encostar, e depois subimos de volta para nos prepararmos para nossa grande estreia. Tivemos que dar o crédito a Harvey Gibson: o desenho do interior era impressionante. A cozinha compacta do Cheyenne incluía a máquina de donut, seis reservatórios de café – barris de metal enormes, com capacidade para vários litros – e uma pia de aço inoxidável. Havia gavetas e armários para guardar potes, panelas e utensílios. Havia ainda um compartimento com uma vitrola ligada a um alto-falante e outro compartimento que guardava nossa coleção de discos.

Dottie colocou um de Bing Crosby na vitrola, Viv arrumou o cabelo e passou batom, então eu lhe dei uma cotovelada para me ajudar com os reservatórios.

– Chegamos, senhoritas – anunciou Jimmy enquanto nos aproximávamos de uma cidade de tendas do exército. Empurramos as duas portas do alçapão na lateral do caminhão para cima e para fora para montar nossos balcões de serviço. Quando nos aproximamos, vimos um oficial em um jipe acenando para nós.

– Major Bill O'Brien? – perguntei, inclinando-me pela janela enquanto Jimmy se aproximava dele.

– A seu dispor – disse ele. – Os rapazes da 82ª vão ficar felizes em vê-las. De onde vocês são? – Ele era de estatura média, com feições fortes e rudes e fala arrastada. Eu fiz as apresentações. – Garotas ianques, hein? – completou, sorrindo. – Nós temos pelo menos alguns soldados de Boston. Eu sou de Boerne, Texas. Sigam-me. Vou mostrar a vocês onde encontrar água.

Jimmy dirigiu atrás do Major Bill até a poeirenta cidade de barracas, e meu estômago deu uma pequena reviravolta.

– Muito bem, garotas, foi para isso que viemos aqui. Ponham seus aventais feios. Está na hora do show. – Viv nos entregou os aventais.

– Pronta, Dottie? – perguntei, apertando a mão dela.

– Tão pronta quanto possível – ela disse, mastigando o cabelo, com as bochechas vermelhas.

– Me prometa que vai tocar violão? – pedi, pensando na advertência da Srta. Chambers. – Só uma, por favor?

– Sim, você precisa, Dottie, pelo menos uma – Viv disse.

– Tudo bem – Dottie suspirou. – Eu acho que posso fazer isso sem morrer de vergonha.

Nós nos inclinamos para fora do Cheyenne e começamos a acenar e sorrir. Os soldados espreitaram das tendas e olharam para cima, limpando suas armas ou se barbeando sobre capacetes cheios de água, e então aplaudiram quando passamos. Dois cachorros sarnentos começaram a nos perseguir. Passamos por um pequeno campo enlameado, onde um grupo de homens estava jogando uma partida de futebol, com camisas versus sem camisa. Viv assobiou e eles enlouqueceram.

O Major Bill encostou seu jipe na conexão elétrica, e nós estacionamos bem ao lado dele. Já havia homens lotando o Clubmobile, balançando as canecas no ar. Um deles subiu e entrou.

– Ei, posso ajudar? – perguntou o soldado. – Ajudei as últimas garotas do Clubmobile que estavam aqui.

– Claro – Viv disse, dando a ele uma lata de creme para abrir e misturar no reservatório. – Qual é o seu nome, soldado? De onde você é?

– Sou o soldado Edward Landon e venho de Mesa, no Arizona. – Ele era um rapaz robusto, loiro, que não poderia ter mais de 18 anos.

– Você pode nos ajudar a fazer alguns donuts para a próxima parada? – perguntei.

– Claro. – Ele deu um enorme sorriso, muito feliz por termos aceitado sua oferta. – Aprendi com a equipe de Daniel Boone, antes de eles partirem para a França.

Viv ligou a vitrola e colocou para tocar "Paper Doll", interpretada pelos Mills Brothers, nos alto-falantes, e os soldados aplaudiram com alegria. Dottie e eu trabalhávamos com donuts, distribuindo dois para cada um, enquanto Viv e nosso novo amigo Edward começaram a encher canecas de café. Devia haver mais de cem soldados ao redor do Cheyenne. Cada conversa começava da mesma maneira:

– Ei, soldado, de onde você é?

– Sou do Queens, Nova York – declarou um recruta de olhos azuis e cabelos pretos chamado Patrick Halloran –, mas meu amigo Tommy Doyle é de Boston. Ei, Tommy! Venha aqui, essas garotas são de Boston.

– Como assim? De que parte? – Tommy quis saber, correndo, uma urgência na voz. Ele parecia mais italiano que irlandês. Tinha pele de oliva e olhos castanhos profundos, uma covinha na bochecha direita.

– Charlestown – eu disse, sorrindo e lhe dando dois donuts. – E você?

– Southie – ele respondeu. – Você parece ter mais ou menos a idade da minha irmã. O nome dela é Bridget Doyle.

– Hmm – Viv falou. – Acho que não a conheço, mas, se ela for tão bonita quanto você, aposto que é popular.

Isso provocou um rugido da multidão, e Tommy corou, balançando a cabeça.

– Venha, Tommy de Boston, e nos ajude a tirar essas enormes latas de óleo do chão – requisitou Viv, com um piscar de olhos.

– Claro! – Tommy correu para dentro, empurrando outro jovem

soldado que eu não tinha notado. Ele era alto, estava parado na parte de trás do caminhão, quase curvado, com o capacete na cabeça e a carabina amarrada nas costas, olhando para nós todos timidamente.

– Qual é o seu nome, querido? – perguntei.

– Sam. Sam Katz. Sou de Scranton, Pensilvânia – ele respondeu. Tinha a pele pálida e uma fenda nítida no queixo. – É tão bom ver vocês, garotas.

– Bem, Sam da Pensilvânia, você gostaria de nos ajudar a escolher alguns discos para a vitrola, ou talvez distribuir alguns doces? – perguntei a ele.

– Claro. – O rosto dele se iluminou enquanto tirava o capacete, revelando cabelos loiros e sujos. – Eu vou ajudar com o que puder. Ei, um gato! Qual é o seu nome, gatinha?

– É Vera Lynn – eu disse. Ela estava enrolada em cima do armário dos discos. – Pode baixar a arma. Prometo que não vai precisar dela para tocar discos – brinquei.

Seu rosto ficou muito sério, e ele segurou a carabina nas costas.

– Eu... desde o último... tenho que manter isso comigo – ele gaguejou. – Eu sei que estamos em território mais seguro, mas... se você não me quer aqui com isso...

– Não, não, está tudo bem, de verdade. – Coloquei a mão no braço dele. – O que quer que você precise fazer, está tudo bem. Que tal colocar um pouco de Glenn Miller?

Eu o senti relaxar enquanto ele respirava fundo e balançava a cabeça. Vera pulou e se esfregou contra ele, e os dois começaram a olhar nossa coleção limitada de discos.

Depois que ele terminou a tarefa, eu lhe entreguei alguns chicletes, caixas de cigarros e pacotes de Life Savers e pedi que distribuísse para todos os que esperavam na fila. Coloquei outro jovem soldado encarregado do "livro de visitas", o registro estadual onde os militares podiam assinar seu nome e de onde vinham, para que, quando visitássemos outras unidades, outros soldados pudessem procurar amigos de casa.

Esse caos feliz durou três horas, enquanto Tommy e Patrick nos ajudavam a manter cheios os reservatórios de seis galões e meio. Quando a máquina de donuts estava finalmente aquecida, Edward, de Mesa, nos ajudou a misturar os dezoito quilos de farinha de donuts com dez quilos de água. Nossos ajudantes eram ansiosos, mas não organizados: café, farinha, água e óleo espirravam por toda a nossa pequena cozinha, fazendo uma bagunça pegajosa, sujando o chão e escorrendo pelos armários, e logo tudo cheirava a donuts frito. Os garotos adoraram o cheiro, mas Viv, Dottie e eu ficamos nauseadas.

– *Eau du Donut* – Viv disse quando terminamos de fazer mais de quinhentos donuts para a próxima parada. – Eu nunca vou conseguir tirar esse cheiro das minhas roupas.

– Temos que sair às três e meia – Jimmy anunciou do banco da frente, faltando meia hora.

– Certo, acho que estamos quase terminando aqui – avisei. – Dottie, uma música?

Dottie olhou para seu violão, que descansava contra os suportes de donuts.

– Você toca? – Tommy perguntou. – Por favor, toque uma música. Os rapazes vão enlouquecer. – Ele juntou as mãos em oração e estava prestes a ficar de joelhos.

– Oh, pelo amor de Deus, eu toco – Dottie se rendeu, agarrando o violão.

Nós desligamos o toca-discos e a multidão começou a vaiar. Viv colocou a mão na boca e assobiou para ficarem quietos. Um dos soldados balançou as mãos e disse:

– Qualquer coisa por você, linda!

– Temos um presente para vocês todos antes de irmos embora – Viv anunciou. – Dottie Sousa é uma musicista fantástica, e ela vai tocar uma canção em seu violão para vocês. – Dottie colocou a alça do instrumento sobre o ombro e subiu até a janela ao lado de Viv, e todos começaram a bater palmas. Fiquei do outro lado.

– Eu não vou cantar – ela murmurou para mim através de dentes cerrados.

– Não precisa cantar – tranquilizei-a. – Apenas toque uma música.

– Que música? – ela perguntou, olhando para nós duas em pânico.

– "Don't Sit Under the Apple Tree" – um soldado gritou. Outros soldados ecoaram esse pedido.

– Aí está – eu disse. – Você sabe essa.

Dottie fechou os olhos e respirou fundo.

– Oh, diabos, Dottie, apenas toque – Viv insistiu.

Suas mãos estavam tremendo enquanto ela tocava as primeiras notas de "Don't Sit Under the Apple Tree", e os soldados começaram a bater palmas. E então, um monte deles começou a cantar.

Nós três nos olhamos, maravilhadas com o canto espontâneo. Foi incrível ouvir todos aqueles soldados, em um terreno empoeirado no interior da Inglaterra, cantando uma canção das Andrews Sisters com toda a força dos pulmões e a mais pura alegria. Quanto mais cantavam, mais confortável Dottie se sentia. Nós três, e até mesmo Jimmy, começamos a cantar também.

A multidão aplaudiu entusiasmada quando a música acabou, e os soldados imploraram por mais, mas era hora de irmos. Nós nos despedimos de nossos novos amigos e prometemos voltar em breve.

– Olhe para as minhas mãos – pediu Viv, estalando a língua. Mais uma vez, todo o esmalte de unhas tinha se desgastado, e eles pareciam crus e avermelhados da mistura da massa.

– Estou orgulhosa de você, Dottie – elogiei enquanto limpávamos a bagunça na cozinha. – Eu sei que não foi nada fácil.

– Eu também – concordou Viv.

– Obrigada – disse Dottie. – Eu estava aterrorizada. Mas me senti melhor por apenas tocar. Todos aqueles soldados cantando foi bonito de ver.

– Por que você não canta e toca para eles da próxima vez? – sugeri. – Eu sei que você faz isso na escola. Queremos ouvir um solo, não é, Viv?

– Não. – Dottie balançou a cabeça. – Eu mal consigo fazer isso na frente dos meus alunos.

– Antes que eu me esqueça, fomos convidadas pelo Major Bill para um baile de oficiais na sexta-feira à noite – disse Viv. Encolhendo os ombros, ela acrescentou: – Pode ser divertido. E talvez consigamos que Martha, Blanche e Frankie venham.

Conversamos mais sobre o dia, radiantes e aliviadas por não termos falhado completamente em nossa primeira missão no Clubmobile. Viv adormeceu no meu ombro. Eu também me senti sonolenta quando Jimmy anunciou que tínhamos chegado na nossa próxima parada.

Já passava das cinco horas quando chegamos à base que a Força Aérea do Exército dos Estados Unidos compartilhava com a RAF britânica. Paramos esperando que um oficial americano viesse nos cumprimentar. Em vez disso, fomos recebidas por Harry Westwood.

– Vocês me acompanham no jipe – disse ele, enquanto nós três o encarávamos, céticas. Eu podia afirmar que Jimmy estava mais do que feliz em nos deixar sair e procurar um pouco de uísque, mas até mesmo ele hesitou.

– O que diabos você está fazendo aqui? – Viv perguntou, com as mãos nos quadris, o rosto corado e o cabelo enrolado em um lenço vermelho.

– É uma base da RAF, minha querida. Nós apenas deixamos vocês, americanos, pegá-la emprestada – disse Westwood, sorrindo. – Venham agora, vamos ver alguns de seus rapazes chegando. Eu vou explicar no caminho qual é o trabalho aqui. Vocês não vão precisar daquele caminhão grande.

– Sim, mas por que *você* está nos levando? – Viv quis saber, com irritação na voz. – Você nem sequer é americano.

– É mesmo? – Westwood disse. – Sou um oficial de contato da RAF, o que significa que posso aparecer em lugares inesperados sempre que quiser. Neste caso, o oficial americano que deveria estar aqui tirou uma licença de dois dias. Ele foi para Stratford-upon-Avon com uma bela garota inglesa que conheceu. Então aqui estou eu.

– Você sabia que seríamos nós três? – Viv perguntou, ainda olhando para ele com desconfiança.

– Bem, é claro que eu não fazia ideia – respondeu Westwood, fingindo estar chocado com a acusação. – Como eu poderia saber disso?

Pedimos a ele que nos desse cinco minutos para pegar nossos capacetes e alguns doces e cigarros para distribuir.

– Tenho certeza de que ele está mentindo – confidenciei a Viv.

– Claro que ele está mentindo – ela confirmou. – Ele está aqui porque eu estou.

– E... isso a incomoda? – Dottie perguntou.

– Sim – Viv respondeu enquanto reaplicava o batom e escovava o cabelo. – *Não*. Eu não sei. Eu não estou mesmo interessada.

– Ninguém censuraria você se estivesse interessada – tranquilizei-a. – Ele é, bem, ele é bem ousado...

– Você não *gosta* dele? – Dottie indagou. – Ele realmente é parecido com Cary Grant. E aquele sotaque...

– Oh, por favor. – Viv nos dispensou com um aceno de mão. – Eu não vim até aqui para conhecer um homem. Eu poderia ter feito isso em casa. Tenho pensado ultimamente que talvez nunca me case. Olhe para minhas irmãs, que vivem em apartamentos no North End, grávidas e gordas, com crianças choronas agarradas às pernas. Nas únicas cartas que recebi delas, tudo o que fizeram foi choramingar sobre suas vidas miseráveis. Não, obrigada. Tenho um pouco de vida para viver.

– Quem tem alguma vida para viver? – Harry Westwood filosofou enquanto caminhávamos até o jipe. Ele pegou na mão de cada uma de nós e nos ajudou a subir.

– Ninguém – disse Viv, enquanto ele a ajudava por último, segurando a mão dela por mais tempo do que o necessário. – Explique de novo o que vamos fazer, por favor?

– Devo acompanhá-las até a *front*eira de campo para verem seus pilotos americanos chegarem depois da missão deles, porque vocês realmente deveriam assistir – disse Westwood. – É o 36º Esquadrão de Bombardeio, e eles são brilhantes. Depois de aterrissarem, são levados diretamente para a sala de interrogatório na sede. Eu levo vocês até lá. Vocês devem ajudá-los a superar o nervosismo, acalmá-los, distribuir cigarros, doces, café e donuts, se os tiverem. Vocês vão ajudá-los a se lembrar de que estão em território seguro novamente.

Encostamos nos hangares dos aviões na *front*eira do campo quando o sol estava começando a se pôr. O céu tinha assumido um lindo tom rosa e roxo, e uma brisa fresca estava soprando. O ar cheirava à gasolina e grama.

Soldados de bicicleta chegavam de todas as direções, muitos deles seguidos por cães. Sentavam-se juntos em pequenos grupos, encostados em suas bicicletas, fumando. Os cães ficavam deitados aos seus pés. Os B-24s começaram a aparecer no horizonte, e por um momento isso me deixou sem fôlego.

– Você está bem? – Dottie perguntou, tocando meu braço. Estávamos todos sentados no capô do jipe, assistindo ao show.

– Estou, sim – respondi. – É bonito, não?

– Sim – ela disse, com um pequeno aceno.

Eu podia ouvir os homens próximos enquanto eles debatiam se seria um deles ou outro voltando para uma base próxima. E então eles começaram a contar. Alguns murmuravam entre dentes; outros contavam em grupo, gritando os números como se estivessem em oração, desejando coletivamente que todos os seus aviões voltassem em segurança.

– Vinte e nove até agora. Foram vinte e nove, certo?

– Contei trinta e um...

Quando começaram a aterrissar, uma equipe corria e inspecionava cada B-24 para ver se tinham sido atingidos por balas. Um dos últimos aviões começou a lançar chamas vermelhas pouco antes de pousar.

– Isso significa que alguém está ferido – comentou Westwood, apontando. – Uma ambulância estará aqui a qualquer minuto. – Ele continuava olhando para Viv, mas ela estava fitando o céu.

– Oh, não – disse Viv. – Espero que não seja nada sério.

Diante das chamas, a atmosfera ficou tensa, e todos os soldados no campo se levantaram, andando, praguejando e acendendo cigarros, esperando para saber quem era e a gravidade da lesão.

– Você pode ver as bombas voadoras, pode ouvir os ataques, pode falar com os soldados nas bases, mas isto... – Dottie disse em voz baixa.

– Eu sei – sussurrei, olhando para o avião com as chamas vermelhas aterrissando enquanto uma ambulância passou correndo por nós para atender os feridos.

Vimos todos aqueles homens americanos voltando, muito sujos, vários deles tremendo incontrolavelmente. Seus amigos suspiravam de alívio com a chegada, rindo e brincando enquanto batiam em seus ombros. Meus olhos se encheram de lágrimas. Era humilhante testemunhar o tipo de bravura que muitos daqueles rapazes nunca imaginaram que teriam, até chegar ali, empurrados para aquelas circunstâncias porque a história os obrigava.

Assim como Dottie tinha sentido, eu estava pensando em meu próprio bravo soldado quando vi os aviões chegarem. Eu iria descobrir o que tinha acontecido com ele; ele merecia pelo menos isso depois de tudo que ele tinha sacrificado. E eu também.

Capítulo 12

4 de agosto de 1944

Em nossa primeira semana como garotas Clubmobile, fizemos duas paradas por dia. Apesar de nossos dias terem durado mais de doze horas, eles voaram. Depois de servir as tropas, havia sempre mais trabalho a fazer – reservatórios de café para encher, latas de óleo e sacos de farinha de donut para carregar, pisos para esfregar e Deus sabe quantas panelas, tigelas e copos tínhamos limpado.

Alguns dos oficiais eram indiferentes quando nos encontravam, e ficou claro que questionavam nosso valor e pensavam que éramos um pouco mais do que uma distração desnecessária para suas tropas. Mas outros eram calorosos e acolhedores, e a esmagadora gratidão dos militares em cada parada mais do que compensava os incrédulos.

Sentei-me em minha cama, terminando a burocracia da semana. Na quinta-feira, 3 de agosto, fizemos 1.833 donuts (com a ajuda dos padeiros britânicos) e 120 reservatórios de café em nossas cafeterias de quinze galões. Eu sabia os números exatos diariamente, porque, no meu novo posto como Capitã do Cheyenne, eu tinha que registrar esses detalhes tediosos para a Cruz Vermelha. Silenciosamente amaldiçoei Dottie e Viv por me colocarem nesse posto.

Minhas mãos estavam frias e vermelhas, resultado da mistura manual da massa e da lavagem dos pratos por tantas horas. Tive algumas queimaduras nos braços por tê-los salpicado com óleo de donut, e meus ombros doíam por levantar peso. Ao examinar meu diário de bordo, senti meus olhos ficarem pesados. Eu estava adormecendo ainda de uniforme.

Uma batida forte na porta do nosso quarto me assustou e me despertou. Eu disse a quem quer que fosse para entrar, e lá estava Blanche, cachos loiros enfiados debaixo do quepe da Cruz Vermelha.

– Olá, amiga – cumprimentei, lhe dando um abraço apertado.

– Você está cheirando a donuts, Fi – ela disse, sorrindo.

– Ah, você também – retruquei.

– Além disso, há um cabrito marrom vagueando pela sala de estar lá embaixo. Tenho certeza de que acabou de comer um livro.

– A Sra. Tibbetts ama seus animais – comentei, rindo enquanto arrumava a papelada na minha cama. – Eles têm sido sua única companhia aqui por muito tempo, então têm o domínio do lugar.

– Ew – disse Blanche, fazendo uma careta. – Você está pronta para sair? As garotas estão nos esperando lá embaixo. A Sra. Tibbetts está servindo rum e Coca-Cola, desculpe, *Cuba Libre*, mas não a verdadeira, porque não há limões por aqui.

Descemos as escadas para nos juntarmos à festa. Frankie e Martha me deram abraços enquanto a Sra. Tibbetts me dava rum e Coca-Cola em uma xícara de chá. Benny Goodman estava tocando no toca-discos, e as janelas estavam abertas, deixando entrar uma brisa da noite que cheirava a flores de jardim com um toque de esterco. Blanche tinha razão: o cabrito marrom que a Sra. Tibbetts chamava simplesmente de "Bebê" estava andando pela casa, e duas galinhas magras tinham entrado do jardim.

– Sra. Tibbetts, a senhora vai ao baile hoje à noite? – Frankie perguntou, colocando o braço ao redor do ombro da mulher. – É bem-vinda para se juntar a nós.

– Oh, não – a Sra. Tibbetts se desculpou, finalmente fazendo uma bebida para si mesma, as bochechas dela brilhando. – Meus dias de baile acabaram, mas adoro ter uma casa cheia novamente. Isso me faz sentir um pouco menos a falta dos meus meninos.

– Pensei que só iríamos para uma dança – falei, franzindo a sobrancelha.

– Bem, nós estávamos pensando em parar em algum estabelecimento local primeiro – Martha informou. – Então podemos ir ao baile de oficiais no clube de golfe. Um dos principais organizadores nos contou que precisamos nos socializar com os soldados às vezes também. Eles ficam com ciúme. Há tão poucas garotas americanas aqui.

– Mas a maioria dos soldados é tão jovem – disse Viv, amuada. – É como ir a um baile do ensino médio. Eles são bons garotos, mas alguns são meio duros.

Ficamos sentadas, contando histórias da nossa primeira semana. Todas nós tínhamos as mesmas reclamações de dores e problemas, mas também alguns casos engraçados de donuts dando errado e soldados muito entusiasmados tentando ajudar.

– E aquela maldita máquina de donuts é o diabo – resmungou Blanche. – Ela faz uma bagunça total e só parece funcionar bem na metade do tempo.

Eu ouvi o som de um jipe através da janela aberta.

– Acho que Jimmy está aqui. Ele se ofereceu para ser nosso motorista durante a noite – eu disse, me levantando para abrir a porta.

– Ele consegue ficar sóbrio a noite toda para fazer isso? – Dottie perguntou, ecoando meus próprios pensamentos. – Se ele desmaiar, você vai dirigir. – Ela apontou para mim.

A Sra. Tibbetts se levantou para abrir a porta, mas não era Jimmy; era Liz.

– Oh, eu tenho o registro da semana lá em cima – falei, me levantando.

– Você pode me dar isso na segunda-feira – Liz disse, sorrindo. – Eu sei que vocês todas estavam esperando ansiosamente pelo correio, e o primeiro lote finalmente chegou.

Ela levantou um monte de cartas, e fiquei ansiosa ao vê-las. Dottie recebeu uma carta de seu irmão mais novo, Richie, e alguns alunos de sua turma enviaram cartas adoráveis com desenhos infantis e rabiscos nos envelopes. Ambas as irmãs de Viv e seus pais tinham escrito, e ela também recebeu um par de cartas amorosas de dois rapazes do *Queen Elizabeth*, e não conseguia nem se lembrar do encontro.

– Finalmente, aqui estão algumas para você, Fiona – disse Liz, segurando as últimas cartas na mão. Fiquei ali parada, mal respirando, rezando para que eu também tivesse uma correspondência. – Há aqui uma de suas irmãs, uma de seus pais e uma de Evelyn Barker. É uma amiga?

Vi Dottie e Viv se entreolharem, e eu me senti tonta, então me segurei em uma das cadeiras.

– Oh, Deus – sussurrei, segurando o braço da cadeira para me apoiar. – É a mãe de Danny. – Tive aquela sensação de flutuar, antes de desmaiar. – Tem que ser uma notícia. Ela disse que só escreveria se houvesse notícias. O que você acha que é?

– Oh, Fiona. Eu não tinha ideia de que o sobrenome do seu noivo era Barker. Que vergonha, sinto muito – Liz explicou, parecendo perturbada.

— Está tudo bem – falei. Todas se sentaram, esperando por mim.

— Eu posso ler – ofereceu Frankie, estendendo a mão. Dei a ela o envelope, e Dottie e Viv vieram e se sentaram nos meus dois lados. Blanche e Martha também se aproximaram. A Sra. Tibbetts se levantou e foi buscar mais bebidas para nós. — Está pronta? – Frankie perguntou, abrindo cuidadosamente o envelope para não rasgar a carta dentro dele.

— Na verdade, não – respondi. Não havia necessidade de mentir sobre isso. – Apenas leia. Não folheie primeiro, apenas faça isso.

Frankie respirou fundo e começou:

Querida Fiona,

Lutei para escrever a você, principalmente porque a imagino em algum lugar da Europa quando a carta chegar – e sei que ver meu nome vai enchê-la de medo sobre possíveis notícias. Recebi o telegrama anexo há dois dias:

Frankie rapidamente passou para o telegrama da Western Union, olhou para mim e disse:

— O carimbo é de 30 de junho de 1944! – Ela continuou a ler:

Uma transmissão não oficial de ondas curtas interceptada da Alemanha mencionou o nome do 2° Tenente Daniel Barker como prisioneiro de guerra **PONTO** Nenhuma mensagem pessoal **PONTO** Enquanto se aguarda uma nova confirmação, este comunicado não estabelece o seu status de prisioneiro de guerra **PONTO** Qualquer informação adicional recebida será transmitida **PONTO**

Então agora você sabe que esta nova informação também levanta mais perguntas do que respostas. Eu rezei para que Danny ainda estivesse vivo, e esta foi a primeira luz de esperança de que ele possa estar. Mas tenho certeza de que você sente a agonia e frustração que eu sinto ago-

ra mesmo. A mensagem interceptada está correta? Se ele está vivo e foi capturado, onde ele está? Em que condições? Quando é que nos dirão mais?

A Cruz Vermelha Internacional em Genebra, na Suíça, mantém um registo dos prisioneiros de guerra em todo o mundo e informa os Estados Unidos sobre a localização e a condição dos seus cidadãos. Supostamente, as famílias devem ser notificadas imediatamente de quaisquer detalhes, por isso espero que saibamos mais em breve.

Lamento ser a portadora desta notícia. Joseph e as meninas estão mais esperançosos e otimistas do que eu. Todos eles enviam seu amor. Espero que seu trabalho com a Cruz Vermelha esteja indo bem até agora. Eu a invejo, pois tenho certeza de que você está bastante ocupada e sem tanto tempo para pensar no paradeiro de Danny.

Vou escrever assim que souber mais alguma coisa. Se por acaso você descobrir algo enquanto isso, por favor me avise.

Com amor,
Evelyn Barker

Frankie baixou a carta. A sala estava em silêncio. Todas esperavam que eu dissesse alguma coisa. Chorar ou gritar. Reagir.

– Obrigada por ler – agradeci. – Eu me sinto entorpecida. – Eu ainda estava zonza, e minhas mãos ficaram pegajosas. – É difícil saber como se sentir. Ela está certa: tudo o que o telegrama diz é que ele *pode* estar vivo e é prisioneiro de guerra. É uma notícia, mas não é algo muito preciso.

– Posso perguntar a Judith se conseguimos descobrir alguma coisa no IRC, o Comitê Internacional da Cruz Vermelha – disse Liz perto da porta, e eu tinha me esquecido que ela estava lá. – Harvey Gibson deve ter conexões lá; ele tem contatos em todos os lugares.

– Eu não tenho certeza se a Srta. Chambers deseja me fazer algum favor – falei.

– Eu não tenho certeza se a Srta. Chambers deseja fazer algum favor a alguém – interveio Viv.

– Bem, vamos ver, vale a pena perguntar – ofereceu Liz. – De qualquer forma, sinto muito, Fiona.

– Obrigada. E obrigada por tentar com a Srta. Chambers – agradeci.

– Imagine. Me avise se houver mais alguma coisa que eu possa fazer – ela disse, e nós nos despedimos.

– Eu ainda quero sair – anunciei. – Jimmy deve chegar em breve. É melhor do que ficar aqui sentada lendo este telegrama mais cem vezes para tentar tirar alguma outra pista dele.

– Tem certeza de que está disposta? – Dottie perguntou, me olhando de frente. – Eu poderia ficar aqui com você e a Sra. Tibbetts.

– Eu poderia fazer mais algumas bebidas – a Sra. Tibbetts gritou da cozinha.

– Fico feliz em fazer isso também, mas acho que a Sra. Tibbetts pode não precisar de mais bebidas – Viv observou, os olhos abertos com diversão.

– Não, estou bem. Só preciso pegar um pouco de ar – avisei, em pé, endireitando meu uniforme. – Martha, você prometeu me dar algumas dicas de dança.

– Claro – Martha respondeu, estendendo a mão para apertar a minha. – Ficarei feliz por isso.

– Bem, vamos lá, então – Blanche disse. – Os rapazes nos esperam!

Como se estivesse na hora, ouvimos Jimmy buzinando lá fora, o que fez com que as galinhas magras na sala de estar se enroscassem, com suas penas voando enquanto se escondiam do barulho. Todas saíram para o carro enquanto eu reaplicava o batom. Peguei minha bolsa da mesa e fiquei em pé por um momento na sala de estar. Eu estava indo para um baile, e em algum lugar lá fora Danny estava sentado em uma cela de prisão ou algo pior. Parte de mim queria rastejar para a cama, ruminar sobre essa notícia e chorar até adormecer. Sorrir e dançar com desconhecidos parecia uma coisa estranha de se fazer agora que eu tinha outra pista do paradeiro dele.

– Fi, você está bem? – Frankie abriu a porta da frente e olhou para dentro.

– Não – eu disse, dando a ela um sorriso triste. – Eu estava só pensando na última carta dele para mim, antes de sumir. Eu a perdi em

Londres, e procurei em todos os lugares, mas ela nunca apareceu. E essa notícia, se for verdade, significa que ele saiu vivo do acidente. Ele está vivo esse tempo todo, e ainda não recebi uma única carta dele. Onde diabos Danny está agora? Qual é o estado dele? Eu não posso... – Minha voz falhou, e eu parei de falar, colocando as mãos na boca. Fechei os olhos e respirei devagar e longamente.

– Eu sei que é difícil, acredite em mim. Eu sei mais do que ninguém – ela disse com um aceno de cabeça, a compaixão nos olhos. – Mas eu prometo, você ficará melhor se não se sentar aqui e se esconder.

– Obrigada. Obrigada por ler para mim. E por entender. E eu sei que você está certa. Não posso me sentar aqui e sentir pena de mim mesma. Se fosse para fazer isso, poderia muito bem não ter vindo para cá. Não importa o que eu saiba sobre o destino de Danny.

– Isso mesmo – ela concordou. – Então, vamos dançar. Você pode pelo menos fingir que esqueceu tudo por um tempo. Eu garanto que vai ajudar.

Ouvimos o som da buzina do jipe de novo.

– Tudo bem – eu disse. – Vou acreditar na sua palavra. Vamos.

Ela agarrou minha mão e me puxou para fora.

Capítulo 13

23 de agosto de 1944

Com o passar dos dias no interior da Inglaterra, ficamos mais confortáveis com nossa rotina diária. Jimmy nos apanhava no seu jipe ao amanhecer, depois íamos buscar o Cheyenne no Beco dos Donuts atrás da sede da Cruz Vermelha. Ao chegar, rezávamos para que as senhoras britânicas que trabalhavam no turno da noite na cozinha tivessem assado o suficiente para nos ajudar a atravessar a maior parte do dia, porque a máquina de donuts continuava a ser um instrumento do diabo.

Alcançávamos oito ou nove acampamentos por semana, geralmente pelo menos dois por dia, às vezes três se um dos outros Clubmobiles estivesse fora de serviço. Nossos rostos doíam de tanto sorrir, nossas gargantas doíam de falar, e nossos músculos doíam de todo o resto.

Alguns dos soldados com quem entramos em contato eram da 82ª Divisão Aerotransportada, e, embora muitos deles fossem jovens, tinham os olhos de almas velhas, suas cicatrizes de batalha invisíveis aparecendo, depois de tudo que haviam sofrido na África e na Normandia. Eles não falavam sobre isso, mas era possível enxergar como suas mãos tremiam quando estavam fumando um cigarro, ou nos momentos de dor revelados em seus rostos quando achavam que ninguém os estava observando.

Viv, Dottie e eu gostávamos muito dos "nossos garotos da 82ª", e, apesar de alguns deles terem demorado para relaxar e confiar em nós, acabaram nos aceitando.

– Esses homens têm um orgulho feroz e silencioso – disse Dottie enquanto carregávamos bandejas de donuts no Cheyenne naquela manhã atrás da sede. – Acho que eles finalmente estão se acostumando conosco.

– Concordo – falei. – Eles nunca reclamam, e jamais dizem que estão fartos de treinar no campo e que precisam de nós para animá-los, mas algo mudou na última semana. Já não nos tratam como visitantes.

— Bem, eu acho que eles nos adoraram desde o início — opinou Viv, saindo da cozinha de donuts, lutando enquanto carregava uma das enormes latas de banha de porco. — Onde está Jimmy? Podemos pegar a estrada? Quero decorar o exterior desta coisa agora que finalmente consegui as tintas.

— Ele foi ao banheiro — expliquei. — E está cheirando a bebida. De novo.

— Não bebi uma gota — disse Jimmy, parecendo na defensiva, isso sem mencionar que estava muito pálido e suado enquanto corria para ajudar Viv a carregar a banha.

— Estamos prontos para ir, então?

— Sim. Mais tarde hoje vou precisar recrutar alguns soldados para nos ajudar a limpar o Clubmobile de cima a baixo antes da visita da Srta. Chambers amanhã — informei. — Vamos ser tão boas que ela vai querer nos enviar para Southampton até o final da semana. Poderemos estar na Normandia no fim de semana. Você vai tocar algumas músicas, certo, Dottie?

— Sim, vou tocar algumas — ela respondeu. Dottie permanecera tímida em tocar na frente das tropas, apesar da recepção extremamente positiva que recebeu nas poucas vezes que tocou até o momento.

Quando estávamos prestes a sair da viela, vimos Liz Anderson acenar para nós da porta dos fundos da sede e caminhar na nossa direção.

— Vou acompanhar a Srta. Chambers amanhã, e provavelmente nos veremos no meio da manhã — ela informou. — E lembrem-se: sem fitas, joias ou qualquer coisa fora do regulamento. Ela é uma pessoa rigorosa. Cuidado com o batom também. Nada de vermelho vivo, Viv.

— Sim, sim — Viv disse, revirando os olhos. Depois acrescentou: — Mas obrigada pelo lembrete. Eu sei que não é você, Liz.

— E, Fiona, mandei uma nota sobre seu noivo logo após deixar a Sra. Tibbetts naquela noite, mas ela ainda não respondeu — Liz disse.

— Eu sei que sim — falei. — Obrigada por tentar.

Por alguma razão, duvidei que a Srta. Chambers fizesse da minha busca por Danny uma prioridade.

O último acampamento do dia foi o primeiro que visitamos em nosso trabalho, e os homens lá eram alguns dos meus favoritos. Viv e eu recrutamos Tommy Doyle, Patrick Halloran, Sam Katz, o tímido da Pensilvânia e alguns outros soldados para nos ajudar a limpar o interior e exterior do Cheyenne até que ele brilhasse. Depois que o verde militar estava tão brilhante quanto poderia, Viv pegou as tintas que Liz havia adquirido para ela e foi trabalhar. Dottie estava ajudando Eddie, de Mesa, a escrever uma carta para casa, e alguns outros soldados estavam esperando na fila, então dissemos a ela para continuar.

Enquanto eu esfregava os balcões dentro do Clubmobile, a vitrola estava tocando um disco das Andrews Sisters. Eu estava rodeada de soldados armados com escovas, panos e esponjas, me ajudando a limpar cada centímetro do interior do Cheyenne. Vera Lynn estava sentada ao lado da vitrola, como uma rainha, em um pequeno travesseiro empoeirado que Sam havia encontrado para ela. O cheiro de detergentes e gordura de donut quase dominava o odor dos soldados suados, mas não completamente.

– Está ótimo, Viv – ouvi Patrick dizer. Ele estava do lado de fora, limpando as janelas.

– Você está falando de mim ou do Cheyenne?

– Ambos. – Ele deu uma gargalhada. – Mas, falando sério, é uma bela pintura.

Eu me inclinei para dar uma olhada no que ela estava fazendo. Vivi tinha pintado uma delicada videira verde brilhante com flores vermelhas, brancas e azuis emoldurando a janela do Clubmobile. No canto esquerdo, perto da porta da cabine da frente, tinha adicionado nossos nomes em vermelho vivo com um brilho florescente:

Viv Dottie Fiona
AS GAROTAS DE BEANTOWN

– Ficou ótimo, Viv – falei. – Embora eu suspeite que você esteja pintando só para escapar da faxina.

– Eu? Nunca – ela disse, com uma piscadela, recuando e admirando o trabalho. – Eu deveria estar desenhando campanhas publicitárias agora. Em vez disso, estou em um campo lamacento na

Inglaterra, fedendo a gordura de donut e tentando tornar este calhambeque menos feio.

– Você acha que vai voltar ao seu trabalho depois disso? – perguntei.

Viv suspirou.

– Eu não sei. Eles contaram que eu poderia tê-lo de volta. Mas não consegui fazer nada além do trabalho de secretária, apesar das promessas. Nenhuma das mulheres da Woodall and Young tinha permissão para administrar nenhuma das contas. Nem mesmo a conta Kotex, pelo amor de Cristo. Que diabos os homens sabem sobre absorventes Kotex?

– Ei, fale baixo. Você está parecendo a minha irmã – Tommy disse atrás de mim, franzindo a sobrancelha com nojo, revelando seu sotaque de Boston. – Não precisamos ouvir sobre essas coisas de garota.

– Desculpe – eu disse, e nós dois começamos a rir.

Só então um caminhão parou e estacionou a uns seis metros de distância. O Capitão Peter Moretti saiu, junto com outro oficial.

Os jovens soldados desceram para saudar os dois oficiais. Apesar de não serem obrigados a cumprimentar, todos eles o fizeram.

– Por favor, continuem trabalhando, soldados. Não quero interromper – disse Moretti enquanto caminhava. Suas bochechas estavam queimadas pelo sol, e eu tinha me esquecido de como ele era alto. Eu não o encontrava desde a noite em que saímos de Londres. Eu mal conhecia o rude capitão, então não entendi por que vê-lo era como reencontrar um velho amigo.

– É bom vê-lo, Capitão Moretti – cumprimentei, sorrindo. – Ainda temos alguns donuts. Você quer um?

– Não, obrigado, mas talvez o Tenente Lewis queira um ou dois. – Ele acenou para o homem magro ao lado dele, de cabelo castanho-claro. Então acrescentou, numa voz mais suave: – É bom ver você também, Fiona.

Fizemos as apresentações de todos. O Tenente Lewis alegremente pegou três donuts e um café morno e começou a falar com os soldados, brincando com eles sobre o trabalho das mulheres.

– Tudo pronto para amanhã, *garotas de Beantown*? – Moretti perguntou enquanto eu pulava para admirar o trabalho artístico de Viv.

– Oh, então você já ouviu falar disso? Sim, nossa diretora está vindo de Londres.

– Não apenas a sua diretora. Todos os altos funcionários da Cruz Vermelha, incluindo Harvey Gibson. E também ouvi sobre alguns fotógrafos – disse ele.

– Oh, não, por favor me diga que você está brincando – pedi, sentindo meu estômago revirar diante do pensamento. – Tem certeza?

– Sim, alguns de meus superiores vão percorrer as unidades – disse Moretti.

– Ei, Fi, talvez você possa driblar a Srta. Chambers e perguntar ao próprio Sr. Gibson, para ver se ele conhece alguém na Cruz Vermelha Internacional que possa ajudar – sugeriu Viv. Ela estava agora pintando as silhuetas de três mulheres usando uniformes da Cruz Vermelha sob os dizeres *"As Garotas de Beantown"*.

– O que você precisa da Cruz Vermelha Internacional? – Moretti perguntou, franzindo o cenho.

Desviei o olhar e mordi o lábio. Lá estava ela. A pergunta. Aqui estava outra pessoa que não sabia sobre Danny. Eu teria que explicar de novo, ver o olhar de piedade de novo, ou ouvir outra pessoa tropeçar nas próprias palavras. De novo. Ou será que era eu?

– Eu tinha uma pergunta sobre um... um... um vizinho de casa que poderia ser um prisioneiro de guerra aqui. Eu sei que o IRC mantém o controle dessas coisas; nós pensamos que Gibson poderia ter um contato lá – falei, percebendo que estava falando muito rapidamente, mas não conseguia convencer. Eu não era uma mentirosa natural. – Embora a família do meu vizinho já possa ter ouvido algo mais. A carta que eles enviaram é datada de aproximadamente um mês atrás.

Viv me deu um olhar questionador, mas eu a ignorei.

Moretti inclinou a cabeça e examinou meu rosto. Alisei meu cabelo conscientemente, enfiando os fios loiros da frente sob o quepe. Eu não me lembrava da última vez que tinha me penteado ou retocado o batom.

– Veja, se você não tiver sorte com Gibson, eu posso conseguir alguma informação – ele disse. – Tenho um velho amigo de Nova York que trabalha para eles. Rastrear os prisioneiros de guerra aliados faz parte do trabalho dele.

– É muito gentil da sua parte. Obrigada, hum... Eu vou mantê-lo informado.

Agora Viv estava olhando para mim, dizendo "Diga a ele" pelas costas de Peter.

– Lewis, temos que ir. – Moretti sorriu. – Foi ideia dele parar. Ele estava ansioso pelos donuts. Boa sorte amanhã.

– Obrigada, capitão. – Notei que seu sorriso estava mais fácil agora do que quando nos conhecemos. – Vamos precisar.

– Você sabia que o Capitão Moretti é pugilista? Como um boxeador de alto nível? – Tommy revelou depois que eles foram para o carro.

– Acho que todos na Inglaterra já sabem – falei, brincando com sua admiração.

– Ele é um soldado e capitão ainda melhor – disse Sam Katz, em sua voz silenciosa.

Olhei para Sam:

– Mesmo?

Tommy, Sam e os outros rapazes assentiram, seus rostos solenes.

– Mesmo.

Os soldados voltaram ao trabalho. Viv ficou ao meu lado, vendo o caminhão levantar sujeira enquanto se afastava.

– Você sempre mentiu muito mal – ela disse em voz baixa.

– Eu sei. Você acha que ele acreditou?

– Quem sabe. – Ela encolheu os ombros. – Mas por que não contou a ele?

– Porque estou cansada de contar minha história triste – respondi com um suspiro. – Eu não sei.

– Ele tem que entrar em contato com o amigo dele para você – ela reclamou. – Acho que ele é muito melhor que Gibson. Você tem que encontrá-lo, pedir que faça isso e dizer a verdade.

– Você está certa – concordei. – Deus, por que diabos eu menti para ele? Nunca faço coisas assim.

Viv olhou para mim, e eu não conseguia ler a expressão dela.

– Não, você não sabe – ela disse. – Mas acho que entendi o porquê.

– Oh, mesmo? Por quê?

– Conto mais tarde. Vamos terminar. A Sra. Tibbetts prometeu uma surpresa para o jantar.

– Oh, não, eu realmente espero que ela não cozinhe aquela galinha de pintas pretas e brancas para nós. Ela se tornou minha mascote favorita – eu disse, e nós duas começamos a rir quando voltamos para terminar nossas tarefas.

Estava chuviscando quando chegamos ao acampamento na manhã seguinte. Meus olhos estavam inchados, e eu estava com os nervos em brasa. Tinha acordado com o canto dos galos, revisando tudo na cabeça, rezando para que pudéssemos impressionar Judith Chambers e Harvey Gibson com nossas habilidades e carisma.

– Por que tem que estar chovendo esta manhã? – perguntei quando abrimos a lateral do caminhão e empurramos o balcão para baixo.

Jimmy pulou para fora e nos conectou com a água.

– Porque é a Inglaterra – resumiu Viv.

– Dificilmente chove – disse Jimmy. – Apenas um chuvisco caindo; é só isso.

– Certo, Dottie, você vai tocar pelo menos três músicas hoje, sim? – pedi. – "Don't Sit Under the Apple Tree", eles todos adoram. E você já decidiu sobre as outras duas? Oh, Viv, não se esqueça de colocar a balança no balcão hoje. Nós realmente temos que pesar a água e a farinha.

– Fiona, querida, você nos falou sobre isso três vezes no caminho para cá esta manhã e pelo menos mais dez ontem à noite – reclamou Viv, batendo a balança no balcão ao lado da máquina de donuts. – E, se você perguntar a Dottie quais músicas ela vai tocar novamente, eu vou te bater.

– E eu vou deixá-la te bater – Dottie disse. – Você precisa relaxar, Fiona. Vai dar tudo certo.

Olhei para as duas, sabendo que estavam certas, mas isso não acalmou meus nervos nem um pouco.

– Me desculpem – falei, respirando fundo e me segurando no balcão. – Vocês estão certas, e vou tentar não ser tão irritadiça. Vamos nos preparar.

Nós estávamos montando o balcão com nosso diário de visitas, cigarros, chicletes e balas Life Savers. Era a segunda vez que estávamos naquele acampamento em particular, e a recepção de volta me fez sentir melhor para o dia que estava por vir. Muitas saudações de "Ei, Boston!" quando os soldados começaram a se alinhar com suas canecas.

Nelson Carmichael, um jovem e dinâmico soldado de cabelos escuros de West Virginia, veio correndo para o Clubmobile.

– Oh, olá, eu e alguns dos meus amigos podemos ajudá-las a fazer os donuts? Por favor?

– Não sei, Nelson. É um dia importante. O pessoal da Cruz Vermelha está chegando – eu disse, mordendo o lábio. – Eles estarão aqui em uma hora mais ou menos.

– Mas da última vez você falou que eu poderia ajudar desta vez – ele choramingou.

Eu tinha me esquecido completamente.

– Ah, deixe-o ajudar – pediu Viv. – Vai nos fazer parecer boas, tendo soldados felizes em nos ajudar. E precisamos fazer pelo menos um lote enquanto estamos aqui.

– Por favor? – ele disse novamente, juntando as mãos em oração e piscando os olhos azuis para mim.

– Tudo bem. – Balancei a cabeça, rindo apesar de tudo.

– Ei, isso é ótimo, muito obrigado – ele disse, mostrando um enorme sorriso. – Eu volto já.

Alguns minutos depois, Nelson voltou com seus dois amigos, George, um alto e magro sulista com dentes ruins, e Alan, um jovem com orelhas excepcionalmente grandes.

Os reservatórios de café estavam no balcão, e os donuts prontos empilhados em suas bandejas. Mas, com seis pessoas lá dentro, mal podíamos nos mexer. Tínhamos uma longa fila de soldados famintos esperando, e eu comecei a entrar em pânico.

– Certo, pessoal, ouçam. Precisamos nos organizar – anunciei. – Dottie, você e Nelson misturam o próximo lote de massa para os donuts. George, você pega canecas dos soldados e despeja leite nelas, e as entrega a Viv para servir o café. Alan, você me ajuda a distribuir os donuts. E alguém liga a vitrola. Quase me esqueci. Coloque um disco de arrebentar, algo divertido. Não nos decepcionem, rapazes. É um grande dia.

"Pistol Packin' Mama", de Bing Crosby e as Andrews Sisters, tocou nos alto-falantes, e os soldados que esperavam na fila aplaudiram enquanto servíamos as primeiras canecas de café. Estávamos trabalhando como uma máquina bem lubrificada quando os jipes carregando os oficiais da Cruz Vermelha e a imprensa chegaram. Vi o Major Bill conduzindo Harvey Gibson, Liz e a Srta. Chambers. Conversando e rindo com nossos rapazes, Viv e eu mostramos nosso maior sorriso da Cruz Vermelha quando o fotógrafo correu e começou a tirar fotos.

    Eu estava começando a relaxar, me sentindo como se esse dia pudesse correr bem, quando ouvi Dottie soltar um grito de dor.

    – Oh, não. Oh, não, isso não é bom – Nelson disse atrás de mim.

    – Fiona!

    Eu me virei para ver Dottie com um grande corte no antebraço. Nelson pegou um pano e começou a enrolá-lo.

    – Meu Deus, Dottie. – Coloquei o braço ao redor dela. – Você está bem? O que aconteceu?

    – Eu estava tirando um pouco de banha da maldita lata e cortei o braço. Estava tentando me apressar, e não removi a tampa completamente. A culpa é minha.

    O pano em que o braço dela estava enrolado já estava encharcado de sangue, então Viv pegou mais alguns panos de um dos armários superiores e os jogou para nós.

    – É bem profundo. Ela vai precisar ir ao hospital para costurar isso – disse Nelson. – Alan, diga a alguém para chamar a ambulância.

    A cor tinha desaparecido do rosto de Dottie.

    – Oh, Jesus – eu disse, batendo no rosto dela. – Alguém me dê um copo de água. Fique acordada, Dottie. Viv, você e os rapazes assumem o comando. Nelson, me ajude a tirá-la daqui.

    Saímos do Clubmobile, e vários soldados vieram encontrar conosco. Alguém nos entregou um cobertor, e um médico chegou com materiais de primeiros socorros. Eles limparam um lugar para nós nos sentarmos até a ambulância chegar. Dottie ainda estava pálida enquanto bebia água. Seu braço ferido estava bem enrolado, mas o sangue escorria novamente. Liz veio correndo, e expliquei o que tinha acontecido.

    Em algum lugar atrás dela, a Srta. Chambers, Harvey Gibson e o restante dos administradores da Cruz Vermelha estavam na multidão, apertando as mãos e conversando com os soldados. O "Pistol Packin' Mama" estava em sua quarta volta.

— Nelson, você pode por favor ir ajudar Viv, e talvez mudar o disco também? — pedi. O suor estava pingando em seu rosto, e ele parecia cansado. — Está tudo bem, querido. Ela vai ficar bem.

— Liz, você poderia acompanhar Dottie até o hospital? — perguntei. — Preciso ajudar Viv. Ela nunca será capaz de servir todos esses soldados sozinha.

— Eu também posso ir com ela. — Olhei para o som da voz de Joe Brandon. Ele estava olhando para Dottie com preocupação genuína e definitivamente algo mais. Dottie deu a ele um sorriso frágil.

— A banda da 28ª estará se apresentando aqui mais tarde, então tenho algumas horas de sobra — ele explicou. — Acabei de ouvir que vocês estavam aqui, então pensei em vir para conversar com minhas garotas favoritas da Cruz Vermelha.

— Isso seria ótimo, na verdade — Liz disse a ele. — Depois de ver que ela está instalada no hospital, preciso conhecer o grupo de Gibson no próximo acampamento.

— Vamos, Dottie. Deixe-me ajudá-la — Joe ofereceu, estendendo a mão para baixo a fim de colocar o braço bom dela ao redor do ombro dele.

— Você será suturada num instante — falei, dando um beijo na bochecha de Dottie quando ela se levantou.

— Obrigada, Fi. Sinto muito... — Ela deixou cair o copo de água que estava segurando, e seus óculos escorregaram do rosto enquanto desmaiava nos braços de Joe Brandon. Ele a pegou em ambos os braços, carregando-a contra o peito.

Os médicos da ambulância vieram correndo com uma maca e ajudaram Joe a colocá-la nela e na parte de trás da ambulância. Entreguei os óculos de Dottie a Liz, e ela prometeu que um deles nos daria notícias assim que possível. Eu sentia o estômago revirar vendo-os se afastarem.

Pobre Viv: a multidão de homens tinha triplicado de tamanho desde que Dottie cortara o braço. Corri para dentro do Clubmobile, e meus pés fizeram um barulho no chão enquanto eu entrava em uma poça de café com pelo menos três polegadas de profundidade.

— O que aconteceu...?

Viv olhou para mim. Seu batom tinha desaparecido, o cabelo estava encrespado sob o quepe, e os fios grudados no suor de seu rosto. Ela estava distribuindo donuts com as duas mãos.

– Alan estava falando com um de seus amigos e deixou a torneira do reservatório aberta.

– Sinto muito, Fiona – Alan disse. – Eu pensei que tivesse fechado. Nem percebi.

Nelson estava de volta ao trabalho fazendo os donuts, executando de forma adequada, exceto pela mistura que parecia ter explodido em todos os balcões e no chão. Ele estava de pé em uma pasta pegajosa de farinha, café e pingos de gordura.

– Alan, está tudo bem, mas por que não tomo conta do café? Você pode se encarregar do toca-discos e começar a distribuir doces e cigarros – orientei.

– Boa ideia, por que, se eu ouvir essa música mais uma vez, vou me matar – Viv reclamou entre os dentes enquanto sorria e se inclinava para fora para entregar café para o primeiro da fila. – Como está a nossa pobre Dots?

– Ela vai ficar bem – respondi. – Joe Brandon apareceu como um cavaleiro de armadura brilhante.

– Bem, isso foi conveniente – Viv comentou. – Eu ainda acho que ele é um lobo.

– Eu também. – Suspirei. Comecei a distribuir canecas de café com ela, me forçando a sorrir e a conversar enquanto tentava não pensar em Dottie ou como aquele dia tinha acabado.

– Não preciso de açúcar, querida. Apenas coloque seu dedo no café. Isso vai adoçá-lo – disse um soldado com uma barba muito suja.

– Você acha que eu nunca ouvi essa frase antes, querido? – respondi, dando-lhe um sorriso e uma piscadela. – Você tem que fazer melhor que isso.

Os amigos dele começaram a rir.

– Ei, garotas, é bom ver vocês de novo. Sorriam para as câmeras. – O Sr. Gibson caminhou até a janela com a Srta. Chambers e um fotógrafo. Gibson estava usando terno, gravata e chapéu, mas não parecia nem um pouco incomodado com o calor.

– Olá, Viv, Fiona – a Srta. Chambers nos disse. – O Sr. Gibson gostaria de entrar e servir alguns donuts com vocês. Tire algumas fotos.

– Você tem um avental que é grande o suficiente para amarrar em mim? – ele perguntou, rindo.

– Tenho certeza que sim – Viv concordou. Ela deu uma olhada rápida no chão pegajoso e depois se voltou para mim, levantando as sobrancelhas. Dei de ombros. Tivemos que deixá-lo entrar; não havia como escapar daquilo.

– Entre, Sr. Gibson – convidei. – Mas, por favor, cuidado com o degrau. As coisas ficaram um pouco confusas quando Dottie se machucou, e nós ainda não tivemos chance de limpar.

– Deixe-me fazer uma inspeção rápida antes de você entrar, Sr. Gibson – disse a Srta. Chambers, me dando um olhar enquanto se dirigia para a porta do Cheyenne.

– Vou pegar um avental para o Sr. Gibson – avisei, virando para tirar um do armário assim que a Srta. Chambers entrou e arfou pelo estado da nossa cozinha.

Nelson olhou para ela. Ele estava coberto de farinha de trigo da cabeça aos pés. Até mesmo seu cabelo estava polvilhado. A gosma no chão ficou ainda mais grossa, e eu não tinha ideia de como iríamos limpar tudo.

Misericordiosamente, Alan tinha acabado de sair para distribuir cigarros, mas ele havia esquecido de mudar o disco da vitrola como eu pedira, então a mesma maldita música começou pelo menos pela vigésima vez. Vi tudo através dos olhos da Srta. Chambers e senti o que provavelmente estava pensando.

Ela estava prestes a falar, mas em vez disso saltou para trás e gritou quando Vera Lynn desceu da prateleira superior para o chão, miando alto ao perceber que até mesmo suas patas estavam pegajosas.

– Oh, Deus, Vera, não – eu disse, pegando-pela cintura com ambas as mãos e empurrando-a de volta para a prateleira de cima, adicionando "gato" à lista de coisas que tínhamos para limpar naquela noite.

– Parabéns – cumprimentou a Srta. Chambers. Ela cruzou os braços e balançou a cabeça, fazendo seu melhor olhar de professora de escola. – Este é de longe o Clubmobile mais sujo que já vi.

Nelson começou a rir, mas dei a ele um olhar que o calou rapidamente.

— A senhora não precisa nos dizer — respondeu Viv, ainda despejando cafés e distribuindo-os aos soldados com um sorriso enquanto a Srta. Chambers fazia seu papel de julgadora.

— Sim, está uma bagunça. — Suspirei quando peguei outra bandeja de donuts para servir. — E eu sinto muito por isso. Vamos limpar tudo esta noite. Foi apenas quando Dottie...

— Eu sei, o acidente. Que foi uma infelicidade — a Srta. Chambers me interrompeu. — Mas realmente não fica bem para vocês. Vocês têm homens para servir, e o Sr. Gibson está vindo para uma sessão fotográfica, então vou ser breve. Resumindo, eu ainda tenho minhas dúvidas sobre vocês três. Eu esperava que vocês mudassem minha opinião hoje. Mas não. — Ela levantou um dos pés do chão e examinou a gosma gordurosa gotejando dele. — De qualquer forma, temos de enviar mais alguns Clubmobiles para a França dentro de pouco mais de uma semana. O Cheyenne definitivamente não fará parte desse grupo.

Senti minhas bochechas começarem a arder, devastada por não irmos com o primeiro grupo da nossa classe Clubmobile. Eu queria ir por Danny, mas, àquela altura, também queria ir por mim. Eu sabia que estávamos capacitadas para o trabalho, e fiquei furiosa porque Judith Chambers ainda não pensava assim. Senti raiva, mas pestanejei rapidamente minhas lágrimas de frustração para que ela não visse.

— Honestamente, as coisas estão indo muito bem no geral — eu disse. — Pode perguntar a Liz. Só que hoje não foi...

— Sim, mas este foi o seu dia de avaliação, o seu dia para brilhar — ela retrucou. — E você não conseguiu. — Ela fez uma pausa, voltando para a porta, dando mais uma olhada na bagunça. — Agora tenho que trazer o Sr. Gibson e avisá-lo de que ele poderá estragar seus sapatos. Prepare-se para as fotos. Coloque um pouco de batom, mas sem vermelho vivo, Viviana. — Ela abriu a porta para sair, mas voltou para trás, olhando direto em nossos olhos. — Outra coisa: eu não me esqueci que uma de vocês tem que aprender a dirigir de verdade.

Com isso, ela saiu, e a porta do Clubmobile se fechou atrás dela.

Capítulo 14

Naquela noite, depois do que tinha sido, de longe, o nosso dia mais longo até agora, Liz trouxe uma Dottie muito pálida para casa, e nós a acomodamos com um cobertor no sofá da sala de estar.

– Ela levou quinze pontos no antebraço – relatou Liz. – Os médicos a mandaram tirar um dia de folga para descansar e se recuperar, antes de voltar.

– Ficarei mais do que feliz em cuidar dela até se recuperar – disse a Sra. Tibbetts, colocando o cobertor ao redor de Dottie.

– Tenho que correr, mas, Fiona, preciso lhe pedir um grande favor – Liz começou.

– Claro, o que você precisa?

– Desculpe pedir isso, porque sei que já foi um dia longo – Liz disse –, mas será que você e Jimmy poderiam fazer uma corrida à noite, levar café e donuts para alguns homens que estão fazendo horas extras em uma betoneira de cimento? Ontem ela quebrou, e, agora que está consertada, eles estão compensando o tempo perdido trabalhando a noite toda. Um dos oficiais pediu; achou que isso realmente levantaria o ânimo.

Minhas costas doíam por esfregar o Clubmobile, e eu estava tão mal-humorada que duvidei que pudesse levantar o espírito de qualquer um. Mas, depois do dia que tivemos, senti que precisava me redimir.

– Sim, vai ser um prazer – eu disse, tentando sorrir.

– Obrigada. – Liz pareceu visivelmente aliviada. – Jimmy virá buscá-la no jipe em cerca de uma hora com todos os suprimentos de que você precisa, sem necessidade de trazer o Clubmobile.

Nós nos despedimos de Liz, e a Sra. Tibbetts trouxe algumas tortas de frutas vermelhas e chá enquanto informávamos Dottie sobre nossa conversa com a Srta. Chambers.

— Me desculpem — pediu Dottie. — Eu sinto que é totalmente culpa minha que isso tenha acontecido.

— Bobagem, Dottie — tranquilizei-a. — Aquelas enormes latas de banha são uma dor de cabeça para abrir. Poderia ter acontecido com qualquer uma de nós.

— É verdade — disse Viv, acendendo um cigarro. — E honestamente? Acho que ela não ia nos mandar para o continente, não importava o que acontecesse hoje.

— Você pelo menos perguntou ao Sr. Gibson alguma coisa sobre o IRC rastrear Danny? — Dottie quis saber.

— Não — respondi. Essa era outra razão para o mau humor. Fiquei irritada comigo mesma por não ter perguntado quando tive a chance. — Nós estávamos tão ocupadas, eu juro que todos os soldados no acampamento vieram para comer donuts, e então o fotógrafo continuou tirando fotos, e, quando eu finalmente tive um momento calmo para perguntar ao Sr. Gibson, ele se foi.

— Então agora você *tem* que pedir ao Capitão Moretti para ver o que ele pode descobrir — disse Viv, apontando para mim com seu cigarro. — E talvez não mentir para ele desta vez sobre o Danny ser seu noivo.

— Eu sei, eu sei. Vou perguntar. Embora... agora seja estranho assumir que eu menti.

— Por que exatamente você mentiu? — Dottie perguntou, franzindo o cenho para mim. — Você não é assim.

— Está brincando — eu disse, sarcástica — Eu não sei. Não queria que ele olhasse para mim de forma diferente, talvez. Foi uma coisa impulsiva que eu fiz, e agora me sinto tola. Enfim, como foi com Joe?

— Sim, como foi com o homem do piano? Ainda tem a garota esperando em casa? — Viv quis saber.

— Joe foi muito cavalheiro e, como sempre, bonito — Dottie elogiou, a cor voltando às suas bochechas ao som do nome dele. — Eu ainda posso sentir o cheiro do Old Spice quando ele me carregou, o que está me deixando louca. E ele ficou comigo o tempo que pôde. Mesmo assim, ele ainda tem Mary Jane. Perguntei quando ele tentou segurar minha mão e me beijar na bochecha. Ele estava *quase* se desculpando por isso, porém mais uma vez não mencionou nada sobre terminar com ela, então devo dizer que eu estava tão de mau humor hoje, e meu braço estava doendo tanto, que achei melhor deixar como está.

– Verdade? – perguntei. – O que você falou?

– Oh, eu queria que estivéssemos lá – comentou Viv. – Conte tudo.

– Eu perguntei que tipo de rapaz tem uma garota em casa por quem está supostamente apaixonado, enquanto tenta beijar outra aqui. E que tipo de garota ele acha que sou? Eu falei que gostava dele, mas que mereço algo melhor, e que ainda poderíamos ser amigos, mas absolutamente nada mais, a menos que ele termine com Mary Jane.

– É claro que você merece coisa melhor – declarei.

– Muito bem, Dots. Então, como ficou? – Viv perguntou.

– Ele se desculpou – Dottie desabafou, com um sorriso triste. – Várias vezes. Ele disse que estava confuso, que tinha sentimentos por mim, e que não esperava que isso acontecesse. Contou que parte dele só quer viver para o momento porque, afinal, estamos *vivendo* na guerra, mas ele concordou que eu mereço o melhor. E ele precisava entender as coisas.

– Entender as coisas como? – perguntei.

Uma batida na porta da frente interrompeu nossa conversa, e eu podia ouvir a voz de Martha do outro lado. A Sra. Tibbetts apressou-se para deixar nossas amigas entrarem.

– Ouvimos dizer que as garotas tiveram um dia difícil e viemos com um buquê de flores recém-colhidas e um bolo de chocolate que um dos cozinheiros do refeitório assou para nós – Martha disse, entregando as flores para Dottie.

– E algumas de nossas bebidas para animar vocês – comemorou Blanche, sorrindo enquanto tirava duas garrafas de vinho de um saco de papel.

– Eu vou buscar algumas taças – disse a Sra. Tibbetts, batendo palmas, feliz pela nossa pequena festa.

– Só meio copo para mim – pedi. – Tenho um encontro com seis homens e uma betoneira.

– O quê? – Blanche exclamou, servindo taças tão rápido quanto a Sra. Tibbetts as entregava para ela. – Você está brincando? Liz não consegue encontrar outra pessoa?

– Tenho certeza que sim, mas, depois de hoje, temos que fazer tudo o que pudermos para ficar bem com ela – respondi. Atualizamos nossas amigas sobre o desastroso dia de inspeção, e, depois de um pouco de bolo e vinho, estávamos nos sentindo um pouquinho menos tristes com tudo isso.

– E então, no final do dia, sem esfregão nem nada para limpar aquele lago absolutamente desagradável de café, farinha e gordura, Jimmy se sentiu muito culpado. Então ele foi buscar uma braçadeira e a cortou, e nós o fizemos perfurar o chão do Clubmobile para drená-lo – narrei, balançando a cabeça e rindo.

– Nós tivemos que fazer isso. Nada iria acabar completamente com aquilo – disse Viv.

– E agora temos buracos no chão? – Dottie perguntou, se encolhendo.

– Temos, mas funcionou – expliquei. – Vamos ter que pegar um tapete ou algo assim para escondê-los da próxima vez que a Srta. Chambers aparecer.

– Nós podemos experimentar isso. Derramamos muito no outro dia e foi desagradável – Frankie confessou, pegando um segundo pedaço de bolo de chocolate.

– Ei, então a Srta. Chambers não vai mandar vocês para a França, vai? – Viv perguntou.

A sala ficou quieta, e Frankie, Blanche e Martha se olharam.

– Vocês vão, não vão? – perguntei, a dor no estômago voltando. Nossas amigas estavam nos deixando para trás. Viv praguejou baixinho enquanto acendia outro cigarro. Dottie estava à beira das lágrimas.

– Nós vamos – Martha disse calmamente, colocando um braço ao redor de Dottie. – E eu sinto muito que vocês não venham conosco. Tenho certeza de que nos reuniremos em breve.

– Quando vocês vão embora? – indaguei.

– Vamos para Londres em poucos dias para nos reagruparmos, e então partiremos para Southampton de lá – Martha explicou.

– Definitivamente nos reuniremos em breve – disse Frankie, assentindo.

– Uma das coisas que contaram a nosso favor é o fato de Martha e eu sermos excelentes motoristas.

– Ah, não – protestou Blanche. – *Martha* é uma motorista fantástica. Frankie, você dirige como uma louca.

– Prefiro o termo *destemida* – retrucou Frankie, fazendo uma careta para Blanche.

– Aham – disse Blanche, revirando os olhos. – De qualquer forma, vocês têm de ir no próximo grupo, simplesmente têm de ir. No entanto, quem vai dirigir? Sem ofensa, mas eu já vi vocês todas em ação, e não poderiam ser piores.

– O único motorista aqui sou *eu*. – Jimmy apontou para si mesmo enquanto vinha pelo corredor da frente.

– Oh, Jimmy, nem ouvi você bater – a Sra. Tibbetts veio da cozinha, limpando as mãos em uma toalha de chá azul brilhante. Ela ergueu as sobrancelhas quando o viu. Ele tropeçou no sofá e quase caiu em cima de Dottie. E cheirava a uísque.

– Jimmy, alguma chance de você ter ido ao bar? – perguntei, franzindo a testa.

– Uma galinha! – exclamou ele, ignorando minha pergunta e apontando para a ave, a quem demos o nome de Pintada, que dormia no canto da sala. – O que o maldito frango está fazendo aqui? – As palavras dele se misturavam.

– Fantástico. – Esfreguei as mãos no rosto. – Jimmy, você deveria me levar até o pessoal da betoneira. Você pegou os suprimentos? Liz o viu assim?

– Peguei tudo. Não havia sinal da Srta. Liz – Jimmy disse, encolhendo os ombros. – E eu estou bem. Acabei de tomar um chá forte. – Estou bem. – Ele deu um tapinha no peito.

– Acho que esta noite pode ser a melhor para uma aula de direção, Fiona – Frankie comentou, me dando um olhar aguçado.

– No escuro, só com os olhos de gato? – questionei, estalando os dedos.

– Frankie tem razão – Viv disse, olhando para Jimmy com cuidado enquanto ele tentava ficar em pé. – Pegue sua lanterna e peça para Jimmy lhe dar as direções, se ele se lembrar delas. – Ela se levantou e sussurrou no meu ouvido. – É mais seguro com você ao volante, não acha?

Nós duas olhamos para Jimmy, balançando ao lado do sofá.

– Tudo bem. – Dei um suspiro. – Está na hora da minha aula de direção, Jimmy. Vamos lá.

A temperatura tinha caído pelo menos 20 graus desde a tarde, um sinal de que o outono estava a caminho. As nuvens de chuva haviam se dissipado, e a falta de luz artificial em qualquer lugar revelou um céu brilhante, cheio de estrelas e uma lua quase cheia. Apesar do ar frio da noite, eu estava suando enquanto dirigia pelas estradas rurais com Jimmy como meu professor e navegador duvidoso. Segurava o volante com tanta força que minhas mãos doíam enquanto tentava me lembrar de tudo o que tinha aprendido em Londres. Meu humor ainda estava ruim, mas pelo menos dirigir me oferecia uma distração. Eu não conseguia me concentrar em mais nada além de evitar que nós dois fôssemos mortos.

— Como estou me saindo, Jimmy? — perguntei, para me certificar de que ele ainda estava acordado ao meu lado.

— Um pouco devagar, mas você está bem — ele disse. — Só mais alguns quilômetros até a curva.

Ele parecia estar sóbrio. A Sra. Tibbetts tinha lhe dado outra xícara de chá forte quando saímos pela porta.

— Você está preso a nós por mais um tempo, sabe? — comentei. — Descobrimos hoje que não vamos para o continente ainda.

— Não se preocupe. Vocês são melhores do que a última equipe que eu conduzi. Vocês são mais divertidas — ele elogiou. Olhei, e ele estava sorrindo. — Nos dão mais motivos para sorrir.

— Mesmo? — perguntei. Não conseguia dizer se ele estava brincando ou não. — Obrigada.

— De verdade. Dottie me lembra minha filha, pequena e morena como ela era, adorava música — ele contou, calmamente. — Eu adorava ouvi-la tocar violão.

— Jimmy, você não nos disse que tem uma filha — comentei. Ele não falou nada por alguns instantes. Olhei-o, e ele estava encarando a escuridão.

— Eu tinha uma filha chamada Anne — ele contou. — E uma esposa, Shirley. Perdi ambas na *Blitz* em setembro de 1940.

Por alguns segundos, fiquei sem palavras, atordoada com esse fato sobre nosso motorista, que percebi que não conhecia muito bem.

– Jimmy, sinto muito – eu disse, sentindo-me fisicamente mal. – Eu não tinha ideia...

– Não falo muito sobre isso – ele confessou, sua voz soando forte. – Não há muito a dizer. Eu estava voltando do trabalho, fui poupado da explosão. Finalmente cheguei e não tinha sobrado nada. Minhas queridas meninas tinham ido embora. Toda a cidade estava em chamas. Na verdade, não sei como sobrevivi. – Ele fez uma pausa antes de acrescentar: – Às vezes queria não ter sobrevivido.

– Sinto muito. – Engoli com força. Eu me aproximei para apertar a mão dele, incapaz de enxugar a lágrima que corria pelo meu rosto. – Sinto muitíssimo.

– Sim. Bem... – Ele olhou para mim no escuro, apertando minha mão de volta. – Eu sei que você tem seus próprios problemas. E espero que você o encontre. – Ele olhou para cima e acrescentou: – Oh, caramba, aqui está a curva. – Ele apontou para uma estrada sem sinalização que eu quase perdi.

Fiz um movimento brusco para a esquerda, quase sobre duas rodas, enquanto virávamos para uma estreita estrada de terra. Ao luar, era possível ver o contorno de um misturador de cimento alojado em uma enorme estrutura, e na extremidade distante do campo havia um chalé baixo, com um teto de palha aconchegado em um buraco, um contraste estranho com as máquinas modernas.

Limpei o rosto, belisquei as bochechas e até passei batom olhando no espelho retrovisor. Saltando do jipe, me forcei a sorrir enquanto os homens olhavam por cima do trabalho deles.

– Ei, amigos – gritei, tentando superar o barulho da misturadora. – Alguém quer fazer uma pausa para um café?

Eles começaram a caminhar enquanto eu abria a parte de trás do jipe para tirar o reservatório de café e as bandejas de donuts. Jimmy começou a servir todas as canecas.

– Parece uma miragem. – O primeiro homem a alcançar o jipe me disse, com um enorme sorriso no rosto quando pegou uma caneca de Jimmy.

– Não, não é uma miragem. Só uma garota da Cruz Vermelha e seu motorista em serviço – respondi, entregando-lhe dois donuts. Os outros começaram a vir, todos expressando surpresa e gratidão por termos aparecido em seu trabalho tedioso que duraria a noite toda.

– Eu não acredito que você veio – exclamou outro soldado, seu rosto longo coberto de poeira e sujeira. – Meu nome é Paul Coogan. De onde você é, Srta. Cruz Vermelha?

– Boston – revelei, pronta para entrar no jogo de geografia que fazíamos em todos os acampamentos.

– Está brincando? – Paul disse, quase cuspindo o café.

– Não, por quê? – perguntei.

– Eu sou de Burlington, Vermont. – Ele apontou para si mesmo. – Quero dizer, nós somos basicamente vizinhos.

– Certo. Acho que você pode dizer isso – respondi, rindo.

– Ei, espere, as duas garotas com quem você trabalha são de Boston também, certo? – ele perguntou.

– Sim, mas como você sabe disso? – Eu estava curiosa agora.

– Ouvi falar de vocês – ele revelou. – Todos dizem que vocês três são as garotas mais bonitas da Cruz Vermelha na Inglaterra.

– Bem, obrigada, Paul, isso é muito lisonjeiro, embora eu realmente duvide que seja verdade.

– Eu acho que é verdade – ele disse, tomando um gole do café, e alguns dos outros rapazes começaram a concordar. Senti minhas bochechas ficarem vermelhas.

– Bem, caramba, vocês salvaram a minha noite. Eu precisava disso hoje, obrigado.

Sentamo-nos sob as estrelas e mantivemos a conversa leve, falando sobre os Red Sox, filmes que tínhamos visto ou queríamos ver, e qual a grande banda que preferíamos ouvir ao vivo.

Os rapazes raramente queriam falar sobre a guerra, mas nesta noite em particular falamos sobre a possibilidade de Paris ser liberada em breve. Era o tipo de boa notícia que todos desejavam. Um sinal de que as coisas estavam mudando.

Os soldados contaram histórias engraçadas da vida militar em Leicester, tentando superar uns aos outros para me fazer rir. Quando chegou a hora de partir, prometi visitar o acampamento com o Cheyenne em breve, e percebi que estava muito melhor do que quando cheguei. Supostamente eu é que deveria animá-los, mas em vez disso foi exatamente o que aqueles rapazes fizeram por mim. Às vezes, a motivação era uma via de mão dupla.

Depois que Jimmy e eu arrumamos as coisas, comecei a subir pela porta do lado do passageiro, mas Jimmy balançou a cabeça e apontou para o volante.

– Atrás do volante de novo, Srta. Fiona – ele disse. – Você nunca vai ser uma boa motorista se não praticar mais.

Eu gemi e escorreguei atrás do volante. Depois de entrarmos na estrada principal, foi uma reta só na direção da casa da Sra. Tibbetts, e eu estava me sentindo mais confiante dirigindo, o que foi uma coisa boa, porque Jimmy adormeceu completamente ao meu lado. Tínhamos passado da metade do caminho de casa quando o motor começou a engasgar e a fazer um barulho estridente.

– Não. Não, não, não, isso não está acontecendo. Tenha dó! – eu disse, batendo no volante enquanto pisava com força no acelerador. Em vez de acelerar, o jipe parou bem no meio da estrada. – Jimmy, Jimmy, acorde – chamei, sacudindo-o no ombro. – Acho que ficamos sem combustível. Você tem alguma reserva de gasolina aqui?

– Não. Sem gasolina – ele resmungou e rolou, puxando o boné para baixo.

Saí do carro e olhei para cima. Junto à estrada, havia uma pequena manada de vacas dormindo. Elas eram pretas, mas o fazendeiro tinha pintado listras brancas em suas barrigas para garantir que elas pudessem ser vistas à noite durante os apagões. Faltavam pelo menos alguns quilômetros para a próxima vila, e deveria ser mais de meia-noite. Despejei uma das últimas canecas de café deixadas no reservatório e me sentei no fundo do jipe. Estava com os ossos cansados, tudo doía, e eu ansiava por minha cama na casa da Sra. Tibbetts.

Depois de cerca de uma hora, quando estava prestes a adormecer no jipe, ouvi o som de um caminhão e vi suas luzes vindo em nossa direção. Quando se aproximou, liguei minha lanterna para a escuridão e saí do jipe, pulando para cima e para baixo, balançando os braços para chamar a atenção antes que ele se chocasse direto contra nós.

O caminhão encostou e o motorista pulou para fora, mas eu não sabia se devia rir ou chorar quando reconheci o oficial.

— Claro que sim. Claro que é você, Capitão Moretti — eu disse.

— Como assim *claro*? — ele perguntou, divertido quando viu que era eu.

— Você me questionou sobre o motivo de as garotas da Cruz Vermelha Clubmobile estarem aqui. Você acha que somos donzelas em perigo que são um incômodo que você tem que proteger. Então é absolutamente perfeito que me encontre aqui, sem gasolina, no meio do nada. Basicamente... uma donzela em perigo.

— Você está sem gasolina? — ele quis saber, com um sorriso malicioso, sobrancelhas levantadas. — Não pensou em trazer nenhuma extra?

— Não, eu não pensei em trazer nenhuma extra. Essa é minha primeira vez dirigindo aqui desde Londres, pelo amor de Deus — eu disse, irritada com o quanto ele estava gostando daquilo. — E Jimmy não pensou nisso porque, bem, ele é o Jimmy. — Apontei para meu motorista, que dormia. — Por favor, me diga que você tem um pouco.

— Você está com sorte. Eu posso ter apenas o suficiente lá atrás para te levar para casa — ele brincou. — Você tem mais café?

— Provavelmente. Vou buscar uma caneca limpa — avisei.

Ele foi até o caminhão e trouxe de volta uma pequena vasilha.

— Quer fazer isso ou vai me deixar fazer? — ele perguntou.

— Oh, eu posso, quero dizer... oh, Deus, você pode por favor fazer isso? — pedi. Mas quase morri para perguntar. — Tenho medo de derramar tudo no chão...

Ele já estava enchendo o tanque.

— O que você está fazendo aqui? — perguntei quando ele terminou e lhe entreguei a caneca de café prometida.

— Checando os rapazes na betoneira. Eles passaram por um momento infernal.

— Espere. Foi você quem pediu a visita das garotas do Clubmobile? — perguntei, sorrindo.

— Sim — ele disse, sorrindo e levantando a caneca em um brinde.

— Você está mudando de opinião sobre nós, então?

— Bem, vamos apenas dizer que vocês definitivamente levantaram o ânimo dos rapazes da 82ª, então isso é alguma coisa. Especialmente depois do que alguns deles passaram, é... Muitos ainda estão em condições bastante ruins. – Ele se encostou no caminhão ao meu lado. Cheirava à madeira com uma pitada de gasolina.

– Você vai falar bem de mim para a minha supervisora, então? Ela não é uma grande fã minha e das minhas amigas. – Contei a ele sobre o meu dia, e no final ambos estávamos rindo daquilo. – Eu estava brincando sobre falar bem de mim. Mas preciso lhe perguntar uma coisa antes de você partir.

– O quê? – perguntou. Eu ainda tinha a lanterna ligada. O rosto dele, com seu nariz reconstruído, não era classicamente bonito, mas havia uma robustez nele que era inegavelmente atraente. E esta noite ele não tinha o olhar endurecido que eu tinha visto anteriormente, como se estivesse esperando que o próximo tiro fosse disparado.

– Você mencionou aquele amigo no IRC. Eu estava pensando se você poderia descobrir sobre o meu vizinho – comecei. – O nome dele é Danny Barker. Ele foi dado como desaparecido no outono passado, depois que seu avião foi abatido na Alemanha. Ele estava na força aérea, segundo tenente do 338º Esquadrão de Bombardeio.

Por que eu não podia simplesmente dizer? *Noivo, não vizinho.* Fiquei tão envergonhada que, como já tinha mentido, era difícil dizer a verdade agora.

– Sim, meu velho amigo Hank Miller, de Nova York, agora trabalha para o IRC. Ele se mudou para a Suíça há alguns anos para trabalhar com a Agência Central de Informações sobre Prisioneiros de Guerra. Seu pai foi prisioneiro de guerra na Primeira Guerra Mundial. Foi assim que ele se interessou pelo trabalho. Não posso fazer promessas, mas, se alguém tiver alguma informação de alguma coisa, ele vai saber – disse ele, passando o dedo no capô do jipe.

– Obrigada. Muito obrigada.

Ele olhou para mim, inclinando a cabeça, como se tivesse mais para dizer, mas, em vez disso, se limitou a falar:

– Por nada. – A mão dele estava ao lado da minha no capô do jipe. Eu corei e me afastei. – Mais alguma coisa? – ele quis saber.

Pensei por alguns segundos. *Conte a ele. Diga-lhe agora, Fiona. Fale com ele.*

– Apenas que eu te devo um favor. Talvez dois favores agora. Pela gasolina... e por perguntar sobre o meu vizinho. É melhor eu ir. A Sra. Tibbetts deve estar nervosa porque ainda não voltei.

– Certo, você está em dívida comigo. – Ele assentiu com aquele olhar divertido de novo, mas também se afastou. – Entrarei em contato se ouvir alguma coisa. E vou esperar que você saia daqui antes de eu ir.

Abri a porta lateral do motorista e entrei enquanto ele a fechava para mim. Nossos rostos estavam a apenas alguns centímetros um do outro agora que eu liguei o jipe e o motor voltou à vida. Seu hálito cheirava a café e chiclete de menta. Uma pausa tranquila. Eu mal respirava.

– Pode ir – ele mandou, a voz calma enquanto dava tapinhas na porta.

– Obrigada de novo – eu disse, sentindo o rosto quente. – Boa noite.

– Boa noite, e dirija com cuidado – ele recomendou.

Partindo para a noite com Jimmy roncando suavemente ao meu lado, pelo espelho retrovisor, eu vi o Capitão Moretti acenar.

Capítulo 15

9 de setembro de 1944

Poucos dias depois da nossa inspeção desastrosa, despedimo-nos tristemente de Frankie, Blanche e Martha antes de elas partirem para a sua viagem para a França. Frustrada e, além disso, com um pouco de inveja, eu estava ainda mais determinada a chegar ao continente. Jimmy tinha começado a me dar aulas de direção à noite sempre que estava sóbrio e apto. Continuei a administrar os nossos abastecimentos e a manter documentação e registros meticulosos. Eu tinha até mesmo assumido alguns dos relatórios de compilação de dados de Liz sobre produção e produtividade para a sede em Londres.

Viv e Dottie compartilhavam minha frustração e também começaram a fazer tudo o que podiam para mudar a imagem que a Srta. Chambers tinha de nós. Viv trabalhava mais do que nunca, não mais entregando todas as suas tarefas a algum soldado adorável que se aproximava. E a maneira como ela conseguia encantar os soldados mais abatidos com suas provocações e brincadeiras era realmente algo para se admirar.

Para alívio de todos, o braço de Dottie estava melhorando rápido, e ela finalmente saiu da concha, tocando violão e cantando com mais frequência, encantando os rapazes com seu grande repertório de músicas. Apesar das inúmeras súplicas deles, ela ainda não tinha cantado um solo para ninguém, mas estávamos esperançosos de que estivesse ganhando coragem.

– Então, você vai nos dar uma dica sobre quem virá esta noite? – Viv perguntou a Dottie enquanto ela se sentava no espelho do nosso quarto, transformando seus cachos em rolos perfeitos.

Estávamos nos preparando para uma noite fora, um show particular no Leicester's De Montfort Hall para todas as tropas americanas que estavam prestes a partir. Era o maior local da cidade e podia receber até três mil pessoas. A coisa mais curiosa sobre o show era que ninguém sabia quem iria se apresentar. O exército tinha mantido o show em segredo. Ninguém exceto o pessoal-chave, incluindo o líder de uma banda do exército chamado Joe Brandon. E ele tinha compartilhado o segredo com Dottie, que se recusava a nos contar.

– É uma banda americana ou britânica? – perguntei. – Ou talvez nem seja uma banda, apenas um cantor? Vera Lynn? Ou Bing Crosby?

– Eu já falei, jurei segredo absoluto a Joe – Dottie disse, com um sorriso malicioso. Ela estava gostando muito da nossa curiosidade. – É a melhor surpresa. O exército quer manter isso em segredo porque a maioria da 82ª vai partir em poucos dias, e, *bem*, é importante. – Ela bateu palmas.

– Oh, por favor, você não pode nos dar uma pequena dica? – insisti, passando batom e tentando fazer meu próprio cabelo se comportar.

– Nem mesmo uma pequena. Prometi a Joe. Ele está ajudando com o arranjo agora mesmo, pode até tocar hoje à noite. Quem sabe?

– Por falar em tocar, quando é que ele vai largar a garota da cidade natal por você? – Viv indagou.

– Talvez nunca. – Dottie respondeu, encolhendo ombros. – Não posso mentir para vocês duas: ainda tenho uma queda por ele, mas nós somos apenas amigos. E ele tem sido um perfeito cavalheiro desde a nossa conversa no dia em que cortei o braço.

– É bom que ele seja – observei. – Ou nós vamos colocar Vera Lynn sobre ele.

– Ele realmente tem sido – disse Dottie. – Falar com ele é como conversar com um amigo que conheço a vida toda. Mas continuo me lembrando que ele está partindo em breve para Deus sabe onde. Eu posso nunca mais vê-lo novamente. Esta guerra é uma loucura, e torna difícil planejar qualquer coisa. Com qualquer pessoa.

– Ele mencionou Mary Jane ultimamente? – perguntei.

– Ele não falou, e eu não perguntei. Honestamente, não quero saber. – Dottie balançou a cabeça.

Houve uma batida na porta, e a Sra. Tibbetts espiou pelo vão.

– Eu sei que estão se preparando para o show. Oh, olhem só para vocês. Todas lindas com seus vestidos. Simplesmente lindas – a Sra. Tibbetts disse, sorrindo.

Pela primeira vez em semanas, nos foi permitido vestir roupas civis, então estávamos usando os vestidos da nossa última noite em Londres, na Paramount, os únicos que tínhamos conosco.

– Esqueci de entregar estas cartas, que Liz deixou antes. Eu sabia que vocês iriam querer lê-las imediatamente – ela acrescentou, passando-as para nós, que as abrimos como presentes de Natal. Eu ainda tinha aquela ansiedade no estômago, temendo más notícias, mas estava com tanta saudade de casa que rasguei as cartas dos meus pais e de minhas irmãs de qualquer forma.

– Alguma notícia sobre Danny, Fi? – Ergui a cabeça para ver que Dottie e Viv estavam me observando, com suas próprias cartas abertas no colo.

– Nada, obrigada por perguntar – eu disse. – Dei uma olhada rápida, e agora vou gastar um tempo aproveitando a leitura.

Depois de lermos quietas por alguns momentos, Dottie quebrou o silêncio.

– Bem, Richie diz que talvez nunca me perdoe pelo fato de que vou perder toda a temporada de futebol de sua escola. E minha mãe falou que cozinhar o jantar de domingo não é divertido sem mim. – Ela olhou para nós, com os olhos lacrimejantes.

– Eu sei que me queixo das minhas irmãs, mas eu as adoro, mesmo que elas me deixem louca. Só me ocorreu agora que talvez eu não veja a nova bebê de Aria, Gianna, até que ela tenha quase um ano de idade. – Viv deu um sorriso triste. – Minha primeira sobrinha.

– As gêmeas estão me fazendo sentir culpada por perder a última peça do colégio – eu disse enquanto percorria as figuras infantis que elas haviam desenhado nos lados da carta. – Eles vão representar *You Can't Take It with You*, e Darcy ficou com um dos papéis principais.

Nós três ficamos sentadas ali, relendo nossas cartas, cada uma de nós querendo voltar para casa do seu jeito.

– Muito bem, meninas, já chega. Isso é muito deprimente – protestou Viv, agitando as mãos no ar e se levantando. – Vamos sair e nos divertir um pouco. Nós merecemos. – Ela encarou o espelho para aplicar mais uma camada de batom.

– Você tem razão – eu disse, colocando as cartas de lado e ficando atrás dela, mexendo uma última vez na flor do meu cabelo. – É sábado à noite. Não adianta ficar sentada aqui me sentindo miserável.

– E prometo que depois deste show tudo vai ficar melhor – Dottie garantiu, em pé alisando o vestido. – Eu estava prestes a começar a chorar, e teria estragado minha maquiagem, então vamos. Vocês estão prontas? Acho que acabei de ouvir Jimmy estacionando na frente.

Nós descemos as escadas para pegar nossa carona.

– Adoro o fato de podermos usar vestidos de verdade para variar. – Viv girou ao redor si mesma. – Estou tão cansada de usar aquele terno de palhaço azul malhado todos os dias.

Demos beijos na bochecha da Sra. Tibbetts quando saímos, prometendo contar a ela todos os detalhes quando chegássemos em casa. Jimmy soltou um longo assobio quando saímos para encontrá-lo.

– Vocês estão maravilhosas – elogiou ele, abrindo a porta do jipe e fazendo uma reverência. – Você também está muito bem esta noite, Sra. Tibbetts.

– Oh, por favor. Obrigado, Jimmy. Chegue mais cedo para o chá da próxima vez que vier buscar as garotas – ela disse.

Notei que Jimmy tinha se cuidado mais para esta noite. Seu cabelo estava penteado para trás, e seu uniforme da Cruz Vermelha estava bem passado. A maior surpresa foi que ele parecia estar completamente sóbrio. Dottie piscou para mim quando entramos no carro. Agora que sabíamos sobre a família de Jimmy, tínhamos uma nova visão sobre o nosso motorista muitas vezes bêbado. E estávamos tentando fazer coisas para animá-lo, como convencer Joe Brandon a lhe comprar um ingresso para o show de hoje à noite.

– Lá vamos nós, então – ele anunciou. – Há copos e uma garrafa aberta de champanhe lá atrás para vocês. Um dos rapazes me deu; ele não tem gosto para as coisas.

Viv serviu um copo para cada um de nós e brindamos enquanto Jimmy se afastava da Sra. Tibbetts.

– Mal posso esperar para ver seus rostos quando descobrirem a surpresa – Dottie disse enquanto tomava um gole de champanhe. – Vai ser uma grande noite.

O De Montfort Hall ficava a uma milha do centro de Leicester, na borda do Victoria Park e da universidade. Era um belo e velho edifício de pedra branca, com telhado rebaixado e uma entrada impressionante ladeada por grandes colunas brancas em ambos os lados. Jimmy nos deixou o mais perto possível da frente e depois foi estacionar o jipe. Entramos na fila de centenas de soldados e membros da Cruz Vermelha norte-americana que fluíam para dentro. A excitação e a expectativa da multidão se espalhavam pelo ar frio do outono.

– Com licença, é a Srta. Viviana Occhipinti? – perguntou Harry Westwood, que de alguma forma se materializou atrás de nós na fila, batendo no ombro de Viv. – Se não vai responder às minhas cartas, então o mínimo que pode fazer é dançar comigo esta noite.

– Pensei que fossem apenas tropas americanas – disse ela, divertida. – O que você está fazendo aqui?

– Como já expliquei antes, tenho amigos em cargos muito altos. – Ele deu de ombros e puxou um isqueiro para acender o cigarro dela.

Dottie olhou para mim, com as sobrancelhas levantadas. Então você vai dançar comigo, não vai? – ele insistiu, olhando nos olhos dela.

– Harry Westwood, eu *nem* conheço você – ela disse, fingindo aborrecimento, embora estivesse desfrutando cada minuto.

– Foi por isso que lhe mandei as cartas, querida. Então você pode me conhecer e eu posso conhecê-la. Ao menos tirou um momento para ler todas elas?

– Estive muito ocupada. – Ela piscou para ele.

– Ah, agora você definitivamente me deve uma dança. Estou magoado – ele reclamou, claramente se divertindo.

– Haverá pista de dança hoje, Dottie? – perguntei. Nós finalmente passamos pelas portas da frente e fomos para o auditório principal.

– Oh, sim, bem na frente do palco – ela explicou. – E ficaremos do lado direito dele.

– Ótimo – Harry disse, mostrando um lindo sorriso. – Muito bem, então, eu vou encontrá-la, Viviana. – E depois ele desapareceu na multidão.

– Honestamente, ele é muito lindo – Dottie elogiou. – Pelo menos dance com ele, Viv.

– Você tem que admirar a persistência dele – comentei. – E por que você não leu as cartas?

– Porque eu sabia que isso o deixaria louco – ela admitiu, com um sorriso de autossatisfação. – Olhe para ele. Tenho certeza de que tem mulheres em todo o Reino Unido caindo umas sobre as outras para chamar sua atenção.

– Mas por que você não lhe dá uma chance? – perguntei.

– Talvez eu dê – disse Viv, e notei que ela parecia estar mesmo corada. – É esse sotaque que me incomoda toda vez que ele abre a boca. Mas, como Dottie falou, todo mundo está sempre partindo. Qual o objetivo realmente?

– Acho que o objetivo é dançar com um inglês bonito e se divertir – filosofei. – Talvez não precise haver outro objetivo.

– Talvez – concordou Viv, olhando para mim, séria agora. – E talvez, Fi, você devesse pensar em seguir seu próprio conselho a esse respeito.

Eu ia perguntar o que ela queria dizer com aquilo quando entramos no auditório e demos um suspiro coletivo. Era um espaço lindo, com teto curvo, com painéis de madeira a várias centenas de metros acima de nós e assentos cor de vinho em camarotes nivelados até as colunas.

Uma cortina de veludo vermelho pendia em frente ao enorme palco. No nível da orquestra, em frente ao palco, havia uma pista de dança com várias filas de assentos de cada lado.

Mal reconheci Liz Anderson acenando para mostrar nossos assentos. Ela parecia tão bonita, usando um vestido tradicional cor de berinjela, seu cabelo penteado em cachos brilhantes. Sentamo-nos com ela e vários grupos de garotas do Clubmobile que não víamos fazia algum tempo, incluindo Ruthie e Helen, as conversadeiras de Dakota do Norte, e Doris, ChiChi e Rosie – uma equipe de Clubmobile notoriamente engraçada que não víamos desde Londres. Todas nós compartilhamos histórias de nossas aventuras nas últimas semanas. Desejei mais uma vez que Blanche, Frankie e Martha ainda estivessem ali conosco. Senti falta do nosso feliz grupo de seis pessoas.

Quando parecia que o auditório estava quase cheio, as luzes piscaram três vezes e as pessoas começaram a bater palmas e a assobiar. Dottie mostrava um enorme sorriso com covinhas.

– Dottie, mal posso esperar – falei, de braço dado com ela. – Isso é tão emocionante.

As luzes no corredor se apagaram, e a plateia começou a bater palmas quando um homem magro de terno marrom-escuro e gravata caminhou na frente da cortina de veludo até o centro do palco diante de um grande microfone.

– A todos os soldados americanos e funcionários da Cruz Vermelha Americana aqui hoje, boa noite e bem-vindos ao De Montfort Hall – ele saudou, parecendo um dos locutores que escutávamos no rádio da Sra. Tibbetts. – Meu nome é Arthur Kimball, e aqui em Leicester sou conhecido como "o organizador que traz as estrelas". – Ele sorriu e esperou quando o público começou a bater palmas novamente. – Por uma questão de segurança militar, tivemos que manter este evento em segredo. Agora... estão prontos para ver quem está aqui para realizar um espetáculo esta noite para vocês?

Os soldados na plateia começaram a gritar e a bater palmas.

– Vamos lá – gritou alguém.

– Tudo bem, tudo bem! – Arthur Kimball riu. – Sem mais delongas, apresento a vocês o Major Glenn Miller e a Orquestra Americana das Forças Expedicionárias Aliadas!

Ouviram-se suspiros coletivos em todo o salão. Um casal de meninas Clubmobile perto de nós literalmente começou a chorar de alegria. Viv e eu tínhamos a boca aberta; não podíamos acreditar que o líder da banda mais popular da América tinha vindo até Leicester. Dottie olhou para nós, rindo, se deliciando com nossa reação.

– Eu disse a vocês – ela exclamou. – Incrível, não é? A melhor surpresa. Dá para acreditar que ele está realmente aqui?

A cortina de veludo começou a subir quando as primeiras notas do grande sucesso de Miller, "Moonlight Serenade", tocava. Quando a cortina revelou a orquestra de quarenta e cinco integrantes de Miller, a energia no auditório era pura eletricidade, e todo o público estava em pé em ovação, batendo palmas e vibrando.

Glenn Miller estava em pé no meio do palco, tocando seu trombone e parecendo muito sério. Era um homem bonito, com 30 e poucos anos, vestindo seu uniforme militar e usando óculos redondos de armação de metal que lhe davam um ar professoral.

O restante da banda não conseguia esconder o quanto estava feliz com a reação da plateia. Quando a música terminou, ainda estávamos todos em pé, e eu mal conseguia ouvir meus pensamentos sobre os aplausos estrondosos.

– É uma honra estar aqui para tocar para vocês esta noite. Obrigado pelo trabalho que estão fazendo – Glenn Miller falou ao microfone, na frente do palco. – Como eu já disse antes, América significa liberdade, e não há expressão de liberdade tão sincera quanto a música. – Os soldados estavam transbordando de entusiasmo patriótico enquanto aplaudiam o ícone americano. – Agora, vamos acelerar um pouco o passo. Alguém aqui sabe o que é o *jitterbug*?

A multidão rugiu quando a banda começou a tocar "One O'Clock Jump". Soldados começaram a vir ao nosso grupo, convidando-nos para dançar, e, embora eu não soubesse dançar tão bem quanto alguns dos soldados de 18 anos, tinha melhorado graças a todas as danças que fizera nos acampamentos e algumas lições de Martha.

– Vamos, Fiona. Eu sei que você quer dançar – Tommy Doyle estendeu a mão para mim, e eu não pude dizer não.

A pista de dança em frente ao palco se encheu de casais rapidamente, e a atmosfera festiva e de comemoração continuou, enquanto a banda tocava mais de suas músicas de sucesso.

Depois de dançar com vários parceiros ansiosos, tive que fazer uma pausa da pista quente e lotada e tomar uma bebida em um dos bares do lado de fora do salão principal. Notei que Viv estava dançando e rindo com Harry Westwood, mas não vi Dottie em lugar nenhum. Peguei três Coca-Colas geladas e comecei a voltar para meu lugar, onde Viv me encontrou e aceitou uma com gratidão.

– Vamos fazer uma pausa rápida. Glenn Miller e sua orquestra estarão de volta em 15 minutos – anunciou o mestre de cerimônias no final de "In the Mood" quando a cortina se fechou.

– Como está Harry Westwood? – perguntei.

– Lindo – elogiou ela. – Não posso negar isso. E ele tem mãos bonitas. – O suor estava pingando no lado de seu rosto, e ela estava sem fôlego. – E ele é inteligente, interessante, era advogado antes da guerra. Talvez não seja o lobo que eu pensava que fosse. Onde diabos está Dottie?

– Não faço ideia – eu disse, esquadrinhando o salão. Bebemos nossas Coca-Colas e conversamos com algumas das garotas sentadas perto de nós. E então as luzes piscaram três vezes, e as pessoas começaram a se acomodar em seus assentos.

Arthur Kimball subiu novamente ao palco central e tocou no microfone.

– Para a nossa primeira música na segunda metade do show, temos um presente especial para vocês – informou ele. – Temos uma vocalista feminina muito talentosa que vai se apresentar. Ela está trabalhando aqui como uma "Garota Donut", da Cruz Vermelha, mas quando vocês a ouvirem, acho que concordarão que ela tem uma carreira musical pela frente.

Todas as garotas do Clubmobile trocaram olhares, sussurrando sobre quem poderia ser. Segurei a mão de Viv e olhei para ela.

– Absolutamente impossível – disse ela, balançando a cabeça.

– Não. Nem pensar. Ela nunca iria – respondi.

– Uma professora de música de sua cidade natal, Boston, Massachusetts – anunciou o mestre de cerimônias, Arthur. – Apresentando... Srta. Dottie Sousa!

Toda a nossa equipe da Cruz Vermelha pulou de seus assentos e começou a aplaudir e a gritar loucamente. Viv e eu ficamos ali, olhando para o palco e nos segurando enquanto a cortina subia para revelar nossa querida, doce e tímida Dottie, linda em seu vestido de cor creme, em frente a um microfone com a orquestra de Glenn Miller.

– O que diabos está acontecendo? – perguntei no ouvido de Viv. – E por que ela não está usando seus óculos?

– Oh, meu Deus. Ela está bêbada? E se ela estiver bêbada? – Viv perguntou. – Acho que ela bebeu mais champanhe do que nós. Fi, estou prestes a vomitar.

– Eu também.

Nem pudemos nos sentar quando todos à nossa volta se sentaram. Não conseguíamos. Ficamos ali, paralisadas com a preocupação com o que nossa amiga iria fazer. Eu a imaginei correndo do palco em lágrimas ou desmaiando, e orei para que ela conseguisse enfrentar qualquer coisa que fosse fazer lá em cima.

A plateia ficou em silêncio, e vi Joe Brandon, ao piano, dar um sinal para a banda começar. As primeiras notas da música iniciaram, e as bochechas de Dottie estavam escarlate enquanto ela piscava algumas vezes. Ela olhou na direção de Joe, e ele estava sorrindo para ela e acenando em encorajamento.

– Ela pode vê-lo sem os óculos? – Viv sussurrou.

Balancei a cabeça. Dottie começou a cantar as primeiras linhas de "Someone to Watch Over Me". Viv e eu, ainda de mãos dadas, olhamos uma para a outra em choque. Fiquei perplexa. Eu sempre soube que ela tinha uma voz bonita. Eu a ouvi quando ela cantava ao meu lado durante as canções. Ela havia cantado no coral da igreja, e cantava para seus alunos o tempo todo. Mas, em todos os anos que fomos amigas, eu nunca tinha ouvido Dottie cantar sozinha. Enquanto a música continuava, o canto dela ficou mais forte, mais confiante, menos consciente. E isso me tirou o fôlego.

Eu não era a única que estava impressionada. O público estava encantado. Olhei para alguns dos soldados sentados perto de nós, e a luz do palco refletia as lágrimas brilhando em seus olhos. A voz dela era doce, cristalina e linda, e algo sobre isso parecia levá-los de volta para casa.

Liz e o resto das garotas do Clubmobile pareciam tão chocadas e orgulhosas quanto eu me sentia. E Jimmy, que estava algumas filas atrás de nós, estava sorrindo de orelha a orelha.

Ela terminou de cantar, e desta vez a ovação em pé foi toda para Dottie enquanto a plateia, começando com nossa seção Clubmobile, pulou aos seus pés. Dottie ficou ali com as mãos na frente da boca, uma expressão de pura alegria e surpresa no rosto. Ela não podia acreditar no que tinha acabado de fazer. Glenn Miller caminhou até ela, disse algumas palavras e beijou sua mão. Então, erguendo a mão para o público, ele sinalizou para a plateia dar a ela mais uma salva de palmas.

Engoli o caroço na garganta e limpei os olhos. Viv tirou o lenço, chorando e rindo.

– Jesus Cristo – balbuciou Viv, balançando a cabeça. – Eu não tinha ideia, e você?

– Eu sabia que ela podia cantar, mas não assim.

– E ela é tão boa, Fiona – Viv disse. – Isso foi incrível.

– Muito mesmo!

– Obrigado a Dottie Sousa pela bela performance – disse Arthur, o mestre de cerimônias. – Lembrem-se desse nome, pessoal. Lembrem-se dessa voz. Agora vamos ouvir o vocalista masculino da banda da Força Aérea do Exército, Dennis Goodwin.

Viv e eu saímos correndo do auditório e descemos pelo corredor que ficava paralelo ao palco até que finalmente encontramos a porta dos bastidores. Dottie saiu quando estávamos prestes a abri-la. Nós gritamos quando a vimos, nossas vozes ecoando no corredor vazio quando desabamos em um abraço em grupo, pulando. Um policial militar estava por perto, parecendo incomodado, mas ainda assim se divertindo.

– Foi incrível – exclamei, quando finalmente nos separamos. – Dottie, todos esses anos, eu não sabia que você podia cantar assim. Estou tão orgulhosa de você que poderia explodir.

– Querida, você é realmente talentosa – Viv comemorou. – Não estou dizendo isso só porque você é uma das minhas melhores amigas. Você não é como a igreja local, um espetáculo bom. Você é mais como as Andrews Sisters. Talvez até melhor.

– Obrigada. – As bochechas dela estavam coradas. Ela ainda estava brilhando com suor das luzes do palco. – Eu estava tão nervosa que pensei que poderia vomitar. A taça extra de champanhe me acalmou um pouco.

– Como você teve coragem de fazer isso? – perguntei.

– Toda a minha vida sonhei fazer algo assim – disse ela. – Meus alunos sempre me falaram que eu deveria. Mas vocês me conhecem. Eu nunca pensei que teria coragem. Então, quando cortei o braço e estraguei o dia da inspeção... – Comecei a protestar, mas ela continuou falando. – Eu sei que não foi inteiramente culpa minha, mas não ajudou, certo? – ela continuou. – Enfim, eu tenho tentado brincar mais com as tropas, fazer coisas que vão melhorar a nossa reputação nos olhos da Srta. Chambers. E, quando Joe me disse que haveria um show secreto com uma grande banda, eu tive a ideia. Cantei para ele com meu violão, e Joe ficou impressionado quando me ouviu. Ele me ajudou a fazer isso acontecer. E algo assim tem que chegar até a Srta. Chambers em Londres, certo? Nada melhora a moral dos soldados como a música de sua terra natal.

– Então, espere. Joe convenceu a orquestra Glenn Miller a deixar você cantar? – indaguei.

– Sim. Ele me falou que com uma voz como a minha não precisaria de muito para convencê-lo. Então, quando eles chegaram aqui, eu cantei para a banda, e os rapazes ficaram loucos. Glenn Miller é um homem sério, muito trabalhador. Mas ele ficou muito feliz em me receber.

Agora mesmo, no palco, ele disse que eu tenho um futuro na música se eu quiser. Desculpe, não quero me gabar.

— Você cantou com *Glenn Miller*! Gabe-se o quanto quiser, minha amiga — disse Viv, colocando o braço ao redor de Dottie. Fomos a um dos bares para pegar uma bebida e comemorar a estreia solo de Dottie cantando. A banda começou a tocar uma música lenta, e Harry Westwood saiu do auditório, procurando por Viv na área do bar. Quando a viu, veio e lhe ofereceu a mão.

— A noite está quase terminando. Acho que deveríamos ter pelo menos mais uma dança, não acha? — ele propôs.

— Você acha? — ela perguntou, olhando para a mão dele como se fosse dizer não. Mas então ela pousou o copo de Coca-Cola e a pegou. Ele pareceu aliviado.

— Você estava maravilhosa, Dottie — ele disse, e ela agradeceu antes de se afastarem.

— O que está acontecendo com eles, agora? — perguntou.

— Com Viv, quem consegue saber? — respondi. — Ela gosta da atenção, isso sem mencionar o sotaque britânico.

— Falando em atenção — Dottie sussurrou, tomando um gole do canudo e sinalizando com os olhos que havia alguém atrás de mim. Eu me virei e quase esbarrei em Peter Moretti.

— Oh — balbuciei, assustada. Era a primeira vez que o via desde a noite em que fiquei sem gasolina. — Olá.

— Olá — ele cumprimentou em voz baixa, sem sorrir. Seu cabelo tinha sido cortado recentemente, e eu podia sentir o cheiro de sua colônia, a mesma que ele estava usando da última vez. Pinheiros e madeira de cedro.

— Você gostaria de dançar? — ele disse.

— Eu pensei que você não dançasse.

— Não danço — ele respondeu. — Mas é minha música favorita, e é Glenn Miller ao vivo, então pensei... — Ele agora parecia que tinha se arrependido de me perguntar, então eu o interrompi.

— Você está certo — eu disse, com um aceno. — Vamos dançar.

Peter parabenizou Dottie, e eu a beijei na bochecha. Ela me deu um olhar curioso, assim que Liz e algumas das outras garotas do Clubmobile vieram e a abraçaram.

Eu estava confusa, então não sei quem pegou a mão de quem primeiro, mas nós estávamos de mãos dadas enquanto andávamos na pista de dança. Eu não podia negar aquela sensação de borboleta quente no peito e a emoção que senti da minha mão na dele. E então, quase ao mesmo tempo, veio o sentimento de culpa.

Você ainda está noiva. Ele está desaparecido, mas, enquanto estiver vivo, você ainda está noiva do único homem que amou.

Eu tinha tido paixões no colégio, mas Danny era o único homem por quem eu estivera verdadeiramente apaixonada. Eu não sabia que era possível que o coração pudesse doer por uma pessoa e sentir algo por outra. Minha vida nunca tinha sido tão complicada.

Nós nos encaramos para dançar, e ele notou meu olhar distante quando colocou os braços ao redor da minha cintura.

– Você está bem? – ele perguntou, enquanto eu colocava os braços ao redor do seu pescoço.

– Sim, claro – respondi, dando-lhe um pequeno sorriso, e o senti relaxar. Rezei para que ele não pudesse ouvir meu coração bater. – Eu não adivinharia que "A Nightingale Sang in Berkeley Square" era sua música favorita.

– Há muitas coisas que você não sabe sobre mim – ele filosofou, mostrando seu sorriso de lado.

– Isso é verdade – eu disse. – Talvez eu devesse aprender mais. Depois que a guerra acabar você vai voltar para o boxe?

– Depois que a guerra acabar está a uma vida inteira de distância – ele conjecturou. – Mas não, não vou voltar ao boxe. Entrei para o boxe porque eu era um garoto pobre do Bronx, e eu era bom nisso e podia fazer muito dinheiro. Agora tenho 27 anos, e é um esporte para jovens. Terminarei meu curso se esta guerra acabar, graças ao exército.

– Que curso?

– Engenharia mecânica – explicou ele, observando minha reação.

– Você está certo – eu disse, um pouco surpresa. – Não sei muito sobre você.

Ele estava olhando nos meus olhos. Foi aquele sentimento que eu pensei que nunca mais sentiria. Uma sensação de que você é a única pessoa na sala. Desviei o olhar primeiro, sentindo culpa sobre o que eu queria que acontecesse depois entre nós.

— E quanto a você, o que vai fazer depois? – ele quis saber.

— Eu não tenho ideia. – Suspirei. – Sinto-me desconfortável por não saber.

— Acho que estamos todos nos sentindo assim – ele disse.

Nós paramos de falar, mas continuamos dançando, e então relaxamos um com o outro. Tentei não pensar e aproveitar o momento, mas meus pensamentos continuaram a atrapalhar.

— Já sabe quando você embarca? – perguntei.

— Sei, mas não posso dizer – ele desconversou.

A música estava quase terminando, e ele agarrou minha mão e começou a me tirar da pista de dança.

— Espere, para onde vamos? – eu quis saber.

— Dar uma caminhada – ele respondeu. – Pegar um pouco de ar fresco. E conversar.

Olhei para Viv com Harry, e ela me deu um olhar que dizia que haveria perguntas mais tarde.

A Victoria Park estava quieta e fria, e alguns outros casais andavam pelos jardins ou conversavam sentados nos bancos. Mas éramos apenas duas pessoas; não éramos um casal. Andávamos lado a lado. Ele tirou a jaqueta e a colocou nos meus ombros, com os braços à minha volta por alguns segundos.

— Naquela noite, na Paramount... – ele começou, e sua voz se calou. – Quando você acenou para mim do outro lado do salão, eu a vi. Você estava muito bonita. Assim como hoje, seu cabelo com a flor, aquele vestido. Não consegui tirar os olhos de você. Quando você me pegou olhando, fiquei tão envergonhado que fingi não ter visto. Foi estúpido. Me desculpe.

— Obrigada – agradeci. *Ele me acha linda.*

— Mandei um bilhete para o meu amigo no IRC – ele informou, fazendo uma pausa antes de acrescentar: – Ainda não tive resposta.

— Obrigada por ajudar – eu disse, sentindo vários tipos de culpa agora, tanto que meu estômago estava agitado.

Ele ficou quieto por um minuto enquanto continuávamos a andar. Ele foi pegar minha mão, mas então hesitou.

— Fiona, por que você não me contou que Danny Barker é seu noivo? – Parei de andar e o encarei. Ele se inclinou para mim e olhou em meus olhos novamente. – Por quê?

Eu não tinha certeza de como ele havia descoberto. Poderia ter ouvido de qualquer um. A única pessoa de quem eu tinha guardado segredo era ele.

– Sinto muito. Eu me fiz a mesma pergunta, porque eu nunca minto – respondi. – Acho que é porque eu só queria ser Fiona Denning para você. Eu não queria lhe contar minha história triste porque não queria que você olhasse para mim com piedade. Me desculpe.

– Essa é a única razão? – ele quis saber, agarrando as pontas dos meus dedos.

– Peter – falei, pegando a outra mão dele antes mesmo de saber o que estava fazendo. – Você tem que entender: eu tinha minha vida toda planejada... Se alguém tivesse me contado há um ano que esta noite eu estaria dançando com um capitão do exército em um show secreto de Glenn Miller no meio da Inglaterra, eu teria dito que essa pessoa estava louca. Vim para cá depois que descobri que Danny estava desaparecido, porque tudo o que eu sabia era que tinha que sair da cidade e fazer alguma coisa. As pessoas olhavam para mim como se minha vida tivesse acabado aos 25 anos de idade. Eu sei que meu noivo está num campo de prisioneiros de guerra ou... ou morto. Preciso tentar descobrir o que aconteceu com ele, e vou aceitar e lidar com a notícia quando a receber. Mas, não importa o que aconteça, minha vida não acabou. E... essa é a história de como vim parar aqui.

– Certo – ele concordou. – Mas você ainda não respondeu à minha pergunta. Você não me disse que Danny Barker era seu noivo porque não queria a minha piedade, ou por causa da maneira como está se sentindo, parada aqui, segurando minhas mãos agora mesmo?

Comecei a falar, mas não consegui pronunciar as palavras. Admitir que eu tinha sentimentos por ele era trair Danny, ou pelo menos a ideia de Danny. Eu estava começando a ter problemas para me lembrar de Danny, a pessoa.

Peter estava vendo as emoções cruzarem meu olhar enquanto colocava a mão no meu rosto. Ele se inclinou para baixo como se pudesse me beijar nos lábios. E eu me vi querendo muito beijá-lo de volta, tanto que até doeu. Eu queria me render àquele sentimento de primeiro beijo tonto e eufórico, do tipo que você revive por dias depois que acontece. Mas, em vez disso, eu me afastei e dei um pequeno passo atrás.

– Estou confusa – admiti, olhando para ele. – Sinto muito. Você não está errado. Sobre o motivo de eu não ter lhe contado. Mas...

– É tudo que eu preciso saber. Por favor, não se desculpe – ele disse, com um pequeno sorriso no rosto, mas havia desapontamento em seus olhos quando estendeu a mão e a colocou no meu rosto de novo. Teria sido tão fácil tê-lo beijado. Mas não parecia certo, mesmo que eu estivesse sendo leal a um fantasma.

– Obrigada por perguntar ao seu amigo – agradeci. – Sinto uma obrigação de descobrir o que aconteceu. Se ele estiver vivo, preciso encontrá-lo. Eu devo isso a ele. Espero que você entenda.

– Eu entendo. Eu faria a mesma coisa.

– Acho que você faria – eu disse.

– E prometo que lhe enviarei uma carta se ouvir alguma coisa do meu amigo sobre o acampamento de prisioneiros de guerra em que ele está, ou qualquer outra coisa.

– Muito obrigada.

– Obrigado você – ele repetiu –, por dizer sim quando eu lhe chamei para dançar. A lembrança desta noite vai me ajudar a passar por todas as noites escuras que estão por vir.

Ele estendeu a mão e colocou o braço em volta dos meus ombros, e isso fez com que eu me sentisse tão quente e feliz que nem poderia fingir que protestaria. Caminhamos de volta para o De Montfort Hall assim, e eu sabia que a lembrança daquela noite ficaria comigo também.

Capítulo 16

11 de setembro de 1944

Na segunda-feira depois da festa nos encontramos de volta em um de nossos acampamentos favoritos, aquele que tínhamos visitado em nosso primeiro dia. Enquanto servíamos donuts e conversávamos com alguns dos soldados que não víamos fazia algum tempo, sentimos uma mudança na atmosfera. Muitos dos homens pareciam ansiosos, especialmente os mais jovens, e as risadas não eram tão fáceis. Havia uma quantidade frenética de atividade, com oficiais e soldados verificando mapas e equipamentos e correndo para participar de reuniões informativas.

– Fiona, preciso lhe pedir um favor – começou Tommy de Boston quando lhe dei uma caneca de café logo após nossa chegada.

– Claro, querido, o que posso fazer por você? – perguntei.

Olhando para a fila de homens atrás dele, Tommy disse em voz baixa:

– É um pouco pessoal. Você pode me dar um minuto?

Assenti, falei a Viv, Dottie e ao nosso ajudante da vitrola, Sam Katz, que voltaria logo.

– O que foi? – perguntei quando saí do Clubmobile e estávamos fora do alcance dos amigos dele.

– Este é o endereço do meu pai e minha mãe – disse ele, me entregando um envelope. Estava tão sério que não se parecia com ele.

– Certo, você precisa que eu envie uma carta? Com prazer. É tudo?

– Fiona, eu quero que você escreva uma carta para minha mãe se eu não conseguir... – ele pediu. – Conte a ela sobre nossa vida aqui por mim, porque eu não sou um bom escritor. O nome dela é Eileen. Ela é uma cozinheira muito boa. E eu deveria ter dito mais isso a ela, sabe? Eu amava seu guisado e seus pães, e deveria ter dito a ela. Tenho saudade dela e do meu pai. Deus, sinto muita falta deles.

— Tommy, eu... – comecei. – Você tem que pensar positivo. Não deveria pensar dessa forma.

— Não... é exatamente *assim* que tenho que pensar – ele disse. – Estamos entrando em território inimigo, nosso quarto salto de combate. Saltei para a Normandia em 5 de junho e saí de lá em uma maca. Passei dois dias em um desses barcos da Cruz Vermelha e cinco no hospital. É um maldito milagre eu ter conseguido. – Ele baixou ainda mais a voz. – Esse salto vai ser ruim, eu sei. Você pode ver nos rostos dos oficiais. Não há tempo para planejar. Nós não estamos prontos.

Senti-me enjoada e rezei para que ele estivesse errado.

— Vou guardar o endereço, mas tenho certeza de que não terei que mandar carta nenhuma para ela – respondi, me forçando a sorrir. – Nós o veremos em breve.

— Vocês são as melhores. É como ter irmãs mais velhas por perto. – Ele sorriu. O sotaque de Boston saiu forte no final com "irmãs mais velhas".

Guardei o endereço no bolso e lhe dei um abraço apertado.

— Tenho que ajudar Viv e Dottie antes que elas me matem. Espero voltar a vê-lo esta semana antes de vocês partirem.

Quando voltei para o Cheyenne, Sam tinha ido embora, mas Liz estava lá com alguns suprimentos adicionais para nós. Vera já estava enrolada, dormindo no saco de cinquenta libras de farinha de donut que Liz trouxera.

— É neste fim de semana. Vão enviar milhares de tropas para a Holanda, incluindo a 82ª – disse Liz. – Eles embarcam para os aeródromos na sexta-feira, e quero que o Cheyenne os acompanhe, que vá de campo em campo. Vou mandar um caminhão de suprimentos junto. Vocês dormirão no Cheyenne, a menos que qualquer uma das bases da RAF tenha camas. Vai ser um pouco difícil, mas, se eles precisam de um algum suporte, este é o momento. Estão prontas para isso?

— Claro. – Eu me senti enjoada de novo com a confirmação dela. Esperava poder dizer adeus a Peter antes que ele partisse, e então me senti culpada por ter esperança.

— Não acredito que eles vão embora. – Dottie disse depois que Liz saiu. Ela estava afinando o violão, preparando-se para tocar algumas músicas antes de irmos para o próximo acampamento. Ela tinha se tornado uma sensação desde o show. No domingo, quando fizemos uma viagem a Leicester, soldados continuaram parando Dottie e implorando que cantasse para eles bem no meio da rua.

— Não posso acreditar que nós não vamos — lamentou Viv. — O que vamos fazer quando muitos deles desaparecerem? Sentar com a Sra. Tibbetts e seu zoológico de estimação, torcendo nossos polegares?

— Joe vai embarcar, Dottie? — perguntei.

— Sim, para se juntar ao restante da 28ª no continente — ela explicou. — Embora ele não pudesse me contar detalhes. O que ele fez por mim no sábado à noite... Nunca serei capaz de agradecer o suficiente por isso, e pela sua amizade — ela disse, ainda tentando se convencer de que era o suficiente.

— Agora, enquanto estamos limpando essa bagunça e não temos soldados rastreando por toda essa coisa, você precisa confessar, Fiona — exigiu Viv. — O que aconteceu entre você e Peter Moretti no sábado à noite?

Eu estava me esquivando de suas perguntas, não estava pronta para falar sobre isso, embora estivesse pensando nele desde então. Queria contar às minhas amigas, mas quase tive medo de reconhecer o que sentia, mesmo para elas.

— Está bem, eis o que aconteceu... — eu disse, e lhes contei todos os detalhes da noite, incluindo como eu me sentia na ocasião, como eu ainda estava me sentindo. Quando terminei, olhei para Viv e depois para Dottie. Meu rosto estava vermelho de falar sobre tudo aquilo. Percebi que ambas tinham parado o que estavam fazendo e simplesmente olhavam para mim.

— Para constar, não fui eu que contei a ele sobre a parte do noivo — observou Viv. — Eu juro.

— Eu também não — disse Dottie.

— Isso nem me passou pela cabeça. Pode ter sido qualquer um — tranquilizei-as.

— Fiona, está tudo bem, sabe? — Dottie falou, se aproximando e se sentando ao meu lado no chão onde eu estava esfregando a gordura. — Você precisa se perdoar por ter sentimentos por ele. Você é humana, e vamos encarar isso, estamos cercadas por homens o tempo todo nesta vida estranha que estamos vivendo aqui. Além disso, Peter Moretti parece ser um rapaz muito decente.

– Eu concordo com Dots, cem por cento – disse Viv. – Como eu falei, todo mundo vai e vem por aqui, ninguém sabe o que vai acontecer depois de tudo isto. Não seja tão exigente consigo mesma por ter uma vida. Francamente, acho que já não era sem tempo.

– Sim, mas eu fico pensando... E se Danny ainda estiver vivo? Eu sinto que é uma traição.

– Se ele ainda estiver vivo, ele vai entender – Dottie aconselhou, dando tapinhas no meu braço.

– O Danny Barker que eu conheço definitivamente entenderia – Viv concluiu. – Por favor, pare de se machucar, pelo amor de Deus.

– Ei, onde está a famosa cantora Dottie Sousa? – Eddie Landon bateu na janela do Cheyenne e nos fez saltar. – Estamos prontos para cantar.

– Hora do show – eu disse, enquanto a ajudava a se levantar do chão.

Dottie pegou seu violão e começou a tocar alto enquanto eu continuava a limpar, pensando sobre a conversa, aliviada que tivesse acabado. Eu queria aceitar o que elas tinham me dito, que Danny entenderia, que não havia problema em ter sentimentos por outra pessoa. Mas então eu pensava na possibilidade de ele estar em um acampamento de prisioneiros de guerra em algum lugar, deprimido e miserável, e os sentimentos de culpa e traição voltavam a borbulhar novamente.

Talvez fosse melhor se eu não dissesse adeus a Peter Moretti. Talvez fosse melhor se eu nunca mais o visse. Isso tornaria as coisas mais simples. Não tornaria? Mas só o pensamento de nunca mais vê-lo novamente fez meu coração doer. Eu sabia, apesar de tudo, que faria todo o possível para tentar encontrá-lo naquele fim de semana, para pelo menos me despedir, possivelmente pela última vez.

No sábado seguinte à tarde, estávamos sentadas do lado de fora apreciando o sol e uma xícara de chá no jardim da Sra. Tibbetts enquanto esperávamos que Jimmy viesse nos buscar para um longo dia de trabalho, alcançando todas as bases aéreas antes de as tropas partirem para a Holanda. Ouvimos um jipe descendo a estrada e pensamos que fosse ele, mas a Sra. Tibbetts voltou para o jardim com Joe. Bebê, a cabra, seguia atrás deles, balbuciando para Joe.

– Eu vou pegar o bule – disse a Sra. Tibbetts, levando algum tempo em sua caminhada até a cozinha.

Joe parecia desgrenhado, com olheiras. Ele estava segurando um envelope não lacrado. Dottie pousou a xícara e se levantou, olhando para o envelope na mão dele. Viv olhou para mim com as sobrancelhas levantadas e continuou bebendo seu chá.

– Dottie – ele disse. – Podemos conversar?

– Sim, podemos conversar aqui mesmo – Dottie respondeu. – Estamos saindo a qualquer momento. Jimmy vem nos buscar. Vamos ficar fora por alguns dias.

– Eu sei. Vou partir hoje para o continente, parto para Southampton daqui a pouco. E eu tinha que lhe mostrar isso antes de partir. É uma carta para Mary Jane. Você pode ler se quiser. É aquela que eu deveria ter escrito no momento em que Fiona nos apresentou em Londres. E eu sinto muito por ter levado tanto tempo para perceber isso. Fui tão estúpido. Eu disse a Fiona no navio, todo esse tempo eu esperava receber uma carta *dela*, terminando comigo. A verdade é que nós estávamos nos afastando antes mesmo de eu partir. E eu estava esperando aquela carta chegar. Não sei por que eu estava esperando por ela, porque queria acabar com aquilo desde o dia em que te conheci. Estou apaixonado por você, Dottie. Eu não tenho certeza de como você se sente agora, depois de eu ter me comportado tão desrespeitosamente no início, mas... Oh, não, não chore...

Ele caminhou e colocou os braços em volta dela em um abraço, inclinando-se para beijá-la nos lábios. Flagrei a Sra. Tibbetts olhando da janela da cozinha, sorrindo e apertando as mãos. Agarrei Viv pelo cotovelo e a puxei para cima.

– Vamos dar a vocês dois um momento sozinhos – eu disse, dando uma olhada para Viv. Como um lembrete para Dottie, acrescentei: – Jimmy estará aqui em breve.

Eles não ouviram uma palavra.

Pouco tempo depois de Dottie se despedir de Joe, Jimmy nos apanhou no Cheyenne. Fomos acompanhadas por uma escolta da polícia militar e pelo Major Bill, que estava dirigindo um caminhão de duas toneladas de suprimentos atrás de nós. Nossa caravana dirigiu toda a noite pelas aldeias silenciosas de Lincolnshire, tentando alcançar o maior número de soldados em tantos aeródromos quanto possível, antes que todos partissem. Tínhamos decidido que poderíamos dormir quando eles fossem embora.

Pouco antes do nascer do sol, chegamos ao aeródromo de Folkingham e estacionamos bem perto dos hangares onde os C-47s, os aviões de transporte militar, estavam aquecendo os motores. Era uma escuridão total antes de qualquer sinal do amanhecer, e um vento frio soprava através do campo.

Os soldados andavam por ali carregados de equipamentos. Alguns deles estavam pulando ou correndo, tentando se aquecer e se exercitar. Vi Patrick Halloran segurando firmemente a medalha de São Cristóvão ao redor de seu pescoço e rezando calmamente. Muitos rapazes vieram ao Cheyenne, rindo e brincando conosco, tentando manter a mente longe do óbvio. Alguns poucos estavam encharcados de suor apesar do frio no ar.

– Fiona, Viv, graças a Deus que estão aqui. Eu preciso de um grande favor – Nelson, nosso ansioso ajudante do dia da inspeção, disse quando veio correndo com algo embrulhado em um cobertor.

– Claro, Nelson, o que posso fazer por você? – perguntei, e lhe ofereci um donut, mas ele balançou a cabeça e desenrolou o cobertor.

Dentro estava um dos cães mais feios que eu já tinha visto. Ela não poderia ter mais do que dois quilos, com pelos pretos e marrons que estavam sujos ou eriçados. Sua língua rosa estava pendurada na metade da boca, e ela tinha enormes olhos pretos que pareciam grandes demais para a cabeça.

– Preciso que você leve Barbara – ele suplicou.

– Oh, meu Deus, isso é um *cachorro*? – Viv se inclinou pela janela para ver melhor.

– Sim, ela é uma vira-lata. Ela é a melhor. Uma querida, certo, *Barb*? – ele disse, abraçando-a enquanto nos fazia aquela entrega difícil. – Ela vai amar a Vera, eu prometo. Ela adora gatos. Você vai levá-la?

– Quem dá o nome de Barbara para uma cadela? – Dottie perguntou, sorrindo enquanto dava tapinhas na pobre coitada.

– Ei, foi por causa de uma garota na minha cidade – disse Nelson.

– É um ótimo nome.

– Nelson, como você a pegou no aeródromo? – perguntei.

– Não pergunte. – Ele me deu um olhar malicioso. – Então, vocês vão levá-la?

Olhei para Dottie e Viv, e ambas me deram um leve aceno de cabeça. Como poderíamos dizer não?

– Só se você vier buscá-la conosco algum dia – exigi.

– Prometo. – Ele sorriu. – Ela come qualquer coisa. Ela é fácil, você vai ver – ele se gabou, olhando por cima do ombro. Então, acrescentou: – Eu tenho que ir. Um último abraço. – Ele abraçou a cadelinha tão apertado que partiu meu coração. – Adeus, garota Barbie. Até logo – ele sussurrou. Ele a entregou para mim, tentando ignorar as lágrimas nos seus olhos. – Certo, tenho que ir. Obrigado, meninas. Adeus, Barbara!

Ele correu para esconder suas lágrimas, e Barbara começou a choramingar. Ouvi um silvo atrás de mim e olhei para cima para ver Vera Lynn de pé na prateleira olhando para baixo, as costas arqueadas e a cauda laranja arrepiada. Barbara olhou para ela e latiu em saudação.

– Oh, isso vai ser fabuloso – Viv disse, revirando os olhos. – Além disso, *Vera Lynn e Barbara* são definitivamente os nomes mais estúpidos de animais de estimação em todo o Teatro Europeu de Operações.

– Aqui, dê ela pra mim – pediu Dottie. – Acho que você será uma grande contribuição ao time, Barbara. – Ela deu um abraço no cachorro e arrumou o cobertor em uma das prateleiras do lado oposto ao de Vera no Clubmobile.

Tínhamos nos despedido de tantos amigos naquela manhã, e estávamos tão cansadas, que era impossível esconder nossas emoções. Nós três tivemos que nos afastar da janela do Cheyenne em momentos diferentes para que não nos vissem chorar: Eddie do Arizona, George e Alan, nossos outros ajudantes do dia da inspeção, Patrick Halloran, Sam Katz, Nelson e muitos outros para citar.

Tocamos discos, as músicas alegres de casa que eles amaram, e os soldados continuaram a se alinhar para tomar café e conversar para se distrair do que estavam prestes a fazer. Em cada aeródromo, eu continuava procurando pelo mar de homens o único soldado a quem ainda não tinha dito adeus, mas que queria desesperadamente ver. Começava a perder a esperança. Finalmente, eu o vi antes que ele me visse.

Peter estava com alguns de seus homens, e eles o rodeavam como se fosse o sol, uma luz forte e constante na escuridão.

– Eu volto já – anunciei, tirando meu avental.

– Você viu a fila, Fi? – Viv perguntou, irritada. Mas eu já estava fora do caminhão, correndo até ele.

– Olá. – Tentei suavizar meu cabelo, mas o vento não parava de balançá-lo.

– Me deem um minuto, companheiros – pediu ele. Os soldados não assobiaram ou contaram piadas. Apenas acenaram e respeitosamente foram embora. Exceto um.

– Fiona, eu não sabia que era você – Tommy Doyle disse.

– Tommy, você está debaixo de todo esse equipamento? Estou tão feliz que consegui me despedir de você, meu querido amigo. – Dei-lhe um abraço. – Eu ainda tenho o endereço. Mas eu não vou precisar dele. Mantenham-se em segurança, e até breve.

– Parece bom – disse ele. E então sussurrou: – O Capitão Moretti é um homem muito bom. O soldado dos soldados. Eu aprovo.

Apenas acenei e sorri, beijando-o na bochecha, e então ele correu para se juntar ao resto de seus amigos. Peter assistiu a essa troca, divertido.

– Olá. – Ele me deu um pequeno sorriso.

– Olá – cumprimentei de volta, e ao mesmo tempo nós nos aproximamos um do outro e então ambos rimos, um pouco envergonhados.

O sol estava apenas começando a nascer. Tommy tinha se juntado aos grupos de soldados que ia em direção aos aviões agora, silhuetas escuras contra as cores laranja e rosa do horizonte, como uma cena de filme. Uma brisa gelada soprou de novo, e eu abracei o meu corpo e tremi.

– Eu te daria meu casaco se pudesse – ele disse. – Mas estou carregado no momento.

– Está tudo bem. Estou feliz por vê-lo.

– Eu também.

Ficamos lá por alguns segundos olhando um para o outro, e ele se aproximou ainda mais.

– Obrigado novamente pelo sábado passado – ele falou no meu ouvido. – Eu tenho algo que quero lhe dar.

— Peter, eu...

Mas ele levantou uma mão enquanto tocava no bolso com a outra e puxou para fora uma pequena caixa de plástico. Ele me entregou, e eu a abri. Era o seu Coração Púrpura.

— Como muitos de nossos rapazes, eu estava ferido ao pousar na praia de Utah — ele disse. — Quero que fique com ele.

— Peter, eu não posso... — comecei a protestar e a tentar devolver, mas ele me interrompeu, colocando a mão dele na minha, por cima da caixa.

— Pegue. Em sinal de amizade e admiração, nada mais — ele disse, mas olhou nos meus olhos e ambos sabíamos que estava mentindo.

— Eu... obrigada — falei enquanto ele tirava a mão. — Tenha cuidado. Vejo você no continente.

— Espero que não — ele respondeu, a expressão séria, e me choquei com suas palavras. — É que você está muito mais segura aqui. Você não tem ideia. E você sabe como eu odeio ter que me preocupar com vocês, garotas donuts.

— Isso é verdade — eu disse com uma pequena risada.

— As coisas vão ficar quentes lá no início, mas, quando eu finalmente receber meu próximo lote de cartas, vou falar com vocês se eu ouvir alguma coisa do Hank do IRC. Eu prometo.

— Obrigada. — Olhei para o rosto dele tentando memorizá-lo: a cicatriz na testa, os grandes olhos escuros. Também tinha tentado memorizar o de Danny, e meu coração estava doendo de uma forma que me parecia muito familiar e ainda assim tão diferente. Acontece que é possível gostar de dois homens ao mesmo tempo, mas nunca se preocupar com eles exatamente da mesma maneira.

Alguém gritou:

— Capitão Moretti!

— Preciso ir. Cuide-se — ele recomendou.

— Você também.

— Lembre-se, você não serve para esses rapazes se estiver chorando — ele disse enquanto limpava uma lágrima da minha bochecha.

— Eu sei — respondi, assentindo e sorrindo através das lágrimas.

— Adeus. — Ele olhou ao redor rapidamente para ver se alguém estava olhando, e então me puxou em seus braços, beijando minha testa, deixando os lábios dele ficarem ali por um momento. – Adeus, querida – ele sussurrou, e, com um aceno, caminhou em direção à fileira de C-47s. Enquanto eu o observava ir embora, mordi o lábio para não chorar mais.

– Você está bem? – Viv perguntou quando cheguei ao Cheyenne e peguei meu avental.

– Sim – respondi, com uma respiração profunda. – Estou. A parte mais difícil deste trabalho são essas malditas despedidas.

Depois de termos servido todos que pudemos, Jimmy deu a partida no Cheyenne e fomos para o meio do campo com todos os outros que ficaram para trás. Sentei-me no capô do jipe do Major Bill, entre Dottie e Viv. Dottie continuou dormindo no meu ombro.

Centenas de C-47s, carregando nossos corajosos amigos, taxiaram ao redor do campo e então decolaram, dirigindo-se para o canal em um fluxo constante, até que havia tantos aviões no céu que quase bloquearam o sol da manhã.

Chegamos de volta à casa da Sra. Tibbetts pouco tempo depois e cambaleamos até o chalé, onde nossa querida amiga estava nos esperando com uma refeição quente de tomates fritos, ovos, torradas e chá quente. Não me dei conta de quanto eu estava esfomeada até nos sentarmos à mesa da cozinha.

– Liz estava aqui esperando por vocês – ela disse. – Ela pensou que chegariam em casa mais cedo, então nos sentamos e tomamos chá, e ela esperou por cerca de uma hora. Ela é uma moça adorável.

– O que Liz queria? – perguntei, franzindo o cenho. Nós deveríamos vê-la no dia seguinte, no quartel-general.

– Ela não disse, mas deixou este bilhete para você. – Ela assentiu e me entregou um envelope de cor creme. Eu o abri e li em voz alta:

> Fiona, Dottie e Viv,
> Por favor, tirem os próximos dois dias de folga para se recuperarem da maratona do turno de 36 horas. Parabéns, garotas!

Eu vim porque tenho notícias que mal podia esperar para compartilhar. A Srta. Chambers foi recentemente inundada com cartas de vários oficiais que foram colocados nas Midlands, todos eles elogiando vocês. Falaremos mais quando nos encontrarmos esta semana, mas, resumindo, é hora de começar a fazer as malas. Estaremos todos indo para a Zona V em menos de duas semanas.

Eu não poderia estar mais orgulhosa de vocês três e do trabalho que fizeram aqui. Vocês já percorreram um longo caminho. Durmam um pouco, e eu as verei em breve para fazermos planos.

Calorosamente,
Liz

Olhei para os rostos ao redor da mesa. Meu cérebro estava confuso pela falta de sono, e eu estava muito cansada para processar as notícias. Iríamos para o continente. Iríamos finalmente para a França.

– Uau, por essa eu não esperava – Viv disse, sufocando um bocejo.

– Você acha que podemos levar Barbara? – Dottie perguntou. Ela tinha círculos proeminentes sob os olhos e estava quase dormindo sobre seu chá.

Ficamos em silêncio por um momento, absorvendo o impacto da notícia.

– Vocês acham que podem me levar? – disse a Sra. Tibbetts, nos dando um sorriso triste, os olhos dela brilhando com lágrimas. Dottie apertou sua mão, e eu me inclinei e dei um beijo em sua face.

Capítulo 17

23 de setembro de 1944

Menos de uma semana depois, Jimmy chegou à casa da Sra. Tibbetts às seis da manhã para nos levar de volta ao número 12 da Grosvenor Square, sede da Cruz Vermelha em Londres, para nos reunirmos com outros grupos do Clubmobile. Depois de nos encontrarmos lá, nós nos juntaríamos a uma caravana em direção a Southampton e finalmente cruzaríamos o Canal para a França em um dos navios de transporte Liberty.

Os dias haviam se tornado um turbilhão de lavagem de roupa, arrumação, cartas para casa e despedida das tropas que ainda estavam na área. Dei uma última olhada pela janela do nosso quarto, nossa vista de conto de fadas do encantador jardim inglês e das ovelhas no prado. Sentiria falta deste lugar. Eu tinha consciência da sorte que tínhamos tido por ter um alojamento tão perfeito e uma anfitriã tão graciosa com uma linda casa de campo, vegetais frescos, ovos e água corrente.

E, embora o trabalho não tivesse sido fácil ou perfeito, este lugar e este trabalho tinham me tirado da minha rotina de luto. Tinham me forçado a me concentrar menos em mim e mais em ajudar os homens que estavam ali, fazendo o melhor que podiam, às vezes em circunstâncias inimagináveis.

Viv, Dottie e eu mal tínhamos absorvido o fato de que estávamos indo para o continente. Eu estava emocionada e nervosa e, em momentos de silêncio, um pouco assustada.

— Fiona! — a Sra. Tibbetts gritou lá de baixo. — Você está pronta?

— Sim — respondi, tentando memorizar a vista antes de me apressar.

— Estamos todos com as malas prontas — disse Jimmy. — Está na hora.

O Cheyenne tinha um pequeno trailer anexado, que incluía o equipamento necessário, como um gerador de reserva, tanques de água, barracas e outros suprimentos. Jimmy nos acompanharia até Southampton, mas depois voltaria a Londres para se tornar o motorista de um grupo Clubmobile que chegaria depois que saíssemos.

    A Sra. Tibbetts nos acompanhou para fora, secando os olhos com sua toalha de chá azul, o que, é claro, nos fez ficar com os olhos embaçados.

    – Por favor, me prometam que vão escrever, para que eu saiba que estão bem?

    – Claro que vamos – eu disse, enquanto nós três nos inclinávamos e lhe dávamos um abraço.

    – E vocês vão voltar para me visitar? – ela perguntou. – Algum dia, depois que toda esta loucura acabar. Vocês podem conhecer meus garotos quando eles chegarem em casa.

    O pensamento se eles voltaram para casa ficou suspenso no ar ao nosso redor como uma nuvem escura. Eu sabia que tínhamos sido uma distração de suas preocupações; agora a Sra. Tibbetts estaria sozinha com elas mais uma vez.

    – Nós adoraríamos – agradeceu Dottie.

    – Com certeza – acrescentou Viv.

    – Volto logo, Sra. Tibbetts – Jimmy disse, tirando o chapéu para ela.

    – Por favor, venha tomar chá, Jimmy – ela convidou, dando a ele um sorriso caloroso. – E como eu te disse, você pode me chamar de Ginny.

    Jimmy deu a partida no Cheyenne e todas nós nos acomodamos – Viv na frente, Dottie e eu atrás. Vera estava no meu colo, e Barbara estava no de Dottie. Tínhamos dado alguns banhos em Barbara e uma aparada no pelo desde que Nelson a entregara para nós, mas, com seus olhos negros e língua estranha, ela nunca seria considerada uma cadela bonita.

    Enquanto avançávamos pela estrada, continuamos nos despedindo da Sra. Tibbetts até que não pudemos mais vê-la.

    – Acho que nem sabia que o primeiro nome da Sra. Tibbetts era Ginny – Viv comentou, dando uma olhada em Jimmy. – Vou sentir sua falta. Ela é tão adorável, e muito bonita, não acha, Jimmy?

    – Sim, ela é uma boa, boa dama – concordou Jimmy. Se ele ainda estava bebendo, não fazia mais isso perto de nós. E ele parecia melhor, mais saudável. Suas bochechas estavam coradas, e o cabelo estava sempre penteado para trás agora. Ele parecia dez anos mais novo do que quando o encontramos pela primeira vez. – Estava pensando se ela gostaria de ir ao bar comigo alguma noite, quando eu voltar.

Viv deu uma rápida olhada em nós pela pequena janela e piscou o olho.

– E eu acho que seria uma ótima ideia. Vocês não concordam, garotas?

– Sim, grande ideia – Dottie e eu dissemos, com muito mais entusiasmo do que o necessário.

Jimmy nos deixou na sede da Cruz Vermelha um pouco depois das nove da manhã. Uma mulher mais velha estava sentada na recepção quando entramos, e ela conferiu nossos nomes.

– Vocês três fazem parte do grupo que vai para a França – falou, alcançando sua gaveta.

Com um floreio, ela nos presenteou com adesivos circulares com um 5 vermelho no centro, nossos adesivos de Zona V.

– Eles devem ser usados na manga esquerda de agora em diante – orientou. – Uma reunião está sendo organizada para vocês em uma sala ao final do corredor, na penúltima porta à direita.

Agradecendo, pegamos os adesivos e fomos em direção à nossa reunião. Sorrindo de orelha a orelha, senti uma onda de orgulho e mostrei o polegar para Dottie e Viv. Tínhamos conseguido... Estávamos indo para o continente.

Entramos no grande salão de conferências, cumprimentando algumas garotas que não víamos desde o treinamento, porque estavam em outras áreas do Reino Unido. Vi ChiChi, da Dixie Queen, junto com Doris e Rosie. Helen e Ruthie, de Dakota do Norte, também estavam lá e nos apontaram para uma fila de assentos na frente delas. Assim que nos sentamos, a Srta. Chambers e Liz entraram na sala, e todas pararam de falar.

– Bom dia, senhoritas – a Srta. Chambers começou. – Bem-vindas de volta a Londres. Vocês são o último grupo de Clubmobiles a dirigir-se para o continente. A vida de vocês mudou quando se juntaram à Cruz Vermelha – disse ela. – Agora que estão indo para a França, ela está prestes a mudar drasticamente de novo. Aqui na Inglaterra, vocês viveram como civis em um ambiente civil. Embora vocês estejam familiarizadas com a ameaça de ataques aéreos e bombas voadoras, este é um país amistoso e sem ocupação. No continente, vocês estarão vivendo e trabalhando como parte de uma unidade militar em uma zona de combate, às vezes muito perto das linhas de frente. Vocês vão passar muito do seu tempo na estrada e acampando. As rações K podem se tornar sua refeição mais frequente, e água corrente será um luxo. Vai ser um ajuste, mas vocês estão aqui porque achamos que estão à altura do desafio.

– Ela é sempre um raio de sol – Viv sussurrou, e Dottie e eu a mandamos se calar.

– Se por alguma razão não estiverem à altura do trabalho, vocês serão retiradas – a Srta. Chambers continuou. Desta vez ela estava olhando para nós, como se tivesse ouvido Viv. – Mas eu só tive que fazer isso uma vez até hoje. Agora a Srta. Anderson vai rever a logística do que precisa ser feito antes de vocês partirem esta noite.

Liz Anderson falou sobre converter nossas libras e xelins em francos, e explicou onde no prédio encontraríamos nossas rações K, tabletes de água e sacos de enjoo. Ela também nos entregou pequenos folhetos do "Agora Você Está Indo Para a França", com informações sobre a língua e os costumes. Quando a reunião terminou e nos levantamos para sair, não fiquei surpresa ao ouvir a Srta. Chambers atrás de nós dizendo:

– Fiona, Dottie e Viviana, podem vir aqui, por favor? – Caminhamos até onde ela estava na frente da sala. – Como sabem, eu não tinha certeza se iria mandar vocês três para o continente. – Ela era tão alta que sempre parecia estar olhando para você. No nosso caso, eu tinha certeza de que sempre estava.

– Oh, sim, estamos *bem* cientes – Viv disse, em um tom que considerei um pouco salgado demais, então dei um pequeno chute nela. Não havia necessidade de estragar nossos planos agora.

– Meu projeto original era mantê-las em Leicester com as tropas restantes, mas algumas coisas mudaram minha mente – explicou ela. – Uma delas é que recebi cartas dos oficiais de lá sobre o trabalho louvável que estavam fazendo. A outra coisa é o fato de Liz Anderson falar muito bem de vocês. Ela quer vocês três com ela no continente. Liz e esses oficiais viram claramente um lado de vocês que eu não testemunhei. – Ela pausou por um segundo. – E, finalmente, houve a lendária história da estreia de Dottie

Sousa no concerto secreto de Glenn Miller. Foi uma maneira muito boa de sair da sua concha, Srta. Sousa. Não fazia ideia de que tinha isso em você.

– Nem eu, para ser honesta – disse Dottie, corando profundamente. – Obrigada.

– Mais uma coisa: Fiona, eu queria que você soubesse que, depois que Liz me contou, escrevi ao IRC em seu nome sobre seu noivo desaparecido – disse a Srta. Chambers.

Fiquei surpresa e comovida por ela ter arranjado tempo.

– Nada de novo deles ainda, mas vou tentar falar com você se souber de alguma coisa.

– Uau. – Não consegui esconder minha surpresa. – Obrigada.

– Claro, querida – disse a Srta. Chambers. – Eu sei que sou dura com vocês três, mas tenho um coração. – Ela nos deu um pequeno sorriso. – Dito isso, boa viagem, e por favor provem que são merecedoras da recomendação de Liz. Não a decepcionem.

Nós três prometemos, e, depois de mais agradecimentos e despedidas, saímos do salão, ainda preocupadas que ela pudesse mudar de ideia no último minuto.

Naquela tarde, fomos ao Parque Wimbledon para nos encontrarmos com o grupo de Southampton. Liz veio até nós assim que chegamos, parecendo preocupada e exausta, o que era muito diferente dela. E então as sirenes de ataque aéreo começaram.

– Esse é um som de que eu não me esqueço – disse Dottie. Tivemos sorte de, em todo tempo em que estivemos nas Midlands, não termos tido nenhuma visita de bombas voadoras.

– Capacetes colocados. Jimmy, você também. Dizem que há um grande número de V-1s chegando – Liz orientou, olhando ao redor, contando cabeças silenciosamente. – Acho que estamos todos aqui, então estaremos na estrada para Southampton a qualquer minuto. Quero sair antes que os chefes mudem de ideia e digam que temos que nos abrigar e esperar. Isso vai estragar a nossa travessia; vai estragar tudo.

Com os capacetes colocados e o som das explosões a distância, saímos da cidade numa enorme caravana de oito Clubmobiles, quatro caminhões de abastecimento, cinco Hillmans, vinte jipes e doze reboques. Acompanhados de motocicletas, fizemos uma grande saída de Londres, saudando a todos os que passavam.

A viagem demorou mais do que esperávamos porque, apesar do aspecto impressionante da caravana, várias coisas deram errado assim que saímos da cidade. Duas das baterias dos caminhões morreram, alguns veículos tiveram pneus furados, e o Clubmobile Dixie Queen ficou sem gasolina. Chegamos à área de estacionamento em Southampton mais tarde naquela noite e aguardamos que Liz nos dissesse se iríamos embarcar ou se teríamos que acampar durante a noite. Jimmy estava particularmente calmo durante a viagem.

– Jimmy, você está bem? – perguntei, quando saímos para esticar as pernas, comer nossas rações K e socializar.

– Melhor do que eu tenho estado há muito tempo. – Ele olhou para mim e sorriu. – Apenas triste por estar dizendo adeus.

– Agora? – perguntei. – Você não vai nos levar até as docas? – Eu me senti em pânico quando me ocorreu que eu ia ser a nossa motorista a partir daquele momento.

– Não é assim tão longe – Jimmy respondeu, com uma risada. – Você vai ficar bem. Vai ser a última bez, e você vai ter que dirigir do lado esquerdo por um longo tempo.

– Mas como você vai voltar? – Dottie perguntou. Ela estava segurando o capacete no quadril, e Barbara estava enrolada nele, dormindo.

– Consegui uma carona com um desses caminhões de serviço da Cruz Vermelha – ele disse. – Volto para Londres, depois para Leicester, em poucos dias.

– Não se esqueça de levar a Sra. Tibbetts ao pub – lembrou Viv. Ela o beijou na bochecha e lhe deu um grande abraço. Dottie e eu seguimos o exemplo. Ele ficou vermelho com a demonstração de carinho, e seus olhos se encheram de lágrimas.

– Você pode me trazer Vera Lynn? Acho que é melhor que ela e Barbara sigam por caminhos separados – ele disse. Ele olhou para Barbara. Seu pobre focinho estava coberto de arranhões de suas tentativas fracassadas de amizade felina.

– Oh, você não pode esquecer Vera Lynn – Viv assentiu. – Eu vou buscá-la.

Liz veio com uma prancheta, parecendo feliz e aliviada.

– Estamos com sorte: eles podem nos colocar no navio esta noite – anunciou ela. – Vamos para as docas agora. Pensei que poderíamos ficar presas aqui por dias. Deem a partida no Cheyenne, senhoritas.

Viv entregou Vera para Jimmy, e nós quatro ficamos lá por um momento calmo, tristes, mas sem saber o que dizer.

– Fiona, lembre-se de tudo o que lhe ensinei. Não se esqueça de pisar na embreagem para...

– Subir as colinas íngremes – completei, interrompendo-o. Meu coração doía. Mais um adeus para acrescentar à lista nesta guerra.

– Vocês foram as minhas favoritas – elogiou, balançando a cabeça e não mostrando nenhum embaraço diante da lágrima que escorregava pela bochecha.

– Jimmy, você perdeu tanto nesta guerra que nem consigo imaginar – eu disse. – Espero que você encontre amor e felicidade novamente. Desejo isso para você mais do que qualquer coisa.

– Desejo o mesmo para você, minha garota – ele disse em um sussurro, sua mão no meu ombro. – Fique em segurança e lembre-se de tudo o que ensinei.

Dei nele um último abraço e entrei no Cheyenne.

Capítulo 18

24 de setembro de 1944

— Fiona, acorde. Estamos perto da praia de Utah.

Dottie estava me cutucando para acordar, e levei alguns segundos para lembrar onde estávamos. Na noite anterior, nós três esperamos nas docas de Southampton por algumas horas até que eles finalmente ergueram o Cheyenne para o convés de um novo navio Liberty chamado *Famoso Amos*. Tinha sido um longo caminho, e nós nos sentamos e assistimos a uma máquina o envolver em uma rede enorme como se fosse um grande elefante verde do exército, e então um guindaste teve que elevá-lo e baixá-lo, com muito cuidado, no porão do navio.

Depois que ele foi carregado, o capitão nos convidou para subir, e a bordo recebemos uma acolhida amigável por parte da tripulação. Muitos deles pareciam ter feito a barba recentemente; alguns até tinham flores em suas lapelas. Nós três e as outras vinte e duas Clubmobile a bordo estávamos exaustas depois do nosso longo dia de viagem. Viv, Dottie e eu tínhamos encontrado um lugar no convés para arrumar nossas camas, e eu adormeci em segundos.

– Viv, venha ver – eu disse no ouvido dela. – É nossa primeira manhã na França. E sinto cheiro de café. Precisamos encontrá-lo.

À luz do dia, percebi que o *Famoso Amos* fazia parte de um enorme comboio de navios Liberty e outros barcos de desembarque que haviam sido escoltados por navios caça-minas e destroyers. Ficamos na borda da embarcação sob o esplêndido sol de setembro e olhamos para a imensidão da praia de Utah. Os destroços de veículos militares tinham sido abandonados na areia, e os navios de guerra destruídos pela artilharia alemã estavam fora da água em ângulos assustadores. Tentei compreender a invasão maciça que havia acontecido poucos meses antes.

– Façam uma oração pelas almas perdidas, meninas. Agora este é terreno sagrado. – O capitão do navio se aproximou. Ele tinha pouco menos de um metro e oitenta, com o cabelo grisalho. Agarrou o corrimão e olhou para a praia, com o rosto solene.

– Quantas pessoas? – perguntei.

– Não sei ao certo ainda – ele disse. – Milhares. Toda vez que volto aqui, fico comovido com a cena. Consigo sentir os fantasmas deles.

Estremeci, sentindo arrepios enquanto fazia o sinal da cruz e rezava uma oração silenciosa. Viv e Dottie fizeram o mesmo.

– Milhares – Dottie sussurrou depois de um momento, a voz cheia de emoção. – Bom Deus.

– Eu ainda não sei como eles fazem isso – observou Viv, admirada. – Correr direto para o perigo como eles fazem. Estive pensando na partida da 82ª.

– Eu também – eu disse.

– Eles foram para a Holanda mais recentemente, correto? – perguntou o capitão. – Operação Market Garden?

– Sim, você sabe de alguma coisa? – perguntei, ciente da urgência em minha voz. – Estávamos com eles antes de partirem. Estivemos ouvindo relatórios no rádio e nos perguntando sobre.

– Ah, não foi muito bem – ele disse, balançando a cabeça em repulsa. – Eles estavam tentando proteger algumas pontes e estradas importantes atrás das linhas alemãs, mas o contra-ataque foi feroz. Foram obrigados a regressar à França.

– Sabe se houve muitas baixas? – Doía até mesmo perguntar.

Ele olhou para mim, franzindo a sobrancelha, como se estivesse surpreso com a pergunta.

– Claro que sim, querida – respondeu ele. – Sempre há.

– Maldição – reclamou Viv.

Eu me senti enjoada. Dottie apertou minha mão. Estávamos todas pensando a mesma coisa. Eram nossos amigos. Nossos garotos. Tommy. Patrick. Nelson. E Peter. E muitos mais para completar.

– Fiona, você parece que precisa de um café da manhã, e eu preciso desesperadamente de um café – falou Viv. – Por favor, o senhor sabe onde podemos encontrar algum, Capitão... Desculpe, senhor, qual é o seu nome?

– Capitão Fisher – disse ele, e nós nos apresentamos. – Vou ser honesto, eu estava esperando por tanques, não por mulheres – acrescentou ele com um sorriso. – Mas todas essas jovens a bordo fizeram maravilhas pela moral da minha tripulação, e o navio nunca esteve tão limpo. Vocês são bem-vindas ao refeitório para café e comida decente da marinha, e temos dois chuveiros no segundo convés. Estamos organizando turnos para que possam usá-los em uma determinada hora.

– Mas quando é que vamos desembarcar? – perguntei. – Estávamos tão perto.

– Oh, não por pelo menos algumas horas, se não por dias – ele respondeu. – Os mares estão muito agitados. Se tentarmos colocar seu veículo em uma embarcação de desembarque agora, podemos atingir uma onda perigosa, e vocês nunca mais o veriam.

– Dias? – perguntei.

– Vamos ver – disse ele. – Venham tomar o café da manhã. E que tal isso? Quando chegar a hora de ir, vocês três serão as primeiras a descer, eu prometo.

Ovos, café e um banho fresco fizeram me sentir humana novamente, e, enquanto as águas estavam um pouco agitadas e o sol forte, ficamos a maior parte do dia no convés, esperando. Dottie até conseguiu que alguém ligasse a vitrola a um alto-falante para uma dança improvisada.

– Este é o melhor momento que tive em meses – disse um jovem ruivo, que lidou pacientemente com meus passos medíocres de jitterbug.

Quando houve uma pausa na dança, Dottie foi com um dos homens buscar algumas Coca-Colas para todos nós, e nos sentamos e apreciamos a sensação do sol em nossos rostos. Alguém trouxe cartas para jogar *pinocle*, e Viv tirou um caderno de esboços que tinha comprado em Londres. Sentei-me a seu lado enquanto ela desenhava a praia.

– Estamos ao largo da costa de um lugar onde milhares de homens americanos morreram. E estamos dançando – ela disse, de olhos fechados e inclinando a cabeça, olhando para a água. – Parece um pouco estranho, não acha?

– Eu pensei sobre isso – comentei e assenti, apoiando-me sobre o corrimão. – Mas honestamente? Acho que qualquer um dos homens mortos aqui diria *Maldito Hitler! Toque essa música americana e dance.* Isso dá a esses homens alguma esperança e os anima. Ajuda-os a lutar mais um dia.

Viv estava prestes a dizer mais alguma coisa, mas fomos interrompidas.

– Digamos que você é realmente talentosa – disse o ruivo, cujo nome era Phillip, quando se aproximou de nós. Ele estava olhando por cima do ombro de Viv para o desenho dela. – Você acha que poderia desenhar uma foto minha para mandar para minha mãe?

Viv olhou para mim, irritada com o pedido, mas eu só disse:

– É para a mãe dele. Como poderia recusar?

– Claro, Phil – ela respondeu com um suspiro. – Por que você não fica contra o corrimão aqui, onde a luz é boa?

Quando ela estava quase terminando o retrato, alguns outros membros da tripulação vieram atrás dela para assistir.

– Uau, você é uma artista profissional? Isso é ótimo – exclamou um deles.

– Não, sou uma secretária de publicidade mal paga – disse Viv, com sarcasmo. Fui até lá para dar uma olhada melhor. Era um lindo esboço. Ela tinha capturado o soldado perfeitamente, sem fazer uma caricatura ou exagerar.

– Uma secretária subaproveitada também – acrescentei. – Viv, você é realmente muito boa.

– Obrigada. – Ela suspirou. – Seria bom se eu pudesse realmente fazer algo com isso algum dia.

Mais homens começaram a vir, para admirar tanto Viv quanto seus esboços, e muitos deles também pediram retratos para enviar aos seus entes queridos. Logo havia uma fila deles esperando a vez.

Dottie e seu novo amigo voltaram com bebidas geladas e bolo de chocolate, e, depois que os refrescos foram distribuídos, ela foi para o Clubmobile e voltou carregando Barbara, com seu violão sobre os ombros. Mais algumas jovens dos Clubmobiles, incluindo ChiChi, Rosie e Doris do Dixie Queen, se juntaram a nós enquanto Dottie tocava algumas músicas, e logo todos no convés estavam sentados ao nosso redor cantando junto.

Eu estava na parte de trás da multidão, perto de Viv, que ainda estava desenhando retratos o mais rápido que podia, quando avistei Liz e acenei para ela.

— Alguma notícia? — perguntei, entregando-lhe uma Coca-Cola.

— Parece que os mares já se acalmaram o suficiente para entrarmos nas embarcações em cerca de uma hora. Você poderia me ajudar a espalhar a notícia para o restante das garotas? — ela perguntou.

— Claro — respondi. — Posso fazer mais alguma coisa?

— Não.

— Liz, eu queria dizer obrigada por dar uma palavrinha sobre nós com a Srta. Chambers — eu disse. — Sei que estamos aqui por sua causa.

— Vocês estão todas aqui por causa de vocês — Liz disse, tomando um gole de Coca-Cola e olhando para a água. — Eu tenho desejado perguntar... Você sabe o que vai fazer depois da guerra? Já pensou sobre isso?

— Honestamente, eu não tenho ideia — admiti. — Depende de muita coisa. — Principalmente de saber se Danny está vivo ou morto. A dor ainda estava presente em mim, no fundo, como um inimigo com quem fiz uma trégua. Eu nunca iria aceitar, mas havia me acostumado.

Liz assentiu. Ela sabia exatamente o que eu queria dizer.

— Eu só queria dizer que, aconteça o que acontecer, a Cruz Vermelha vai estar aqui mesmo depois de esta guerra finalmente acabar. Em Londres, Paris, Berlim. Haveria um trabalho para você se estivesse interessada. Você é ainda melhor em alguns dos aspectos de gestão deste trabalho do que eu.

— Sinto-me lisonjeada — respondi, sorrindo para ela. — Obrigada. Vou pensar nisso. — Senti um brilho de orgulho, diminuído apenas pelo sentimento de inquietação sobre meu futuro.

— Oh, antes que eu me esqueça, vocês devem ter encantado o Capitão Fisher, porque ele disse que vocês três têm que ser o primeiro Clubmobile em terra. Concorda com isso?

— Com certeza. — Sorri e fui espalhar a notícia de que estava quase na hora de partir.

—Por que não começar? – eu disse, sentindo-me em pânico, as palmas das mãos suadas no volante. – Não consigo colocá-lo em marcha lenta. Nada se move.

O mar tinha se acalmado, a maré estava baixa e o Cheyenne tinha sido levado para uma das embarcações. Agora nós três estávamos sentadas no banco da frente, prontas para sermos as primeiras Clubmobile do nosso grupo a entrar em solo francês. O único problema era que o caminhão não pegava.

– Não sei... Você fez alguma coisa diferente? – perguntou Viv.

– Acabou a gasolina? – perguntou Dottie.

– Nada diferente, e eu enchi o tanque – informei. Estávamos rodeadas de navios Liberty, embarcações e jipes anfíbios conhecidos como ducks. Muitas das embarcações estavam na fila para desembarcar logo depois de nós.

– Isso é um pesadelo – choraminguei. Olhei para o céu e tentei pensar no que fazer a seguir. O lugar estava cheio de combatentes e bombardeiros aliados em direção ao continente, e dava para ouvir o eco do fogo da artilharia ao longe. – Meu Deus, estou atrasando toda a guerra.

– Qual é o problema? – O jovem soldado que tinha ajudado a colocar o Cheyenne na embarcação apareceu.

– Desculpe, eu fiz tudo o que pude pensar, e não consigo ligar esta coisa – eu disse.

– Oh, espere. – Ele riu. – A culpa não é sua. Nós imobilizamos para o caso de atingirmos mares agitados.

Ele me mostrou o que tinha feito, coloquei o Cheyenne em movimento e não pudemos deixar de comemorar quando descemos a rampa e nossas rodas bateram na areia.

A praia era uma pista de obstáculos repleta de trincheiras, caixas de concreto e detritos. Era de longe o terreno mais traiçoeiro em que eu já tinha andado, e agarrei a direção com firmeza, sentada em linha reta e mantendo os olhos na praia. As enormes crateras que sobraram do estouro de morteiros foram as mais difíceis de percorrer. Em um ponto, minha roda dianteira esquerda derrapou, e pude jurar que o volante saiu da minha mão por um momento. Também tive que manter os limpadores de para-brisa ligados para enxergar, porque havia muita areia e pó no ar.

– O capitão tinha razão – disse Viv.
– Sobre o quê? – Dottie perguntou.
– Você pode sentir os fantasmas.

Tive arrepios nos braços novamente quando ela disse aquilo, porque era verdade. Havia um peso no ar que não tinha nada a ver com a poeira.

Encontramos a estrada para a Área de Trânsito B, que era apenas um campo próximo com algumas tendas do exército. Acamparíamos com o restante da caravana antes de irmos para o novo clube da Cruz Vermelha em Cherbourg no dia seguinte.

– Ora, se não são as garotas americanas ao vivo. – Um soldado com um sotaque sulista forte saiu de uma das tendas para nos cumprimentar. Ele estendeu os braços. Era muito magro, com cabelos loiros sujos e pelo menos alguns dias de barba no rosto. – Bem-vindas ao continente.

– Obrigada, soldado. Há quanto tempo você está aqui? – perguntei.

– Na França? D mais 114 – disse ele, com orgulho. No navio, eu tinha aprendido que o D era do Dia D. – Sou engenheiro, estava na África, Sicília e Itália. Vamos lá, eu tenho um jipe. Farei um passeio rápido antes que o resto do seu grupo chegue aqui.

Andamos pela praia e depois pelo interior, cobrindo a boca para não inalar a poeira, quando Dick, nosso anfitrião de informações geográficas do Tennessee, começou a falar sobre sua experiência no Dia D.

– Estava um frio horrível, e tivemos que sair dos barcos com pescoço bem fundo na água – ele disse. – Havia corpos flutuando ao meu redor. E então, quando chegamos à costa, havia minas em todos os lugares. O corpo aéreo estava totalmente perdido! Meu amigo Butch foi atingido por um atirador e morreu bem na minha frente. A cabeça dele simplesmente desapareceu...

Dick continuou falando enquanto nos conduzia dirigindo, em transe, nos dando o relato de tudo o que tinha acontecido com ele, como se fosse um confessionário. Não poderíamos tê-lo impedido se tivéssemos tentado. Pela maneira como estava se comportando, eu sabia que ele seria assombrado pelas imagens daquele dia até envelhecer.

Chegamos ao primeiro cemitério americano, linhas e linhas de cruzes brancas de madeira. Soldados caminhavam pelas fileiras devagar, parando para examinar as placas de identificação dos cadáveres sobre as cruzes, lendo os nomes, procurando seus amigos. Mordi o lábio e fiz algumas orações silenciosas quando saímos do jipe e comecei a andar.

– Eu vou lhe mostrar a cruz de Butch. São algumas fileiras para lá – Dick disse, tropeçando pelo cemitério, liderando o caminho. – Olhe para isto – Dick parou e apontou. – Os franceses que vivem aqui perto colocaram uma rosa em cada sepultura. *Em cada uma delas.* Você acredita nisso?

Havia algo nesse gesto gentil que quebrou uma barreira emocional em Dick, e ele se ajoelhou na frente de uma das cruzes e começou a chorar, e meu coração deu doeu diante de seu sofrimento cruel. Eu me ajoelhei ao lado dele e coloquei o braço sobre seu ombro, o que o fez chorar ainda mais. Olhei para Viv e Dottie, e estávamos todas tentando não chorar. Não queríamos piorar as coisas para ele ou para nenhum dos outros soldados à procura dos seus amigos entre as cruzes. Levamos Dick de volta para o jipe, onde, uma vez que ele se recompôs, começou a se desculpar em excesso.

– Sinto muito, não sei o que me aconteceu – disse ele, respirando fundo e ligando o carro. Ele esfregou as mãos no rosto. – É que a rosa em cada sepultura... e então estar com vocês três me fez pensar em casa e...

Desta vez Dottie se inclinou e pôs a mão nas costas dele.

– Está tudo bem – ela disse. – Obrigada por nos mostrar. – Voltamos para o acampamento em silêncio.

Quando estacionamos, o restante do nosso grupo tinha chegado, e nos concentramos em preparar nosso equipamento para a noite. Também tentamos remover um pouco da poeira e sujeira do corpo, usando nossos capacetes como pequenos lavatórios.

Naquela noite, depois do jantar e de outra canção junto com os soldados, sentamo-nos em nossos colchões e sacos de dormir ao lado do Cheyenne, ouvindo os sons de batalha que estavam ao nosso redor, vendo flashes no céu. Quando estávamos nos acomodando, um dos soldados se aproximou e nos entregou uma garrafa de vinho para nos agradecer – "só por estarmos ali".

Com uma faca cavamos a rolha e eu peguei três canecas de café do Cheyenne.

– Você está bem, Fiona? – perguntou Viv. Ela estava sentada com as pernas enfiadas debaixo do corpo enquanto fumava um Chesterfield.

– Sim – eu disse. – Aquele rapaz hoje? Dick? Foi difícil. Pobre rapaz.
– Estive pensando nele o dia todo – Dottie admitiu. – E pensei em Joe, é claro, e meu irmão, que ainda está em algum lugar no Pacífico. E na 82ª. Muitas pessoas para nos preocuparmos.
– Eu sei, pobre Dick. Jesus – Viv lamentou. – Estive orando por nossos amigos de Leicester também e, acreditem ou não, por Westwood.
– Oh... – Dottie disse, em uma voz provocadora.
– Sim. – Viv deu de ombros. – Acho que realmente posso ter uma queda por ele.
– Bom – intervim. – Acho que ele é bom para você.
– Você não falou muito sobre a despedida de Peter, Fi – Viv observou. – O que vai fazer se o vir novamente?
– Se ele sobreviveu à Holanda? – completei, pensando nas palavras do capitão e me sentindo mal de novo. – Não sei. Não me entenda mal. Eu ainda amo Danny de todo o meu coração. Mas então a guerra aconteceu, e ele desapareceu, e aqui estou eu agora, neste lugar, onde me importo com Peter também. E o que faço com isso? O que eu faço se eu o vir novamente?
– Aqui está o que eu acho que você deveria fazer, Fi – disse Viv, sentada e olhando para mim, com o rosto sério. – Pare de pensar tanto. Pare de tentar controlar o que você não pode. Esta vida aqui é um mundo só seu. Nenhum de nós sabe o que diabos vai acontecer na próxima hora, imagine daqui a meses. Concentre-se em um dia de cada vez. E, se em um desses dias você se reencontrar com Peter, simplesmente aproveite esse dia pelo que ele é.
Ficamos todas quietas por um momento enquanto bebíamos vinho tinto, e pensei nas palavras de Viv. A verdade é que viver o momento também me ocorreu. Era impossível planejar qualquer coisa ou com alguém quando o seu futuro poderia ser disparado do céu no dia seguinte.
– Você está certa – concordei. – Mas vocês duas sabem o quanto eu gosto de planejar.
– Não! Você? – Dottie e Viv quase disseram essas coisas em uníssono, cheias de tanto sarcasmo que chutei os pés delas nos nossos colchões.
– Tudo bem, entendido. – Suspirei.

Depois que paramos de falar e nos acomodamos para dormir, fiquei acordada por um longo tempo vendo os horríveis e fascinantes flashes de fogo de artilharia a distância contra o céu negro. Ainda era difícil acreditar que eu estava acampando em uma praia na França no meio da guerra.

Pensei nos meus últimos dias com Danny, beijando-o em nossa manta xadrez em Bunker Hill. E pensei sobre a sensação dos lábios de Peter na minha testa antes de ele partir para a Holanda. Viv tinha razão: viver no meio da guerra era estar em sua própria realidade. E todos nós que estávamos vivendo nela ansiávamos por intimidade e conexão, por mais fugaz que fosse, porque nos trazia à memória o que mais importava.

Capítulo 19

25 de setembro de 1944

Depois de um sono agitado, acordamos com mais "pó da Normandia", como os soldados chamavam, e eu estava desesperada para chegar a Cherbourg para que pudéssemos tomar um banho de verdade no Clube Victoire da Cruz Vermelha.

Seguimos o jipe de Liz em um comboio e fizemos a caminhada de trinta milhas até a cidade recém-libertada. A Inglaterra não tinha nos preparado para a devastação do campo da Normandia, marcado pela batalha. E, apesar de Jimmy ter tentado me ensinar muito bem, minhas parcas habilidades de direção não estavam exatamente à altura da tarefa de percorrer as estradas quase demolidas.

Havia enormes crateras de bombas por toda parte. Ovelhas, vacas e cavalos mortos haviam sido empurrados para a beira da estrada ou jaziam em pastos. Centenas de moscas zuniam em volta deles, e o mau cheiro nos fazia cobrir o rosto ao passar. Havia árvores que tinham caído na estrada, assim como outras com ramos tosquiados pendurados perigosamente acima de nós. Vimos placas recém-erguidas em inglês com avisos como "Minas Limpas para Hedges". Um campo extenso estava cheio de capacetes de soldados alemães que haviam sido feitos prisioneiros pelos Aliados.

A estrada também estava congestionada, com tráfego intenso em ambas as direções. Veículos do exército aliado de todos os tipos, incluindo grandes comboios como o nosso, dividiam a estrada com aldeões franceses exaustos que finalmente estavam voltando para suas casas, muitos deles com apenas um carrinho de bebê cheio de seus pertences.

No entanto, em meio a toda essa devastação, havia também um sentimento de boa vontade e de verdadeira felicidade entre os soldados aliados e os franceses. Agora que Paris estava liberada e a invasão do Dia D havia sido bem-sucedida, parecia que todos estavam respirando pela primeira vez desde o início da guerra. Havia um nítido sentimento de esperança no ar.

Enquanto dirigíamos, nossos Clubmobiles eram saudados com assobios e gritos das centenas de soldados pelos quais passávamos. Alguns estavam andando, pesados com seus equipamentos de batalha, os rostos cheios de sujeira debaixo de capacetes incrustados de lama. Quando nos avistavam, sorriam e gritavam perguntas familiares como: "De onde vêm as meninas?".

Homens, mulheres e crianças francesas estavam diante de suas casas destruídas e ainda conseguiam sorrir e acenar para nós enquanto nos observavam passar. Alguns nos deram o V de sinal de vitória, e ouvimos gritos de *"Vive la France!"*.

Uma garotinha de cabelos escuros com um vestido azul pálido esfarrapado veio correndo até o Cheyenne para nos entregar um buquê de rosas cor-de-rosa. O dela seria o primeiro de vários cestos e buquês de flores que receberíamos ao longo do caminho, e decoramos o Clubmobile com elas por dentro e por fora.

A meio caminho de Cherbourg, chegamos à cidade de Valognes, que tinha sido dizimada a ponto de não ser mais uma cidade. Havia montes gigantescos de escombros onde outrora existiram edifícios. Todas as estruturas que ainda se encontravam em pé tinham sido escavadas, algumas descascadas em suas estruturas, um fantasma do que eram antes. Alguns edifícios pareciam casas de bonecas gigantescas: a fachada explodira, mas as escadas quebradas e os quartos mobiliados e estilhaçados no interior eram totalmente visíveis.

— Essa foi a viagem de trinta milhas mais longa que já fiz — disse Viv quando finalmente chegamos à região da cidade de Cherbourg horas depois. Liz havia estacionado à margem da estrada, perto da entrada da cidade. Ela acenou para nós.

— Estacione aqui. Vou levá-las até o clube no jipe, como fiz com os outros dois grupos — avisou ela. — Algumas das ruas são muito estreitas para manobrar os veículos grandes.

Dottie tinha adormecido com a cabeça contra a porta do caminhão, Barbara roncando suavemente em seu colo. Viv a acotovelou e acordou.

— Meu braço está doendo de tanto acenar para as pessoas — disse Dottie, muito irritada com o incômodo de Barbara. Ela colocou a mão na cabeça e acrescentou: – Oh, e meu cabelo está horrível, tão duro. Está cheio de poeira.

– Uh, sim, é. E parece nojento – Viv disse. – Assim como o meu. Mas, Fiona, eu acho que o seu pode ser o pior.

– Ei, obrigada, Viv – resmunguei. – Reze para que os chuveiros do clube estejam funcionando.

A cidade de Cherbourg também teve áreas que foram destruídas, embora algumas ruas tenham ficado melhor do que outras. Nas passagens menos danificadas, havia prédios de pedra cinza, bonitos e incólumes, com letreiros marrons que anunciavam *pâtisseries*, *boulangeries* e *boucheries*. Finalmente senti as primeiras emoções de estar na França, um lugar que eu sonhava visitar. Tínhamos finalmente conseguido.

A enorme bandeira americana em frente ao Clube Victoire facilitou a localização. Liz nos deixou na porta e fomos recebidas pela diretora do clube, Marion Hill, e sua equipe. Eles estavam vestidos com uniformes novos e camisas brancas, o que me fez sentir ainda pior por saber quão sujas estávamos.

Marion nos levou a um grande salão onde vários soldados e funcionários da Cruz Vermelha estavam tomando café, refrigerante e fumando. As paredes estavam pintadas de cinza de navio de guerra e decoradas com numerosos emblemas de divisão do exército e bandeiras americanas.

– Minha nossa! Será que embaixo de toda essa sujeira está quem eu estou pensando? – Então ouvi alguém gritar meu nome antes de sermos atacadas por Blanche, Martha e Frankie. Nós seis nos abraçamos e rimos, e Dottie e Martha derramaram algumas lágrimas de alegria. Alguns dos soldados começaram a bater palmas para nós, apreciando nosso reencontro.

– Viv, como vai a manicure agora? – Frankie perguntou, rindo.

Viv segurou suas unhas curtas, sem esmalte, lascadas e sorriu.

– Você é hilária, Frankie.

– Sigam-me. Vou mostrar onde vão dormir hoje à noite, bem como onde os chuveiros, produtos de higiene pessoal e toalhas estão lá em cima – disse a diretora do clube. – Não temos água quente, mas tenho certeza de que vocês só querem estar limpas. Oh, e eu tenho algumas camisas brancas novas que podem usar se servirem.

Dissemos às nossas amigas que voltaríamos logo, que iríamos nos limpar, lavar o cabelo e nos sentir humanas novamente.

Quando descemos, uma hora depois, Martha, Frankie e Blanche aplaudiram enquanto dávamos voltas e mostrávamos a elas o nosso novo eu limpo. Elas haviam nos guardado alguns assentos ao redor de uma mesa de café de madeira rabiscada, no canto da sala de estar.

– Certo. Liz está correndo como uma galinha com a cabeça cortada. Vejo que isso não mudou – observou Blanche, pegando um cigarro de Viv. – Ela nos disse que voltará para conversar conosco sobre nossas primeiras tarefas daqui a pouco. E depois vamos levá-las a um café na rua onde já estivemos algumas vezes. Não há muita comida disponível, mas há toneladas de vinho e licor, e, entre soldados franceses e americanos, nunca tivemos que pagar. Vamos ficar aqui esta noite com chuveiros muito frios ou não, pois é uma boa pausa depois de termos vivido como ciganas nas últimas duas semanas.

– Meninas, aqui é uma loucura – disse Frankie, voltando do pequeno bar com uma Coca-Cola. Ela tomou um gole e andou de um lado para o outro na nossa frente. – Leicester foi um piquenique no parque comparado a isto. Mas é emocionante finalmente estar no auge da ação...

– Também é horrível às vezes, e traumatizante, não se esqueça de mencionar isso – Martha acrescentou, levantando as sobrancelhas para Frankie.

– Mesmo? – eu disse. – Como tem sido se acostumar com isso?

Martha parou por um segundo antes de responder. Um pouco da satisfação tinha saído de seu rosto redondo, provavelmente por conta de muitas refeições de ração K.

– Na fazenda onde eu moro em Iowa, nós temos que abater animais às vezes, e é absolutamente horrível. A primeira vez que vi meu pai matar um porco, eu tinha provavelmente 9 anos de idade. Nunca vou me esquecer. Os sons, o cheiro. Chorei a noite toda. Eu nunca me acostumei com o horror, mas, com o tempo, me adaptei. Acho que é o mesmo que testemunhar uma guerra. O que você vê ainda é terrível, mas logo percebe que faz parte da vida aqui e que você tem que lidar com isso.

– Martha tem razão – disse Blanche. – Já vimos coisas horríveis: soldados feridos de maneiras inimagináveis, alemães mortos, simplesmente... – Ela tremeu. – Mas você tem que se acostumar com isso, ou é melhor ir para casa, certo? Eles não precisam de garotas da Cruz Vermelha que choram ou se desmancham o tempo todo. Nós seríamos inúteis para eles.

Houve uma pausa na conversa enquanto nós todas ponderávamos sobre isso. Blanche pôs seu cigarro no cinzeiro de latão na mesa de café:

– Chega de conversa triste. Quem está apaixonada? Tem algum escândalo?

– Martha está apaixonada – disse Frankie, com um sorriso malicioso, tomando um cigarro de Viv. Ela ainda estava parada, batendo o pé e encostada na cadeira de Dottie. – Ele é um agente funerário de Topeka, Kansas. Não é incrível?

– Sério? – perguntei, tentando não rir. A cor nas bochechas de Martha aumentava a cada segundo.

– Oh, fique quieta, Frankie – reclamou Martha. – O nome dele é Arthur. E, sim, esse é o trabalho dele em casa.

– Ele é um agente funerário muito simpático – descreveu Blanche, acenando. Sua expressão era séria, mas então cobriu a boca e começou a rir, balançando a mão na frente do rosto. – Desculpe, Martha, eu sei que a provocamos muito sobre ele.

– Muito – disse Martha, chutando o pé dela.

– Mal podemos esperar para conhecê-lo – Dottie disse, tentando fazer Martha se sentir melhor.

– Alguma notícia sobre Danny, Fiona? – Frankie perguntou, parecendo esperançosa.

– Nada desde que vocês partiram – respondi, e todos os meus sentimentos misturados brotaram. – Nenhuma correspondência de casa desde que vocês vieram para cá. Nenhuma notícia do IRC. Nada. – Eu não queria falar sobre isso ou discutir mais nada, então mudei de assunto: – Viv, você tem que dizer a elas sobre encontrar Harry Westwood de novo.

– Onde e quando? – Blanche perguntou a Viv. – Desembuche, Viv. Ele é lindo. Nós queremos toda a história suja.

– Eu o vi na noite do show de Glenn Miller há algumas semanas – revelou Viv. – Oh, garotas, eu gostaria que vocês estivessem lá, porque foi uma noite fantástica.

Nossas três amigas suspiraram pela menção a Glenn Miller. Blanche e Martha não puderam fazer suas perguntas com rapidez suficiente enquanto continuávamos a contar tudo sobre o show secreto, incluindo a grande estreia de Dottie como cantora, o que fez Frankie cuspir sua Coca-Cola.

Isso levou à história sobre Joe Brandon confessando seu amor por Dottie. E eu poderia dizer que Viv estava ansiosa para dizer algo sobre Peter Moretti. Eu estava silenciosamente avisando-a com os olhos para não falar quando Liz entrou no salão, pastas e prancheta na mão.

— Senhoritas, vocês são o último grupo de Clubmobile com quem me encontro hoje — disse ela. — Estão prontas para ouvir o que vem a seguir?

— Sim, por favor, Liz, vamos colocar esse show na estrada. Queremos ir beber champanhe — disse Blanche.

Liz revirou os olhos, puxou uma cadeira para se sentar conosco e abriu uma das pastas.

— Mesmo com mais oito Clubmobiles desde ontem, ainda temos uma grande quantidade de tropas para cobrir, então mapeei uma forma de alcançar o maior número possível de unidades. — Ela nos mostrou um mapa com pontos que marcavam os diferentes campos nesta parte da França, bem como algumas listas de diferentes grupos que eu não conseguia ler de onde estava sentada. — Estou dividindo os Clubmobiles aqui em grupos de dois e três — disse ela, fazendo uma pausa para um efeito dramático antes de continuar. — Não estou certa de que a Srta. Chambers aprovaria esta decisão, mas o Tio Sam e Cheyenne vão avançar juntos.

Nós seis causamos uma pequena cena novamente, e soldados e trabalhadores da Cruz Vermelha olharam com curiosidade enquanto aplaudíamos a notícia.

— Então, boa decisão? — Liz disse, claramente satisfeita consigo mesma.

— *Muito* boa decisão — elogiei. — Muito obrigada.

— Não me decepcionem, meninas — ela pediu, ficando séria novamente. — Vocês todas vão estar no campo sem muito contato comigo ou com qualquer outro pessoal da Cruz Vermelha. Por essa razão, terão sempre uma ligação do exército designada para vocês. Ele será seu superior aqui. Ele vai dirigir o caminhão de suprimentos, levá-las aos diferentes acampamentos e ajudá-las a percorrer as rotas, que sempre são insanas.

Naturalmente, ele também vai ajudar a mantê-las seguras, retirando-as quando estiverem demasiado perto da ação.

– Quem é essa pessoa de ligação? Nós o conhecemos? – Frankie quis saber, parecendo desconfiada.

– Não, vocês vão conhecê-lo logo pela manhã – disse Liz, distraída e mexendo em seus arquivos. – Finalmente, vou designar Fiona como capitã do grupo. Ela é ótima em manter as coisas organizadas e presta atenção aos detalhes importantes da vida na estrada. Tudo bem para todas?

Minhas cinco amigas assentiram de acordo, e olhei em volta para elas com gratidão.

– Eu disse que ela seria a melhor – Viv explicou a Liz.

– Ah, obrigada, Viv. E a todas. – Senti o rosto aquecer.

– Vai ser um prazer ser sua segunda comandante – disse Frankie. – Só se você precisar de uma.

– Certo, agora podemos tomar champanhe? – Blanche perguntou. – Liz, você é bem-vinda para vir conosco.

– Vocês podem ir. Vou rever o resto dos detalhes pela manhã quando nos encontrarmos aqui às seis horas – Liz explicou. – Eu finalmente vou tomar um banho. Talvez me junte a vocês para uma taça mais tarde.

Nossas amigas nos levaram a um café ao lado da prefeitura de Cherbourg que sofrera alguns pequenos danos, mas que por algum milagre foi poupado da devastação de alguns dos prédios ao redor. O dono, um homem de cabelos grisalhos com 60 anos e avental preto, tinha feito o possível para limpar os escombros da rua lá fora e abrir espaço para as mesas e cadeiras de madeira do café. Ele empurrou algumas delas juntas para nós, jogou alguns cinzeiros sobre elas e fez um gesto para nos sentarmos.

– *Filles américaines* – um soldado francês sentado à mesa em frente à porta da entrada chamou enquanto assentia. – *Bonsoir*. Gostam de champanhe?

– Blanche não estava errada – disse Frankie. – Isso acontece toda vez que estamos aqui.

– *Non, merci* – Martha respondeu, dando um sorriso tímido ao homem e acenando com a mão, agradecendo.

– O truque é recusar uma ou duas vezes, e então eles vão insistir – Blanche sussurrou para nós.

Em seguida, o velho voltou com uma mulher mais jovem usando um vestido floral simples, com o cabelo amarrado com um laço vermelho. Ela tinha uma bandeja com seis taças, e ele tinha duas garrafas de champanhe sem rolha. Olhamos para a mesa dos soldados franceses enquanto os dois empregados nos serviam, mas eles encolheram os ombros.

– *Pas nous* – disse aquele que tinha oferecido a bebida, levantando as mãos, deixando claro que não eram eles. A jovem apontou para trás de nós, para a mesa mais distante, na esquina da rua. Os quatro oficiais americanos sentados ali levantaram seus copos para nós e sorriram.

– *Vive la France* – disse um deles, e todo o café gritou: – *Vive la France!*

– Alguém conhece esses oficiais? – perguntei.

– Nunca os vi – respondeu Blanche enquanto Viv acendia o cigarro. – Mas aquele de bigode é o mais bonito. Eu consideraria fazer uma torrada para ele de manhã.

– Então, Martha está apaixonada pelo agente funerário – eu disse.

– Seu nome é Arthur, Fi – informou Dottie, me chutando.

– Sim, desculpe, Martha – complementei. – Mas e você, Blanche? Frankie? Sem interesses românticos?

– Não, ninguém que realmente tenha chamado minha atenção. Bem, exceto pelo *mustache* ali – Blanche disse. – Você sabe como é. Muitos desses rapazes são tão jovens, e alguns dos oficiais são encantadores, mas não é como se houvesse muito tempo para encontros reais, e certamente não há privacidade para... bem... *qualquer coisa*, nem mesmo um beijo.

– E eu não estou interessada – retrucou Frankie, tomando um gole de champanhe. – Tenho muito o que fazer aqui. Além disso, tive um único amor da minha vida. Ninguém chega nem perto dele. Tenho certeza de que você entende isso, Fiona.

– Hmm... sim. Claro – eu disse, meu rosto aquecendo, aquele sentimento inquieto no meu estômago. O que havia de errado comigo que eu tinha sido capaz de deixar outra pessoa entrar no meu coração? Olhei para Dottie e Viv, que observavam minha reação.

– Estão gostando do champanhe? – O oficial de bigode estava ao lado da nossa mesa. Ele era muito bonito, com cabelo escuro, olhos cinza esverdeados e maçãs do rosto proeminentes.

– Estamos, docinho, obrigada – disse Blanche. O oficial colocou as mãos em seu coração.

– Eu reconheço um sotaque de Nova Orleans? – ele perguntou.

– Sim, você acertou – respondeu Blanche, claramente satisfeita. – De onde você é?

– Sou de Portland, Maine – disse ele.

– Oh. – Blanche franziu o cenho.

– Mas eu amo Nova Orleans – ele complementou. – Meus amigos e eu só queríamos mandar as garrafas como um agradecimento a vocês meninas por fazerem o que vocês fazem aqui.

– Bem, vocês não precisam ir embora ainda. Por que não puxam uma cadeira? – Blanche perguntou. – Qual é o seu nome?

– Eu sou o Capitão Guy Sherry. – Ele pegou uma cadeira e a puxou para perto dela. Enquanto Blanche estava fazendo as apresentações, vi dois soldados descendo a rua em direção ao café. Um era mais baixo e encorpado, o outro era gordinho, e ambos pareciam muito machucados. O encorpado tinha uma grande atadura branca na testa, e o outro estava mancando um pouco.

– Patrick Halloran? – chamei, pulando e correndo para dar um abraço no soldado manco. – E Eddie Landon, é você embaixo desse curativo? Meu Deus, é bom ver vocês, garotos. Eu não posso acreditar.

Dottie e Viv correram para cumprimentá-los também, e nós ficamos em frente ao café, nos abraçando e rindo.

– Onde está o resto da 82ª? – perguntei.

– A operação não correu bem. Perdemos alguns homens – disse Patrick, olhando para longe de nós, focando em algo que só ele podia ver. – Alguns estão na França. Eddie e eu ficamos feridos, então acabamos num barco da Cruz Vermelha, e eles nos trouxeram para um hospital de acampamento aqui. Temos que alcançá-los. Nós nos voluntariamos para dirigir um caminhão de suprimentos no Red Ball Express, então vamos chegar lá rápido. Temos que chegar lá rápido. – Ele parou por um momento. – Fiona. – Ele olhou para mim, seus grandes olhos cheios de tristeza enquanto procurava por palavras. Eu me sentia como se estivesse doente. – Tommy... Tommy não resistiu.

– Oh, não, Patrick. *Não.* – Cobri a boca com a mão.

O endereço que eu tinha para a mãe dele estava guardado. Naquela noite, eu ficaria acordada e escreveria a carta que esperava nunca ter que enviar. Mordi o lábio para não chorar. Dottie já estava começando a chorar. Viv estava tentando aguentar como eu.

Envolvi Patrick em um abraço apertado. Ele chorou no meu ombro, tentando esconder suas emoções para que ninguém no café notasse.

Senti um toque nas minhas costas, e o senhor que era dono do café me deu um pequeno copo de conhaque e apontou para Patrick com um sorriso simpático. Retirei-me do nosso abraço e entreguei a bebida, protegendo-o do restante do café enquanto ele se compunha e tomava a dose.

– Vou puxar outra mesa – declarou Viv, beijando Patrick e Eddie nas bochechas e agarrando Patrick pelo cotovelo. – Vamos fazer disso uma festa de reencontro, rapazes, acho que vocês precisam.

Os oficiais americanos também se mudaram para uma mesa mais perto de nós, e logo o ar começou a ficar festivo. Compartilhamos histórias e tentamos manter a conversa leve enquanto o sol se punha e os proprietários dos cafés colocavam velas em todas as mesas. Os rapazes nos disseram que nossos outros amigos, nossos ajudantes de donuts de Leicester, estavam todos bem, e mal podiam esperar para contar a Nelson que Barbara, a cachorra, tinha chegado à França.

– O Capitão Moretti também está na França? – Quase pulei quando Viv fez a pergunta. Ela olhou para mim e disse: – De nada.

Eu estava tentando me acalmar, mas estava aterrorizada com a resposta. Patrick pausou e bebeu um gole de seu conhaque. O dono estava mimando a ele e a Eddie com bebidas sem fim e pequenos pratos de comida – batatas fritas, beterrabas frias e azeitonas.

Diga que ele está bem, por favor. Por favor. Eu mal podia respirar enquanto esperava pela resposta. O Coração Púrpura dele estava no meu bolso enquanto falávamos.

– Claro – Patrick falou, num tom sincero. Exalei e olhei para longe para que eles não vissem minhas lágrimas de alívio brilhando à luz da vela. – Sei que alguns soldados odeiam seus oficiais, mas o Capitão Moretti? – Patrick balançou a cabeça. – Ninguém se sente assim. Ele é o tipo de soldado que todos querem ser. Nunca perde a calma sob pressão. Nunca grita como alguns dos outros oficiais. Tão corajoso todas as vezes.

– Sim, mas, como eu disse antes, covardes não se tornam boxeadores classificados nacionalmente – disse Eddie.

– Quando você o vir, por favor diga a ele que eu mandei um abraço – pedi. – E que eu estou feliz que ele esteja bem.

– Claro. – Patrick me deu um olhar atento. – Tenho certeza de que ele vai ficar feliz em saber que você está aqui.

– Você pode se sentar em outro lugar? – Liz estava ao lado da mesa, e levou um segundo para reconhecer os rapazes da 82ª enquanto ambos pularam de seus assentos e lhe deram um abraço. – Vejo que vocês conheceram o Capitão Guy Sherry – Liz disse. Ela se espremeu entre Frankie e Dottie, e o velhote apareceu do nada e lhe deu um copo. – Ou pelo menos *Blanche* conheceu o Capitão Guy Sherry.

– Quem é ele? – perguntei, franzindo o cenho.

– Ele é o elo de ligação sobre o qual lhes falei esta manhã – ela respondeu. Em algum momento, Blanche e o capitão se mudaram para uma mesa longe da multidão, ao lado da fachada do café. Seus rostos estavam quase se tocando enquanto ele sussurrava no ouvido dela, sua mão passeando sobre a mesa. Eles estavam compartilhando um cigarro.

– Espere: ele *vai* viajar conosco? – Marta disse, os olhos arregalados.

– Sim, vai – Liz disse, rindo um pouco. – Para ser sincera, ele não tem *ideia* do grupo Clubmobile para o qual foi designado. – Todas nós olhamos em volta umas para as outras, divertidas e inseguras sobre o que fazer a seguir.

– Quem vai contar a Blanche? – perguntou Viv.

– Ela vai descobrir em breve – observou Frankie, esfregando as mãos.

– Isso é fantástico. Blanche é a protagonista de seu próprio escândalo. Vamos precisar de mais champanhe.

Capítulo 20

26 de setembro de 1944

Cara Sra. Doyle,

Estou me esforçando para encontrar palavras para transmitir o quanto lamento pela perda do seu filho, Tommy. Meu nome é Fiona Denning, e sou uma jovem da Cruz Vermelha Clubmobile de Boston, atualmente a serviço na Europa. Seu filho se tornou um querido amigo meu aqui; nos conhecemos enquanto ele estava alocado na Inglaterra. Eu amava Tommy como um irmão mais novo, assim como minhas amigas Viv e Dottie.

Tommy muitas vezes nos ajudou a fazer donuts e café para seus colegas soldados. Tommy sempre dizia que a senhora ficaria orgulhosa por saber que ele finalmente aprendeu a cozinhar algo. Ele sempre se gabava de sua culinária e falava sobre o quanto amava e sentia falta de sua família em Southie.

Tommy era um jovem maravilhoso, e conhecê-lo significava amá-lo. A vida aqui pode ser muito difícil, mas Tommy sempre foi capaz de animar as pessoas, de fazê-las sorrir ou dar risadas por um momento, não importavam as circunstâncias.

E ele estava sempre atento aos seus amigos. A senhora deve imaginar a quantidade de amigos que ele tinha aqui que o amavam muito *e lamentaram sua perda. Seus melhores amigos, Patrick Halloran e Eddie Landon, estão planejando visitá-la quando esta guerra horrível acabar. Todos nós queremos que a senhora saiba o quanto Tommy significava para todos aqui.*

Vou sentir falta da gargalhada profunda na barriga e do sotaque orgulhoso de Boston. Vou sentir falta de dançar o jitterbug com ele nos campos enlameados do interior britânico, de beber café e conversar sobre os Red Sox e todas as coisas que adorávamos na nossa cidade natal. Vou sentir muito a falta do meu querido amigo.

Mais uma vez, lamento imensamente a sua perda, Sra. Doyle. Só espero que esta carta lhe ofereça um pouco de consolo, sabendo que seu lindo filho teve um efeito muito positivo sobre aqueles que o rodeiam aqui, e que ele era amado e adorado por muitos.

Cumprimentos calorosos,
Fiona

A cordei às cinco horas e reescrevi a carta pela décima vez antes de colocá-la no envelope com endereço e fechá-la para que eu não tivesse a oportunidade de reescrevê-la novamente.

O que dizer a uma mãe que acabara de perder o filho? Por mais que eu tenha reorganizado as palavras, elas nunca seriam boas ou suficientemente significativas. O rascunho fechado no envelope foi o melhor que pude fazer. Esperava que lhe oferecesse um pouco de conforto.

Às seis horas, todos nós nos encontramos lá embaixo para esperar em frente ao Clube Victoire com nossas coisas. Nem sequer tínhamos contado a Blanche sobre o capitão antes de sairmos do café; apenas a tínhamos tirado de lá às onze horas para que ela não fizesse nada de que se arrependesse e para que o restante de nós não estivesse completamente exausta pela manhã.

Nós seis ficamos em frente ao clube, ainda bocejando e esfregando os olhos quando dois jipes chegaram na esquina e pararam. Liz estava dirigindo o primeiro. O Capitão Sherry, o segundo.

– Bom dia – Liz disse, um enorme sorriso em seu rosto. – Acho que todas vocês já conhecem o Capitão Sherry. Ele vai ser o seu contato durante as próximas oito semanas.

– Sim, bom dia. Nós, uh... nos encontramos brevemente ontem à noite – disse o Capitão Sherry, expressando sua sensação de desconforto diante da situação evidente. Seu rosto apresentava vários tons de escarlate, e ele não podia nem olhar na direção de Blanche. – E não há necessidade de formalidades. Por favor, me chamem de Guy, ou Capitão Guy, ou como quiserem.

Dissemos olá, e a mandíbula de Blanche se abriu quando ela absorveu a notícia. Seus cachos loiros estavam desgrenhados, e ela mudou para um tom esverdeado, ou pelo excesso de champanhe ou pelo choque ao descobrir que seu flerte da noite anterior seria o nosso novo companheiro constante de viagem. Frankie estava tão entretida com a situação que eu lhe dei uma cotovelada para diminuir um pouco o tom.

– Quem vem comigo? – Liz perguntou.

– Eu. – Blanche levantou a mão, jogando seu equipamento nas costas e pulando no banco da frente do jipe dela antes que mais alguém se mexesse. Viv e eu nos juntamos a ela. Assim que nos afastamos o suficiente para ficarmos fora do alcance do ouvido, Blanche explodiu:

– Pelo amor de Deus, por que ninguém me disse isso ontem à noite? Isso é humilhante. Todas vocês sabiam? – Ela pousou a cabeça nas mãos.

– Eu disse a elas quando cheguei lá – Liz avisou, tentando não sorrir.

– Por que você não me contou? – Blanche perguntou.

– Depois de tanto champanhe, teria sido bom? – perguntou Viv.

– Honestamente? – Blanche deu uma olhada em Viv, depois para mim. Seu rosto tinha passado de verde a vermelho incandescente, e ela o enterrou nas mãos novamente. Começou a tremer como se estivesse soluçando, e Liz e Viv olharam para mim, de olhos arregalados, sem saber o que fazer. Mas então Blanche levantou a cabeça, e pudemos ver que ela ria tanto que estava chorando. E então todas nós começamos a gargalhar também, aliviadas por ela ter reagido tão bem.

– Quero dizer, eu ainda estou envergonhada, mas vocês têm que admitir, é muito hilariante – disse Blanche. – Quais são as chances? Eu não flertei assim com ninguém desde Londres, e então descubro que o "Capitão Guy qualquer coisa" está vindo conosco. Você está brincando? Nem se alguém inventasse.

– Estou tão feliz que não esteja chorando. – Eu ainda ria.

– Ufa, graças a Deus eu fui uma boa garota católica – comemorou Blanche. – Mais uma taça de champanhe e eu talvez não fosse. Essa teria sido uma razão para chorar.

– Foi *por isso* que tiramos você de lá – expliquei.

– Você vai falar com ele sobre isso? – Viv perguntou.

– Eu não tenho escolha, tenho? – ela respondeu. – Vamos ficar presas com ele. Eu vou ter que falar.

– Tenho certeza de que, se você deixar isso claro, vai ficar tudo bem. Eu já falei com o Capitão Sherry sobre manter as coisas em ordem – Liz disse. Ela pausou antes de acrescentar: – Por favor, me diga que foi apenas uma noite de flerte.

– Oh, sim, honestamente, foi só isso – jurou Blanche, com demasiada ênfase. – Não me entenda mal, ele é bonito como o diabo. Um toque perfeito para Clark Gable. Mas nunca pensei em vê-lo novamente.

– *Aham* – Viv disse, me acotovelando no banco de trás, claramente não convencida.

– Oh, fique quieta, Viv – Blanche retrucou, irritada, mas rindo de novo.

Quando chegamos ao nosso Clubmobile perto do centro da cidade, Blanche entrou no Tio Sam sem sequer olhar para o Capitão Guy. Martha, Frankie e Dottie, que estava carregando Barbara em seu capacete novamente, saíram do jipe, tentando não rir muito.

– Tudo bem, Capitão, você tem o itinerário. Como eu disse, Fiona será seu braço direito como chefe deste grupo – explicou Liz. – Vou tentar entrar em contato com grupos diferentes durante a viagem. Mas, se eu não chegar até você, vamos nos encontrar em Paris no início de dezembro.

– Parece bom – elogiou o capitão Guy. – Fiona, tenho certeza de que você vai me ajudar a estabelecer a paz no grupo. – Ele me deu um olhar suplicante. Blanche não estava errada sobre ele ser um sósia de Clark Gable. Ele provavelmente já tinha partido mais do que alguns corações na guerra.

– Vou fazer o meu melhor – eu disse. – Liz, por que Paris em dezembro? – Eu não podia acreditar que iríamos realmente ver Paris.

– Vamos nos reunir lá com todos os Clubmobiles que vieram juntos – disse Liz. – Haverá um novo plano a partir de lá.

Todos nós nos despedimos, e o Cheyenne e o Tio Sam seguiram o caminhão de suprimentos do Capitão Guy para avançar.

Aviões sobrevoaram, tanques passaram por nós, e soldados assobiaram e acenaram enquanto mais uma vez viajávamos pelas estradas lotadas e repletas de destroços.

Vimos mais devastação extrema, animais apodrecidos e aldeias destruídas com montanhas de escombros que nos fizeram perder o fôlego e perguntar como é que eles iriam reconstruir tudo aquilo.

Mas também havia sinais de esperança, sinais de vida retornando, e da resiliência da França. Velhinhos enrugados usando *sabots*, uma espécie de tamancos, andavam pelos acostamentos da estrada, aparentemente se queixando uns para os outros e gritando coisas sedutoras para nós em francês quando transitamos por ali.

Passamos por um chalé, e embora o telhado estivesse quase destruído, ele tinha persianas pintadas de amarelo pálido e gerânios cor-de-rosa em suas floreiras nas janelas. Um menino pequeno com um avental xadrez saiu pela porta da frente e gritou "bonjour" para nós.

A certa altura, tive que manobrar em torno de um grupo de jovens freiras vestindo hábitos completos, rindo enquanto andavam de bicicleta de uma maneira que conseguiam parecer tanto dignas quanto tolas.

Finalmente chegamos ao nosso primeiro acampamento no meio do campo, nos arredores de uma pequena aldeia. Lá encontramos um grupo de engenheiros de combate que nunca tinham visto um Clubmobile antes. Eles chegaram lá no dia anterior, e você teria achado que éramos as Andrews Sisters pela forma como os homens aplaudiram quando chegamos. Eles estenderam o tapete vermelho, montando nossas duas tendas em forma de pirâmide sob algumas macieiras um pouco afastadas do acampamento principal para que tivéssemos alguma privacidade. Eles até cavaram nossa latrina.

– Muito bem, senhoritas, esta será a nossa base para as próximas semanas – disse o Capitão Guy depois que nossos alojamentos estavam quase prontos. – Todos os dias vocês serão divididas e sairão para servir algumas das unidades de ataque, infantaria, tanques e artilharia remotamente estacionadas na área.

– Capitão, estes soldados foram tão gentis em nos ajudar a nos instalarmos. Pensei que poderíamos começar a fazer donuts e café imediatamente, se o senhor não se importar – sugeri. Todas as meninas pareciam estar de acordo, exceto Viv, que olhou para mim como se tivesse preferido uma soneca.

– Claro – ele disse. – Antes de começar, porém... uh, Blanche, eu poderia ter uma palavra com você, a sós?

Blanche se transformou em um rosa profundo e assentiu, e os dois se afastaram para falar debaixo das macieiras. Todas nós demos umas às outras olhares e tentamos não rir muito enquanto nos dirigíamos para os Clubmobiles. Um soldado chamado Monty se ofereceu para ajudar a montar os geradores.

– Ei, eu sou de Portsmouth, New Hampshire – revelou. Ele notou o nome *As Garotas de Beantown* pintado no Cheyenne e apontou: – Vocês são de Boston?

– Somos – respondi. – Torcedor dos Red Sox?

– Oh, sim. – Ele sorriu. – Há muitos fãs ianques por aqui. Eu realmente não posso acreditar que vocês vieram até aqui por nossa causa.

– Há quanto tempo você chegou, soldado?

– D mais 116 – ele disse. – Quem é esse? – Monty apontou para Barbara, que estava dormindo no capacete do balcão ao lado das balas Life Savers e do cigarro Lucky Strike.

– Oh, é Barbara. Estamos cuidando dela para seu dono, da 82ª Aerotransportada – disse Dottie. – Quer segurá-la?

— Barbara, a cachorrinha. — Monty riu enquanto a pegava. — Grande nome.

Depois que fizemos as máquinas de donut funcionar e preparamos o café, deixamos Monty escolher o primeiro disco para a vitrola. As verdadeiras Andrews Sisters começaram a tocar nos nossos alto-falantes, baixinho, a pedido do oficial comandante. Uma dupla de soldados próximos estava se barbeando na frente de pequenos espelhos, usando seus capacetes como pias, mas imediatamente largaram suas navalhas e vieram correndo, sorrindo ao som da música. Outros vieram de todo o acampamento, deixando para trás o que estavam fazendo para ouvir a música que lembrava a casa. Tivemos longas filas na frente dos dois Clubmobiles até o final do dia, e, apesar de estarmos exaustas, a gratidão dos homens fez tudo valer a pena.

Monty sentou-se conosco sob as macieiras ao sol da tarde, contando tudo sobre seus planos de se casar com sua namorada do ensino médio quando voltasse para casa.

— Thelma está esperando que eu volte — disse ele, tomando café. — Uma garota maravilhosa. Vocês a amariam. Queremos nos mudar para Boston ou para uma cidade maior. New Hampshire é meio irritante.

Ouvimos alguns barulhos no campo a cerca de algumas centenas de metros do pomar de maçãs, e Monty se levantou. Ele deixou cair a caneca de café no chão, e todo o seu comportamento mudou. Vi algumas crianças brincando no campo.

— Não há nada com que se preocupar — eu disse. — São apenas algumas crianças.

— Não. Eles não deveriam estar ali. Ainda não foi limpo. Ainda não foi revistado. — Monty deixou cair o donut no chão. — Por que eles não sabem disso? Pode haver minas, eles podem morrer. — Ele correu para o campo. — Ei, ei! — Monty gritou, acenando freneticamente para as crianças enquanto se aproximava delas. — Perigo! Corram! Perigo!

A primeira mina explodiu de tal forma que sacudiu o chão debaixo de nós. Naquele instante, vi Monty agarrar um dos garotos e jogá-lo quando uma segunda mina explodiu. O garoto que Monty tinha arremessado estava gravemente ferido e começou a gritar, a parte inferior de sua perna direita retalhada. Por um instante horrível, Monty estava lá e depois desapareceu. Através do zumbido nos meus ouvidos, eu ouvia as pessoas ao meu redor começarem a gritar também, e os soldados vieram de todas as direções tentando salvar Monty e as crianças feridas.

Olhei para a caneca de café e o donut meio comido de Monty no chão, corri atrás do Clubmobile e vomitei. Então, limpei o rosto e corri para ver como poderia ajudar. Martha já havia pegado um jipe, e Frankie estava carregando uma garotinha de cabelos pretos compridos. Entrei no Clubmobile e peguei um monte de trapos limpos para ajudar Frankie a enrolar o braço da menina. Um soldado estava carregando o menino com a perna ferida, que agora estava num torniquete apertado. Havia um terceiro menino com cabelo louro-branco que não tinha se ferido, mas estava em choque. Blanche pegou um cobertor e o envolveu.

O grupo que incluía Frankie e Martha correu para levar as crianças a um hospital de campanha próximo. O Capitão Guy, que falava francês, caminhou até o vilarejo para encontrar os pais das crianças. Vários soldados cercaram o corpo de Monty. Ele não iria para o hospital. Senti que estava enjoada de novo. Sua namorada, Thelma, receberia a notícia que ninguém jamais gostaria de receber.

– Uh, Fiona? – Blanche me chamou, enquanto se sentava ao lado do menino loiro. Levantei a cabeça, e ela apontou para Dottie, que estava sentada no chão, os braços em volta dos joelhos. – Aconteceu com Martha também, a primeira vez que nós... a primeira vez que algo como isso aconteceu.

– Dottie? – chamei. Dottie estava olhando para o vazio, seus dentes rangendo, a pele cinzenta. Chamei Viv para me trazer um cobertor. – Querida. – Dei um tapinha no rosto dela. – Vamos pegar um café. Você está em choque, todas nós estamos. Para o bem dos soldados aqui, temos que nos recompor. Lembrem-se que não servimos para nada se não pudermos ser úteis. – Repeti as palavras que Peter me disse antes de partir.

– Ele estava aqui – Dottie sussurrou. – Jesus Cristo, ele estava aqui conosco. E aquelas pobres crianças.

– As crianças vão ficar bem – tranquilizei-a. – Monty as salvou. Ele salvou as vidas delas.

Eu lhe dei um abraço quando Viv chegou com um cobertor e entregou Barbara, que instintivamente se aconchegou em seus braços. Viv sentou-se ao nosso lado e acendeu um Lucky Strike, e notei que suas mãos estavam tremendo incontrolavelmente.

– Temos que nos manter fortes – adverti. – Sabe este lugar sombrio em sua mente? Não vá até lá, Dottie. Essa é uma coisa que aprendi quando Danny desapareceu. Se você for lá, pode não voltar.

Dottie respirou fundo, e nós nos sentamos lá em silêncio por um tempo. Blanche tinha o braço ao redor do garotinho, que ainda estava chorando e mordiscando um donut.

Um grupo de cinco soldados cobriu o corpo de Monty. Seus rostos estavam sujos, suas expressões resignadas. Alguns deles tinham sangue de Monty em seus uniformes.

– Fico pensando em como ele correu para o perigo para salvar aqueles garotos – Dottie disse enquanto nós os víamos se afastarem. A cor tinha voltado para as bochechas dela. – Ele nem pensou. Ele simplesmente foi. Como alguém se torna tão corajoso assim?

– Eu não sei – falei. – Acho que estar aqui traz uma força para as pessoas que elas nunca souberam que tinham.

Capítulo 21

1º de dezembro de 1944

Ouvi os sons da agitação e um galo cantando ao longe antes de abrir os olhos. Alguém já tinha feito café. Era um pouco antes das sete de uma manhã fria de dezembro, e estávamos em uma fazenda perto de um vilarejo a vinte milhas de Paris.

Durante oito semanas, tínhamos viajado como nômades de acampamento em acampamento, servindo aos soldados agradecidos pelas montanhas de donuts e rios de café enquanto acampávamos por toda a zona rural francesa, em celeiros ou castelos danificados por bombas, mas a maior parte do tempo em nossas tendas.

Os aviões continuavam a sobrevoar, e os tanques muitas vezes passavam por nós. Mais de uma vez fomos obrigadas a nos deslocar por causa dos bombardeios próximos. Todas as noites, o céu se enchia de clarões de batalha.

Tínhamos trabalhado na lama e na chuva à medida que as temperaturas diminuíam ao longo do dia. E o Cheyenne tinha atolado pelo menos uma vez por semana.

Misericordiosamente, não ocorreram acidentes tão horríveis como no nosso primeiro dia, mas visitamos alguns dos hospitais de campanha e vimos os ferimentos que aqueles homens sofreram. Havia homens com membros perdidos, homens cegos, homens de muletas e cadeiras de rodas, para não falar do impacto psicológico que era impossível de ver.

Nós faríamos as malas e iríamos para Paris à tarde, para dormir em camas pela primeira vez em muito tempo, e eu mal podia esperar para tomar um banho de verdade. Ter de lavar o cabelo com um capacete cheio de água era algo a que nunca iria me acostumar.

À luz fraca da tenda, pude ver Dottie ainda dormindo e fiquei surpresa por encontrar Viv já de pé do lado de fora. Coloquei minha calça comprida debaixo do uniforme, vesti um suéter e minha jaqueta de campo e espiei para fora da tenda. Viv estava em frente ao Clubmobile com seu bloco, desenhando o retrato de um jovem soldado com seus lápis de carvão. Ele estava encostado ao Cheyenne com um sorriso nervoso no rosto. O exterior do nosso Clubmobile agora incluía os emblemas pintados de todas as fardas que tínhamos visitado. A 7ª Divisão Blindada. A 83ª Divisão de Infantaria. A 5ª Divisão de Infantaria. E as 82ª e 28ª Divisões, é claro.

– Você acordou cedo – eu disse a Viv.

– Eu sei. Prometi a Ronald que esboçaria seu retrato antes de irmos para Paris – disse ela. Ronald acenou para mim.

– Não se mexa, Ronny. Estou quase terminando – ela pediu. – Há café no caminhão, Fi. Depois que você pegar um pouco, tenho uma fofoca para contar.

Arranjei rapidamente uma caneca e me sentei ao lado de Viv. Ela entregou o retrato de Ronald.

– Obrigado. Minha mãe vai adorar isto. – Eu lhe dei um enorme sorriso antes de partir.

– Está bem, desembuche – eu disse.

– Adivinhe – ela respondeu.

– Oh, não, você não pode fazer isso. O que foi?

– Vamos apenas dizer que você não vai ficar chocada.

– Blanche e o capitão?

Viv sorriu, e eu sabia que estava certa.

– *Sim* – ela disse. – Eu acordei muito cedo, muito animada com Paris para dormir, o que, como você sabe, nunca acontece comigo. Eu me levantei para fazer café, e foi quando a vi saindo sorrateiramente da barraca do capitão.

– Você está brincando. – Quase cuspi meu café.

– Não! – Viv riu.

– Ele tem que voltar para Londres hoje.

– Eu acho que está na hora. Honestamente, do jeito que eles têm fingido desde Cherbourg...

Blanche e o Capitão Guy compartilharam uma gargalhada sobre seu flerte no café em Cherbourg no nosso primeiro dia na estrada, então não houve qualquer constrangimento entre os dois. No entanto, desde então, ficou claro que eles tinham sentimentos verdadeiros um pelo outro.

Os sinais eram óbvios, como quando estávamos todos sentados ao redor de uma fogueira com alguns dos rapazes, e nós os pegávamos olhando um para o outro, ou durante um dos concertos noturnos de Dottie, quando o capitão sempre terminava sentado ao lado de Blanche.

— Você vai dizer a ela que viu?

— Claro que vou — disse Viv, com uma piscadela.

— Você já teve notícias de Harry Westwood? — perguntei. — Ele pode encontrar você em Paris?

— Mandei aquele bilhete há algum tempo, mas não recebi nenhuma resposta. Maldito correio — disse Viv.

— Nem me fale — concordei. — Nada de casa, nada sobre Peter... nada.

— Você se arrepende de não ter entrado em contato com ele, dizendo que estaremos em Paris por alguns dias? — Viv perguntou depois de um momento. — Você sabe, para o caso de ele poder te ver lá?

Fiz uma pausa antes de responder à pergunta. Eu podia sentir o Coração Púrpura no fundo do bolso da calça.

— Sim. Não. Não sei, Viv. Acho que sim. Mas só de pensar em vê-lo sinto tantas emoções sobre Danny. Provavelmente é melhor deixar as coisas assim...

Viv abriu a boca para discutir meu ponto de vista, mas comecei a caminhar para a tenda antes que ela o fizesse. Eu não estava disposta.

— Pelo menos Dottie sabe que vai ver Joe — eu disse por cima do meu ombro. — Vou me arrumar. Mal posso esperar por alguns dias de civilização.

Querida Deidre, Darcy e Niamh (e Mãe e Pai!),

Olá, minha querida família. Estamos na estrada, na França, há oito semanas, e eu estava começando a pensar que todos vocês tinham me esquecido. Mas quando chegamos a Paris (sim, Paris!), ontem à tarde, recebi uma remessa de correspondência e de pacotes, e foi como se o Natal chegasse mais cedo. Isso costuma acontecer com o correio aqui – por semanas, nada, e depois tudo nos alcança num dilúvio.

    Muito obrigada pelos pacotes de carinho. Está ficando mais frio, e adorei o cachecol de lã vermelha e as luvas. Estou tão feliz que vocês tenham recebido minha carta sobre as botas de pelúcia – elas se encaixam perfeitamente.

    Por duas noites, estamos hospedadas no Hôtel Normandy, que a Cruz Vermelha transformou em um clube de mulheres oficiais. Tenho meu próprio quarto maravilhoso com uma cama de verdade, banheira, água QUENTE e aquecimento. Você não percebe o quanto sente falta das comodidades da vida moderna até que não as tenha. Temos vivido na estrada como soldados e parecendo soldados... até mesmo Viv! É bom se sentir como uma garota novamente, mesmo que apenas por um tempo.

    Ontem, quando chegamos, pedimos emprestado um jipe da Cruz Vermelha para visitar a cidade. Percorremos a Place de la Concorde, descemos os Champs-Élysées e adoramos cada minuto. Apesar de ainda estar se recuperando da ocupação nazista, Paris é de tirar o fôlego de todas as formas que as pessoas descrevem. As bandeiras francesas voam por todo lado, e as lojas têm belos cartazes vermelhos, brancos e azuis nas suas janelas. As pessoas estão muito felizes, e são muito agradáveis com os americanos. As mulheres parisienses são incrivelmente elegantes; seus penteados são muito

altos, assim como seus calçados, e elas usam bolsas com alças longas.
    Passamos o dia de hoje relaxando, tomando chá no Jardim das Tuileries e explorando a cidade como se fôssemos verdadeiras turistas. Não tive onde gastar meu dinheiro no caminho, então esbanjei em um perfume francês e um vestido novo. Hoje à noite vamos a uma boate que é popular entre os americanos aqui. Desde que chegamos à cidade, já encontramos muitos de nossos oficiais e amigos soldados da estrada. Também nos reunimos com as outras garotas do Clubmobile e compartilhamos nossas histórias. Tem sido um belo descanso dos nossos dias de trabalho no campo.
    Não há mais notícias sobre Danny de nenhuma outra fonte. Talvez vocês tenham ouvido algo dos Barkers?

    Eu não sabia o que escrever a seguir. Ainda pensava em Danny diariamente; a dor da ausência dele tinha sido parte da minha vida por mais de um ano. Mas eu não podia negar que sentia falta e me preocupava com Peter também, mesmo que fosse apenas uma amizade em tempo de guerra. E o que Viv tinha dito provou ser verdade: estar no meio dessa guerra era um mundo só seu.

    Eu estava tão cansada no final da maioria dos dias que nem tinha tempo para compreender a devastação, as histórias de horror que vinham pela frente, o peso do que tudo aquilo significava. Às vezes eu me imaginava como uma avó, olhando para trás, estudando fotos antigas e pensando em tudo isso com a profundidade que merecia. E então eu começava a me perguntar se alguma vez me tornaria avó e quem estaria ao meu lado se isso acontecesse.

    – Fiona! Fiona! – Frankie bateu forte na porta do meu quarto de hotel. – Nossa carona para o clube está aqui. Você está pronta?

– Sim, um minuto.

Eu me levantei da cama, alisei meu novo vestido e fiquei em frente ao espelho. O vestido era cor de grafite prateado com um decote drapeado e uma saia fluida. Naquela tarde, Viv e eu tínhamos decidido que estávamos completamente fartas dos únicos vestidos que tínhamos trazido de casa. Então, depois de perguntar a uma francesa adorável que falava inglês, descobrimos uma boutique com vestidos a preços razoáveis no bairro latino de Paris. Era mais dramático do que meu gosto habitual, mas a dona da boutique me convenceu de que eu deveria levá-lo.

Eu me olhei rapidamente no espelho e passei um batom vermelho profundo. Tinha torcido meu cabelo na frente com um pente de libélula roxo e prateado que comprara, mas o restante estava solto, e eu tinha feito meu melhor para enrolá-lo para que caísse em ondas.

Peguei o xale preto que pedira emprestado a Viv e abri a porta para ver Frankie ali em pé sorrindo. Ela estava adorável, seus cachos escuros balançando, usando um vestido preto que ela havia pedido emprestado a ChiChi do Dixie Queen, que era pequeno, como ela era.

– Oh, Fiona, você está absolutamente deslumbrante – disse Frankie, me dando um abraço só por isso.

– Obrigada, e você também – elogiei, dando outra olhada e alisando o vestido, um pouco egocêntrica. – Você realmente acha que está bom?

– Está mais do que bom. Está lindo. Vamos lá, você sabe que está – ela disse, agarrando minha mão. – Vamos. Viv, Blanche e Martha estão esperando lá embaixo.

Entramos no lobby do hotel, e avistei Viv de pé com Harry Westwood. Ele obviamente tinha recebido a carta dela. Os dois estavam ao lado da entrada, apoiados em um sofá, e fiquei mais uma vez impressionada como eles pareciam estar em Hollywood. Viv usava seu novo vestido verde esmeralda com decote em V, cintura fina e detalhes *peplum*, como uma sobressaia na região da cintura, com um laço nas costas. Suas ondas castanho-avermelhadas caíam em cachos triunfantes sob uma nova boina preta com uma pena de pavão. Harry Westwood estava em seu uniforme da RAF, que destacava sua longa e elegante estrutura. Outros hóspedes no lobby também admiravam os dois, e alguns sussurravam entre si quando passavam. Blanche e Martha estavam sentadas no bar em frente a eles, parecendo renovadas e bonitas, enquanto bebiam vinho tinto.

– Dots vai nos encontrar lá? – Blanche perguntou, e eu assenti. Dottie tinha passado a tarde explorando a cidade com Joe e ia nos encontrar no clube.

– Senhoritas. – Harry se aproximou quando chegamos e beijou Frankie e a mim em ambas as bochechas. – Nossas carruagens nos aguardam.

– Espere. Que carruagens? – perguntei. – Pensei que fôssemos ser levadas por um caminhão da Cruz Vermelha...

– Oh, não, fiz outros planos – disse ele, agarrando a mão de Viv enquanto nos conduzia para fora. Havia duas carruagens puxadas por cavalos.

– Eles têm cobertores de lã lá atrás para nos manter aquecidos – explicou Harry. – É uma bela maneira de ver Paris. Viv e eu vamos percorrer um longo caminho até o clube. Nos veremos todos lá.

Ele tirou o casaco e o colocou nos ombros de Viv. Eu a observei enquanto ela olhava para ele, e sua expressão era de uma alegria desprotegida. Viv, sempre cética em relação ao amor, estava apaixonada pelo inglês ousado.

– Divirtam-se, pombinhos. – Blanche acenou para eles enquanto se afastavam do hotel. O cocheiro segurou nossas mãos para subirmos na carruagem e se instalou debaixo de uma pilha de cobertores de lã.

– Por falar em pombinhos. – Olhei para Blanche.

– Sim, sim – respondeu ela, me dando uma carranca exagerada. – O pior segredo guardado na França.

– Então, você descobriu? – Martha disse, rindo.

– Sim, Blanche, e eu acho que a maioria dos soldados também sabia; eu os ouvi falando sobre isso – Frankie contou, mordendo o lábio.

– Viv me contou – eu disse. – Mas, honestamente? Não foi uma surpresa. E Viv, Dottie, e eu concordamos que o Capitão Guy se revelou na estrada; ele é um bom homem. Como ficaram as coisas com ele?

– Eu o deixei como quase todo mundo faz aqui, eu acho – respondeu Blanche com um suspiro. – Faremos o possível para nos manter em contato, nos encontraremos em Paris ou Londres ou em algum outro lugar se conseguirmos uma licença. Uma pena estarmos na cidade mais romântica do mundo e ele não estar aqui, mas isso é a vida na guerra.

– Vamos encontrar parceiros de dança num instante, Blanche – Martha a consolou.

– Vamos ter uma noite divertida. Nós merecemos isso depois de trabalhar sem parar por tanto tempo. Eu mereço.

– Você nem sequer contou a Fi sobre Arthur – disse Frankie a Martha. – Por falar em *segredos*.

– Ouça isto – Martha disse, sentada e batendo no meu joelho, uma carranca zangada em seu rosto doce. Ela estava usando um novo vestido vermelho em evasê, e suas bochechas estavam rosadas pelo frio. – Blanche e eu estávamos sentadas em um café esta tarde, e os soldados da mesa ao lado começaram a conversar conosco. Acontece que um deles era de Topeka. Então, é claro, perguntei se ele conhecia Arthur Reed, o agente funerário.

– Sim, e ele o conhecia?

– Ele falou: "Sim, sim, sim, eu o conheço" – continuou Martha, ficando mais animada. – E então ele acrescentou: "Minha irmã mais velha joga bridge com a esposa dele".

– O quê? – Coloquei a mão sobre a boca. – Oh, não...

– Oh, *sim* – ela disse. – Eu chequei para ter certeza de que era o mesmo Arthur. Mas, falando sério, quantos agentes funerários chamados Arthur poderia haver em Topeka, de qualquer forma? Era ele.

– Sinto muito – falei.

– Ah, obrigada. Eu pensei que ficaria com o coração partido, e estou um pouco, mas principalmente furiosa. Por mim e pela esposa dele. Que lobo.

– E, como eu falei o tempo todo para ela, você pode conseguir algo muito melhor do que um coveiro de Topeka – Blanche disse com um aceno, colocando o braço ao redor de Martha.

– Sim, você falou – Martha confirmou, inclinando-se para ela.

– Vou sentir falta de provocar você sobre ele – Frankie choramingou, e Martha a chutou.

– Martha, você é linda e inteligente, e a melhor motorista de caminhão que já conheci – elogiei. – Você realmente queria terminar com um homem que lida com cadáveres para viver?

– Honestamente – disse Blanche, as sobrancelhas levantadas.

Martha começou a rir.

– Tudo bem, garotas, vocês mostraram seu ponto de vista. Agora estou *realmente* pronta para dançar.

Fomos até o clube na carruagem, e pudemos ouvir os sons da banda de swing lá dentro. Apesar do frio no ar, as pessoas estavam espalhadas pelas ruas – soldados aliados, mulheres francesas e membros da Cruz Vermelha, todos socializando, sem pressa para entrar. Entramos no clube junto com a multidão, nos abaixando por uma pequena porta de madeira preta que revelou um espaço muito maior do que eu esperava. Havia um palco elevado com uma pista de dança na frente e mesas e cadeiras ao redor da área, lembrando a Paramount, em Londres.

Dottie veio correndo até mim assim que entramos.

– Você viu a banda? – ela perguntou, puxando meu braço. – Olhe! É uma orquestra só de garotas. Elas são americanas, e estão em turnê com a USO. Isso não é incrível? Chamam-se Starlettes. O nome da líder é Joy Sanders, e ela é fabulosa.

Olhei para cima, e com certeza toda a orquestra era composta por mulheres com ternos azul-marinho esbeltos, tocando tão bem quanto qualquer orquestra que eu já tinha ouvido, exceto talvez a de Glenn Miller.

– Uau, elas são muito boas – eu disse.

– Joe estava me dizendo que algumas delas começaram a circular pelo país depois que a guerra começou – observou Dottie. – Ele me trouxe aqui mais cedo para conhecê-las, e eu cantei e toquei com elas.

Joe apareceu então, me deu um abraço e pegou a mão de Dottie.

– Dottie, elas estão perguntando se você quer cantar esta noite – ele avisou.

– Eu acho que sim. Encontro você nos bastidores. Deixe-me tomar um drinque com as garotas primeiro – ela disse, beijando-o na bochecha.

Eu estava tão feliz por Dottie e Viv. Mas ver as duas se apaixonando fez com que eu me sentisse mais sozinha do que não me sentia havia muito tempo, mesmo estando rodeada de amigas. Blanche acenou para nós de uma mesa que ela tinha encontrado com Martha e Frankie, e de alguma forma elas já haviam arranjado um garçom para nos trazer bebidas. Viv veio para se juntar a nós também.

– Onde está Harry? – perguntei. – Quero agradecer a ele pela carruagem.

— Ele foi cumprimentar alguns "amigos" dele — explicou Viv.

— Um brinde, queridas meninas — disse Blanche depois que o garçom nos entregou nossas bebidas. — A nós e a Paris.

— A nós e a Paris. — Enquanto nós seis tínhamos os copos cheios, uma mulher em uma mesa próxima bateu no ombro de Viv.

— Desculpe, mas tenho que perguntar. Você está com Harold Westwood? — ela falou com sotaque britânico e apontou para Harry do outro lado do clube. A mulher tinha o cabelo liso, preto, e estava sentada com outras duas jovens. Frankie olhou para elas como se estivesse pronta para uma luta, se necessário.

— Sim, suponho que sim — disse Viv, divertida com a pergunta. — Por que está perguntando?

— E você é *americana* — continuou a mulher, com um sorriso de gato. — Fascinante.

— Por que é tão fascinante? — perguntei.

— Nós estávamos nos perguntando quem você era, já que está com um dos solteiros mais disputados da Inglaterra. Eu não acho que a família dele vá ficar feliz em saber que ele está *passando um tempo* com uma garota americana.

— Desculpe, não sei do que você está falando. — Viv franziu a testa.

— Ele é o Lorde Harold Westwood — falou a mulher. — Ele é um barão. Sua família é uma das mais ricas da Inglaterra.

— O quê? — perguntei, começando a rir. — Você está brincando.

— Não, definitivamente não estou brincando — a mulher disse, soando mais arrogante a cada minuto. — Eu teria cuidado se fosse você. A aristocracia britânica pode ser perversa com os forasteiros.

— Obrigada pela dica, mas vou ficar bem. — A voz de Viv estava fria enquanto dava as costas para elas, as bochechas de um vermelho profundo. A princesa Viv estava saindo com um aristocrata britânico. Claro que sim. Dei a ela um olhar de lado.

— Você não sabia? — perguntei.

— Não. Eu gostaria de saber se elas estão falando do Harry Westwood certo. Ele nunca disse uma palavra.

— Viviana Occhipinti, você acabou de me fazer ganhar a noite. — Blanche lhe passou um cigarro. — Essa pode ser a melhor fofoca que já tivemos na guerra.

– Concordo, mas o que você vai fazer? – Frankie perguntou.

– Calma, garotas – disse Viv, procurando por Harry na multidão. – Eu nem sei se é verdade.

– Sim, mas elas não teriam motivo para mentir sobre algo assim – alegou Martha. – Quero dizer...

– Ei, Fiona – Dottie chamou, interrompendo-a. Ela estava olhando para trás de mim na entrada. Ela apontou, então me virei para olhar.

Um grupo de oficiais tinha acabado de entrar. Meu olhar desviou para o alto, largo e em pé no centro deles. Aquele com o cabelo grosso e escuro e o sorriso que eu reconheceria em qualquer lugar. Peter. Suspirei e me levantei enquanto minhas bochechas aqueciam e eu sentia borboletas no estômago quando o vi. Ele já tinha me visto e acabado de dizer "olá", levantando a mão para acenar.

– O quê? Como é que... Espere. – Olhei em volta para as minhas amigas, e elas estavam todas sorrindo.

– Viv e eu escrevemos uma carta para ele – Dottie disse. Ela deu um tapinha na minha mão. – O que você está esperando? Vá vê-lo. Lembre-se: divirta-se e não pense demais. – Viv me deu um empurrão.

Caminhei até lá, através da multidão, mesas e cadeiras, e era quase impossível atravessar tantas pessoas. Finalmente cheguei até o grupo, e seus amigos oficiais se separaram para dar lugar a mim, para que estivéssemos frente a frente.

Por apenas um segundo, ficamos ali parados estranhamente, mas então fiquei na ponta dos pés e joguei meus braços ao seu redor, e ele me puxou para cima em um abraço. Eu podia sentir seu coração batendo rápido no peito, e ouvi um de seus amigos assobiar enquanto outro sussurrava:

– Moretti está perdido.

Quando nos afastamos, ele ainda estava segurando minha mão. Balancei a cabeça e sorri.

– Eu não posso acreditar que elas te mandaram uma carta – falei.

– E eu compreendo por que você não enviou – ele disse, inclinando-se e falando no meu ouvido. – Mas está feliz por eu estar aqui?

– Mais do que feliz – admiti, e ele me deu um sorriso aliviado.

– Há um café a alguns quarteirões daqui – ele confidenciou. – Eu pensei que talvez pudéssemos ir lá, em algum lugar mais tranquilo do que este...

– Sim, perfeito – respondi. Fui pegar minha bolsa e xale e dizer adeus a minhas amigas.
– Viv está certa – Dottie disse, me dando um abraço de despedida. – Por favor, deixe-se ter um pouco de felicidade esta noite, pelo amor de Deus. Você merece, Fi.
Ainda havia uma multidão de pessoas se movimentando do lado de fora do clube. Um velhote com um suéter cor de vinho estava tocando um acordeão para ganhar alguns francos do outro lado da rua, e havia um casal bêbado rindo e dançando com sua música.
Caminhamos pela rua e Peter segurou minha mão. Parecia pequena e quente na dele, e havia uma eletricidade inegável entre nós. O ar frio de dezembro cheirava à neve, e a rua parisiense à noite, com seus postes ornamentados e belas árvores, algumas brilhando com gelo, era linda demais para explicar.
Respirei fundo e fechei os olhos. *Apenas viver. Viver apenas para este breve e frágil momento no tempo.*
Eu os abri novamente, e Peter estava me observando.
– Você está bem? – ele perguntou.
– Sim – eu disse. – Acho que estou melhor do que não ficava há muito tempo...
Ele pausou e então sussurrou:
– Eu também.
– Fiquei tão triste por saber sobre Tommy Doyle. Sobre tudo o que aconteceu na Holanda. Sobre o que todos vocês... nós... perdemos.
Peter não disse nada; apenas apertou mais minha mão, olhou para o céu e acenou quando os flocos de neve começaram a cair.
Nós viramos uma esquina para uma rua que não era mais que um beco. À direita havia um pequeno sinal acima de uma porta que dizia "Chat Blanc, Chat Noir Bistro", com um quadro pintado de um gato preto e um gato branco entrelaçados. Nós nos inclinamos para dentro.
O café tinha um piso de ladrilho quadriculado e era simples, mas limpo, com várias bandeiras francesas, britânicas e americanas decorando a parede acima do pequeno bar. Havia dois homens de uniforme no bar, e apenas uma das mesas estava ocupada com dois jovens casais conversando em francês. O dono era um homem pesado, de cabelos grisalhos, e nos recebeu com um enorme sorriso.

— *Américains? Bonsoir! Bonsoir, monsieur, madame.* — Ele estendeu os braços e nos levou a uma mesa no canto da janela da frente. Nem sequer tínhamos visto o cardápio quando a mulher do dono, uma senhora alta, magra e elegante, trouxe uma garrafa de vinho tinto e alguns pequenos pratos de azeitonas e nozes.

— Do bar — disse ela em um inglês cuidadoso, apontando para os dois soldados aliados sentados. Eles levantaram seus copos para nós e sorriram, e nós levantamos os nossos em troca, dizendo nosso agradecimento em inglês e francês.

— Há tanta alegria nesta cidade. Faz você se sentir como se a guerra já tivesse acabado — comentei.

— Eu queria que fosse verdade, mas sei que não é assim. — Peter deu um sorriso triste. — Temos algum trabalho a fazer ainda.

Eu me limitei a olhar para ele. De perto, podia-se ver que a Holanda tinha feito sua parte. Havia mais algumas mechas grisalhas em seu cabelo escuro.

— Eu não sei como você faz isso, como você continua — eu disse. — Eu não sei como vocês fazem isso.

Ele olhou para mim, surpreso.

— Eu? Como *você* faz isso? — ele perguntou. — Eu penso nisso; você não precisava vir, mas aqui está você, nos ajudando. Sinto muito por ter duvidado. Estou admirado com o fato de que você se voluntariou. Eu *tinha* que vir, mas você *escolheu* isso.

— Eu fiz e não fiz — eu disse. — Sinto que de alguma forma isso me escolheu.

— Talvez sim — ele retrucou. Peter tomou um gole de vinho e então pegou minha mão na mesa e a segurou firme. Ficamos sentados ali olhando pela janela, aproveitando o momento. — Senti sua falta — ele disse, olhando em meus olhos. — E me preocupei com você. E estar aqui com você esta noite me lembra o que é realmente ter uma vida fora da guerra.

— Eu também senti sua falta — admiti. Puxei minha mão para longe, para poder colocar minha bolsa na mesa. Tirei seu Coração Púrpura. Ele olhou para aquilo por um longo tempo, então pegou minhas mãos nas dele.

— Nós dois vamos embora amanhã novamente — ele informou. — Vamos tentar aproveitar essa linda cidade por algumas horas. Você gostaria?

– Foi exatamente o que eu pensei – concordei. Ergui meu copo. – A esta noite.

– A esta noite – ele disse, batendo os copos. – E agora, Fiona Denning, eu quero ouvir sobre você. Conte-me mais sobre Boston e sua família, suas irmãs e sua escola. Fale-me sobre seu sabor favorito de sorvete e sobre o trabalho com o prefeito. Conte-me tudo.

– Oh, bem, se eu vou fazer isso, você tem que retribuir – propus. – Quero ouvir tudo sobre a lendária carreira de boxe de que todos os seus soldados se gabam.

– Ah! Não exatamente lendária, mas sim, vou lhe contar – ele prometeu.

– Ainda é cedo. Nós temos tempo.

Sentamo-nos à janela na pequena mesa do café com a neve caindo do lado de fora, conversamos e rimos durante horas, o dono trazendo mais uma garrafa de vinho e mais pequenos pratos de comida, e até mesmo uma cesta com baguetes recém-fatiadas, o que parecia um luxo. Conheci a vida de Peter em Nova York, seus pais italianos, seu irmão mais novo, Anthony, e sua irmã mais nova, Danielle.

Contei a ele sobre ser a mais velha de quatro irmãs e o que eu amava em Boston, os bairros, os Red Sox, os Common e os Charles. Falei sobre como Viv, Dottie e eu nos tornamos amigas na faculdade e todos os assuntos malucos com os quais eu tinha que lidar no escritório do prefeito diariamente.

Éramos um casal. Só que não éramos nada. Éramos como tantos outros americanos vivendo juntos na guerra. Todos nós usamos cada truque mental e válvula de escape emocional que podíamos reunir para passar por aquilo, não ilesos, mas pelo menos em um só momento. Usamos música e dança, risos e bebidas, e, se tivéssemos muita sorte, usávamos uma noite como esta para nos ajudar a sobreviver.

Agora mesmo, Peter e eu estávamos em nosso próprio espaço isolado, fora do alcance de tudo, vivendo por esse breve tempo juntos, porque isso nos fazia sentir esperançosos e humanos. E no dia seguinte voltaríamos à guerra e esperaríamos por outro momento como aquele no futuro, embora não houvesse garantias de que isso aconteceria.

Ficamos no café até que começaram a desligar as luzes, e então encontramos um bonde a cavalo para nos levar de volta para onde estávamos – o Hôtel Normandia para mim, o novo Rainbow Corner da Cruz Vermelha de Paris para ele. Peter colocou o braço ao meu redor de forma protetora, fechei os olhos e me encostei em seu peito, desejando que a noite não tivesse que acabar.

– Quando vi você no clube esta noite usando este vestido... – ele sussurrou ao meu ouvido. – Nunca vi ninguém tão linda.

– Obrigada. Eu queria tanto que você estivesse lá. – Sorri. – Devo a Dottie e Viv por te enviar aquela carta. Lamento não ter sido eu a enviá-la.

Nossos rostos estavam tão próximos que eu podia sentir seu hálito quente na minha face. Levantei a cabeça, e estávamos cara a cara, o olhar dele de saudade refletindo o meu. Nós dois nos inclinamos, mas, um pouco antes de nossos lábios se tocarem, ele se afastou, uma expressão atormentada em seu rosto.

– Fiona, eu tenho que lhe dizer algo. Eu deveria ter...

– *Shh...* – eu disse, colocando o dedo em seus lábios. – Ainda não. Por favor. Beije-me.

Ele soltou um suspiro e tomou meu rosto em suas mãos, e finalmente nossos lábios se tocaram, e nós nos beijamos. Continuamos nos beijando, longo e lentamente, e eu me inclinei para dentro dele enquanto ele me puxava para perto. Não há nada como a euforia de um primeiro beijo, um beijo que eu nem tinha percebido que estava esperando tão desesperadamente. Parecia que meu coração poderia estourar no peito.

O condutor limpou a garganta, e percebi que estávamos em frente ao Hôtel Normandia cedo demais. Peter me ajudou a sair do carro e me levou para dentro do hotel. Era tão tarde que ninguém estava na recepção.

– Minha carruagem acabou de se transformar em uma abóbora – comentei enquanto caminhávamos para dentro. – Eu sei que você tem algo a me dizer. Acho que eu soube a noite toda.

Era verdade. Em nossas horas de conversa sobre nossas vidas no café, eu propositalmente não havia mencionado Danny uma única vez, nem ele. Danny estava lá, embora como uma sombra, uma pergunta que havia ficado sem resposta, um buraco no meu coração que ainda não havia sarado.

– Eu... Eu só queria esta noite para nós – eu disse. – Foi por isso que eu não perguntei antes.

– Foi por isso que eu não lhe contei antes – ele disse. Peter colocou sua testa na minha antes de se afastar e tirou uma carta do bolso. Ele me levou para um dos sofás do lobby e me sentou. – Finalmente recebi esta carta de Hank, do IRC. – Peter olhou para mim com compaixão e muito mais. Cruzei os braços e me preparei. Ali estava uma notícia que estava prestes a mudar minha vida. Novamente. – Eles o encontraram, Fiona. O segundo tenente Daniel Barker está em um campo de prisioneiros de guerra na Prússia Oriental para aviadores aliados conhecidos como Stalag Luft IV. Ele está vivo. Pelo menos estava vivo com base neste relatório de dois meses atrás.

– Quantos estão neste acampamento? – perguntei, simplesmente porque não sabia o que mais perguntar ou como processar essa informação.

– Mais de seis mil – disse ele.

Sentei-me ali, olhando para o vazio. Tentando me lembrar da voz de Danny, seu rosto, as últimas palavras que dissemos um ao outro. Coloquei minha cabeça em minhas mãos. Danny não tinha morrido um ano atrás como eu pensava. Ele estava vivo apenas dois meses antes. Ele poderia ainda estar vivo hoje.

Eu queria chorar, mas sabia que se o fizesse não pararia, porque não só estaria chorando por Danny, mas estaria chorando por tudo que se perdera nessa guerra. Por Tommy Doyle, Monty, a rosa em cada sepultura e as milhares de famílias em luto. Egoisticamente, eu estaria chorando por mim e por Peter, presos nesse purgatório entre a guerra e a vida real.

– Você me pediu para descobrir, e eu descobri. Pensei que, se eu não pudesse ter você, pelo menos poderia fazer isso. Você merece saber onde ele está. Saber que ele está vivo.

Olhei para ele e agarrei sua mão.

– Obrigada – sussurrei. – Alguns homens teriam jogado a carta no lixo e não me contariam.

– Eu nunca poderia fazer isso – disse Peter, a expressão dolorosa em seu rosto.

– Esta guerra mudou minha vida para sempre, mudou quem sou – refleti. – Eu estava envolvida na minha dor em casa, e então vim para cá e me joguei neste trabalho, e acabou sendo esta vida louca e gratificante que eu não trocaria por nada. E isso me levou até você. Mas, antes de tudo, Danny era o homem com quem eu ia me casar, e eu devo a ele tentar encontrá-lo.

– Eu entendo – ele disse, olhando para minha mão, e nós ficamos lá em silêncio por alguns momentos.

– Você... Ainda vai se casar com ele? – perguntou, olhando para mim.

– Sabe de uma coisa? Esqueça, não responda. Se ele teve a sorte de amar você primeiro, ele provavelmente tem a sorte de sobreviver a esta guerra.

Amar você primeiro. Aquelas palavras estavam entre nós, e eu sabia que eram verdadeiras. Peter me amava. E agora eu sabia que era possível estar apaixonada por duas pessoas ao mesmo tempo.

– Peter, eu preciso que você saiba, eu sinto...

Desta vez foi ele que colocou o dedo nos meus lábios, pegou meu rosto nas mãos mais uma vez e me beijou, um beijo mais desesperado, apaixonado ao pressionarmos os lábios um contra o outro, todas as nossas emoções e perguntas envolvidas nele.

– Em outra vida... – eu disse.

– Em outra vida, sairíamos da Normandia e eu levaria você para um hotel romântico com vista para a Torre Eiffel. – Ele olhou para mim com uma intensidade que me fez corar.

– E eu não hesitaria em ir – respondi, porque não podia negar.

Olhamos um para o outro, pensando em como seria aquela noite, até que ele quebrou o encanto.

– Mas em outra vida – ele continuou, respirando fundo – você não teria um noivo que está em um acampamento de prisioneiros de guerra, segurando uma foto sua em preto e branco, a única coisa que o manteve vivo esse tempo todo.

Eu tinha imaginado essa mesma cena em minha mente. Pobre Danny. O que ele tinha suportado? E, de novo, eu estava cheia de dor e culpa. Se ele soubesse o que eu estava fazendo agora, isso o devastaria. Concordei, sentindo meus olhos se encherem de lágrimas.

– Eu sei que você está sofrendo, e eu entendo por quê. Apenas... obrigado por esta noite; foi a melhor noite que já tive nesta guerra. Não, não apenas nesta guerra. Foi uma das melhores noites da minha vida. Eu nunca vou me esquecer – disse Peter, brincando com os fios de cabelo que haviam caído do meu pente.

– Me escreva? Por favor? Acho que vamos na mesma direção, não é mesmo? – pedi.

— Sim, e eu gostaria que você não fosse. — Ele me ajudou a me levantar do sofá, sua expressão séria enquanto me puxava para um último abraço. — Você estará mais perto do que nunca do território alemão. Esteja atenta, ouça os oficiais ao seu redor. Se eles disserem que as coisas estão ficando quentes, tire suas garotas de lá. Rápido. Não faça nenhuma tolice. Mantenha-se viva.

— É melhor você fazer o mesmo — eu disse. Então acrescentei: — Posso ficar com seu Coração Púrpura?

Ele riu e sussurrou no meu cabelo:

— Não só com ele.

Capítulo 22

3 de dezembro de 1944

Na manhã seguinte, deixamos uma Paris cinzenta e fria, um comboio de oito Clubmobiles e pelo menos o mesmo número de caminhões de abastecimento e jipes que se dirigiam para Bastogne, na Bélgica. Dirigimos em silêncio durante a primeira hora, as três de nós em um clima melancólico depois de uma noite de muita diversão e pouco sono.

– Acho que ter uma pausa assim só piora as coisas – disse Dottie. Seus olhos estavam inchados de chorar, e Barbie continuou lambendo o rosto dela para tentar confortá-la. – Nós ficamos melhor quando estamos nos esforçando, trabalhando duro, esquecendo como é dormir em camas reais e usar vestidos bonitos.

– E beijar homens bonitos. – Viv sorriu. – É isso que você quer dizer, Dots.

– Verdade. Bem, de qualquer forma, um homem bonito – Dottie disse. – E ah, as preocupações e o nervosismo quanto ao que pode acontecer com ele.

– Ele não está em segurança sendo o líder de uma banda? – A pergunta de Viv pairou entre compaixão e sarcasmo.

– Eu achava que sim, mas, acredite ou não, a banda acaba na linha também, especialmente com todas as perdas que a 28ª sofreu – ela contou. – Embora eu deva me considerar sortuda porque eles estão tão cansados e exaustos que vão para um centro de descanso em Clervaux, Luxemburgo. É tranquilo, uma pequena cidade escondida em segurança nas montanhas, não muito longe de nós.

– Então, você ainda não nos disse: Harry é um lorde, ou um duque, ou o que quer que seja? – perguntei a Viv. – E para onde ele vai agora?

– Harry está aqui, ali e em todos os lugares – respondeu Viv, um tom amargo em sua voz. – Mas ele não vai a lugar nenhum comigo.

– Do que está falando? – Dottie perguntou. Olhando de relance, o rosto de Viv ficou sombrio.

– Harry é realmente um lorde – ela revelou. – Eu perguntei a ele. E então contei o que aquela britânica maldosa falou sobre sua família, pensando que ele acharia engraçado.

– E...? – Dottie quis saber.

– Em vez disso, ele ficou muito sério – continuou Viv. – Ele me falou que desejava que eu não tivesse esperança de conhecer seus pais. Que eles não iriam entender e "vamos nos divertir e aproveitar a noite, querida. Afinal de contas, estamos na guerra". E percebi naquele momento que eu tinha começado a pensar nele como algo além do que um simples caso na guerra. E o que realmente dói é que pensei que ele também achasse o mesmo de mim. Mas não. – Os olhos dela pareciam tristes, mas sua expressão estava zangada. – Então eu disse a ele que não queria vê-lo de novo. Porque, realmente, se é isso o que ele pensa, por que eu deveria? Há muitos outros rapazes aqui para dançar.

Dottie estendeu a mão e agarrou a de Viv.

– Sinto muito – falei. – Pela maneira como ele estava agindo, com certeza parecia que estava completamente louco por você.

– Sim, bem, os homens às vezes são assim. A maior parte do tempo – Viv disse com um encolher de ombros, limpando o rosto. – Sua vez, Fiona. Você mal soltou uma palavra desde que saímos de Paris. Desembuche. Que diabos aconteceu ontem à noite?

Fiquei em silêncio por um segundo, sem saber por onde começar. Então contei o detalhe mais importante.

– Descobri que Danny está vivo, em um acampamento de prisioneiros de guerra na Prússia Oriental.

Pude ver ambos os olhares de choque de canto de olho enquanto tentava manter o foco na estrada e não ficar muito emocionada. Contei a elas todos os detalhes da noite romântica, aquela que eu ainda estava revivendo na mente, apesar do sentimento de culpa. E como Peter e eu não mencionamos Danny até a hora em que tivemos que nos despedir.

– Jesus – disse Viv.

– Você ficou com raiva por ele não ter contado as notícias no início da noite? – Dottie perguntou.

– Não – respondi. – Eu segui o conselho de vocês, meninas. Eu realmente só queria ter algumas horas com ele. Ser feliz. E foi o que fiz. Agora que eu sei, estou me sentindo mal por causa disso, é claro. Fiquei acordada a noite toda pensando em Danny na prisão todo esse tempo, em como ele está e o que está passando.

– Oh, Fi, sinto muito – Dottie disse.

Viv colocou o braço ao redor do meu ombro.

– Quer um cigarro? – Viv perguntou. – Passar uma noite incrivelmente romântica com alguém e depois ouvir que o seu noivo morto está vivo? Isso é muito para lidar.

– Pelo amor de Deus, Viv – reclamou Dottie.

– Que foi? – Viv perguntou. – É verdade.

– Não brinque, Viv – pedi. – É muita coisa para se lidar. Mas não, obrigada. Eu não sei como ou quando isso vai acontecer, mas quero ser uma das primeiras na Cruz Vermelha a ajudar a liberar os prisioneiros de guerra, talvez até chegar a Stalag Luft IV.

– Eu vou com você – disse Dottie.

– *Ugh*, então suponho que eu tenha que ir também – Viv resmungou, e Dottie deu uma cotovelada nela. – Estou brincando. É claro que eu vou, se conseguirmos ser designadas, mas isso é um grande "se".

– E o que você vai fazer com Peter? – Dottie perguntou.

– Nada. Eu posso nunca mais vê-lo de novo. – A ideia era difícil de suportar.

– Aposto que você vai reencontrá-lo – Viv opinou. – Mas não há muito que você possa fazer sobre isso, na verdade. Eu sei que você se importa com ele, mas não está apaixonada ou algo assim. Espere... você está?

Eu me limitei a olhar para ela. Não podia dizer as palavras em voz alta, mas, depois da noite anterior, eu também não podia negar.

– Oh, Deus – Viv disse, quando cruzamos a *front*eira para a Bélgica. – As coisas ficaram muito mais complicadas.

A pequena cidade de Bastogne ficava no vale Wiltz, nas Ardenas, uma região de floresta densa, rios sinuosos e terreno acidentado. Vinte e quatro de nós estávamos alojados num castelo abandonado nos arredores da cidade. Ficamos todos aliviados por não termos que montar tendas, pois a neve estava caindo quase diariamente, e não fazia mais de menos seis graus. O castelo não era aquecido, mas pelo menos era um verdadeiro abrigo, e havia um grande pátio onde podíamos estacionar todos os nossos caminhões.

Nós seis encontramos um quarto onde pudemos montar nossas camas, lençóis e sacos de dormir ao lado de uma grande lareira. Tivemos um jantar de rações K com todo o grupo na grande sala de jantar sem mobília naquela noite.

– Certo, só alguns lembretes antes de vocês irem para a cama – Liz disse, enquanto estávamos terminando o jantar. – O toque de recolher aqui é às oito horas, porque nossos soldados ainda estão encontrando nazistas escondidos na floresta. Além disso, pode haver minas em qualquer lugar, então permaneçam nas estradas o tempo todo. Na verdade, não queremos que nenhuma de vocês ande pelas estradas porque as minas ainda não foram removidas. – Duas garotas gemeram com isso. – Eu sei que é difícil – disse Liz. – Mas o perigo é real. E, falando em dirigir, prestem atenção em quem estiver liderando. Uma curva errada pode colocar vocês em território inimigo. O *front* está ao nosso redor; não é uma linha reta marcada por arame farpado e um grande letreiro. – Ela pegou suas pastas e acrescentou: – Tudo bem. Isso é tudo. Por favor, estejam prontas amanhã de manhã cedo, senhoritas. Vou mostrar suas tarefas. Fiona, vocês seis podem se instalar na praça da cidade de Bastogne às seis e meia da manhã? – Liz tocou em mim quando eu me levantava da mesa. – É a intersecção perfeita, a infantaria indo para o *front*, os médicos voltando. E então, à tarde, pensei que vocês poderiam chegar a algumas das unidades de engenharia que estão consertando pontes. Vou pedir um soldado em um jipe para acompanhá-las.

– Claro – eu disse.

– Está tudo bem? – Liz quis saber, olhando para meu rosto. – Vocês estavam todas em uma conversa intensa no final da mesa.

Depois de conversar com as garotas do Dixie Queen, eu tinha me reunido com Blanche, Martha e Frankie para compartilhar as notícias sobre Danny. E Peter.

– Eu conto sobre isso amanhã – prometi, com um bocejo. – É uma longa história.
– Está bem – ela disse. – Durma um pouco. Ah, se vocês tiverem algum problema com a lareira no seu quarto, há alguns soldados que virão nos ajudar. Apenas avise um deles.

Nas primeiras duas semanas em Bastogne, nos mantivemos em uma rotina regular e estávamos ainda mais ocupadas do que na França, com tudo cem vezes mais difícil por causa das temperaturas baixíssimas, gelo e neve. Levantávamo-nos cedo, devorávamos uns "biscoitos caninos" da ração K, como dizia Blanche, colocávamos nossos casacos de campo sobre cada peça de roupa que tínhamos e íamos até ao pátio para fazer donuts. E sempre tínhamos algum tipo de atraso, porque a lata de banha de porco estava congelada ou o gerador britânico não ligava.

Nossas equipes do Cheyenne e do Tio Sam abriam as portas na praça de Bastogne quando centenas de soldados passavam, vindos de diferentes direções. Era um cruzamento de sete estradas no meio de uma densa floresta onde poucas vias existiam.

Na parte da tarde, os caminhões se dividiam para tarefas diferentes. Para mim, Dottie e Viv, isso geralmente significava quase congelar até a morte, enquanto seguíamos um soldado até um dos grupos remotos de engenheiros que consertavam pontes. O vento chicoteava através da cabine não aquecida, nos gelando por entre nossas camadas de roupas e os cobertores de lã nos assentos.

Naquela tarde em particular, tínhamos servido alguns oficiais que faziam parte da 106ª Divisão de Infantaria perto da aldeia de Vielsalm. A maioria dos homens era jovem e relativamente inexperiente, pois tinha acabado de chegar. Assim que chegamos, sentimos algo errado; a moral baixa pairava no ar como uma doença. Homens sentados jogando cartas em pequenas fogueiras, não havia risadas ou sorrisos fáceis como os que víamos regularmente em outros acampamentos.

Fizemos tudo o que pudemos para levantar o ânimo e continuamos servindo café e donuts, cigarros e doces até não termos mais nada. A pobre

Dottie tocou seu violão para eles com os dedos quase congelados. Até mesmo Barbara entrou em ação quando os homens passaram por ela e, sem sucesso, tentaram levá-la para brincar. Enquanto empacotávamos as coisas, o oficial comandante, Major General Andrew Jones, veio até nós pouco antes de estarmos prontas para partir.

– Vocês melhoraram o dia dos meus homens – agradeceu ele. – Tem sido uma jornada difícil. Muitos desses rapazes são jovens; quase todos têm menos de 22 anos e são novos aqui. E esse tempo não está contribuindo positivamente. Deus ajude a todos eles se tivermos que entrar em ação.

– Este tempo não é bom para o humor de ninguém – eu disse.

– Eu tenho que pedir um favor – ele continuou. – Eu sei que há outra entrega de correio em breve, vários caminhões carregados em Bastogne. Quando chegar, há alguma chance de vocês fazerem uma entrega especial para nós? Seria o incentivo de que eles precisam. Sirvam-lhes mais café, e distribuam a correspondência. Vocês sabem que o correio é uma tábua de salvação para estes homens, especialmente antes do Natal.

– Claro que podemos fazer isso, senhor. Ficaríamos felizes em ajudar.

Entramos no carro e seguimos o soldado condutor até nosso castelo. Estava escurecendo, e a neve caía a cada duas horas, mais ou menos. Algumas vezes uma de nós tinha que sair e consertar os limpadores de para-brisa, que eram pouco adequados. Depois de uma dessas paradas, bati com as mãos no volante e as esfreguei para tentar aquecê-las. As pontas dos meus dedos estavam tão geladas que ficava cada vez mais difícil dirigir.

– Fiona, eu queria dizer que você se tornou uma grande motorista – Dottie elogiou, com os dentes batendo. – Agora você dirige por estas estradas escorregadias e traiçoeiras como se não fosse nada.

– Obrigada – agradeci. – Na verdade, eu não temo isso como antes. Eu meio que adoro, mesmo com esse tempo.

– Estou rezando para que as garotas já estejam com a lareira acesa. Estou com três pares de meias dentro destas botas, e meus dedos dos pés ainda estão dormentes – reclamou Viv.

– Eu pagaria mil dólares por um banho quente – disse Dottie. – E uma carta de Joe, ou um cartão de Natal de casa.

– Vocês ouviram o major sobre a entrega da correspondência para a 106ª? – perguntei enquanto nos aproximávamos do castelo.

— Sim — respondeu Viv. — Não há como dizer não a isso. Aqueles rapazes estavam infelizes.

Desesperadas para nos aquecer, corremos para o castelo assim que chegamos lá, dizendo "olá" para algumas garotas do Clubmobile enquanto subíamos as escadas para nosso quarto.

Quando entramos, Blanche estava amontoada em sua cama, envolta em seu saco de dormir como uma múmia; seu rosto era a única coisa visível. Frankie e Martha estavam em frente à lareira do outro lado do quarto, tentando colocá-la em funcionamento.

— Oh, ei, garotas, não se importem comigo — disse Blanche. — Não me sinto muito bem, e tenho certeza de que minhas mãos estão quase congeladas.

— Estamos todas congeladas — Frankie repetiu enquanto Martha continuava a cutucar a lenha na lareira. — E esta maldita madeira está tão molhada da neve que não conseguimos...

A sala se iluminou quando a lareira explodiu. O som foi ensurdecedor, e então o fogo começou, algumas chamas engolindo Martha e Frankie, que soltaram gritos horríveis.

Estavam as duas no chão, então peguei meu saco de dormir, e Viv e Dottie fizeram o mesmo tentando apagar as chamas que envolviam suas roupas e corpos. Meninas e soldados começaram a correr para o quarto, e alguém as encharcou com água enquanto um dos soldados domava as chamas que ainda saíam da lareira.

As mãos de Marta ficaram totalmente queimadas, e ela sofreu outra queimadura no rosto. Ela soluçava histericamente de dor. O fogo tinha queimado a calça de Frankie, e sua coxa direita estava gravemente ferida. Lágrimas corriam pelo rosto dela, que tinha ficado acinzentado.

— Eu sou médico! — Um soldado de cabelos castanho-escuros entrou correndo com um kit de primeiros socorros e se ajoelhou entre elas. — Temos que levá-las para o hospital mais próximo agora mesmo.

— Eu dirijo se você puder me mostrar o caminho — ofereci. — Podemos levá-las no Clubmobile.

— Ótimo — disse o médico. — O hospital fica em Thionville, a cerca de uma hora daqui.

— Eu vou com você — anunciou Blanche, com lágrimas escorrendo pelo rosto.

— Dottie e eu devemos ir também? — Viv perguntou, devastada enquanto víamos o médico cuidar de nossas pobres amigas.

Dottie estava ajoelhada ao lado delas, acariciando o cabelo de Martha, tentando confortá-la, mas ela ainda estava chorando histericamente.

— Não, é uma longa viagem, e o Cheyenne vai ficar lotado assim — respondi para Viv, dando nela um abraço rápido. — Limpem aqui e tentem dormir um pouco por nós duas.

Alguns soldados voltaram com macas para carregar as garotas até o caminhão. O médico, chamado Wyatt, deu-lhes morfina para a dor. Conseguimos que elas se instalassem na parte de trás com Wyatt, e Blanche sentou-se na frente comigo. Wyatt me deu instruções básicas, acendi os faróis de olho de gato e comecei a descer a estrada para o hospital de campanha.

— Blanche, o que aconteceu? — perguntei. Estávamos dirigindo em silêncio havia cerca de meia hora. Martha e Frankie estavam em silêncio agora, e Wyatt, o médico, estava cuidando bem delas. — Eu sei exatamente o que aconteceu — disse Blanche. Ela estava envolta em um cobertor militar cor de mostarda. — Chegamos quase congeladas até a morte; eu não podia nem mesmo ajudá-las, minhas mãos doíam muito do frio. Estávamos desesperadas para nos aquecer, mas a madeira estava tão molhada que não havia como acender. Finalmente, Frankie e Martha decidiram derramar gasolina sobre ela, apenas um pouco de cada vez. Eu disse que não era boa ideia. Eu deveria ter insistido que chamássemos um soldado para ajudar. — Ela começou a chorar. — A culpa é minha.

— Não, não é — tranquilizei-a. — Foi um acidente; você não pode se culpar.

Chegamos ao hospital, que tinha o aspecto de uma clínica médica pequena e bem cuidada. Levaram Frankie e Martha para dentro para cuidar de seus ferimentos, Blanche e eu agradecemos a Wyatt e nos sentamos na sala de espera improvisada para esperar pelo médico.

Só estávamos lá por uma hora quando as vítimas começaram a chegar, primeiro apenas algumas e depois uma após a outra, até que a clínica passou de calma e sossegada para caótica.

— Por que esses soldados foram trazidos? — ouvi uma enfermeira da Cruz Vermelha perguntar a um médico. — Eles deveriam estar no hospital de campanha perto do *front*.

– O hospital de campanha está lotado – respondeu o médico, com um olhar severo no rosto. A enfermeira o olhou com atenção para ver se ele estava falando sério.

– O que, em nome de Deus, está acontecendo? – ela perguntou a ele.

Essa pergunta ecoou durante a noite, enquanto mais feridos continuavam entrando e os médicos e enfermeiras trabalhavam em um ritmo frenético para tentar acompanhar o fluxo. Caminhei para fora a fim de apanhar ar e ouvi o ronco de um grande número de veículos militares na estrada.

– Você sabe o que está acontecendo? – indaguei a uma enfermeira que tinha saído para fumar um cigarro.

– Não faço ideia – ela disse. – Mas não é nada bom.

– Podemos ajudar de alguma forma? Minha amiga e eu nos sentimos impotentes lá dentro.

– Siga-me – pediu ela.

Blanche e eu passamos o resto da noite recebendo ordens de enfermeiras incríveis, ajudando como podíamos, quer fosse pegando ataduras para elas, segurando a mão de um jovem e tirando estilhaços ou ajudando um soldado a beber água em um canudo. Enquanto isso, esperávamos ansiosamente para conversar com o médico que cuidava de Martha e Frankie. Ele finalmente nos chamou por volta das três da manhã, quando houve uma pausa na atividade.

– Sua amiga Martha tem queimaduras de terceiro grau nas mãos. Vai precisar de enxertos de pele e cirurgia plástica – disse o médico. – Temos que mandá-la para Londres para isso. As queimaduras de Frankie não são tão ruins, são de primeiro grau, mas ela vai ficar aqui pelo menos por alguns dias. – Vendo nossa tristeza, ele nos deu um sorriso simpático. – Elas têm sorte por estarem vivas. Poderia ter sido muito pior. Ambas estão dormindo agora, e vocês deveriam ir descansar um pouco.

Frankie e Martha estavam deitadas em camas paralelas; elas dormiam com curativos frouxos nas mãos e rosto de Martha e na perna de Frankie. Pareciam mais jovens, mais vulneráveis, dormindo em seus trajes de hospital. Deixamos mensagens de encorajamento na mesa entre as camas delas e derramamos algumas lágrimas enquanto as beijávamos na testa. Então Blanche e eu encontramos uma garrafa de café velha e tomamos uma caneca rapidamente antes de começarmos a viagem de volta para o castelo. Wyatt, o médico, já havia pegado uma carona de volta uma hora atrás. Era bem antes do amanhecer, mas as estradas estavam agora ainda mais lotadas com comboios de veículos, todos na mesma direção que nós.

– Que diabos está acontecendo agora? Eu achava que era para estar tranquilo por aqui – disse Blanche.

– Quer saber meu palpite? – perguntei. – Os nazistas concluíram que esta floresta densa seria o lugar perfeito para um ataque-surpresa.

– Mesmo na época do Natal? – Blanche soou cansada e deprimida.

– Você deveria dormir. Quem sabe quanto tempo vai levar para voltarmos? – sugeri. – E quem sabe o que estará esperando por nós quando chegarmos?

Capítulo 23

17 de dezembro de 1944

Blanche e eu voltamos antes do amanhecer e informamos a todos sobre Martha e Frankie antes de desmaiar em nossas camas por algumas horas. Eu dormi e depois peguei uma carona até a praça da cidade de Bastogne para me juntar a Viv e Dottie por volta das dez.

Foi um caos quando chegamos lá, com tantas outras tropas, tanques e veículos. Os soldados mais jovens pareciam em pânico, e os oficiais mais velhos estavam tentando descobrir exatamente o que estava acontecendo. Os belgas também estavam nas ruas, alguns a cavalo e de bicicleta, outros empurrando carroças com os seus pertences – todos abandonando a cidade em massa.

Através do caos, tentamos servir café e donuts e manter a calma, mas havia muita ansiedade no ar. Avistei Liz através da multidão na praça por volta da hora do almoço, e ela veio até nós.

– Como está Blanche? – ela perguntou quando saí do Clubmobile.

– Mais ou menos – respondi. – Ela não parecia muito bem quando acordou esta manhã, então eu disse para ela dormir.

– Ótimo. – Liz assentiu, olhando para o céu, distraída. – Então, duas coisas. Primeiro, vamos sair do castelo amanhã o mais cedo possível. Para Verdun, na França, algumas horas ao sul. Ninguém sabe o que diabos está acontecendo, mas está ficando muito perigoso aqui para nós. Bastogne é uma grande encruzilhada; seria um alvo natural para os alemães. Mas, se é isso que está acontecendo aqui, então eles surpreenderam a todos.

– Está bem – confirmei. – Podemos ajudar Blanche com o equipamento do Tio Sam e as coisas de Frankie e Martha. O que mais?

– O correio acabou de chegar aqui para os militares que estão nesta área. Cinco caminhões inteiros, principalmente cartões de Natal e pacotes.

Os chefes dizem que, se por acaso os alemães tomarem Bastogne, queimarão tudo assim que puserem as mãos naquilo.

– Então você quer tirar isso daqui – falei.

– Sim – Liz respondeu, com um aceno de cabeça.

– Bem, nós mesmas podemos tirar os caminhões daqui quando evacuarmos – propus. – Ou, se os caminhões precisarem ficar, podemos fazer todos os Clubmobiles se encontrarem aqui pela manhã e carregarem o máximo que pudermos neles. Não vamos fazer donuts entre aqui e Verdun, então podemos encher a parte de trás com sacos de correio.

– Os caminhões provavelmente precisarão ficar – disse Liz.

– Tenho certeza de que podemos esvaziar cinco caminhões entre todos os Clubmobiles – sugeri.

– Concordo. Podemos fazer isso amanhã de manhã. – Liz me levou de volta até o Cheyenne, porque a fila tinha agora pelo menos cinquenta metros de comprimento, e Dottie e Viv estavam me dando olhares sutis, sinalizando que precisavam de ajuda.

– Oh, Liz! – chamei enquanto ela se afastava. – A 106ª em Vielsalm. Prometi ao comandante que entregaríamos qualquer correspondência que chegasse para eles, pelo menos para algumas das unidades – lembrei, me espremendo na janela ao lado de Viv para distribuir donuts enquanto conversávamos. – Muitos deles são tão novos, tão jovens. Eles poderiam realmente aproveitar a motivação.

– Não tenho certeza se é seguro. E vamos para Verdun na madrugada de amanhã – Liz disse, parecendo dividida.

– Poderíamos ir esta tarde. É uma viagem rápida; vamos entrar e sair – tentei.

– Apenas vá até lá, deixe a entrega, dê a volta e retorne esta noite.

– Eles estavam muito infelizes – explicou Viv. – Por mais que eu não esteja com disposição, eu pensaria naqueles pobres garotos, sem sequer uma carta para abrir no Natal.

– Eu também – Dottie disse, colocando a cabeça pela janela acima da nossa. – E a destreza de Fiona é impressionante agora; estaremos de volta em pouco tempo.

Liz parou por um momento, considerando.

– Certo, vão – ela autorizou, ainda insegura. – Mas levem mais do que o correio da 106ª; carreguem o máximo que puderem, assim vocês estarão prontas para partir amanhã. E me prometam que deixarão o correio para eles e se apressarão a voltar, sem parar. Continuem dirigindo até que estejam de volta a salvo conosco. Não me façam me arrepender disso.

– Eu prometo. Vamos ficar bem – falei.

Naquela tarde, Viv, Dottie e eu fomos para Vielsalm em um nevoeiro espesso e pesado. Embora as estradas agora estivessem cobertas com pelo menos um palmo de neve, o chão por baixo não tinha congelado, então tivemos que dirigir através de uma mistura de lodo com vários centímetros de profundidade. Eu me segurei firmemente ao volante, praguejando em um momento e no outro fazendo orações silenciosas para que o Cheyenne não atolasse.

Estávamos em outro engarrafamento de veículos militares em direção ao norte – tanques blindados, Hillmans, jipes com soldados saindo pelas traseiras. Alguns foram projetados para as condições difíceis, outros nem tanto. Os soldados vestidos com equipamento de batalha completo caminhavam em fila única pelos dois lados das estradas. Alguns deles estavam vestindo trajes de camuflagem brancos sobre seus uniformes. Em certo momento, fui invadida por um sentimento inquietante e pensei em voltar, mas então me lembrei do pedido do major, respirei fundo e continuei dirigindo.

– Acho que o Major Jones deve a cada uma de nós uma daquelas roupas de neve por fazer essa viagem – disse Viv, tremendo ao cruzar os braços. – Eu poderia usar outra camada. Eu poderia usar outras seis camadas.

– Não poderíamos todas? – tentei. Tínhamos enrolado mais alguns dos cobertores de lã mostarda do hospital de campanha ao redor de nossas pernas, e ainda assim não era suficiente.

– Eu pensei que toda esta região das Ardenas fosse uma área tranquila onde os soldados pudessem descansar... – Dottie disse. – Isto é tudo, menos tranquilo. Espero que Joe e seus homens estejam bem. Estou com um mau pressentimento sobre isso.

– Ele provavelmente está bem, tocando com sua banda, bebendo cervejas em um café quente – tranquilizei-a.

– Você não falou muito sobre Danny. Você está bem? – Dottie perguntou.

– Sim, estou – respondi. – Desde a carta da mãe de Danny, eu estava quase preparada para ouvir esse tipo de notícia. Peter acabou preenchendo os espaços em branco. E agora eu só tenho que descobrir como chegar até ele.

As garotas assentiram, e nós dirigimos em silêncio por um tempo.

– E quanto a Peter? – Viv perguntou.

– Ele está aqui em algum lugar, não muito longe – eu disse, sem admitir que o procurava nos rostos de todos os oficiais. – Eu revivo aquela noite em Paris em minha mente, e então me sinto culpada por isso. E eu me preocupo com ele tanto quanto me angustio com Danny. Estou confusa.

– Querida, quem não está? – Viv bateu no meu joelho. – Estou tão brava comigo mesma por me apaixonar por Harry. Britânico estúpido. Foi aquele maldito sotaque.

Entramos na base em Vielsalm meia hora depois, e estava ainda mais frenética e caótica do que Bastogne. O bombardeio e o fogo que eu estava acostumada a ouvir a distância pareciam claramente mais próximos do que o normal. Eu nunca tinha visto tantos tanques blindados em um acampamento antes, e a sensação de desconforto que eu senti na estrada voltou. Passamos por um grupo de soldados fumando cigarros ao redor de uma fogueira, acenando e buzinando como sempre fizemos, mas, em vez das habituais brincadeiras e aplausos, eles apenas nos deram olhares estranhos.

Havia um soldado loiro pálido que, apesar do frio, estava sem camisa, olhando para um espelho enquanto fazia a barba. Viv assobiou quando passamos, e ele deixou cair a navalha quando a viu e simplesmente se afastou.

– Jesus, uma multidão ainda mais difícil do que ontem. Ele nem sorriu – Viv disse.

Estacionamos perto do abastecimento de água como fizemos no dia anterior e pulamos para nos conectarmos para que pudéssemos pelo menos fazer café. Vários soldados começaram a caminhar até o Cheyenne, olhando para nós com uma mistura de temor e nervosismo.

– Qual é o problema, querido? – perguntei ao primeiro soldado que se aproximou. – Vocês parecem estar vendo um fantasma.

– Uh... Não acredito que vocês estão aqui – ele exclamou.

– Jesus Cristo, o que em nome de Deus vocês estão fazendo aqui? – O Major Jones saiu de uma das tendas do campo e veio até nós, rosto vermelho, punhos cerrados.

– Cumprimos nossa promessa para o senhor. – Tentei manter a voz calma, embora a raiva dele me fizesse tremer. – Trouxemos o correio como o senhor pediu.

Com isso, o comportamento dele ficou mais suave. Ele balançou a cabeça, olhou para o céu e praguejou para si mesmo.

– Obrigado. A culpa é minha – ele disse. – Sinto muito, garotas. Se eu soubesse... Nossa eletricidade foi cortada. Perdemos todas as estradas que levam para fora daqui, exceto aquela por onde vocês entraram, mas é questão de tempo.

– Senhor, o que está dizendo? – Franzi o cenho, com medo da resposta.

– Estou dizendo que ontem estava seguro aqui – ele continuou. – Mas as coisas mudaram da noite para o dia. Os alemães nos surpreenderam; nunca pensamos que eles seriam loucos o suficiente para nos atacar neste tipo de terreno ou clima.

– Mas eles atacaram – disse Viv.

– Eles atacaram – confirmou ele. – Agora vocês estão no *front*. Este é um posto de comando avançado, e as coisas não estão indo bem. Dois de nossos regimentos ao norte foram capturados, alguns milhares de homens, pelo menos. E já sofremos muitas baixas. Há uma boa chance de estarmos cercados e sermos presos pela manhã.

– E não podemos simplesmente sair agora? – eu quis saber. – Voltarmos pelo caminho por onde viemos?

– Não – ele disse, de modo inquestionável. – Muito arriscado, e perigoso demais. Pelo que sabemos, já estamos isolados.

– Então, o que fazemos agora? – Dottie perguntou, com uma voz suave. Ela parecia tão nervosa quanto eu.

– Um café? – ele sugeriu, dando um sorriso para ela, tentando acalmá-la. – Auxiliar no ambulatório? Deus sabe que os médicos precisam de ajuda.

Todas nós olhamos para ele em silêncio, tentando absorver o que estava dizendo.

– Olhem, vou tentar tirar vocês daqui até amanhã, mas compreendam que podem ter que caminhar. Arrumem a mussette, estejam preparadas para partir a qualquer momento. Vou mandar um dos rapazes trazer um dispositivo incendiário para o seu Clubmobile. Se os alemães nos capturarem, eles não vão pegar nenhum de seus suprimentos.

Um oficial o chamou da grande barraca que havia sido transformada em quartel-general de comando, e o major se despediu e saiu.

– Isso não pode estar acontecendo – disse Dottie. Ela ajustou o cachecol. Suas mãos estavam tremendo, mas desta vez não do frio.

– Oh, está acontecendo – Viv gemeu. Ela estava andando de um lado para outro, praguejando sob o fôlego.

– Ele acabou de dizer que quer que destruamos o Cheyenne? – perguntei com um gemido, cobrindo o rosto com as mãos. – Temos todo aquele correio para as outras tropas conosco.

Sentamo-nos em silêncio, atordoadas por alguns minutos, e então o frio começou a penetrar em meus ossos.

– Tudo bem, precisamos ser úteis – eu disse, pulando para cima e para baixo para me aquecer. – Depois de arrumarmos as nossas coisas, vamos preparar um café e ver o que podemos fazer para ajudar os feridos.

– Mas, espere, o que acontece se não sairmos daqui? – Dottie perguntou, ainda tentando entender o que tinha acabado de acontecer.

Viv olhou para mim e encolheu os ombros.

– Você quer dizer se nós também formos capturados? – falei. – Nem pense nisso. Eu prometo a vocês que nós vamos sair daqui de uma maneira ou de outra.

Mesmo dizendo isso em voz alta, eu não estava nada convencida de que era verdade.

Durante o resto do dia, fizemos o que o major sugeriu e começamos a trabalhar, primeiro fazendo café para algumas centenas de soldados que voltaram abalados e sujos da fila, depois ajudando os médicos no ambulatório naquela noite. Estávamos ocupadas fazendo sopa para os soldados feridos que estavam sendo trazidos quando soubemos que havíamos ficado completamente isolados, cercados pelos alemães por todos os lados. A notícia era esperada naquele momento, e, quando foi anunciada, olhamos uma para a outra com uma aceitação sombria.

Naquela noite levamos nossos colchões para o refeitório e encontramos um canto sossegado para nos instalarmos. Nos acomodamos em nossos sacos de dormir, mas não consegui pegar no sono. A realidade da nossa situação parecia mais evidente na escuridão do lugar enquanto eu ouvia os sons da batalha do lado de fora. Estávamos em um acampamento cercados pelos alemães, e, com base em relatos, as linhas de frente mal os mantinham a distância. Poderíamos ser capturados a qualquer momento.

– Vou ter que lavar meu cabelo no capacete amanhã; estou desesperada – sussurrou Viv.

– Eu também – Dottie disse.

– Garotas, já prometi a vocês que vamos sair daqui – falei. – Nós vamos arranjar uma solução.

– Oh, sério? – Viv respondeu, com a voz zangada. – É hora de parar de mentir para si mesma, Fi. Podemos estar usando roupas de prisioneiras amanhã.

– Oh, por favor, Viv, não vamos usar traje de prisioneiras – eu disse, irritada.

– Você não sabe – afirmou Viv, sentada e levantando a voz. – Você não sabe de nada! Temos tanta chance de morrer quanto de sair daqui.

– Isso não é verdade – retruquei.

– Você não acredita de verdade, não é, Viv? – Dottie perguntou.

Estávamos todas sentadas agora, de frente uma para a outra nas sombras do refeitório.

– Oh, sim, eu sei, e acho que é melhor aceitarmos o fato. – Viv ainda estava com raiva e emocionada. – Você viu as lesões hoje. Elas não estão acontecendo a centenas de quilômetros de distância. Elas estão acontecendo bem ali, na maldita estrada. Então, francamente, Fiona, estou cansada de toda a sua atitude de Pollyanna, como se você fosse resolver tudo e nos tirar daqui. O fato é que não temos absolutamente nenhum controle sobre o que está acontecendo do lado de fora deste refeitório, e é melhor nos prepararmos para o pior.

– Minha atitude de Pollyanna? Sério? – eu disse, furiosa com as palavras dela. – Você prefere que eu me enrole em uma bola e chore? Podemos não ter controle, mas prefiro tentar descobrir como agir em vez de me sentir sem esperança. Prefiro tentar encontrar uma maneira de sair daqui para que não sejamos mortas. Talvez você devesse se concentrar nisso também, em vez de ser tão negativa e infeliz.

– Parem. Já chega, vocês duas – Dottie ordenou, em uma voz que eu imaginei que ela usasse nas aulas da escola primária. – Essa conversa acabou. Só vai ficar pior se continuarem. Estamos todas exaustas e assustadas com o que vai acontecer, mas discutir sobre isso não vai ajudar. Vão dormir. Nem mais uma palavra.

Comecei a abrir a boca, mas pensei melhor e suspirei, deitei-me e me virei para não ter de encarar Viv. Eu a ouvi bufar e fazer o mesmo. Essa foi a última coisa de que me lembrei.

Na manhã seguinte, Viv e eu ainda não estávamos nos falando enquanto nós três fazíamos mais café para os homens. Dottie olhava para nós duas com irritação quando conversávamos com os soldados que estávamos servindo, mas não uma com a outra. Antes do almoço, Stan, o sargento desarrumado, veio nos ver.

– Quase não temos mais comida. As meninas têm alguma coisa? – perguntou ele. Ele tinha uma careca brilhante e um avental desgastado que mal cabia em torno de seu corpo rechonchudo.

– Temos farinha de donut da Cruz Vermelha e nenhuma eletricidade para fazê-los. Podem ficar com tudo – ofereci.

– Melhor que nada. Acho que vamos fazer panquecas – ele disse, enquanto o ajudávamos a levar todos os nossos sacos de farinha para o refeitório.

Enquanto nós três o ajudávamos a misturar a farinha de donut em algo parecido com um batedor de panquecas, eu não suportava mais a tensão entre mim e Viv, então fui a primeira a falar.

– Você está certa. Eu posso agir como Pollyanna às vezes, mas é só porque não sei o que mais posso fazer. – Agarrei o cotovelo de Viv enquanto ela passava para pegar mais farinha. – Estou desesperada para sair daqui. E, se eu não me mantiver positiva, posso perder a cabeça. Ou começar a chorar e nunca parar.

– E eu sinto muito por ter agido mal – Viv disse. – Dottie estava certa. Eu só estou exausta e preocupada e tão farta desse clima, tão farta de tudo.

– Estamos todas – falei enquanto nos abraçávamos.

– Graças a Deus – Dottie comemorou, nos observando enquanto misturava a massa em uma grande tigela de metal no balcão em frente a nós. – Já é ruim o bastante estarmos presas aqui, eu não posso lidar com vocês duas brigando.

– Chega de abraços. Onde está o saco de farinha? – Stan ladrou.

– Oh, pegando agora – Viv disse, enquanto corria até onde nós os guardávamos.

Nos dias que se seguiram, geladas do frio e da neve, nos confundíamos enquanto tentávamos não pensar em sermos capturadas e nos mantínhamos ocupadas de qualquer maneira que pudéssemos fazendo café, ajudando os médicos, cozinhando centenas de panquecas com o sargento mal arrumado. E, claro, fizemos tudo o que podíamos para tentar consolar os soldados. Ajudamos a atender os feridos e nos esforçamos ao máximo para levantar o ânimo dos homens dos tanques e das centenas de soldados que voltavam dos combates, ainda trêmulos e atordoados.

No domingo de manhã, acordamos em nosso canto do refeitório depois de uma noite agitada ouvindo os confrontos.

– Sou eu ou parece que está ainda mais perto hoje? – Dottie sussurrou.

— Não é você — Viv respondeu.

— Meu Deus — exclamei, olhando pela janela para a brancura. — Está nevando de lado. Você mal consegue enxergar.

— Tenho boas e más notícias — anunciou Stan, chegando assim que colocamos o café. — A boa notícia é que uma divisão blindada e uma divisão aérea chegaram no meio da noite. O lugar está cheio de tropas, e esperamos que cheguem em breve, porque estes rapazes estão fartos de rações K e café, e eu também. Eles não podem nos atirar quaisquer suprimentos pelo ar até que esse maldito clima melhore.

— Qual é a má notícia? — perguntou Dottie, com as sobrancelhas levantadas.

— A má notícia é que os tiros alemães estão se aproximando a cada hora que passa. E, precisamente neste momento, ouvimos o som dos bombardeios de artilharia vindo de algum lugar do lado norte do edifício.

— Fantástico — disse Viv.

— Talvez hoje seja o dia de sairmos daqui — falei.

— Sim, você tem dito isso a semana toda, Pollyanna — provocou.

— Eu sei, eu sei — reclamei, dando uma cotovelada nela. — Mas vou procurar o Major Jones e falar com ele, ver se há algum grupo que vai tentar sair da área em breve. Talvez possamos segui-los.

Ajudamos Stan na fila da comida. Os soldados estavam alinhados, cobertos de neve e esfregando as mãos, tentando se aquecer.

— As coisas poderiam ser piores — disse um soldado ao amigo enquanto eu lhe dava uma caneca de café. — Podíamos ter acabado como a 28ª Infantaria em Clervaux. Ouvi dizer que aqueles homens foram dizimados.

Um calafrio passou por mim, e olhei em volta para ver se Dottie tinha ouvido, aliviada que ela estivesse falando e rindo com dois homens no final da fila. Decidi não dar a ela aquela notícia e fiz uma oração silenciosa por Joe Brandon.

Um soldado anunciou para a fila que estava treze graus abaixo de zero lá fora, e alguns outros gemeram e o mandaram colocar uma meia, exatamente quando o refeitório explodiu sob uma chuva de projéteis de artilharia ensurdecedores.

Dois soldados caíram mortos bem na minha frente, um deles um jovem de Connecticut que eu havia servido apenas alguns segundos antes.

Meus ouvidos ressoaram mais uma vez das balas e dos gritos. Agarrei as mãos de Viv e Dottie, e saímos correndo do refeitório para encontrar abrigo. Acabamos debaixo do Cheyenne porque não havia nenhum outro lugar remotamente seguro por perto. Houve um apagão, e os alemães continuaram a bombardear o acampamento enquanto nós três estávamos deitadas de barriga para baixo, na neve e na lama debaixo do caminhão.

Vi o Major Jones no caos, mas sabia que seria suicídio correr até ele no meio do ataque. Depois de cerca de meia hora o bombardeio parou, e nós nos rastejamos cautelosamente de debaixo do caminhão, mantendo as cabeças baixas. O Major Jones estava a alguns metros de distância, amontoado na frente da barraca do posto de comando, conversando com um grupo de oficiais.

— Meninas, vou falar com ele — eu disse. Corri pela neve e ouvi Viv gritar "boa sorte" atrás de mim.

— Major! Senhor. — Corri até ele. — Desculpe interromper, mas eu só queria perguntar uma coisa. Vou ser breve.

— Onde está seu maldito capacete? — ele perguntou, acenando para os homens ao seu redor para nos dar um minuto.

— Desculpe, eu corri quando o refeitório explodiu e esqueci de pegá-lo — falei. — Senhor, alguma chance de sairmos daqui no Clubmobile em breve? Alguma abertura de estrada?

— Quão bem você dirige? — ele quis saber, cruzando os braços e me olhando de cima para baixo, como se pudesse julgar minhas habilidades de dirigir só de olhar para mim.

— Melhor do que nunca — eu disse, limpando a umidade do rosto. — Eu sou boa, na verdade. Muito boa.

Ele me estudou por mais alguns segundos e então informou:

— Nós podemos ter uma janela de duas horas esta noite, graças ao submarino belga e à 101ª Airborne. Você vai ter que dirigir mais rápido do que nunca naquela coisa, apenas com os olhos de gato. O tempo deve estar limpo, mas as estradas serão difíceis. Um coronel e seu motorista que acabou de chegar de outra divisão estão partindo esta noite, se puderem; você pode segui-los. Está pronta para isso?

— Com certeza — concordei. — Prometi que ia tirar minhas amigas daqui, e temos correio de Natal para centenas de soldados para entregar.

– Tudo bem – disse ele, com um suspiro. – É minha culpa que vocês três tenham acabado aqui. O mínimo que posso fazer é ajudá-las a voltar para o seu grupo em segurança.

– Obrigada. Estaremos prontas.

– Honestamente, vocês me surpreenderam. São mais corajosas do que eu pensava.

– Obrigada.

Ele me deu um pequeno sorriso e um olhar de orgulho.

– Agora vá contar para suas amigas o plano e prepare o seu caminhão para partir.

Capítulo 24

Vivíamos em meio a sons implacáveis de explosões, ataques e lampejos das lutas que ainda nos rodeavam. Uma vez que recuperamos nossos capacetes do refeitório, não os tiramos e passamos o resto do dia arrumando nosso equipamento. Alguns dos soldados nos ajudaram e também ficaram de olho para o caso de as coisas ficarem muito quentes e nós tivéssemos que nos abrigar.

Quando pegamos o Cheyenne, pronto para sair naquela noite, o Major Jones apareceu, carregando macacões de camuflagem brancos para nós. Viv ficou tão entusiasmada que o envergonhou completamente com um abraço e um beijo na bochecha. Estava anoitecendo, e a neve tinha parado misericordiosamente.

O céu estava claro, e as estrelas saíram do esconderijo pela primeira vez desde que chegamos à Bélgica.

– Tudo bem, parece que aquela janela de duas horas vai se manter, mas vocês têm que ir agora – disse o Major Jones, olhando para seu relógio. Ele nos deu direções para a estrada do outro lado do acampamento que íamos pegar. – O jipe estará esperando por você lá. O soldado motorista chama-se Jason Hoffman e vai estar à sua espera. Lembre-se, dirija rápido, acompanhe-os e não faça nenhuma tolice.

Todas nós agradecemos a ele e subimos no carro.

– Fiona – ele chamou quando eu estava prestes a entrar.

– Sim?

– Você ainda tem aquele dispositivo incendiário?

– Tenho. Você não acha que eu vou precisar dele, acha?

– Espero que não – ele disse. – Mas, se tiver problemas, você tem o dispositivo-bomba dentro desta coisa. Eu não quero que esses malditos alemães tenham uma gota de gasolina ou café ou qualquer outra coisa que possa ajudá-los.

– Certo, senhor – respondi, já suando da adrenalina e do nervosismo.

– Vocês vão ficar bem – desejou ele, em um tom não totalmente convincente. – Boa sorte.

Estava escuro, mas vimos um jipe com um trailer engatado onde o major disse que estaria. O Soldado Hoffman veio correndo. Ele não tinha mais de um metro e oitenta.

– Temos que ir. O Coronel Brooks está rabugento como o inferno. Vocês meninas mantenham seus capacetes colocados, certo?

– Tudo bem, soldado – Viv disse.

– Você está bem com essa coisa? Pronta para dirigir rápido? – Ele olhou para mim, com olhos brilhantes e sorrindo.

– Sim, vamos sair daqui – concluí.

Dirigimos em silêncio por um tempo, ouvindo o constante e pesado rugido dos aviões Aliados enquanto eu tentava me concentrar em acompanhar o jipe nas estreitas estradas da floresta, ainda carregada de neve. O Cheyenne não era tão ágil quanto o jipe naquele terreno, e continuei rezando para que não atolássemos. Os sons da batalha ecoavam nas colinas e vales, e eu sabia que estávamos todos escutando caso algo se aproximasse o suficiente para nos colocar em perigo imediato. Depois de cerca de uma hora, o jipe parou à nossa frente. Nós paramos atrás dele e esperamos.

– Por que paramos? – gritei para Hoffman, que tinha acabado de pular do jipe para dar uma olhada melhor no que estava na frente deles. Eu o ouvi praguejar.

– A maldita ponte foi destruída – ele disse, vindo até nós. – Vamos ter que fazer um desvio, esperando que não mude muito o caminho. – Ele deu um tapinha na porta do Clubmobile. – Eu sei que isto é difícil de dirigir nestas estradas, mas tente me acompanhar de perto.

Nós saímos da rota por umas dezesseis milhas, com as estradas mais traiçoeiras do que antes, e eu tive que desacelerar porque senti medo de derrapar para a floresta.

– Estamos ficando muito longe deles – disse Viv.

– Eu sei, estou fazendo o meu melhor – respondi com dentes cerrados.

– Não os enxergo agora. Onde estão eles? – Dottie perguntou, inclinada para fora da janela para ver se conseguia vislumbrar.

– Tenho certeza de que vamos alcançar em um segundo – arrisquei. A estrada fez uma curva, e eu os vi um quarto de milha adiante. – Lá estão eles.

Sons de freios e metal soaram quando o jipe bateu de frente contra um caminhão enorme vindo da outra direção.

– Oh, Jesus Cristo, não! – Pisei no acelerador e dirigi o mais rápido que pude até o local.

O acidente havia tirado o jipe da estrada, e ele estava em uma vala. O trailer virou de lado próximo a ele. A parte da frente estava completamente esmagada. Hoffman estava tirando o coronel do carro com a ajuda dos dois soldados que dirigiam o caminhão de suprimentos.

– Ele está inconsciente – disse Hoffman, pálido e perturbado, sangue escorrendo pelo rosto de um corte na bochecha e outro acima da sobrancelha.

– Rápido, vamos colocá-lo na parte de trás do Cheyenne – mandei. – Dottie, Viv, eu sei que está lotado lá atrás, mas temos que abrir espaço de alguma forma.

Elas correram de volta para abrir espaço enquanto eu tentava não perder o equilíbrio e ajudava os soldados a levar lentamente o coronel de volta para o aterro escorregadio do Cheyenne.

– Eu nem vi você chegando – Hoffman disse aos soldados, ainda horrorizado.

– Nem nós. Estas malditas estradas se retorcem e viram, e vocês são os primeiros que vimos a noite toda. Estamos entregando suprimentos para o *front*, e pensamos que estivéssemos sozinhos nesta rota – o soldado explicou.

– Nós também – Hoffman continuou. Ele contou de onde vínhamos e sobre nosso desvio. – Me diga que estamos perto das linhas aliadas...

– Desculpe, você ainda tem um longo caminho a percorrer – revelou o segundo soldado.

Instalamos o coronel no fundo do Cheyenne embaixo de cobertores, e os soldados do caminhão nos deram mais suprimentos de primeiros socorros. Hoffman ficou com ele e Dottie também se ofereceu, insistindo em limpar os cortes no rosto de Hoffman e enfaixá-los.

– Estes vão ter que ser tratados o mais rápido possível – disse o primeiro soldado, apontando para os ferimentos do coronel, enormes aberturas que sangravam profusamente, um acima do joelho e outro no ombro.

– E esse joelho pode estar quebrado, a julgar pelo inchaço e pelo aspecto deformado. Há muitas casas de campo nestes bosques; você verá as marcas das estradas que os levam até elas. Algumas estão vazias, outras não. Talvez seja melhor tentar se aconchegar em uma delas por pelo menos algumas horas, enfaixá-lo e quem sabe descansar um pouco.

– Eu concordo, devemos fazer isso – respondi, olhando para o pobre coronel. – Como está o seu caminhão?

– Está tudo bem, não sofreu tantos danos, com certeza – observou o primeiro soldado. – Ainda podemos levar estes suprimentos para o *front*, de qualquer maneira.

Os soldados nos ajudaram a prender o trailer do jipe na parte de trás do Cheyenne, nós agradecemos a eles e nos despedimos.

– Oh, e Feliz Natal! – um deles gritou enquanto se afastavam.

– Meu Deus, é véspera de Natal – Viv disse, parecendo atordoada enquanto subia no carro ao meu lado. – Pela primeira vez na vida, eu tinha me esquecido completamente.

– Eu também – admiti, me lembrando de meus pais e minhas irmãs sentados ao redor da lareira, bebendo ponche e abrindo presentes. Pensando em Danny e Peter, onde quer que estivessem. Uma profunda melancolia me dominou. – Certo, então vamos encontrar uma fazenda? – perguntei, respirando fundo, segurando o volante para me firmar na realidade.

– Sim, casa vazia ou não?

– Neste ponto, acho que devemos ir com a primeira que encontrarmos – respondi.

Dirigi um pouco mais devagar e com cautela redobrada, agora muito consciente de que outro veículo poderia sair da escuridão e nos atingir de frente.

– Lá, através da floresta – disse Viv, baixando o vidro do passageiro e apontando para a direita. – Vejo luzes. Aposto que há uma curva.

Quase perdemos a estrada estreita e desmarcada. Quando viramos para baixo, as árvores se fecharam sobre nós, galhos nevados raspando em ambos os lados do Cheyenne. Eles desapareceram na frente de uma casa de pedra iluminada por dentro. À direita havia um campo cercado, com um celeiro de madeira vermelha do outro lado.

– Ore para que eles sejam amigáveis – pedi. Dottie ficou com o coronel. Hoffman, Viv, e eu nos aproximamos da porta da frente e batemos.

Um garoto de cerca de 13 anos respondeu e olhou para nós, desconfiado. Ele era alto e bonito, com cabelo castanho-claro e sardas. Uma senhora loira veio atrás dele e olhou para nós.

– *Ja? Was machst du hier?* – a mulher perguntou.

– Uh, americanos – gritei, apontando para mim mesma, desejando falar alemão.

– Eu achei que vocês fossem americanos – o garoto disse, olhando para nós, para nossos casacos de campo manchados de lama, para o rosto de Hoffman, recentemente enfaixado.

– Você fala inglês – declarei.

– E holandês e francês também – ele respondeu. – O que estão fazendo aqui?

Contei a ele nossa história, explicando que tínhamos um militar ferido na parte de trás do nosso caminhão. Ele assentiu e se virou para a mãe, traduzindo para ela. A expressão dela suavizou quando ele lhe revelou o que acontecera, mas eles ainda se mantinham em guarda. Ela nos olhou de frente, decidindo nosso destino. Encarou o filho e disse:

– *Hol zwei Hühner.* – Então olhou para nós e acrescentou: – *Bring deine Freunde hinein.*

Olhei para o garoto, e ele sorriu.

– Ela falou que eu tenho que ir buscar duas galinhas e você pode trazer seus amigos para dentro. Eu sou Fritz, e o nome da minha mãe é Elisabeth. Volto já. – Então ele passou por nós e correu até o celeiro.

Quando abrimos a parte de trás do Cheyenne, o coronel se mexeu e gemeu. As ataduras temporárias que Dottie colocara nas feridas dele estavam encharcadas de sangue. Nós o tiramos cuidadosamente da parte de trás do caminhão e o carregamos pelo caminho até a porta da frente do chalé.

Elisabeth abriu a porta para nós e ficou alarmada quando viu a condição do coronel. Ela fez sinal para que o levássemos a um pequeno sofá no canto da grande área de estar e trouxe um cobertor de lã xadrez verde.

O primeiro andar da casa era iluminado apenas à luz de velas e tinha paredes de pedra caiadas de branco e teto baixo com grandes vigas escuras. Ao lado do sofá havia várias cadeiras de vários tamanhos montadas ao redor de uma lareira crepitante. Havia uma grande mesa de madeira na parte de trás da sala, ladeada por bancos, e atrás da mesa uma porta para uma pequena cozinha.

Viv pegou os suprimentos de primeiros socorros, e Dottie aspergiu pó antisséptico de sulfa nas feridas do coronel enquanto eu ajudava Hoffman a enfaixá-lo novamente.

– Vou administrar uma dose de morfina. Ele vai ter muita dor quando acordar – Hoffman disse.

Todos nós tínhamos sentido frio por tanto tempo que nos amontoamos perto do fogo e tentamos nos aquecer.

– Eu tinha esquecido como era estar quente. – Viv deu um suspiro.

Fritz voltou com duas galinhas recém-abatidas que ele orgulhosamente apresentou à mãe. Ele entrou na cozinha com ela, e os dois continuaram a falar alemão.

– Minha mãe está fazendo um guisado de frango e batata. Ela disse que todos vocês parecem muito magros e pálidos, e que ele parece estar perto da morte – disse Fritz, apontando para o coronel. Ele se sentou conosco perto do fogo. – Meu pai está trabalhando em Aachen, na Alemanha, onde morávamos antes de nossa casa ser bombardeada. Pensávamos que fosse ele. Acho que ele não vai conseguir chegar em casa esta noite.

Houve uma batida na porta naquele momento, e o rosto de Fritz se iluminou.

– Talvez ele tenha conseguido, apesar de tudo? – indaguei. Fritz pulou e foi até a porta da frente enquanto Elisabeth vinha correndo da cozinha.

– *Mehr Amerikaner?* – ela perguntou, olhando para mim, perguntando.

Balancei a cabeça. Não havia mais americanos que eu conhecesse. Fritz abriu a porta, e, de onde eu estava sentada, vi três soldados. Alemães. Elisabeth olhou para nós, seu rosto branco de terror. Ela passou por Fritz e fechou a porta atrás de si. Fritz estava contra a porta, tentando ouvir, aterrorizado com o que estava acontecendo do outro lado.

– A pena por abrigar o inimigo é a execução – ele sussurrou, tentando não chorar. – Eles podem nos matar. Eles podem nos matar a todos.

Nós quatro estávamos de pé agora. Hoffman tinha a mão na arma, e se aproximou mais da porta. Olhamos um para o outro, sem saber o que fazer a seguir, mas permanecemos o mais silenciosos possível. O coronel começou a gemer, e rezei para que ele não falasse mais alto. Ouvimos Elisabeth gritar em alemão:

– Es ist Heiligabend und hier wird nicht geschossen.

– Ela disse a eles que é uma noite santa e que não haverá tiroteio aqui – traduziu Fritz, com a cabeça contra a porta. – Ela lhes mandou deixar as armas lá fora.

– Eles vão entrar? – Viv perguntou. – Na casa?

– Sim – respondeu Fritz, parecendo tão nervoso quanto eu me sentia.

A porta se abriu, quase derrubando Fritz, e Elisabeth entrou com os três soldados alemães, seus rostos duros. Fiquei impressionada com a juventude de dois deles; um era alto e esguio, o outro tinha uma construção média e cabelo louro-branco. Nenhum deles tinha mais de 16 anos. O outro soldado era mais velho e notavelmente bonito, muito alto, com cabelos pretos grossos, olhos azul-cobalto e pele pálida. Ele parecia estar na casa dos 20 e poucos anos.

Todos nós ficamos ali em silêncio, e a tensão no ar era tão forte que quase dava para esmagar com a mão. O coronel gemeu de novo, e o soldado mais velho olhou para ele, e por um segundo seu rosto mostrou uma emoção diferente da raiva.

Elisabeth caminhou até nós, disse algo em alemão e estendeu as mãos para Hoffman.

– Ela mandou entregarem suas armas, pois também ficarão para fora – Fritz disse.

Hoffman entregou a arma para ela e explicou a Fritz que o coronel não estava armado.

Elisabeth levou as armas para fora, e, quando voltou, os alemães pareciam um pouco menos cautelosos. Talvez fosse a atração do fogo quente, mas o soldado alto e magro pegou sua mussette, tirou um pedaço de pão de centeio e o entregou a Elisabeth, levando o outro jovem soldado a tirar duas garrafas de vinho tinto de sua mussette.

Elisabeth agradeceu a eles, e Fritz a seguiu até a pequena cozinha. Ele voltou um minuto depois e distribuiu copos de vinho tinto, primeiro para os alemães, depois para nós. Estávamos todos de pé, estranhos e tensos, os alemães ainda perto da porta, prontos para correr atrás de suas armas se necessário.

– Oh, pelo amor de Deus, não podemos fazer isso a noite toda. – Olhei para Viv, Dottie e Hoffman e pedi: – Sentem-se.

Hoffman me deu uma olhada, me dizendo que não estava confortável com aquilo.

– Sente-se – repeti. Apontei para as cadeiras e o espaço ao redor do fogo e olhei para os alemães. – Por favor. Sentem-se. É véspera de Natal.

– Obrigado – disse o soldado mais velho, em uma voz de barítono acentuada. Ele traduziu para os mais novos, e eles caminharam até a lareira, nos dando meios sorrisos nervosos.

Sentamo-nos calmamente, nos aquecendo junto à lareira, bebendo vinho tinto. Uma trégua silenciosa e desconfortável.

Depois de alguns minutos, o soldado mais velho tomou um gole de vinho e apontou para o Coronel Brooks.

– O que aconteceu? – perguntou. Hoffman explicou sobre o acidente, e a tensão no ar finalmente começou a desvanecer. – Sou estudante de medicina, ou fui. Antes – explicou ele, franzindo o cenho enquanto olhava para o coronel. – Quer que eu dê uma olhada?

– Sim – Dottie disse antes que qualquer um de nós pudesse protestar. Hoffman olhou para ela, horrorizada. – Ele precisa de mais cuidados. Hoje mesmo, não pode esperar – ela explicou. – Nós temos um kit de primeiros socorros. Ele precisa de pontos, mas eu não posso... nenhum de nós é enfermeiro. – Ela deu ao alemão um olhar de agonia.

– Dei a ele um pouco de morfina para a dor, e pó de sulfa para evitar que infeccionasse – Hoffman disse em defesa, e depois de uma pausa acrescentou: – Mas ela está certa. Eu não sou médico.

– Peguem os suprimentos de primeiros socorros que tiverem – pediu o estudante de medicina, em pé. – Eu sou Jens. Estes são Wolf e Axel. – Ele apontou para o soldado alto e desajeitado e o mais baixo, mais louro.

Todos nós fizemos nossas apresentações, e foi como se o ar voltasse para a sala e pudéssemos respirar novamente. Jens e Hoffman juntaram os suprimentos de primeiros socorros e foram cuidar do Coronel Brooks, que tinha começado a se agitar ainda mais.

– Fritz, você poderia trazer um pouco de água para o coronel se ele acordar? E talvez também algumas roupas limpas para ele? – perguntei.

– Ou eu poderia pegar, se você apenas me disser onde... – Mas Fritz já estava de pé e indo para a cozinha. Jens seguiu-o para se lavar.

– Você estava certa, Dottie – observei, enquanto Jens tomava conta e cuidava do coronel.

– Tenho medo que ele não consiga aguentar a noite – ela disse, bebendo o vinho junto ao fogo ao lado de Viv.

– Esperemos que agora ele consiga. Deus, eu me sentaria neste fogo se pudesse – admitiu Viv. – Estar tão aquecida novamente me faz querer chorar.

– O fato de ser Natal me deixa com saudade de casa – refletiu Dottie. – Sinto tanta falta dos meus irmãos e dos meus pais.

– Sinto falta do primeiro Natal da minha sobrinha Gianna – confessou Viv, com lágrimas nos olhos. – Minha irmã pode nunca me perdoar.

Aquele sentimento melancólico me invadiu novamente, e eu tomei um gole de vinho e dei aos dois soldados alemães um sorriso estranho enquanto observavam nossa nostalgia. Eu tinha certeza de que eles não tinham absolutamente nenhuma ideia do que estávamos falando. Mas, quando Fritz voltou e se sentou, eles tinham perguntas.

– *Seid ihr Soldatinnen?* – perguntou Axel, assim que teve um tradutor.

– Vocês são soldados mulheres? Ele quer saber – disse Fritz.

Expliquei que éramos da Cruz Vermelha, apontando para o emblema no meu braço. Fritz traduziu, e então Axel falou novamente.

– Ele quer saber se você veio aqui sozinha, ou se o seu país a obrigou a vir – disse Fritz.

– Diga-lhe que fomos suficientemente estúpidas para vir sozinhas – respondeu Viv, sorrindo para Axel.

– Não, não diga isso a ele, ele não vai entender o sarcasmo. E pergunte quantos anos ele tem – pediu Dottie. – Ele parece que nem saiu do colegial.

Mais uma brincadeira entre os alemães, e então Fritz traduziu:

– Ambos têm 16 anos. Jens tem 24. E eles querem saber por que nenhuma de vocês é casada, porque parecem mais velhas e são todas muito bonitas. – Ele estava sorrindo, gostando do seu papel de tradutor.

– Dottie, eu acho que você precisa cantar algumas canções de Natal – sugeriu Viv, piscando para eles. – Estes garotos têm muitas perguntas.

E foi quando os jovens soldados alemães, Axel e Wolf, se apaixonaram por Viv.

– Talvez depois do jantar – disse Dottie.

– Você canta? – Fritz perguntou. – Você tem que cantar algumas músicas de Natal para nós; minha mãe vai adorar. A música é sua coisa favorita na vida.

Conversamos com os jovens soldados e Fritz por um tempo, bebericando vinho e nos aquecendo no fogo, enquanto Jens cuidava do coronel.

– Fritz! – Depois de quase duas horas, Elisabeth finalmente saiu da cozinha e chamou por ele.

Quando o menino pôs a mesa, disse a todos nós para nos sentarmos. Wolf e Axel escolheram as cadeiras nos dois lados de Viv, todos nós nos sentamos, e Hoffman e Jens vieram quando Elisabeth estava colocando tigelas perfumadas de guisado na frente de cada um. Fritz trouxe o pão e o resto do vinho enquanto Elisabeth dobrava as mãos em oração e nos dava um olhar de aviso para fazermos o mesmo. Ela curvou a cabeça, e todos nós seguimos o exemplo.

– *Gott, wir nehmen an diese Mahlzeit, aber lass uns nicht deine Gegenwart vergessen. Du segnest, weil du uns liebst, segne auch was du uns gibst. Bitte, Gott, an diesem Heiligabend beten wir für das Ende des Krieges. Amen.*

Fritz traduziu a oração assim que sua mãe terminou:

– Deus, ao tomarmos esta refeição, não nos esqueçamos da tua presença; abençoa-nos porque nos ama, abençoa também o que nos deste. Por favor, Deus, nesta véspera de Natal, rogamos para que esta horrível guerra termine. Amém.

Fiz o sinal da cruz e olhei para cima, e meus olhos não eram os únicos que brilhavam. Ficamos ali sentados por um momento de silêncio, nossos pensamentos longe daquela cabana no meio das Ardenas. Então os dois soldados mais novos agradeceram profusamente a Elisabeth quando pegaram o pão e começaram a inalar a comida.

Na primeira parte do jantar, tudo que você podia ouvir era o som calmo das colheres batendo nas tigelas, já que estávamos todos muito famintos para até mesmo tentar uma conversa educada.

– Seu coronel perdeu muito sangue; a pressão sanguínea dele está baixa – Jens disse em voz baixa para mim. – Você precisa levá-lo a um lugar seguro onde ele possa receber plasma sanguíneo, assim como descanso e comida. Vou mostrar a vocês a melhor rota; você deve sair antes do amanhecer.

— Claro — respondi. — Obrigada por cuidar dele.

— *Bitte* — respondeu ele.

Fritz disse algo aos jovens soldados em alemão e depois olhou para Viv.

— Você não respondeu à pergunta: por que não estão todas casadas? — Ele sorriu maliciosamente.

— Diga-lhes que é porque todos os homens americanos estão na guerra, obviamente — retrucou Viv, balançando a cabeça. — Fiona está noiva. Seu noivo é prisioneiro de guerra aqui. E Dottie tem um rapaz na 28ª Infantaria.

— Na 28ª? É de lá que eu sou — exclamou Hoffman. — Qual é o nome dele?

— Meu Deus, nós nem perguntamos. Eu não tinha ideia que você estava na 28ª — me desculpei.

— O nome dele é Joe Brandon — Dottie declarou, com a voz tremendo. Segurei sua mão. — Você sabe se ele está bem? Por favor me diga que sabe de alguma coisa.

Os alemães todos viram essa troca, e eu sabia que não precisava de tradução.

— Ele está bem — Hoffman disse. — O coronel e eu estávamos no posto de comando divisional da 28ª Divisão em Wiltz, Luxemburgo, quando a unidade foi atacada severamente. O Capitão Brandon e a banda pegaram em armas. Eles cavaram trincheiras, pegaram carabinas e lutaram para manter o controle e deter o avanço alemão. — Hoffman olhou para Jens desconfortavelmente quando disse isso. — Dos sessenta membros da banda, só restam dezesseis.

— Jesus — Viv exclamou. — Dezesseis em sessenta.

Fritz traduziu essa história. Os soldados mais jovens pareciam aterrorizados quando ouviram a última parte.

Dottie estava sorrindo enquanto enxugava os olhos com o guardanapo e balançava a mão na frente do rosto, envergonhada.

— Desculpem. Estou tão aliviada.

Elisabeth atravessou a mesa, deu um tapinha no ombro dela e assentiu. Entendendo sem saber as palavras.

– E onde está seu noivo? – Fritz perguntou, olhando para mim.

– A última vez que ouvi falar, ele estava em um campo de prisioneiros de guerra na Prússia Oriental. Stalag Luft IV – falei. Era uma realidade que eu ainda não compreendia muito bem. Jens me olhou nos olhos quando eu disse aquilo, examinando meu rosto.

– Milhares de vidas interrompidas – ele repetiu, tomando um gole de vinho. – Os Aliados estão avançando naquela área; se eles se aproximarem demais, moverão os prisioneiros.

– Movê-los para onde? – perguntei, sentindo arrepios diante dessa ideia.

– Para qualquer lugar onde os Aliados não possam libertá-los – explicou Jens. E então, vendo o olhar perturbado em meu rosto, ele acrescentou: – Tente não se preocupar. Esta guerra vai acabar mais cedo, acho eu.

Ele acenou para os soldados mais jovens, que agora estavam falando com Fritz em alemão, contando-lhe uma história e rindo, as bochechas cheias do vinho tinto e do calor do fogo.

– Eles estão mandando esses meninos para a luta agora – Jens sussurrou, revoltado. – A seguir serão as crianças do primeiro ano.

– Espero que você esteja certo sobre o final em breve – desejei, minha cabeça doendo ao pensar em conseguir de alguma forma chegar à Prússia Oriental só para descobrir que Danny tinha sido transferido para outro lugar.

– Sim, eu também. Eu sou melhor em tratar de homens do que... – disse ele.

– Dottie, você prometeu cantar – lembrou Viv. – Para a nossa anfitriã.

– Sim, por favor – pediu Fritz, emocionado com a ideia. – Ao pé do fogo.

Ele pulou e começou a limpar os pratos, e todos o ajudamos, tropeçando em nós mesmos para agradecer a Elisabeth pela primeira refeição caseira que tivemos em meses.

Fomos ao Cheyenne buscar o violão de Dottie, nossos lençóis e sacos de dormir. Entregamos alguns dos sacos para Jens, Axel e Wolf compartilharem. Também presenteamos Elisabeth com café moído pela gentileza dela. Eu gostaria que tivéssemos mais para dar.

— Vou começar com a escolha mais óbvia — Dottie disse, dando um toque rápido no violão enquanto nos acomodávamos ao redor da lareira, e então ela começou a cantar "Silent Night".

Enquanto Dottie cantava, olhei para trás e Elisabeth tinha as mãos juntas no avental floral vermelho, lágrimas correndo pelas bochechas diante da beleza da voz e da música. Os soldados também pareciam perplexos com a bela voz de Dottie. Quando ela terminou, todos nós aplaudimos, e Fritz, Axel e Wolf aplaudiram de pé.

— Certo, agora algo um pouco mais otimista, Dots, ou eu vou ser um desastre emocional — Viv disse.

Ela estava certa: a música tinha deixado todos um pouco tristes. Dottie acenou de acordo e escolheu "Rudolph, a rena do nariz vermelho". Fritz gostou tanto que pediu que ela escrevesse as palavras para ele depois que acabou.

Então, Axel e Wolf decidiram entrar em cena. Eles ficaram ao lado do fogo e cantaram uma versão terrível de "O Tannenbaum", que, de qualquer forma, todos nós aplaudimos. Continuamos a cantar canções de Natal ao longo da noite, um momento de alívio da batalha amarga e fria que se desenrolava do lado de fora da porta. Vendo os garotos alemães brincando e rindo e tentando cantar com Dottie, eu sabia que todos nós precisávamos daquilo desesperadamente.

Depois de algumas horas, comecei a bocejar, e todos perceberam que tínhamos que dormir um pouco enquanto podíamos. Com os sacos de dormir e os lençóis espalhados ao redor da lareira, juro que adormeci antes de minha cabeça encostar no travesseiro. Quando acordei, um pouco mais tarde, as velas estavam apagadas, mas o fogo ainda estava aceso. Todos adormeceram rapidamente, e Viv ressonava o único som em meio ao silêncio. Olhei para o sofá e vi o coronel sentado, olhando para mim. Ele tinha ficado inconsciente durante todo o show de Natal de Dottie, mas agora estava bem acordado.

— Senhor — sussurrei quando fui até ele —, você gostaria de um pouco de água?

Entreguei a ele o copo da pequena mesa próxima. Ele assentiu, a mão tremendo enquanto bebia num gole. Despejei mais um pouco da pequena jarra amarela que Elisabeth tinha deixado para nós.

– Onde diabos estamos? – ele disse, franzindo o cenho, a voz rouca e áspera. Tinha sobrancelhas peludas e um rosto marcado por espinhas da juventude. Ele passou a mão pelas bochechas e olhou para as ataduras. – Quem são todas essas pessoas? E quem é você?

Eu me apresentei e contei a ele a história da noite, e seus olhos se arregalaram quando cheguei à parte sobre os alemães. Ele olhou para os três dormindo no chão, incrédulo.

– O alemão me suturou? – ele sussurrou, apontando para Jens.

– Sim – respondi. – Ele disse que o senhor perdeu muito sangue e precisa de plasma. Também precisa de comida e descanso.

– Bem, maldição. – Ele ainda estava olhando para Jens, dormindo no chão. – Eu me sinto horrível. Jesus, eu nem me lembro do acidente.

– Saímos daqui em duas horas, antes do amanhecer – anunciei. – Eles nos deram um mapa para nos mostrar o melhor caminho para as linhas Aliadas.

– E você confia neles? – o Coronel Brooks perguntou, olhando para meu rosto. A aparência dele, mesmo à luz da fogueira tinha um tom cinza, e sua voz era fraca.

– Sim – respondi.

– Certo – ele disse, franzindo o cenho. – Se eles nos mandarem em uma perseguição desenfreada com esse mapa e formos capturados ou mortos, a culpa será sua.

Eu não podia dizer se ele estava brincando ou não. Ele deve ter sentido isso, porque seu rosto se suavizou um pouco, e com um leve sorriso ele acrescentou:

– Mas, se você nos tirar do inferno do território inimigo, você e suas amigas receberão Estrelas de Bronze.

Capítulo 25

25 de dezembro de 1944

— Claro que está nevando de novo – disse Viv enquanto arrumávamos o Cheyenne, às quatro da manhã. Eu tinha ficado acordada por um tempo conversando com o coronel, me certificando de que ele tinha bastante água para beber e que suas ataduras estavam firmes antes de eu adormecer de novo.

– Este é o primeiro ano em que não estou feliz com a neve de Natal – comentou Dottie.

Deixamos o coronel dormir enquanto arrumávamos nossas coisas. Os alemães também estavam acordados e prontos para partir, e Elisabeth deu a eles um saco de comida que tinha preparado. Nós não tínhamos muito, mas consegui garimpar mais café moído e rações K para dar a eles também.

Todos nós agradecemos e nos despedimos. Eles não eram mais "o inimigo". Wolf e Axel estavam mais sombrios, desolados por terem que voltar à realidade da guerra. Fritz parecia que ia chorar porque todos os seus novos amigos tinham que partir.

Viv deu aos três alemães beijinhos na bochecha quando eles saíram pela porta, e isso definitivamente levantou um pouco o espírito deles.

– Siga o roteiro, e você deve se sair bem – Jens disse. – Mas eu partiria logo. Esta neve... – Ele olhou para cima, também triste pelo fato de nosso alívio da guerra ter acabado.

– Eu concordo. Obrigada. O coronel ficou chocado quando contei a ele. Você salvou sua vida.

Jens olhou para o coronel, que roncava suavemente no sofá.

– Estou feliz por poder ajudá-lo – disse ele.

Eu o acompanhei para fora, e Axel entregou sua arma. Os três caminharam alguns metros e nos deram adeus antes de se virarem e partirem para a floresta.

Dottie gentilmente acordou o Coronel Brooks, e ele insistiu em caminhar até o Cheyenne, o que todos nós consideramos um bom sinal.

– Os nazistas ainda estão aqui? – ele rosnou, esfregando os olhos, enquanto Elisabeth sorriu timidamente e deu a ele uma xícara de café.

Hoffman se ofereceu:

– Senhor, posso ajudá-lo a andar?

– Oh, diabos, eu acho que você vai ter que fazer isso – o coronel disse, empalidecendo, tremendo e balançando enquanto tentava ficar de pé. – Acho que este joelho está em mau estado.

Fiquei do outro lado dele, colocando seu braço ao redor dos meus ombros, e nós demoramos um pouco, dando passos de bebê até a porta e depois para fora.

Senti-me indisposta por termos de voltar para a neve e para o nosso caminhão de gelo, e por ainda não estarmos em território seguro.

– Por favor, agradeça a sua mãe por ser tão generosa, corajosa e compreensiva – pedi a Fritz, olhando para Elisabeth depois que fizemos as malas e estávamos prontos para partir. – Nunca seremos capazes de agradecer a vocês o suficiente pela sua bondade.

Quando Fritz traduziu, Elisabeth sorriu, se aproximou de mim e me deu um abraço.

– *Bitte* – ela disse quando nos afastamos uma da outra.

– Cuidem-se bem – recomendei, abraçando Fritz e acariciando seu cabelo até que ele ficou muito vermelho.

Dottie concordou em ficar na parte de trás do Cheyenne com o Coronel Brooks. Viv e Hoffman iriam à frente comigo para ajudar a conduzir.

– Tem certeza de que não quer que eu dirija? – Hoffman perguntou pela décima vez.

– Olhe, eu sei que você acha que ela dirige mal porque ela é, hum, uma mulher, mas ela é realmente muito boa – Viv disse. – Você já dirigiu um Clubmobile antes?

– Bem, não, mas... – Hoffman começou, mas Viv o interrompeu.

– Bem, é preciso muita prática, e, se eu tivesse que escolher entre você e Fiona para nos levar às linhas Aliadas, apostaria nela – alertou Viv.

– Tudo bem, tudo bem – disse Hoffman, colocando as mãos para cima em rendição.

— Ei, obrigada, Viv — agradeci, sorrindo enquanto passamos pela faixa estreita por onde tínhamos entrado para voltar à estrada principal. — Eu só preciso que vocês dois me avisem sobre qualquer curva que venha para que eu não erre com este tempo.

Eu queria mais do que tudo dirigir rápido, chegar ao lado direito das linhas Aliadas o mais depressa possível, mas o tempo e as estradas cobertas de neve não permitiam. E nós tínhamos aprendido da maneira mais difícil que veículos vinham na outra direção, então eu também estava de olho neles.

Dirigimos por mais de uma hora enquanto a neve caía com mais intensidade, e eu tive que desacelerar ainda mais, dirigindo em velocidade menor porque os pneus do Cheyenne continuavam derrapando.

— Temos que estar perto, certo? — perguntei.

— O mapa diz que estamos — disse Viv. — De acordo com ele, deve haver um posto de comando em algum lugar à frente.

— Não que possamos vê-lo neste branco — comentei. Estava congelante, mas eu podia sentir o suor pingando debaixo do quepe. Não havia mais sinais de casas de campo ou abrigo. Eu tinha quatro pessoas comigo, uma delas gravemente ferida, e precisava estar em segurança em breve. Não podíamos ficar presos ali. Se não morrêssemos congelados, poderíamos levar um tiro. Eu tinha certeza de que os próximos alemães que encontrássemos não seriam amigáveis.

De repente, o Cheyenne começou a engasgar e então parou abruptamente.

— Não! Não, não, não. Dottie, você checou a gasolina antes de sairmos como eu pedi? — gritei por cima do ombro para trás.

— Sim — Dottie disse. — Claro que sim. Você me perguntou quatro vezes.

Fechei os olhos e tentei acalmar o pânico que borbulhava dentro de mim.

— Temos mais um pouco lá atrás que possamos acrescentar? — perguntou Viv. — Você sabe, só para o caso de ser só isso.

— Temos um pouco lá atrás — respondi. — É melhor que seja isso. Caso contrário... Nem quero pensar.

— Vou ajudar — Hoffman disse, me seguindo para fora.

— Eu juro que verifiquei, Fi — Dottie repetiu ao passar a lata de gasolina a Hoffman.

– Eu sei que sim. Como ele está? – perguntei.

– Ele precisa que os curativos sejam trocados novamente. E está muito fraco e pálido.

– Nós vamos encontrar esse posto de controle em breve – prometi, não convencida de nada.

Hoffman já estava adicionando a gasolina ao tanque. Olhei para os pinheiros majestosos ao nosso redor, seus galhos pesados pela neve.

– Não é assim que isso vai acabar – sussurrei entre os dentes.

– O que você disse? – Hoffman perguntou, franzindo o cenho para mim.

– Falando comigo mesma. Eu só estava pensando que minhas amigas e eu não viemos até aqui para acabarmos capturadas por alemães ou congelando até a morte em uma estrada no meio do território inimigo. Serei amaldiçoada se isso acontecer. Nós vamos sair daqui, nem que eu tenha que empurrar este maldito caminhão através das linhas Aliadas.

– Eu acho que não vai ser preciso – Hoffman disse, me dando um pequeno sorriso e sentindo que eu era uma mulher no limite. – E prometo que não estou perguntando sobre dirigir porque você é mulher ou má condutora, mas, se você precisar de uma pausa, me avise. Você é realmente uma ótima motorista.

– Obrigada. Desculpe. Foi uma semana longa.

– Você não tem que me dizer – ele disse, sorrindo. Ele levantou a lata. – O tanque está cheio até o limite. Espero que isso resolva.

Subimos de volta ao Cheyenne, onde Viv estava fazendo uma pausa para fumar, sua mão tremendo de frio ou do nervosismo, ou ambos, enquanto inalava um Chesterfield. Ela ofereceu um a Hoffman, que aceitou de bom grado.

– Rezem para que esta coisa ande e não fiquemos presos nesta estrada – pedi enquanto ligava o Cheyenne.

Ele derrapou algumas vezes, mas, depois que bati no volante e praguejei, começamos a seguir em frente. Avançamos vinte minutos, minhas mãos segurando a direção enquanto eu me inclinava sobre ele e ficava de olho nos veículos que se aproximavam.

– Você está vendo aquilo, Fi? – Viv disse, apontando em frente. – O olho de gato brilha através da neve, vindo nesta direção.

– Eu os vejo – respondi, à medida que as luzes se aproximavam.

– E se forem alemães? – Hoffman perguntou. O caminhão se aproximou ainda mais. Parei o Cheyenne, mas mantive os faróis acesos.

– É impossível dizer com este tempo... Se forem alemães... – eu disse. – Não sei, mas não há como se esconder deles agora.

Pulei do carro e fiquei entre nossos pequenos faróis, acenando com os braços e pulando para cima e para baixo. O caminhão estava a cem metros de distância agora, dirigindo muito devagar. Eles também nos viram. Pararam. A neve se infiltrou em minhas botas forradas de lã, e parecia que o gelo estava se formando nos dedos dos meus pés. Minhas mãos estavam doloridas e geladas, mas eu ainda estava suando com o estresse de tudo aquilo. Estava desesperada, pronta para implorar por misericórdia se fossem os alemães, qualquer coisa para nos levar de volta à segurança e conseguir assistência médica para o coronel.

– Olá! – gritei, com as mãos juntas.

– Olá – o motorista se inclinou para fora e cumprimentou de volta. Havia dois homens na cabine do caminhão. O passageiro abriu a porta do lado dele e pulou para fora.

– Americanos! – eu disse, rindo entre lágrimas. – Oh, graças a Deus. Então, estamos ultrapassando a linha?

– Sim – disse o passageiro, caminhando até mim. – Somos do posto de comando mais próximo. Todos ouviram a história de seu grupo preso em Vielsalm. Muitos soldados estão de olho em vocês.

– Presumo que essas sejam as garotas que todos estavam procurando... – o motorista gritou para nós, rindo.

– Sim – respondeu o soldado, voltando-se para ele com um sorriso, depois olhando para mim. – Aquele é Cal, e eu sou Nate. Como é que vocês estão?

Contei a ele sobre os ferimentos do coronel, e o rosto dele ficou sério.

– Vamos escoltá-la até o posto de comando e colocá-lo em segurança lá – ele disse.

Comecei a me afastar quando ele gritou:

– Oh, Fiona, o Capitão Moretti, da 82ª, pediu para avisar que ele está procurando por você também.

– Espere – exclamei, enquanto tentava processar suas palavras. – Ele está no posto de comando?

– Estava – disse Cal. – Mas eles estavam se dirigindo para o *front* a qualquer minuto, então podem já ter ido embora.

Voltei para dentro do Cheyenne, sem conseguir parar de sorrir de orelha a orelha enquanto o motorista virava o caminhão habilmente para que pudéssemos segui-lo.

– Peter também esteve nos procurando – contei. – Não posso acreditar.

– Procurando por você, através destes bosques loucos além das linhas inimigas? – perguntou Viv. – Mesmo que eu tenha certeza de que essa não é a prioridade dele agora?

– Procurando por nós, sim – respondi.

Viv pausou por um segundo, olhando para mim.

– Fiona, querida, se isso não é amor, não sei o que é – ela decretou.

Não respondi. Ela estava certa, e eu senti as dores da culpa, agora familiares, assentarem sobre minha euforia. Mas eu ainda queria desesperadamente ver Peter antes de ele sair para o *front*. Então, liguei o Cheyenne e dirigi o caminhão pela estrada, esperando ter essa oportunidade.

Chegamos ao posto de comando meia hora depois e fomos recebidos com vivas e aplausos por dezenas de soldados que tinham ouvido nossa história de estarmos presos em Vielsalm. Vários deles ajudaram a tirar o coronel da parte de trás e a levá-lo em segurança para a tenda médica.

– Dottie! – Joe Brandon veio correndo, e ela gritou.

Ele a levantou nos braços e a girou ao redor, dando-lhe um beijo com todos os soldados assobiando. Viv e Hoffman seguiram alguns soldados até o refeitório. Fui atrás deles a distância. Quando estava prestes a entrar no galpão, vi um grupo de soldados vindo de outra direção. Um deles tinha uma estrutura de pugilista que eu teria reconhecido em qualquer lugar.

– Fiona Denning, não mandei sair daqui se as coisas ficassem muito quentes? – Peter gritou.

Eu corri até ele e pulei em seus braços. Ele me abraçou e beijou minhas lágrimas salgadas, e os oficiais que estavam caminhando com ele riram e nos aplaudiram antes de seguirem sem ele. Enterrei o rosto em seu peito, me sentindo segura pela primeira vez em séculos.

– Como é que você está aqui? – Olhei para ele quando me colocou no chão.

– Eu poderia perguntar o mesmo a você.

– Obrigada por me procurar – eu disse.

– Imagine. Você não acreditaria em quantos soldados estavam procurando por vocês três. Vocês, garotas da Cruz Vermelha, têm mais fãs do que imaginam. – Ele segurou minha mão, e senti como se um choque elétrico estivesse passando pelos meus dedos. – Mas o que você estava pensando sobre ir para Vielsalm quando o resto de seu grupo ia na direção oposta?

Contei a ele sobre os caminhões de correio em Bastogne, e a promessa que fiz ao major em Vielsalm, e como supostamente seria uma viagem rápida. Ele suspirou.

– O que foi? – perguntei.

– Eu não consigo decidir se você é muito corajosa ou muito estúpida – ele disse. Comecei a protestar por ser chamada de estúpida, mas então olhei para ele, que ria silenciosamente, me provocando.

– Acho que ingênua pode ser a melhor palavra – ajudei. – Não tínhamos ideia de quão rápido as coisas iriam mudar.

– Ninguém sabia – ele disse, uma sombra cruzando seu rosto. – Eles nos pegaram com a guarda baixa dessa vez.

Voltamos para o refeitório, mas ele parou ali, pegando meu cotovelo e me puxando para trás, onde não estávamos à vista de todos os soldados que entravam.

– Estou de partida, Fiona – ele anunciou.

– Quando?

– Agora.

Fechei os olhos. Claro que sim.

– Eu nem deveria estar aqui – ele continuou. – Eu pedi por favor para ficar para trás por um dia. Para procurar por você. Ainda tenho alguns rapazes comigo, mas agora temos que ir.

– Para onde? – sussurrei.

– Para o *front* – ele respondeu. Eu sabia que essa seria a sua resposta. – Vamos ficar fora por um tempo. Até que acabe. E, olhe, assim que conseguir algo para comer, você tem que sair daqui também. Seu grupo está em um castelo em Verdun, mais ao sul; é muito mais seguro. Eu sei que você está exausta, mas estamos sendo atacados aqui o tempo todo. Você consegue dirigir esta noite?

– Sim – respondi. – Eu consigo.

Eu estava desesperada por um banho ou algumas horas de sono. Mas seria mais agradável me sentir segura. O terror de estar no *front* tinha se tornado um zumbido constante em minha mente, ecoando o som dos aviões que voavam sobre mim.

– Ótimo – disse ele. – Prometa que irá assim que puder?

– Eu prometo.

Peter olhou ao redor para ver se alguém estava olhando e então segurou uma mão na outra.

– Preciso lhe dizer uma coisa – ele começou. Mordi o lábio e olhei para ele. – Eu te amo. Você foi a melhor coisa que já aconteceu comigo. Quando nos conhecemos, eu tinha acabado de voltar da Normandia. Estava em um lugar muito escuro. Você me puxou de volta. – Abri a boca para responder, mas ele levantou a mão. – Por favor, deixe-me terminar. Eu sei que você tem que encontrar Danny, e quem sabe o que vai acontecer a partir daí, mas, por mais difícil que seja para mim, eu entendo. Se eu nunca mais a encontrar...

– Peter, espere...

– Não, é uma possibilidade real. Nós dois sabemos que é – ele insistiu. – Se eu nunca mais a encontrar, saiba que a amo, Fiona. Provavelmente sempre amarei. E desejo a você uma vida longa e feliz.

– Peter...

Olhei em seus olhos querendo dizer o que sentia, mas não consegui dizer as palavras em voz alta. Então, em vez disso, fiquei na ponta dos pés, coloquei os braços em torno de seu pescoço e o puxei em um beijo apaixonado, sem me importar com quem nos via.

– Eu também estava em um lugar escuro. Você me ajudou a lembrar como era me sentir feliz – eu disse quando paramos de nos beijar por um momento. – Quanto a Danny... ele está sempre no fundo da minha mente. Estou empenhada em encontrá-lo. Sinto muito...

– Está tudo bem. – Ele colocou a mão debaixo do meu queixo e inclinou minha cabeça para cima. – Eu entendo. Como eu disse, ele amou você primeiro. Vá encontrá-lo e resgatá-lo. E obrigado. Por me resgatar.

Ele colocou os braços ao meu redor e me puxou, e nós nos abraçamos no frio congelante.

– Por favor, mantenha-se em segurança – pedi, nossas testas ainda se tocando. – E, pelo amor de Deus, tente atravessar esta guerra vivo.

– Farei o meu melhor – ele respondeu. – E obrigado pelo beijo. Foi provavelmente o melhor presente de Natal que já recebi.

Um último abraço, um breve e final beijo de despedida, e ele foi andando de costas, ainda olhando para mim. Fiquei ali olhando para ele, limpando as bochechas.

– Lembre-se, sem lágrimas – ele pediu, balançando as mãos para que eu pudesse ouvi-lo sobre o vento amargo que soprava ao nosso redor.

Ele me mandou um último beijo, disse adeus e saiu correndo para reunir os soldados e ir para o *front*.

Fiquei ali por um minuto para conseguir me recompor antes de entrar no refeitório. Quando entrei, Dottie estava tocando violão, e ela e Joe estavam liderando um grande grupo de soldados em uma versão muito barulhenta de "Rudolph, a rena do nariz vermelho". Viv estava sentada por perto, observando e rindo, mas, quando viu o olhar no meu rosto, se aproximou, colocando o braço ao redor dos meus ombros.

– Você está bem, Fi? – ela perguntou.

– Eu tenho que estar – falei, soltando um suspiro. – Vamos lá, vamos comer e correr. Não é seguro para nós aqui. Precisamos voltar para as outras garotas.

Dottie se despediu chorosamente de Joe, mais uma vez. Todas nós agradecemos a Hoffman e o abraçamos. O coronel estava sendo atendido no hospital, então nem conseguimos vê-lo antes de partirmos. Quando ele estivesse pronto para viajar, três deles iriam para algum lugar perto de Bastogne a fim de se reunir com o que restava na 28º Infantaria.

Uma hora depois do jantar, estávamos abastecidas de gasolina e prontas para partir, mas ficamos sentadas esperando por um longo tempo, pois havia comboios importantes chegando, e o exército nos disse para esperar até que eles passassem. Como tudo na guerra, o caminho até Verdun demorou mais do que esperávamos, pois, as estradas estavam cheias de tropas indo e vindo para o *front*, ambulâncias carregando feridos e vans de prisioneiros nazistas.

Quando entramos no grande castelo de Verdun, já passava das dez horas da noite. O céu estava claro e estrelado, e a lua estava quase cheia. Todos os Clubmobiles do Grupo F estavam estacionados do lado de fora, e isso me deu uma sensação esmagadora de chegar a algum lugar como se fosse um lar.

– Você acha que alguém ainda está acordado? – Dottie perguntou. Enquanto abríamos lentamente a porta da frente, fomos surpreendidas com aplausos e gritos. – Barbara, sua cachorrinha louca, senti tanto a sua falta! – ela disse, pegando a cachorrinha e a abraçando com força.

– É um maldito milagre de Natal – Blanche disse, os olhos lacrimejantes, quando ela e Frankie vieram correndo e nos abraçaram, quase nos derrubando no chão.

À direita da entrada havia uma grande sala à luz de velas com uma lareira crepitante. Todas as garotas do Grupo F estavam lá, e uma festa de Natal estava em andamento. Fomos saudadas com mais abraços, cercadas pelas nossas amigas, e fiquei impressionada com o alívio e a felicidade de estar em segurança com elas. Havia um ar mais sombrio no grupo, que atribui à saudade de casa.

– Aqui. – Doris, do grupo Dixie Queen, se aproximou e nos entregou copos de um líquido espumante amarelo brilhante. – Não temos eggnog, então fizemos este ponche. Não é particularmente delicioso, mas ajuda.

– Viagem rápida a Vielsalm, hum? – Liz veio até nós, seu rosto sério, mas então sorriu. – Eu sei por que você fez isso. Mas estou tão feliz que as três estejam aqui em segurança. Não fazem ideia.

– Eu também – eu disse. – E sinto muito. Eu nunca teria ido se soubesse...

– Nem mesmo o general sabia – ela observou.

– Frankie, estou tão feliz que você tenha voltado. Como está se sentindo? – perguntei. Frankie parecia pálida e mais magra, sem nenhum sinal de energia.

– Bem, não vou usar traje de banho tão cedo, mas estou... Estou bem. Feliz por estar fora do hospital – ela respondeu. Seus olhos se encheram de lágrimas quando respirou fundo e cruzou os braços, e então começou a chorar.

– Oh, Frankie. – Fui até ela e lhe dei um abraço.

– Quando Martha volta do hospital de Londres? – perguntou Viv.

Blanche e Frankie se olharam com expressões tristes. Foi quando percebi que os olhos de Blanche estavam inchados, com olheiras. A sala inteira ficou quieta à menção do nome de Martha. O desespero no rosto de Liz me disse tudo antes que alguém pronunciasse uma palavra.

– Viv, Martha... ela se foi – declarou Blanche, o rosto se desfazendo enquanto olhava para nós. – Suas mãos não estavam cicatrizando, e ela precisava de mais enxertos de pele. Ela ainda estava no hospital, e estavam se preparando para mandá-la para um hospital americano para ser operada. O hospital foi bombardeado. Ela estava no corredor, conversando com alguns soldados. Foi a única que não resistiu.

– Oh, não. Não, não, não! – Dottie colocou as mãos na boca, afundou no chão e começou a soluçar enquanto Barbara pulava em seu colo e tentava confortá-la. Liz se sentou ao lado dela e colocou um braço ao redor de seu ombro.

Viv praguejou alto e chutou uma das cadeiras enquanto colocava as mãos sobre o rosto, o peito levantando enquanto chorava.

– Não posso acreditar – eu disse, me sentindo mal, enquanto enxugava as lágrimas que corriam pelo meu rosto e abraçava Frankie de novo. – Martha? Nossa Martha foi embora? Você tem certeza?

– Eu tive que identificá-la – Liz sussurrou, olhando para mim e assentindo, com o rosto pálido.

– Fizemos uma pequena cerimônia. Sinto muito por não ter podido esperar por vocês. – Blanche tremia enquanto respirava. – Foi um golpe terrível. Vou me esquecer por um momento, e então ouvirei uma música ou verei os pacotes de Life Savers... Ela amava tanto seus Life Savers, e então vou chorar de novo.

— E eu acordo e penso que ela vai entrar pela porta vindo do hospital, a qualquer minuto – Frankie disse, mordendo o lábio. Agora eu sabia porque os olhos dela estavam tão vermelhos. – E então eu me lembro, e me sinto horrivelmente culpada. Eu tinha acabado de sair. Se eu estivesse lá...

— Graças a Deus você não estava, Frankie – falei. – Porque nós poderíamos ter perdido você também.

— Sua pobre família – Dottie lamentou, limpando as lágrimas com um guardanapo.

— Nós temos o endereço deles. Todos estão escrevendo cartas. Não sei se ajuda muito – Frankie disse.

— Eu acho que sim – Liz respondeu. – E vai ajudar a todos nós.

Nos sentamos com essa notícia por um tempo, bebendo nosso ponche e chorando por nossa doce amiga. Foi devastador, e um choque perder uma de nós. Ver o nosso feliz grupo de seis para sempre reduzido a cinco.

Frankie se levantou:

— Quase me esqueci. Temos uma surpresa que vai nos animar um pouco. Nosso correio de Natal de casa chegou ontem, incluindo cópias da revista *LIFE*. Esperem até...

— *Shhhh* – disse Blanche. – Não estrague a surpresa. Ei, quem tem uma dessas revistas à mão? – Ao mencionar a revista, todas começaram a se aglomerar ao nosso redor, e olhei para Viv e Dottie franzindo o cenho. ChiChi tinha atirado uma para Blanche, e ela a segurava atrás das costas. – Fechem os olhos – pediu Blanche.

— O que é? – Viv perguntou, franzindo o cenho.

— Oh, pelo amor de Deus, apenas feche os olhos, Viv – Frankie ordenou.

Todas fechamos os olhos e, segundos depois, Blanche pediu:

— Agora, podem abrir.

Abri os olhos, e todas as garotas estavam observando nossas reações. Blanche estava segurando um exemplar da *LIFE* na nossa frente. E nossos rostos estavam olhando para a capa. Uma foto de perto, de nós três, tirada no dia da cerimônia com Harvey Gibson em Londres. A capa dizia "AS GAROTAS DO CRUZ VERMELHA CLUBMOBILE: TRAZENDO UM POUCO DE CASA PARA AS TROPAS NO FRONT".

— Meu Deus, isso é real? – Dottie perguntou.

– De jeito nenhum. Você fez isto – disse Viv, pegando de Blanche.

– É uma brincadeira.

– Esta é uma imagem *muito* grande dos nossos rostos – atestei, piscando.

– É de verdade – disse Blanche, e algumas outras garotas na multidão levantaram suas próprias cópias, sorrindo. – Vocês agora são os rostos famosos da Cruz Vermelha dos Clubmobiles.

– Harvey Gibson e Judith estão absolutamente encantados com a publicidade – disse Liz. – Tem sido um grande sucesso nos Estados Unidos. Falando em correio, tenho que perguntar: vocês conseguiram guardar todo aquele correio de Natal?

– Sim – respondeu Dottie. – Uma parte se danificou um pouco, mas nós conseguimos.

– Então nós realmente salvamos todos os cinco caminhões – comemorou Liz, assentindo, com uma expressão de alívio e orgulho. – Conseguimos.

– Venham ver. Temos mais correio para vocês também – chamou Liz. – Pacotes de Natal de casa, cartões e...

– E cerca de duas dúzias de cartas para Viv de Harry Westwood – completou Blanche.

– O quê? – Viv perguntou, suas bochechas ficando rosadas.

– Não estou brincando, ele é louco – disse Blanche. – Venha ver.

Ninguém estava se sentindo muito festivo com a tristeza recente sobre Martha, mas as garotas fizeram seu melhor para tornar as coisas alegres para o feriado. Havia uma árvore de Natal no canto da janela, decorada com bolas vermelhas e algodão. Uma mesa de buffet foi montada, e tentei não fazer um prato muito alto com alguns dos alimentos que não comíamos havia meses, a maioria dos quais tinha vindo de casa nos pacotes de Natal, como queijo caseiro, pão, canapés feitos de anchovas e lagosta, torradas Melba, nozes, figos, tâmaras recheadas e bolo de frutas de Natal.

Encontramos alguns assentos junto à lareira, e Blanche e Frankie trouxeram nossa correspondência. Meus pais e irmãs me mandaram um pacote que incluía outro cachecol de lã vermelha e meias iguais, dois batons Chanel novos e vários sabonetes Harriet Hubbard Ayer. Também incluía potes de geleia, pirulitos, pacotes de chocolate e um de Mallomars

– um doce de marshmallow coberto com chocolate – ainda intactos, que abri imediatamente e distribuí para minhas amigas.

– Eu não vejo um destes há séculos – disse Dottie, fechando os olhos depois de morder um.

– Então, Viv, você vai abrir pelo menos uma carta de Harry? – perguntei.

– Não consigo escolher – respondeu ela, torcendo a boca, tentando se decidir.

– Vou abrir uma para você – ofereceu Blanche. – Estou morrendo de vontade de saber o que ele tem a dizer em todas aquelas cartas.

– Ainda não – pediu Viv. – Preciso aproveitar meu ponche e pensar sobre isso. O que há de novo com o Capitão Guy, Blanche?

– Estamos mantendo contato – respondeu Blanche, o rosto iluminado à menção do nome. – Ele é muito sonhador.

– O que há no seu pacote, Dottie? – Frankie perguntou.

– Um monte de discos novos que eu pedi em uma loja em Boston – respondeu Dottie, levantando alguns para nos mostrar. – "Rum and Coca-Cola", das Andrews Sisters, "Long Ago and Far Away" e "Take the 'A' Train" do meu novo amigo Glenn Miller e sua orquestra.

– Oh, meu Deus, você não soube – exclamou Blanche, olhando para nós. – É claro que você não teria ouvido. Estava isolada.

– Não soube o quê? – Dottie quis saber. – Oh, não...

– Glenn Miller está desaparecido. Ele estava em um pequeno avião sobre o Canal para Paris – revelou Blanche.

– O quê? – Dottie disse, abraçando seu disco e olhando como se fosse começar a chorar novamente.

– É verdade. – Frankie assentiu. – Todos têm acompanhado a história. Temo que ele tenha morrido.

– Não, ele não pode simplesmente ter morrido... – Dottie balbuciou. – E sua banda? Eles devem estar devastados. Naquela noite, quando o conheci... foi uma das melhores noites da minha vida.

Ficamos lá em silêncio por um momento, e eu poderia dizer que Dottie e Viv também estavam se lembrando daquela linda noite em Leicester, quando Dottie finalmente revelou seu talento.

– Chega de conversa triste. Martha não iria querer que ficássemos aqui sentadas chorando a noite toda. Vou buscar mais ponche – anunciou

Blanche, pegando nossos copos. – E, quando eu voltar, quero ouvir tudo sobre a grande aventura em que vocês estavam, especialmente qualquer parte romântica.

– E, sabem, depois acho que temos que colocar estes discos e dançar *jitterbug* – eu disse.

– Em homenagem a nossa bela amiga e a suas habilidades de dança, que nos deixavam envergonhadas.

Liz deu a nós três alguns dias de folga para nos recuperarmos da provação atrás das linhas. Tínhamos colchões de verdade pela primeira vez em semanas, e passamos a maior parte do tempo dormindo, escrevendo cartas para casa, junto à lareira, ou conversando com as amigas, contando histórias sobre Martha e chorando quando precisávamos. Todo o Grupo F ficou devastado pela sua morte, mas, para nós cinco, que a conhecíamos melhor e a amávamos muito, foi difícil compreender que ela nunca mais voltaria para nós. Foi também um lembrete sombrio para todas as meninas do Clubmobile de que éramos mais do que apenas espectadoras observando as tragédias da guerra. Se isso podia acontecer com Martha, poderia acontecer com qualquer uma de nós.

Na noite de Ano-Novo, o Grupo F e alguns soldados estacionados por perto planejaram uma festa para um orfanato próximo, dirigido por freiras francesas, e foi uma distração bem-vinda da tristeza pela nossa amiga. Quando chegamos, ficou claro que os soldados estavam passando a maior parte de seu tempo livre lá, porque eram recebidos pelas crianças como se fossem estrelas de cinema. Eles jogavam bola e brincavam com os pequenos enquanto gritavam de prazer. Foi um dia animado, o sol havia saído, então as freiras insistiram em fazer a festa lá fora.

Dottie, Viv e eu distribuímos donuts, chocolate quente e pequenos sacos de doces do Cheyenne, e observamos que um dos soldados, que estava fantasiado de palhaço, fazia truques básicos de mágica usando moedas e cachecóis. Duas garotinhas, uma de cabelos pretos encaracolados, a outra de tranças castanho-claras, estavam vestidas com as batas azul-marinho simplórias que muitas das garotinhas usavam, com casacos de lã desgastados que eram pelo menos um número menor. As meninas estavam juntas, desfrutando do palhaço, hipnotizadas. Elas não falavam uma com a outra; em vez disso, apenas se comunicavam com as mãos, e percebi que não falavam a mesma língua. O palhaço tirou uma moeda da orelha da garota de cabelos encaracolados, e ambas caíram rindo uma sobre a outra.

– De onde são todas essas crianças? – perguntei a uma das freiras, que falava inglês. Ela tinha cabelo castanho-escuro e olhos azuis, e não parecia mais velha que eu.

– De todo lugar – ela respondeu, olhando ao redor, encantada com a visão de muitas das suas crianças parecendo tão felizes. – França, Bélgica, Alemanha, Luxemburgo e Holanda.

– Até da Alemanha?

– Sim – disse ela. Ela tinha um olhar melancólico enquanto observava as duas meninas. – Elas sofreram muito para quem é tão jovem. Perderam tudo, mas continuam a sorrir. Elas ainda conseguem amar.

Um jipe chegou e me surpreendi quando Joe e o Coronel Brooks, segurando uma bengala, saíram. Dottie rapidamente distribuiu os saquinhos de doces em suas mãos e correu para cumprimentá-los.

– Fiona – disse o coronel. – Você é uma das garotas que eu vim aqui para ver.

– É tão bom vê-lo. Como se sente, Coronel Brooks? – perguntei, descendo do Cheyenne para fazer uma pausa na distribuição de doces. Não sei se ele ficou envergonhado com isso, mas não pude deixar de abraçá-lo.

– Melhor – ele respondeu, sua pele pálida reavivando um pouco o meu afeto. Ele parecia muito melhor do que da última vez. Apontou para sua bengala de madeira marrom. – Mas mal posso esperar para me livrar desta maldita coisa. Vim porque queria que você e suas amigas soubessem que mantive minha promessa. Conversei com o major geral da 28ª, e estamos escrevendo para o Escritório de Guerra para recomendar que vocês três recebam Estrelas de Bronze por mérito em uma zona de combate. Infelizmente não temos poderes para conceder condecorações a civis, ou eu mesmo o faria.

– Senhor, eu... Eu nem sei o que dizer – falei. – Estávamos apenas fazendo o que deveríamos. Obrigada. Muito obrigada.

– É merecido. De acordo com os médicos, vocês três salvaram minha vida – continuou ele. – Bem, vocês e aquele alemão que me suturou. Eu talvez não o deixasse me tocar se estivesse consciente.

– Estrelas de Bronze – disse Dottie, segurando a mão de Joe. – Eu tenho que escrever para meus pais esta noite para contar a eles.

– Viv só foi tomar um café. Aí vem ela, Coronel.

Avistei Viv caminhando em nossa direção, carregando duas canecas, mas seus olhos estavam em algo atrás de nós. Outro caminhão se aproximava. Quando ela chegou até nós, o Coronel Brooks a informou sobre sua recomendação para as Estrelas de Bronze. Ela se limitou a olhar para ele, movendo-se além das palavras. Pousou as canecas de café e lhe deu um abraço.

– Obrigada – disse ela. – Obrigada pela honra.

A esta altura, o caminhão havia entrado no pátio do orfanato e estacionado.

– Ah, os britânicos também estão aqui – avisou o coronel. – Uma grande festa de Ano-Novo.

– Mas não é possível – Viv sussurrou, observando quando meia dúzia de soldados aliados saiu, e Harry Westwood era o penúltimo. Ele fez uma avaliação dupla quando nos viu com o coronel. Caminhou devagar, envergonhado, sem tirar os olhos de Viv o tempo todo.

– O que você está fazendo aqui? – Viv perguntou, os braços cruzados sobre o peito. O cabelo dela estava amarrado em um lenço vermelho, e ela tinha um pedaço de farinha de donut na bochecha.

– Estamos indo para a Alemanha, como quase todo mundo – disse ele. – Ouvimos falar da festa e queríamos passar por aqui. Você recebeu alguma das minhas cartas?

– Apenas ontem à noite – ela explicou. – Ainda não as li.

– Acho que está na hora de cantar – Dottie disse. – Joe, quer vir comigo e me ajudar com isso?

Joe assentiu, e eles se afastaram.

– Viviana, posso falar com você, a sós? – Harry pediu, angustiado. – Há tanta coisa que eu tenho que lhe dizer.

– Harry, o que quer que você tenha a dizer, pode fazer isso aqui mesmo – Viv respondeu.

Ela me deu uma olhada, deixando claro que não queria que eu saísse também. O coronel continuou olhando para a frente e para trás entre os dois, sem esconder sua diversão com o drama que se desenrolava à nossa frente.

– Tudo bem, se é assim que você prefere – rendeu-se Harry. – Eu fui um tolo em Paris. Eu me arrependo do que disse sobre minha família. Me arrependi disso desde então. Não consegui parar de pensar em você, Viviana. Eu quero que você conheça minha família, e não quero saber o que eles pensam sobre o fato de eu ser... – Ele parou e olhou para mim e para o coronel. – Estar com uma americana. Eu quero que você faça parte da minha vida, do meu futuro. Por favor, querida, eu imploro a você mais uma chance.

Havia uma fissura no rosto frio de Viv. Os olhos dela brilhavam; o brilho rosa em suas bochechas também a denunciava.

– Tem certeza de que consegue lidar comigo, Harry Westwood? – Viv perguntou, coçando a cabeça, as mãos dela agora em seus quadris. – Uma mulher americana que não vai se curvar diante de você ou de sua família mesmo que você acabe sendo o herdeiro do trono? Não sou exatamente uma rosa inglesa delicada.

– Com isso eu concordaria. – Harry olhou para ela, depois para o céu e de volta para ela com um sorriso que poderia iniciar uma carreira cinematográfica. – E eu te amo por tudo e mais, Viviana. Você entende isso? Eu te amo. Também lhe garanto que não existe nenhuma chance de eu ser rei. Portanto, não se preocupe com isso. – Ele parou por alguns momentos, e ela apenas olhou para ele, seu rosto amolecendo, a sugestão de um sorriso em seus lábios. Harry levantou as mãos. – Pelo amor de Deus, eu sou britânico. Nós geralmente não declaramos nossos sentimentos diante do mundo assim, então por favor diga algo. Qualquer coisa.

Ela se aproximou dele e estendeu a mão.

– Vamos – chamou, com um verdadeiro sorriso agora. – Ajude-me a servir alguns donuts e doces, e vamos conversar.

Ele sorriu de volta e deu um grande suspiro quando pegou a mão dela, e os dois foram para o Cheyenne.

O coronel olhou para mim com um sorriso tão malicioso que tive que rir.

– Diabos, isso foi como assistir a um daqueles filmes românticos que minha esposa adora – ele disse, e nós dois começamos a rir. – Você vai ter que me contar o fim da história.

– Eu prometo – respondi. – E tenho que lhe pedir uma coisa. Um favor.

– Diga.

Contei a ele a história de Danny, desde o início até as últimas notícias sobre Stalag Luft IV.

– Quando os campos de prisioneiros de guerra alemães forem finalmente liberados, o que espero que aconteça em breve, eu gostaria de estar lá – falei. – Estou certa de que a Cruz Vermelha será enviada para ajudar. O senhor consegue mexer uns pauzinhos e certificar-se de que o Clubmobile Grupo F seja um dos primeiros a ser enviado?

O coronel me estudou com uma combinação de orgulho e compaixão, como um tio favorito.

– É um pedido razoável – disse ele. – Eu a levarei até lá se puder, minha querida.

– Muito obrigada. – Dei mais um abraço nele.

– Apenas saiba que, se você encontrar o seu noivo, ele não será a mesma pessoa que era quando partiu para a guerra.

Pensei em Danny e eu sentados naquela manta xadrez na grama no Monumento de Bunker Hill dias antes de ele partir. Tinha sido uma eternidade antes.

– Eu sei disso. Mas não tem problema. Eu também não sou.

Capítulo 26

26 de abril de 1945

Queridos Deidre, Darcy, Niamh, mamãe e papai,

Olá, de algum lugar na Alemanha (isso mesmo, vocês leram direito – todos os censores vão confirmar!). Desculpem-me por ter passado tanto tempo sem escrever; mal tive tempo para respirar nestas últimas semanas. E é muito difícil ler e escrever com lanterna ou luz de velas, então tentei começar esta carta muitas vezes e desisti.

Na minha última carta, tínhamos acabado de ir para a França, depois das nossas aventuras de Natal. No final de janeiro, estávamos felizes por nos encontrarmos de novo na linha de frente com os soldados, primeiro "em algum lugar" na Bélgica e agora aqui na Alemanha, pois esta guerra está avançando muito rápido nestes dias, e espero que isso seja uma coisa boa.

A contraofensiva tem sido incessante, e é emocionante e gratificante fazer parte dela. O descanso é raro, porque estamos constantemente em movimento, servindo várias unidades. Temos estado tão ocupadas que agora alguns soldados fazem os donuts para nós – o que é bom para mim, Dottie e Viv, pois estamos todas *fartas dessa parte do trabalho. Nossos dias são tão longos e estamos tão cansadas à noite, que raramente conseguimos chegar até o jantar. Ainda assim, eu não trocaria estar aqui por nada, apesar da saudade de vocês!*

Todas as bandeiras americanas aqui estão hasteadas a meio mastro com a notícia da morte de Roosevelt. Há algo tão trágico no fato de ele não ter vivido para ver o capítulo final desta guerra, e não assistir aos resultados dos enormes sacrifícios e trabalho duro dos Aliados.

Nossa capitã, Liz Anderson, juntou-se às nossas amigas Blanche e Frankie no Clubmobile Tio Sam. A outra garota de seu trio, nossa querida amiga Martha, foi morta quando o hospital onde ela estava internada foi bombardeado. Ainda é muito difícil para mim escrever essas palavras. Perder Martha devastou a todos nós. Ela era uma pessoa muito doce e uma amiga maravilhosa.

Parei de escrever e olhei fixamente para o papel de parede floral rosa descascado em meu quarto. Limpando as lágrimas dos olhos, percebi que teria que reescrever a última parte da carta. Passaram-se quase quatro meses desde a morte de Martha, e ainda estávamos todas sentindo a perda. Mas partilhar a notícia só iria alarmar minha família.

Desde o falecimento dela, dias longos e trabalho duro foram o nosso consolo. Era uma distração e um conforto servir às tropas, e isso nos lembrava o porquê de estarmos ali, apesar dos perigos sempre presentes.

Em meados de março, recebemos a ordem de nos mudarmos para a Alemanha, perto de Colônia. Os nazistas tinham colocado bloqueios nas estradas com fileiras duplas de troncos a cada cem metros ou mais, então chegar lá era como dirigir por uma interminável pista de obstáculos. Testemunhar a destruição do campo alemão foi deprimente: muitas cidades foram reduzidas a estilhaços e escombros, e uma palidez sombria e mortal permeava tudo. O cheiro dos cadáveres era tão intenso que, por vezes, tínhamos de cobrir os rostos com lenços.

Assim como na França, havia refugiados que caminhavam pelas estradas, empurrando carrinhos de mão com artigos domésticos ou carregando fardos de lençol ou malas brilhantes. Ao contrário da França, a condição dos refugiados alemães variava muito. A diferença estava na condição extrema do povo alemão que vimos; era diversa e chocante. Alguns estavam descalços e debilitados, como cadáveres ambulantes, enquanto outros estavam profundamente bronzeados e usavam botas militares alemãs.

O Grupo F do Clubmobile estava agora alojado em uma grande casa danificada por bombas nos arredores de Colônia. Com oito quartos, era suficientemente grande para todas nós, e os soldados locais tinham preparado um fogareiro nos quartos, por isso não passávamos frio à noite. Estávamos tão perto do *front* que algumas noites era impossível dormir com as constantes explosões de fogo de artilharia e o rugido dos aviões de combate.

Eu queria contar a minhas irmãs sobre todas as nossas aventuras, sobre ficarmos encurraladas em Vielsalm na véspera de Natal, sobre Dottie e Joe Brandon e a Princesa Viv ter encontrado um aristocrata britânico. Eu até queria contar a elas sobre Peter, que estava em algum lugar no *front* com o resto da 82ª, se ainda estivesse vivo. Se. Tentei não pensar nisso. Em todo caso, essas histórias teriam de esperar.

Alguém bateu na porta do quarto e pedi que entrasse. Era Liz, segurando uma pilha de papéis, como de costume.

– Tudo bem? – perguntei.

– Sim – ela disse. – Mas acabamos de receber novas ordens, e eu queria lhe contar primeiro.

– Oh... – Fiquei nervosa. Comecei a estalar os dedos.

– Não tenho certeza do que o seu amigo Coronel Brooks falou, mas o Grupo F foi designado para uma base da Luftwaffe a mais de uma hora de distância.

– O que isso tem a ver com o Coronel Brooks?

— Várias centenas de prisioneiros de guerra aliados acabaram de ser libertados nas últimas 48 horas, e foram levados para essa base. É a primeira notícia de prisioneiros de guerra sendo liberados em qualquer lugar na guerra.

— Então nós vamos para lá quando? — perguntei.

— Assim que vocês estiverem prontas — respondeu.

Os cabelos na minha nuca se levantaram, e me senti um pouco enjoada.

— Ele atendeu seu pedido, Fiona — disse Liz. — Provavelmente nem teríamos ouvido falar disso se não fosse pelo Coronel Brooks.

— Sim — respondi. — E não posso acreditar que vamos para lá hoje.

— Mas você está realmente preparada? O que acontece depois? — Liz quis saber, examinando meu rosto. — Isso era o que você estava esperando.

— Estou pronta — respondi, meu estômago ainda agitado. — Mas estou tentando manter minhas expectativas baixas. Não é como se Danny fosse sair do primeiro caminhão que chegar.

O primeiro comboio Clubmobile para a base da Luftwaffe era formado apenas pelo Cheyenne e pelo Tio Sam. Ele era liderado por ninguém menos que o nosso simpático companheiro de trabalho, o Capitão Guy Sherry. Não tenho certeza de como exatamente o capitão acabou sendo designado para nosso grupo novamente, e fiquei surpresa com a aprovação de Liz, mas Blanche ficou emocionada. Embora os dois fossem discretos, de alguma forma isso tornou o romance deles ainda mais óbvio.

Paramos na frente do aeródromo da base, que agora era o quartel do Comando dos Estados Unidos, e fomos nos apresentar ao oficial encarregado.

— Eles eram apenas prisioneiros de guerra ontem, muitos ainda estão em má situação — disse o Tenente-Coronel Craighill quando nos encontramos em seu gabinete. De óculos e com um toque de cabelo branco, ele parecia mais um professor universitário da Ivy League do que um oficial.

— A partir de hoje, temos aqui seiscentos deles, principalmente britânicos, com alguns americanos e indianos. – Ele olhou para nós como um homem que carregava o mundo nos ombros. – Vou ser honesto, meninas: tínhamos montado uma enfermaria neste prédio, mas fomos pegos de surpresa para a quantidade e a condição desses homens. Alguns deles não comem há dias; estamos trabalhando para conseguir mais alimentos. Supostamente deve chegar em breve um carregamento de rações K ou rações de dez em um; espera-se que ambas venham em breve. A Cruz Vermelha também deve enviar uma enorme remessa de pacotes de socorro com sabonete e pasta de dentes e todos esses gêneros de primeiras necessidades, mas isso pode não chegar até a próxima semana. Precisamos de mais água para beber e lavar; ainda nem sequer temos um sistema para registrá-los e colocá-los nos quartéis. Todos necessitam de registros pessoais, e precisamos entrevistar cada um para garantir que não haja espiões nazistas ou simpatizantes no grupo.

Ele pausou e então acrescentou, com sarcasmo:

– Apesar disso, as coisas estão indo muito bem – Craighill esfregou o rosto em frustração antes de nos olhar. – Apenas façam o que puderem por eles. Certifiquem-se de que escrevam cartas para casa, isso é importante. As cartas serão analisadas, mas elas precisam chegar até seus entes queridos. Alguns desses meninos estão fora há muito tempo. Prometemos que faríamos o nosso melhor por eles! – Quando estávamos saindo pela porta, ele chamou por Liz: – Oh, Srta. Anderson, você vai precisar do restante do seu grupo aqui amanhã. Acabei de saber que mais de dois mil homens chegarão nas próximas 24 horas.

– Jesus – disse Viv. – Isso é loucura.

– Eles vão precisar de muito mais do que café e donuts – comentei.

– Concordo – respondeu Liz. – Nós vamos resolver isso.

Conduzimos os Clubmobiles até o aeródromo, que havia se tornado uma cidade de barracas improvisada em centenas de acres. Homens caminharam até nós vindos de todas as direções: alguns aplaudindo e gritando ao nos ver, outros silenciosos e lacrimejantes como se não pudessem acreditar no que viam. Eles estavam cobertos de pó e sujeira. Muitos estavam tão magros, que suas bochechas pareciam ocas e seus uniformes estavam pendurados neles como trapos.

– Deus os abençoe – sussurrou Dottie, olhando para a multidão que descia até nossos caminhões.

– Venha aqui, querido – chamei um soldado tímido com cabelos loiros como a areia. – De onde você é? – perguntei, entregando-lhe um donut.

– Manchester, Inglaterra – disse ele, com sotaque britânico, olhando fixamente para o donut. – Fui capturado em Dunkerque.

– Desculpe, você disse Dunkerque? – perguntei, franzindo o cenho. – Mas... isso foi há cinco anos.

Os olhos dele encheram-se de lágrimas, e ele apenas assentiu. Mordi o interior da bochecha como aprendi a fazer para não chorar.

– Querido, temos água quente para o chá – ofereci, me forçando a dar a ele um sorriso reconfortante. – Eu sei como vocês, ingleses, gostam do seu chá. Posso lhe servir uma caneca?

– Obrigado. – Ele limpou o rosto sujo com a palma da mão. – Isso seria... obrigado.

Homens vieram em fluxos constantes por horas, atraídos pelo cheiro de café e donuts. Entregamos todos os doces e cigarros que tínhamos, e, em seguida, com a ajuda do Coronel Craighill e de nosso próprio inventário de suprimentos, colocamos Blanche responsável por um "balcão de serviço pessoal" para fornecer aos homens sabonetes, escovas de dentes e lâminas de barbear.

No final daquela tarde, mais alguns caminhões entraram no acampamento, desta vez todos soldados americanos. Viv e eu fomos até lá para cumprimentar o primeiro caminhão e entregar os donuts quando eles saíram.

Os jovens suspiraram quando perceberam que éramos americanas. Corados e sem palavras, ficaram ao nosso redor, apenas olhando fixamente enquanto tentávamos conversar com eles.

– O que há de errado, amigos? – perguntei finalmente, olhando para eles. – Nós estamos fazendo perguntas, mas por que vocês não falam conosco? Vocês estão livres agora. Estão seguros.

Um soldado deu um passo à frente, o cabelo tão coberto de poeira que era difícil determinar a cor. Ele tinha enormes olhos castanhos que pareciam grandes demais para seu rosto gordo.

– Srta. Cruz Vermelha? – ele começou.

– Sim, querido, o que é?

– Posso tocar sua mão?

– Claro que pode – eu disse, e minha voz parou. Eu sorri e estendi a mão.

Ele estendeu a mão e pegou a minha nas duas dele e a virou como se estivesse admirado. Olhou para mim, lágrimas correndo pelo seu rosto, seus lábios tremendo. E dessa vez, não importava o quanto eu mordesse a bochecha ou pestanejasse, não conseguia evitar que minhas próprias lágrimas caíssem. Olhei para Viv, e ela também estava chorando.

– Estamos aqui agora. – Apertei a mão dele e olhei ao redor. Outros soldados também estavam chorando. – Não nos esquecemos de vocês. Há um mundo inteiro aqui fora que não os esqueceu.

O dia se transformou em noite, e aquelas cenas aconteceram uma e outra vez. Alguns ex-prisioneiros estavam eufóricos, apertando nossas mãos ou apenas segurando-as por um momento. Mas muitos choraram. Era impossível não ficar emocionada quando ouvíamos um pouco do que eles tinham passado. Não tínhamos como voltar ao Cheyenne e nos recompor, pois outro caminhão encostava e começava tudo de novo.

Quando fizemos uma pausa, Dottie tirou seu violão, e eu nunca tinha visto tanta felicidade nos rostos dos homens enquanto ela tocava alguns dos sucessos favoritos americanos, como nosso velho "Don't Sit Under the Apple Tree".

Mais caminhões continuavam chegando, e trabalhamos para fazer o que fosse possível para deixar os homens confortáveis, alimentados e adaptados a sua nova realidade como militares Aliados recuperados, ou RAMPS, como agora eram chamados.

– É isso, meninas – Liz veio ao Cheyenne às dez horas. – Acabei de dizer aos outros que deveríamos encerrar o dia. Precisamos estar de volta aqui com todos na madrugada. Um suprimento de rações de dez em um acabou de chegar, então vamos começar uma fila de sopa pela manhã. Tenho um grupo de soldados que vai construir para nós alguns campos extras para isso.

– Há outro caminhão chegando. – Apontei para os faróis a distância. Meus pés estavam doendo, e todos precisávamos de chuveiros e camas. Olhei para baixo, para meu uniforme manchado de café e meus sapatos com crosta de lama. Eu queria ir embora, mas era só mais um. – Não deveríamos cumprimentá-los e dar a eles o que ainda temos? Eu me sentiria muito mal se nos vissem ir embora quando eles estão chegando.

Liz observou enquanto as luzes se aproximavam e assentiu. Ela parecia tão cansada quanto eu.

– Está bem, mais um caminhão, e então vamos pegar a estrada.

Dottie pegou os cigarros e os doces. Viv e eu pegamos nossas últimas bandejas de donuts do terceiro suprimento que nossos padeiros soldados tinham trazido antes.

– Se algum deles quiser café, mande-os para cá – Frankie nos chamou do tio Sam. – Temos dois reservatórios sobrando.

– E muitas escovas de dentes e lâminas de barbear – acrescentou Blanche.

Viv e eu estávamos prontas para cumprimentar os soldados que desceram do caminhão. Ficou imediatamente claro que aquele grupo estava em péssima situação, pior do que qualquer um dos outros que tínhamos encontrado naquele dia. Estavam tão magros, com o peito côncavo e as calças praticamente caindo; muitos deles mancavam quando caminhavam. Alguns sorriram e nos agradeciam, mas a maioria tinha expressões atordoadas, um olhar de choque que eu tinha visto muitas vezes nesta guerra.

– Uau, garotas da Cruz Vermelha Americana – disse um soldado com olhos azuis pálidos ao aceitar um donut e uma barra de chocolate. – É como se eu tivesse ido para o céu.

– Bem-vindo de volta, soldado – cumprimentei. – Sente-se bem em estar livre?

– Você acertou – ele respondeu. – Todos esses homens comigo, nós estávamos marchando juntos, maldito inferno na Terra. Eles nos forçaram a marchar no frio gelado e na neve quando souberam que os Aliados estavam se aproximando. – Ele tremeu e balançou a cabeça como se fosse sacudir as memórias. – Mas agora estamos livres, e aqui está você com donuts americanos. Eu nem tenho certeza se meu estômago aguenta comida de verdade depois de todo esse tempo.

– Bem, eu acho que ainda temos alguma sopa ou leite morno e creme, se isso for melhor para você – ofereci.

Mas ele deu uma mordida, inclinando a cabeça e estudando meu rosto cuidadosamente.

– Você me parece familiar, Srta. Cruz Vermelha – ele disse. – Como se eu já tivesse visto sua foto antes.

— Talvez você tenha visto a foto da revista LIFE? — perguntei. — Minhas amigas e eu saímos na capa de uma edição recente.

— Querida, eu não vejo uma revista LIFE há dois anos. — Ele deu uma risada.

— Meninas e donuts da Cruz Vermelha Americana. — Outro dos soldados mais faladores saiu do caminhão mancando, vestindo apenas um pijama, uma capa de chuva alemã e chinelos de palha. Ele estava horrível, mas parecia muito feliz por ter sido libertado. — Quase faz valer a pena marchar trezentas milhas.

— Acho que podemos conseguir roupas e sapatos decentes para você, querido — falei, olhando para seus pés grossos e com bolhas. — Eles acabaram de trazer alguns de um depósito de resgate de um quartel-general.

Demorou mais uma hora para terminarmos de servir todos os soldados recém-chegados da marcha. Alguns foram até o Tio Sam para tomar café ou conseguir suprimentos pessoais de Blanche. Muitos deles estavam sendo escoltados até a enfermaria para serem checados quanto a piolhos, sarna e outras doenças. Eu me despedi do soldado de olhos azuis pálidos quando caminhava de volta para o Cheyenne com Dottie e Viv, finalmente pronta para voltar a nosso alojamento e dormir.

Ele parou e apontou para mim novamente.

— Eu sei que já a vi antes — ele insistiu.

— Outro fã da revista LIFE — Viv disse a ele.

— Não, eu já falei, não foi isso... — Ele parou por um momento, e seu rosto ficou sério, e então ele começou a balançar a cabeça, incrédulo. — Meu Deus. — Ele olhou meus olhos. — Você é a garota da foto de Barker? A noiva de Danny?

Ouvi a bandeja de donut bater no chão antes de perceber que tinha deixado cair.

Dottie começou a pegar os donuts caídos e colocando-os de volta na bandeja, me observando. Viv agarrou minha mão enquanto eu me aproximava do soldado, sem acreditar em meus ouvidos.

— O que você acabou de dizer? Diga de novo — pedi, engolindo forte e tremendo, enquanto tentava segurar as lágrimas.

— Eu tenho certeza. As sardas, o cabelo. Você é Fiona, não é? — Sua voz era calma, e ele deu uma olhada ainda mais de perto no meu rosto.

– Da foto de Danny Barker. Ele a guardava no bolso. Sou Chris Sullivan. Estávamos na marcha juntos. De Stalag Luft IV. Ele estava na minha caravana, meu grupo. Ele é meu amigo. Nós ajudamos a manter um ao outro vivo, mas... – Eu sentia que estava ouvindo suas palavras do outro lado de um túnel. Inclinei-me para perto de Viv, sentindo-me tonta.

– Danny Barker está vivo? Onde ele está? – Viv questionou.

– Por favor, me diga que sabe onde ele está – pedi.

– Querida, me desculpe — Chris disse, colocando uma mão em meu ombro, olhando em meus olhos. – El... ele se foi. Danny morreu na marcha algumas semanas atrás.

A sensação de um túnel, pontos negros na minha visão, e então a próxima coisa que percebi foi que estava acordando no chão, minha cabeça no colo de Viv, Dottie e o soldado Chris Sullivan ajoelhado ao nosso lado. E imediatamente me lembrei do porquê. Eu me sentei, me inclinei para Viv e chorei de um jeito que não chorava desde que saímos do *Queen Elizabeth*. Deixei a represa quebrar minhas emoções e me apoiei em minhas amigas, deixando-as me abraçar enquanto eu chorava até sentir que não tinha mais lágrimas.

– Desculpem – falei depois de um tempo, limpando o rosto com as costas de minhas mãos sujas. – Todo esse tempo, ele é motivo de eu ter chegado até aqui. E tenho tentado descobrir o que aconteceu com ele, com esperança por mais de um ano, e agora...

– Fiona, sinto muito – Chris disse. Ele também estava chorando. E olhei para a condição dele, fatigado, vestido com seu uniforme esfarrapado, e ainda assim aqui estava ele, tentando *me* consolar. – Preciso encontrar Lee. Ele também estava na nossa caravana e era um dos melhores amigos de Danny. Você vai querer falar com ele. – O soldado se levantou, e Viv também, dizendo algo para ele.

– Fi, vamos entrar e nos aquecer – propôs Dottie, agarrando minha mão. Tinha começado a chover, e a temperatura havia caído.

– Chris e seu amigo nos encontrarão – avisou Viv.

O Tenente Craighill nos levou a um escritório vazio quando Viv contou a ele a história. Ele voltou com um bule de café e algumas xícaras.

– Levem todo o tempo que precisar – disse Craighill. – Sinto muito, Fiona. Eu sei que essa não era a notícia que você esperava.

Dei a ele um pequeno sorriso quando Chris apareceu acompanhado por um soldado alto, com pele de oliva e cabelos castanhos, que provavelmente era bem bonito 50 quilos atrás, mas agora eu não conseguindo acreditar no quanto ele era assustador.

— Meu Deus. Fiona Denning, é uma honra conhecê-la. Eu sou Lee Valenti — disse o soldado, olhando para mim maravilhado, pegando minha mão. — Ele me mostrou sua foto tantas vezes que eu a reconheceria em qualquer lugar.

— Foi o que eu disse — Chris confirmou.

— Havia um grupo de nós que se conheceu no acampamento — Lee explicou. — Eu, Chris, Danny e nosso amigo Roger ficamos juntos. Quando os Aliados estavam se aproximando e nos forçaram a marchar, todos nós ficamos em pequenos grupos, tentando juntar nossos recursos.

— Fiona, você precisa saber, Danny Barker era um soldado de guerra — revelou Chris. — Mais do que alguns homens que marcharam com ele de Stalag Luft IV não teriam sobrevivido sem ele. Danny era um desses. Sua atitude e seu esforço nos ajudaram a continuar. Se ele encontrava um casaco, ele o compartilhava. Se os homens estavam demasiado doentes para andar, ele era um dos primeiros a ajudar a levá-los. Ele estava sempre procurando e barganhando comida com os alemães, porque o que os nazistas estavam dando a todos nós não era suficiente.

— Vivíamos de cascas de batata e nabos crus, nada mais — disse Lee, com uma careta.

— Bastardos — praguejou Viv. Chris e Lee apenas assentiram e aceitaram os cigarros que ela ofereceu.

— Então, o que aconteceu com Danny? — perguntei. — Por que ele não está aqui com vocês?

Os dois soldados se olharam, tentando decidir quem iria me contar o resto da história.

— Ele abriu o tornozelo em alguns detritos de metal na estrada — Chris disse, dando uma tragada no cigarro. — Um dos médicos Aliados na marcha conosco tentou suturá-lo o melhor que pôde, com o que tinha. Mas a infecção se instalou, e eles não deram aos médicos nenhum pó de sulfa ou penicilina para tratá-la. Convenções de Genebra uma ova! Enquanto isso, Barker ainda continuava ajudando a carregar nosso amigo

Roger, que estava doente como um cão naquele momento, mal conseguia andar; ele estava muito fraco, e Barker, mesmo mancando, porque seu tornozelo não estava nada bom, insistia em ajudar. – Olhei para Viv e Dottie, e, como eu, elas estavam ouvindo e enxugando lágrimas silenciosas. – Acabamos dormindo no chão gelado, amontoados em campos na beira da estrada. Uma noite acordei e ouvi gritos. Os guardas estavam arrastando Roger para longe do nosso grupo, e Dan acordou e estava gritando com eles, perguntando para onde eles o estavam levando. – Chris pegou outro cigarro de Viv, e percebi que ele estava tremendo.

– Então, Chris e eu nos levantamos e seguimos atrás deles também – Lee completou, continuando a história, sua voz baixa e lenta enquanto olhava para a frente, revivendo o filme em sua mente. – Eles arrastaram Roger para uma área arborizada junto com alguns outros soldados. Enquanto isso, Barker mancava atrás deles, gritando. Nós dois tentávamos descobrir o que diabos estava acontecendo, e foi quando os guardas começaram a atirar. Primeiro Roger, depois Barker. Os bastardos... Eles disseram que Roger e Barker estavam ambos muito doentes para continuar, então os executaram. Então eles apontaram as armas na nossa direção e nos mandaram voltar com o grupo ou seríamos os próximos. – A sala ficou em silêncio, exceto pelo som do nosso choro silencioso. Chris praguejou entre os dentes, e Lee se voltou e olhou para mim, com os olhos úmidos. – Eu sinto muito – ele disse.

– Tenho uma carta na minha mochila. Para você. Vou buscá-la. – Lee correu da sala para onde a mochila dele estava.

Chris colocou o cigarro nos lábios, a mão tremendo o tempo todo.

– Eu também sinto muito – ele me disse. – Ele era exatamente isso, o melhor soldado. Por favor, saiba que ele salvou vidas naquela marcha. Eu sei disso de fato.

Lee veio correndo de volta para a sala e me entregou a carta, e a caligrafia confusa de Danny me fez começar a soluçar de novo. Todas as coisas que eu tinha começado a esquecer sobre ele voltaram com rapidez, e meu desgosto de repente parecia tão cruel e novo como quando eu saíra de Boston.

– Vamos deixar vocês terem algum tempo sozinhas – Chris disse.

Todos nos abraçamos e nos despedimos, e foi estranho e sincero ao mesmo tempo.

– Obrigada – sussurrei.

Depois que eles saíram, Dottie me puxou para um abraço que eu não conseguia largar.

– Fale conosco – Viv disse.

– O que você quer que eu diga? – perguntei, minhas lágrimas transbordando de novo, me perguntando se eu ficaria sem lágrimas em algum momento. – Todo esse tempo, e descubro que ele realmente se foi? Toda aquela esperança que eu tinha por ele, por nós. E então me sinto tão tola. Por que eu pensei que ele sobreviveria quando tantos não sobreviveram? Por que achei que eu seria a pessoa amada, poupada da dor que milhares de outros já sentiram? Por que eu pensei que fôssemos tão especiais que seríamos poupados? Estou devastada de novo... e me sinto tão culpada. Fico pensando que talvez eu pudesse ter feito mais para tentar encontrá-lo... escrever mais cartas para a Cruz Vermelha Internacional... qualquer coisa...
– Coloquei a cabeça entre as mãos. Não consegui nem mesmo terminar a frase. Estava física e mentalmente esgotada.

– Você precisa dormir, comer e tirar algum tempo para chorar – sugeriu Viv. – Vamos levá-la de volta para a casa, Fiona.

– Tenho que escrever para a mãe dele... Oh, não, eles não vão me deixar escrever para a mãe dele ou minha família sobre isso ainda, não é?

Dottie balançou a cabeça.

– Vamos, Fiona – chamou ela. – Você precisa descansar.

– Não. Amanhã eu ainda vou trabalhar – eu disse. – Precisamos ajudar esses prisioneiros de guerra. Liz precisa de nós.

Viv e Dottie olharam uma para a outra como se estivessem tentando me controlar, e isso me deixou louca. E naquele momento percebi como elas estavam exaustas. O dia também teve impacto sobre elas.

– Fi... – disse Dottie. – Permita-se chorar. Por favor, tire um dia ou dois de folga.

– Eu sei que a intenção de vocês duas é boa. Mas eu preciso estar ocupada – expliquei. – Não quero sentar em casa e ficar sozinha com meus pensamentos agora. Isso seria a pior coisa.

Houve uma pausa na conversa quando ambas me olharam e ponderaram.

– Tudo bem – respondeu Viv, claramente não convencida. – Só se for isso que você quer. Apenas prometa que vai falar conosco se precisar? Fazer uma pausa se precisar?

– Sim, obrigada. E vou ler a carta dele quando estiver pronta – revelei, enfiando-a no bolso com o Coração Púrpura, que parecia pesado de culpa. – E também vou tirar algum tempo. Mas agora eu prefiro me levantar amanhã de manhã e ajudar esses homens. Afinal, alguns deles eram amigos de Danny.

Fomos para o Cheyenne e eu tentei empurrar todos os meus sentimentos para baixo, como tinha feito por meses. Mas desta vez eu sabia que eles não ficariam lá.

Capítulo 27

27 de abril de 1945

Querida Fiona,

Se você está lendo esta carta, significa que as coisas não correram bem para mim, então espero que você nunca a leia. Ou espero que nós possamos ler isso juntos como recém-casados e ambos possamos rir enquanto jogamos este papel na lareira.

Hoje escrevo de um campo de prisioneiros de guerra, depois de ter sido capturado pelos alemães quando meu avião caiu. Ainda tenho aquela foto sua, daquele dia perfeito em Bunker Hill. Estou olhando para ela agora mesmo.

Pensei muito sobre o que dizer nesta carta, o que supostamente será meu último adeus para você, mas, no final, as palavras nunca seriam suficientes. Apenas saiba que eu a amo, Fiona. Eu deveria ter dito isso todos os dias.

E, aconteça o que acontecer, eu quero que você seja feliz – esse é o meu único pedido. Faça todas as coisas de que falamos. Mesmo que eu vá embora, saia da casa da sua família, arranje alguns animais de estimação, viaje e tenha algumas aventuras. Pense também em conseguir um novo emprego – ambos sabemos que você é boa demais para a prefeitura.

Esta, para mim, é a parte mais difícil de escrever... mas, por favor, apaixone-se novamente. Case-se, tenha filhos... tudo isso. Eu quero que você tenha uma vida longa e maravilhosa, você vai me honrar fazendo isso.

> Eu sinto muito por esta guerra ter encurtado nosso tempo juntos. Obrigado pelas lembranças, que me ajudaram a superar tudo isso. Estarei vendo você...
> Todo o meu amor,
> Danny

Li uma centena de vezes, mas ainda era difícil de entender que eu tinha finalmente, depois de todos esses meses, descoberto o destino de Danny. Ele estava morto. Novamente, me perguntei se cada esposa ou noiva era tão ingênua quanto eu tinha sido. Pensei, entre milhares, que ele seria um dos soldados poupados, porque ele era o meu soldado.

Durante os dias que se seguiram à notícia, canalizei minha dor para nosso trabalho com os prisioneiros de guerra, pois mais caminhões chegavam ao acampamento quase de hora em hora. Depois do caos dos primeiros dois dias, o exército finalmente começou a registrar aqueles pobres homens, entrevistando-os e, em seguida, designando-os para blocos de barracas após sua chegada.

A Cruz Vermelha também trouxe mais funcionários e abriu um clube de serviço no campo, onde os homens podiam escrever para sua família, jogar cartas ou pingue-pongue enquanto esperavam que os aviões os levassem para casa. Trabalhamos longos dias, servindo comida, consertando roupas, encontrando roupas limpas, procurando sapatos, remédios e tudo o mais de que eles precisavam.

Respondíamos a centenas de perguntas por dia. As mais fáceis, como "Quem ganhou o World Series?"; "Os St. Louis Cardinals". Assim como as mais delicadas, como "Minha esposa vai achar que eu mudei demais?" ou "Você acha que minha namorada ainda me ama?"; "Acho que sua esposa vai ficar emocionada por você ainda estar vivo... Claro que ela ainda o ama".

Minhas amigas continuaram me cercando, certificando-se de que eu estava bem. Eu estava e não estava. Acordava de manhã pensando que Danny ainda estava desaparecido, só para lembrar segundos depois que ele tinha ido embora para sempre, e eu teria que deixar isso afundar de novo.

Depois de atrasos por causa do mau tempo, começaram a transportar os homens em grandes quantidade, os britânicos para a Inglaterra, os americanos para os portos de embarque, de onde eles seriam enviados para casa. Ver a felicidade absoluta em seus rostos quando eles saíam me preencheu com uma mistura de alegria e tristeza agridoce, e eu tive que tirar mais do que alguns momentos de silêncio sozinha para chorar à vontade.

Na sexta-feira à noite, Liz tinha convocado uma reunião para todas as pessoas do Grupo F no castelo. Eu tinha acabado de tomar banho quando Dottie bateu à porta do nosso quarto e espiou.

– Vai descer? – perguntou ela. Eu estava com o pijama cor-de-rosa que tinha viajado comigo pela guerra, meu saco de dormir enrolado nos ombros. Não conseguia me aquecer. – Eu sei que você acha que a estamos rondando, e estamos mesmo. Você não parece bem. E não estou falando apenas pelo fato de ter emagrecido.

Eu tinha perdido peso. Minhas calças de uniforme mal se ficavam no lugar, mas a dor recente sobre Danny fez tudo passar a ter gosto de serragem. E eu definitivamente estava me sentindo mal, mas encolhi os ombros.

– É só um resfriado – aleguei, com os dentes batendo.

Dottie entrou no quarto e colocou a mão na minha testa.

– Você está queimando.

– Não estou tão mal assim – eu disse, quando comecei a tossir.

– Aham. – Ela revirou os olhos.

Ela me ajudou a enrolar o saco de dormir mais apertado nos ombros, e nós descemos as escadas. Todos estavam socializando. Blanche acenou para nós. Ela estava sentada na frente com Viv e Frankie, e estavam conversando com Doris, Rosie e ChiChi. Liz estava perto da lareira, ao lado de algo grande e quadrado tampado com um cobertor do exército. Depois que ela examinou a multidão e fez uma rápida contagem de cabeças, começou a falar.

– Primeiro, eu tenho pesquisas aqui que a Cruz Vermelha precisa que todas vocês preencham, para que saibam o que planejam fazer agora que esta guerra está terminando, misericordiosamente. Suas opções incluem ir para o Pacífico, ir para casa ou ficar aqui com as forças de ocupação. Por favor, lembrem-se de que eu vou ficar, e haverá vagas disponíveis em Londres, Paris e Berlim, no mínimo.

Liz me deu um olhar aguçado e um sorriso quando mencionou os empregos no Teatro Europeu de Operações, e fiquei lisonjeada por ela querer que eu considerasse isso. Mas será que eu queria ficar? Tentei me imaginar morando em Paris, trabalhando na sede da Cruz Vermelha. Meu futuro estava bem aberto, o que era estranho, excitante e triste ao mesmo tempo. E, a julgar pelas reações surpreendentes de todas as pessoas, foi a primeira vez que qualquer uma de nós percebeu que teríamos que tomar esse tipo de decisão muito em breve.

– Agora vocês têm algum tempo para pensar sobre isso – Liz disse, erguendo a voz acima da tagarelice e levantando a mão para ficarmos quietas novamente. – Não preciso enviá-las de volta à sede até o final de maio, mas, por favor, tentem devolvê-las assim que souberem qual é o seu plano. – Ela fez uma pausa e sorriu, colocando a mão no quadrado coberto pelo cobertor do exército. – Eu também queria chamá-las todas juntas esta noite só para dizer o quanto estou orgulhosa de vocês e do trabalho que fizemos aqui com os prisioneiros de guerra. Acredito que concordarão comigo quando digo que, apesar de ter sido um dos trabalhos mais difíceis que fiz, também foi um dos mais gratificantes.

Houve acenos de cabeça e murmúrios de concordância em toda a sala.

– Algumas estatísticas pelas quais eu acho que vocês vão se interessar. Na semana passada, servimos sessenta e quatro mil donuts e cinco mil galões de café, quatro mil maços de cigarros e quinze mil pacotes de chicletes. – Ela olhou em volta, sorrindo enquanto todas nós aplaudíamos. – Acima de tudo, ajudamos soldados de mais de quinze países diferentes, incluindo Polônia, Grécia, China, África do Sul e Austrália. Agora, eu não sei quanto a vocês, mas acho que isso requer uma celebração. E o Tenente Craighill generosamente nos forneceu champanhe para a ocasião.

A sala explodiu de alegria quando Liz puxou o cobertor do exército para revelar duas caixas de champanhe. Frankie e Viv se levantaram para ajudá-la a abrir uma das caixas e algumas garrafas. Algumas garotas correram para seus Clubmobiles e trouxeram de volta o máximo de canecas que podiam carregar.

– Não, obrigada – agradeci quando Viv chegou com duas canecas, uma para mim e outra para ela. Ela me entregou de qualquer maneira e então se sentou em uma parte do meu saco de dormir. Frankie, Dottie e Blanche também vieram se sentar conosco.

Só quando Liz apareceu com o Dr. Caplan, um médico da enfermaria de prisioneiros de guerra, fiquei desconfiada.

– Dr. Caplan, o que está fazendo aqui? – perguntei, franzindo o cenho.

– Nós pedimos ao Dr. Caplan para vir dar uma olhada em você – Dottie disse.

– O que é isso? – perguntei, olhando em volta para minhas amigas. – Estou resfriada, só isso. Estou muito bem, só um pouco sobrecarregada.

– Um pouco sobrecarregada? – Blanche provocou. – Querida, você não parou, mesmo tendo perdido Danny.

– E eu amo você e sua teimosia – Viv declarou –, mas me recuso a ficar parada enquanto você trabalha até morrer por causa da dor e culpa desnecessária. Você precisa parar com isso.

– Tudo bem, tudo bem – eu disse, erguendo as mãos em rendição. – Você não precisa conspirar contra mim. Doutor, quer me examinar?

– Sim. E já lhe passei uma receita que você deve cumprir em duas semanas – disse o médico.

– Como? Você ainda nem sequer tirou minha temperatura.

Ele me entregou um pedaço de papel e eu o desdobrei.

– Isto é uma receita... – comecei, de olhos fechados enquanto tentava decifrar sua caligrafia – para uma licença de dez dias em Antibes? – Olhei para ele, franzindo o cenho. – No Sul da França? Está falando sério?

– Sim. Você precisa de férias. Isso é uma ordem – ele respondeu, sorrindo. – Em duas semanas, supondo que você estará bem o suficiente para viajar até lá. Acho que é uma pneumonia, pelo seu aspecto.

– O Sul da França é na verdade uma ordem para as cinco que eu já providenciei – disse Liz. – Nenhuma de vocês teve qualquer descanso desde Paris, e vocês precisam disso. As coisas estão ficando sob controle aqui agora, os suprimentos estão chegando, temos mais pessoal. Estaremos em ótima forma em maio.

Frankie e Dottie fizeram um brinde com as canecas enquanto Frankie fez um *viva*.

– Não precisa me pedir duas vezes – comemorou Viv, levantando-se do chão. – Isso pede mais champanhe.

– Dez dias na praia – disse Blanche. – Vamos ter que fazer umas compras quando chegarmos lá. Quero queimar todas as minhas roupas.

— Mas... — Tentei inventar algumas desculpas, mas o que eu poderia dizer? Frankie agarrou minha mão e apertou.

— Fiona, você sabe que eu entendo como você se sente. Você ainda precisa viver.

— Eu sei — respondi. — Mas há esses momentos em que me sinto tão perdida. Meu plano era encontrá-lo. E agora? Eu não sei o que diabos vou fazer a seguir. Você sabe?

— Sim — Frankie disse. — Vou pegar um avião e viajar para a Riviera Francesa no dia 11 de maio. Que tal se todas nós tentarmos não pensar muito além disso?

— Eu não podia estar mais de acordo, Frankie — concordou Dottie, olhando para mim. — Certo?

— Certo — me rendi, respirando fundo. — Vamos sair de férias.

Era uma pneumonia, como o Dr. Caplan suspeitava. Passei as duas semanas seguintes na cama, dormindo a maior parte dos dias, e, depois de um ciclo de penicilina, estava me sentindo bem o suficiente para viajar para o sul da França.

— Vou ser honesta, Fi. Se você não melhorasse, eu ia convencer as garotas de que tínhamos de deixá-la. Juro que nunca precisei tanto de férias.

— Uh, obrigada — eu disse a Blanche, e ela sorriu, colocando o braço em volta do meu ombro.

Nós cinco tínhamos acabado de desembarcar de um C-47 na gloriosa Nice, França, o lindo dia ensolarado refletindo o clima de toda a Europa. Em 30 de abril, Hitler havia se suicidado em Berlim, e em 8 de maio os Aliados aceitaram formalmente a rendição incondicional das forças armadas da Alemanha nazista. Depois de seis anos de sofrimento por causa de uma guerra terrível na qual tanto se tinha perdido, as pessoas irromperam em enormes celebrações nas ruas das cidades e vilas de toda a Europa. E, para onde quer que olhássemos, havia sorrisos nos rostos e bandeiras Aliadas espalhadas pelos edifícios. Embora ainda houvesse lutas no Pacífico, o mundo suspirava coletivamente de alívio pelo fato de que as coisas estavam chegando ao fim.

O pequeno aeroporto de Nice estava repleto de militares Aliados, muitos dos quais assobiaram ou chamavam por nós enquanto passávamos. Vários hotéis ao longo da Riviera Francesa tinham sido abertos para oficiais e soldados para que finalmente pudessem descansar e relaxar.

– Quando ficamos presas em Vielsalm, nunca pensei que me sentiria tão aquecida novamente – disse Viv, seu rosto voltando-se para o sol.

Entramos em um ônibus de translado para a viagem de 40 minutos até Juan-les-Pins, um balneário próximo a Antibes. Mantivemos as janelas abertas e respiramos a beleza da famosa Côte d'Azur – as praias de tirar o fôlego com suas águas azul-turquesa –, as palmeiras, as flores tropicais brilhantes e a luz do sol deslumbrante.

O Hôtel le Provençal ficava em um edifício de dez andares de fachada branca, um dos cinco da Riviera Francesa que tinham sido tomados pela Cruz Vermelha. Nosso motorista nos informou que ele havia sido construído pelo milionário americano Frank Jay Gould em 1926 e que Ernest Hemingway e Charlie Chaplin tinham se hospedado lá.

Dottie, Viv e eu ficamos no quarto andar. Tinha uma varanda de pedra com vista para o mar e para as montanhas a distância. Logo abaixo de nós havia um enorme terraço paisagístico com cadeiras e mesas de vime. Perto do terraço havia um caminho de cascalho ladeado por uma parede de pedra baixa coberta com buganvílias magenta brilhante. Além disso, havia uma pequena praia de areia.

– Nunca estive em um lugar tão bonito – exclamou Dottie, em voz baixa, enquanto estávamos na varanda contemplando a vista.

– É tão impressionante que nem parece real – disse Viv.

– Alguma notícia de Harry Westwood? – perguntei a ela, pensando se ela se reencontraria com ele nessa semana.

– Sim, claro. – O rosto de Viv se iluminou. – Ele vai descer em poucos dias. Vai ficar perto do Hotel Eden Roc com uma série de oficiais britânicos.

– É *claro* que sim – Dottie disse. – Isso está ficando sério, Viv?

– Talvez. – Ela nos deu um sorriso brincalhão. – Você vai ter que esperar para ver. E quanto a Joe?

– Eles reservaram hotéis para oficiais em Cannes, então é onde ele estará dentro de alguns dias – Dottie respondeu, mastigando seu cabelo.

Ela andava preocupada ultimamente. Mas todas nós estávamos

tensas em algum grau, a pesquisa da Cruz Vermelha pesando em nossas mentes.

O que faríamos a seguir? Eu me sentia à deriva, ainda mais agora que este capítulo com minhas amigas estava chegando ao fim.

– Sua vez, Fiona – exigiu Viv, ao trazer para fora a garrafa de rosé de cortesia que o hotel tinha deixado em nosso quarto. – Alguma notícia sobre Peter Moretti que você não nos tenha contado?

– Nada – respondi, sentando-me em uma das cadeiras da varanda, sem tirar os olhos do oceano. – Acho que ele não conseguiu. Eu teria ouvido falar dele se tivesse sobrevivido.

– Ouvi dizer que a 82ª passou por momentos difíceis nos últimos meses – disse Viv.

– Viv, isso não ajuda – reclamou Dottie, dando uma olhada nela.

– Não, tudo bem. Eu ouvi a mesma coisa – contemporizei, imaginando-o no posto de comando, nosso último beijo, nossas últimas palavras. – Milhares se perderam na luta nas Ardenas. Ainda nem tentei descobrir se ele saiu vivo. Simplesmente não aguento mais receber más notícias sobre outra pessoa de quem gosto. E também, é claro, ainda sinto alguma culpa por me importar com ele.

– Querida, eu sei que você ainda está em uma montanha-russa emocional com tudo o que aconteceu – disse Viv. – Mas acho que está na hora de parar de se sentir tão culpada.

– Ela está certa – Dottie observou. – Nós estamos vivendo em circunstâncias estranhas. Pare de se sentir culpada por cuidar de alguém que estava bem aqui com você.

Apaixone-se novamente... Pensei na carta de Danny, como deve ter sido difícil para ele escrever aquelas palavras. Eu não tinha percebido o quanto precisava ouvi-las até que li aquela carta.

– Vocês duas estão certas, e eu estou trabalhando nisso – expliquei.

Nos sentamos ali, na pequena mesa de ferro da varanda, bebericando nosso rosé e admirando a vista, ouvindo as gaivotas gritarem umas para as outras.

– Mesmo que não fosse assim que eu esperava que as coisas acontecessem – continuei –, eu faria tudo de novo. Faria tudo de novo num piscar de olhos.

– Acho que somos três – disse Viv.

Dottie apenas assentiu enquanto víamos o céu se transformar em tons de rosa, laranja e ouro enquanto o sol se punha sobre o Mediterrâneo.

Passamos nossos dias nadando e tomando sol na praia e nossas noites jantando e dançando, alternando entre Harry, Guy e os amigos de Joe. Tomei tanto sol que as sardas nas minhas bochechas se multiplicaram, e a mecha loira na frente do meu cabelo ficou branca. E, com pães e queijos tão deliciosos e frutos do mar frescos disponíveis, meu apetite finalmente voltou com força.

Em nossa penúltima tarde, nós cinco estávamos sentadas na praia e me ocorreu que eu me sentia bem, até mesmo feliz. Desde que Danny desaparecera, havia uma parte de mim que estava agarrada à vida com os nós dos dedos brancos, sempre esperando notícias sobre ele, com medo de respirar com calma até descobrir seu destino.

Minha mente estava começando a mudar. Frankie estava certa: não saber nada tinha sido uma tortura. E, embora meu coração ainda doesse pela perda, havia uma espécie de paz de espírito em saber que eu não tinha antes. Mesmo que levasse algum tempo para me curar completamente, eu sentia uma calma que eu não tinha experimentado desde antes de Danny partir para a guerra.

Eu não podia negar que ainda estava esperando notícias de outro soldado. Na semana anterior, encontramos muitos dos oficiais e soldados que tínhamos conhecido em nossas viagens ao redor Teatro Europeu de Operações, mas até agora nenhum dos nossos amigos da 82ª.

Viv e Blanche estavam dormindo, esticadas em suas cadeiras de praia como gatos ao sol. Frankie e Dottie tinham caminhado até a água para nadar, e eu me levantei para me juntar a elas.

A pele de oliva de Dottie era agora de um bronze profundo, e ela parecia impressionante em seu traje de banho rosa pálido. Frankie tinha os cachos presos em um lenço na cabeça e estava usando um traje de banho azul-marinho de uma só peça. Ela estava deitada de costas, boiando. A pele na coxa direita que tinha sido queimada ainda parecia derretida e áspera, mas ela não estava nem um pouco insegura. As duas estavam rindo e espirrando água uma na outra como crianças pequenas.

Eu mergulhei, e a água salgada que atingiu minha pele era a temperatura perfeita, refrescante mas não gelada como o oceano ao largo da Nova Inglaterra.

– Vamos ficar aqui esta noite porque haverá uma grande banda tocando no terraço – Dottie disse quando flutuei até elas. – Joe e seus amigos virão, e Harry também.

– Parece bom – comentei. – Acho que vou usar aquele vestido branco novo que comprei ontem.

– Você vai cantar, Dots? – Frankie perguntou.

– Talvez. – Dottie sorriu. – Tenho praticado algumas músicas novas com Joe. Depende. Algumas bandas não gostam quando alguém novo aparece.

– Glenn Miller não se importou, por que eles deveriam? – perguntei.

– Não, Glenn Miller não se importou – Dottie repetiu, com um suspiro. – Deus abençoe o pobre Glenn Miller. – Nunca encontraram seu avião no Canal da Mancha.

Dottie saiu da água e foi se juntar às nossas amigas deitadas ao sol. Frankie e eu nadamos um pouco mais para o fundo, conversando e mergulhando, apreciando a vista da bela praia com a luz dourada do sol do final da tarde.

– Falei com Liz sobre a pesquisa e o que quero fazer em seguida – disse Frankie enquanto caminhava pela água.

– Oh... – exclamei. – E?

– Estou concorrendo a uma das posições da Cruz Vermelha em Berlim.

– Sério?

– Sim – disse Frankie. – E acho que você deveria se juntar a mim.

Fiquei quieta por um momento, olhando para as gaivotas gritando enquanto pensava sobre o assunto.

– Se fosse possível, eu estava pensando em Londres ou Paris. Eu nem sequer tinha pensado em Berlim...

– Estaremos no centro das coisas se formos para lá – disse Frankie. – Há tanto para fazer ainda, tantos soldados e civis para ajudar. Liz lhe dará a mais alta recomendação, tenho certeza.

– Não sei – respondi. Como a maioria das garotas do Clubmobile, a dúvida do que estava por vir estava pesando em minha mente. O que eu queria agora que meu futuro era só meu?

– Prometa que vai pensar nisso? – Frankie pediu. – Eu adoraria que você fosse comigo. E sei que você está se sentindo um pouco perdida sobre o que fazer a seguir, tentando descobrir esse futuro inesperado.

– Eu estou – concordei. – Obrigada. Eu definitivamente vou pensar nisso.

Saímos da água e nos juntamos ao grupo assim que Viv voltou com garrafas de Coca-Cola para todas nós.

– Bem, já que estamos aqui sozinhas e diz respeito a todas vocês, tenho um anúncio a fazer – disse Viv. Ela estava empoleirada em sua cadeira agora, usando uma peça preta, óculos de sol com moldura verde e um chapéu de palha com aba larga, parecendo uma estrela de cinema glamorosa enquanto bebia sua Coca-Cola. Dottie olhou para mim. O que Viv tinha a dizer era novidade para nós duas também. – Eu decidi que, em vez de ir para casa ou para o Pacífico, vou para Londres. Vou trabalhar no clube da Cruz Vermelha lá e fazer algumas aulas de arte. – Ela fez uma pausa, para dar um efeito dramático ao discurso, e, nos presenteando com um sorriso manhoso, acrescentou: – Oh, e eu também vou me casar com Harry Westwood em três semanas.

Frankie cuspiu a Coca em um jato, e as poucas pessoas sentadas ao nosso redor olharam horrorizadas. Dottie e eu arfamos, e Blanche pulou em cima de Viv, festejando e batendo palmas.

– Viv! – Dei um abraço nela. – Meu Deus, isso é uma grande notícia. Então, espere... Você realmente vai ser a Princesa Viviana agora?

– Deus, não – ela disse. – Ainda não conheci os pais dele, mas aparentemente estão se acostumando com a ideia. Eles não são exatamente realeza, apenas aristocracia.

– Ele não é um duque ou algo assim? – perguntou Frankie.

– Sim. Quero dizer, não. Ele é um lorde. E também é o amor da minha vida – respondeu Viv. – Quando nos encontramos em Verdun, eu percebi. E ser sua esposa e morar com ele em Londres? Quero me beliscar ao pensar nisso, estou tão feliz.

Ela tinha tirado os óculos escuros, seus olhos estavam cheios de lágrimas, e eu não me lembrava de ter visto minha amiga tão bem, tão cheia de alegria.

– Oh, Viv, eu não poderia estar mais feliz por você – Dottie exclamou, ficando sufocada enquanto atirava os braços ao redor da nossa amiga.

– Detalhes, por favor – exigiu Blanche.

– Vai ser no Hotel George V, em Paris. Vocês serão todas damas de honra. Meus pais e irmãs não poderão vir tão em cima da hora, então vou precisar de vocês lá.

– Claro – disse Frankie. – Vamos usar nossos uniformes?

– Absolutamente não – respondeu Viv. – Nada de uniformes, exceto nos rapazes. Mas vocês podem usar os vestidos que quiserem, então isso vai ser fácil. E nós não temos muito tempo, então preciso que me ajudem a encontrar um vestido de noiva. Não quero saber se tem vinte anos ou se é feito de paraquedas, desde que seja fabuloso. Ouvi falar de muitas garotas da Cruz Vermelha se casando com seus uniformes ultimamente, mas isso não sou eu.

– Não mesmo, Viv – concordei, rindo.

– Bem, vamos comemorar esta noite – anunciou Blanche, em pé em sua cadeira. – Amei a notícia, a primeira de nós a se casar. Por falar nisso, senhoritas, acabei de perceber que já são quatro e meia. Temos que ir até o hotel para tomar banho e trocar de roupa, porque vocês sabem que os rapazes vão chegar a qualquer momento para a hora do coquetel.

Deixei Dottie e Viv tomarem banho primeiro para que eu pudesse relaxar e ter meu tempo para me preparar. Quando cheguei lá embaixo, o terraço estava cheio de militares e membros da Cruz Vermelha, e a pista de dança estava cheia de casais dançando jitterbug para a versão da banda de "Here We Go Again".

Vi Joe e Dottie dançando. Viv e Harry estavam sentados em uma mesa com seus amigos, e Blanche e Frankie estavam na mesa ao lado com colegas de Guy. Em vez de me juntar a elas, dei um passeio pelo caminho até a praia.

A buganvília nas paredes estava coberta de pequenas luzes brancas cintilantes que faziam o caminho de cascalho parecer um conto de fadas. Tirei as sandálias e me sentei na cadeira de praia mais próxima, sentindo a areia fresca entre os dedos dos pés e ouvindo os sons das ondas.

Eu estava vivendo uma vida que eu jamais imaginaria dois anos antes. Sentada em uma praia no sul da França, depois de meses viajando para as linhas de frente da guerra no Teatro Europeu.

– O que acontece agora? – sussurrei a ninguém a não ser a mim mesma e ao mar.

Nesse momento, ir para casa não parecia certo. Eu não queria voltar a minha vida anterior, já nem sequer me encaixava.

Como tantos outros, a guerra tinha me roubado a vida que eu havia planejado, e meu primeiro amor. Decidi traçar um novo rumo agora. Eu ficaria no Teatro Europeu de Operações e me candidataria a uma das posições da Cruz Vermelha em Berlim com Frankie; essa seria a melhor maneira de honrar a memória de Danny.

Eu estava desfrutando do silêncio quando ouvi o som de passos no caminho. Peguei minhas sandálias para voltar a andar, supondo que fosse um casal à procura de privacidade. Deslizando minhas sandálias de volta, pisei no cascalho novamente, e, quando olhei para cima, congelei.

Ele estava a cerca de seis metros de mim nas luzes da buganvília, ainda erguido como um pugilista, mas um pouco mais magro agora. Abri a boca para falar, mas a fechei, olhando nos olhos dele, não acreditando muito no que estava vendo.

Ele me deu um pequeno aceno, inclinou a cabeça com aquele sorriso familiar que fez meu coração explodir. Apertei os olhos o máximo que pude, porque não queria que as lágrimas caíssem.

Apaixone-se novamente... Eu me lembrei das palavras da última carta de Danny e silenciosamente fiz uma prece de agradecimento a ele por me dar aquela bênção. Como honrar aqueles que perdemos? Não tendo medo de viver a vida e assumir riscos, ousando abrir seu coração à possibilidade. Arriscando para começar. De novo.

Dei alguns passos tímidos em frente, mal conseguindo respirar. Ele ficou ali, esperando que eu me decidisse.

Corri pelo caminho e ele me pegou nos braços e me balançou. E ficamos assim, respirando juntos, sentindo um ao outro.

Quando meus pés tocaram o chão novamente, seguramos nossas mãos e ficamos em pé por um momento.

— Meu Deus, você está realmente aqui — eu disse, limpando a umidade do rosto. — Eu queria procurá-lo de novo, mas estava com tanto medo de saber que você tinha partido.

— Eu quase parti, mais de uma vez — ele admitiu, apertando minhas mãos, olhando para mim, admirado. — Eu queria encontrá-la, mas me convenci de que você já estava a caminho de casa, se casando. — Olhei para ele e balancei a cabeça. Ele colocou a mão na minha face. — Viv acabou de me contar o que aconteceu com Danny. Fiona, sinto muito pela sua perda, por toda a dor que você passou.

— Obrigada. — A pancada no peito, uma confusão de emoções misturadas, a dor do meu amor passado, minha vida planejada desaparecendo para sempre... e depois a esperança do que estava bem na minha frente. — Foi horrível ouvir a verdade, saber que por um tempo ele estava aqui, vivo, mas, no final, ele tinha morrido — continuei, pensando na história da marcha. — Mas pelo menos agora eu sei.

— Eu quero que você entenda. — Peter tirou a mão dele da minha, nervoso e procurando por palavras. — Tudo o que eu quero é passar algum tempo com você. Não estou tentando empurrá-la para nada que você não esteja pronta... E, se você não quiser sequer fazer isso, bem, eu...

— Peter, o fato de você estar aqui hoje, vivo, parece um milagre — eu disse, alcançando a mão dele. — E não há nada que eu queira fazer a não ser estar com você esta noite.

Ele sorriu e respirou fundo, aliviado.

— Certo — ele disse, olhando para minha mão na dele. — Vamos. — Ele me deu um beijo rápido na testa, e nós caminhamos de volta para o local da festa de mãos dadas, olhando um para o outro com sorrisos tímidos. O terraço estava ainda mais cheio de gente, e a banda tinha aumentado o som para competir com o barulho da multidão. Peter parou quando estávamos na entrada. — Quer sair daqui? — ele perguntou, observando a cena. — Eu tenho um jipe; podíamos ir dar uma volta. Há um vilarejo de pescadores... Até conheço um hotel onde poderíamos ficar. — Olhei para ele, surpresa, e ele levantou a mão. — Eu quis dizer em dois quartos, eu...

— Parece perfeito — respondi. — Deixe-me pegar minha mala lá em cima, e eu vou encontrá-lo na frente.

Dei um beijo rápido em seu rosto, minhas próprias bochechas vermelhas. Nem parei para ver minhas amigas, só fui direto para nosso quarto, enfiei uma muda de roupas e pijamas na mala e deixei um bilhete na porta para Viv e Dottie.

Ele estava me esperando na frente do hotel, sentado no jipe. O manobrista abriu a porta para mim, e eu entrei.

Seguimos pela costa da Riviera Francesa sob um céu estrelado. Eu me inclinei para fora de uma das janelas, e o vento chicoteou meu cabelo, mas não me importei. Peter ocasionalmente pegava minha mão, e nós dois ficamos olhando um para o outro com um pouco de admiração.

– Para onde vamos? – perguntei depois que estávamos dirigindo por mais de 45 minutos.

– Villefranche-sur-Mer – ele disse. – É uma aldeia que alguns dos rapazes que estiveram aqui me falaram. Eles deram um passeio pela costa, ficaram lá uma noite no caminho para Monte Carlo.

– Quando você chegou?

– Apenas algumas horas atrás – ele contou. – Tenho perguntado sobre a Cruz Vermelha desde que cheguei ao meu hotel. Eu tinha que saber se você também estava aqui. – Ele beijou minha mão. – E ainda não acredito que você está sentada ao meu lado.

Villefranche-sur-Mer era uma charmosa cidade medieval de edifícios de terracota e cor ocre com telhados avermelhados, situada em ruas íngremes de pedras que conduziam até o porto, o coração da vila. Estacionamos o jipe e encontramos um pequeno hotel com uma fachada amarela pálida a um quarteirão da água em uma das passagens estreitas e antigas destinadas apenas aos pedestres.

O dono do hotel recomendou um pequeno restaurante do outro lado da água, então caminhamos até o porto. Os cafés à beira-mar estavam cheios de clientes que bebiam vinho ou expresso e desfrutavam da vista e da bela noite de primavera.

Chegamos ao pequeno bistrô com o toldo azul que o dono do hotel havia descrito. Uma mulher idosa e abatida nos mostrou uma mesa de canto do lado de fora. Ela nem sequer nos deu os cardápios, apenas nos trouxe uma garrafa de vinho tinto e depois, um pouco mais tarde, apareceu com tigelas fumegantes de linguine e mariscos.

Conversamos, e nos sentimos completamente estranhos e ainda assim confortáveis sentados em frente à mesa. Quando a proprietária recolheu nossos pratos, Peter atravessou a mesa e agarrou minha mão.

– Então, me diga. Eu quero ouvir tudo o que aconteceu na sua vida desde que nos despedimos do posto de comando.

Comecei com a reunião com o Grupo F, chorando quando compartilhei as notícias devastadoras sobre Martha. Depois contei a ele sobre a festa dos órfãos e meu pedido ao coronel, passando para Colônia depois da Bélgica, e, finalmente, nosso trabalho com os prisioneiros de guerra recém-liberados. Quando cheguei à parte em que conheci os amigos de Danny e soube de sua morte na marcha de Stalag Luft IV, senti minha voz pegar na garganta pela segunda vez desde que começara a falar, e ele apertou minha mão com mais força.

– Eu ouvi sobre aquelas marchas – Peter disse, com raiva na voz. – Haverá um acerto de contas para aqueles guardas; tem que haver.

– Espero que sim – respondi. – Desculpe por ser emotiva, ainda é...

– Não é preciso pedir desculpas – ele me tranquilizou.

– O que aconteceu com você desde então? – perguntei. Estávamos de mãos dadas na mesa agora. – De certa forma, parece que passaram anos desde aquela noite no posto de comando.

– Primeiro, vamos voltar para o hotel antes que eles tranquem a porta da frente para a noite – disse ele. – Há um bar com um pátio lá.

Peter foi pagar a proprietária, mas ela só deu um tapinha na bochecha dele e apontou para seu uniforme.

– *Merci beaucoup* – ela agradeceu.

– *Merci. Bonsoir.*

E nós a agradecemos profusamente em inglês e francês enquanto ela nos beijava.

O recepcionista do hotel estava apoiado no cotovelo, meio adormecido, quando chegamos ao lobby. Mas ele trouxe vinho e uma tigela de azeitonas para nossa mesa no pátio. Ficamos acordados conversando até tarde. Peter contou algumas de suas histórias do *front*, incluindo a notícia de que havia sido promovido a major. A 82ª tinha atacado a cidade de

Bergstein, no rio Rur, entre outras. Algumas vezes ele parava de dar detalhes; revivê-los ainda era claramente difícil.

– Não estávamos muito longe um do outro – refleti. – Desculpe por não ter escrito. Tive medo de saber que você tinha ido embora.

– E, você sabe, eu não escrevi porque, se Danny estivesse vivo...

– Eu sei. Obrigada. – O relógio na parede marcava uma e meia. – Eu deveria ir para a cama – comentei, não querendo deixá-lo, mas sentindo que deveria.

– Você provavelmente está certa – Peter disse, a decepção em seus olhos enquanto agarrava minha mão e se levantava. Caminhamos até o segundo andar. Nossos quartos estavam em lados opostos do corredor.

– Boa noite, Fiona – ele disse quando paramos na frente da minha porta. Eu podia sentir o cheiro de madeira do seu perfume. Ele colocou a mão no meu queixo, inclinou minha cabeça para cima e me beijou, nosso primeiro beijo verdadeiro desde o posto de comando. Nós nos beijamos devagar no início, ambos um pouco nervosos, mas então ele enrolou os braços ao meu redor, me inclinei para ele, e nos beijamos com uma paixão que surpreendeu aos dois.

– É melhor eu ir para o meu quarto – ele observou, afastando-se, sem fôlego e olhando para mim com uma intensidade que me deixou tonta.

– Sim – concordei, olhando nos olhos dele e assentindo muitas vezes. – Você deveria, provavelmente.

Com um beijo rápido de boa-noite na minha testa, ele andou até o quarto como se estivesse disposto a ir antes de mudar de ideia. Entrei no meu próprio quarto e abaixei minha mala. O quarto estava limpo e arrumado, com paredes de estuque caiadas de branco e chão ladrilhado, e um vaso com rosas amarelas frescas na mesa de cabeceira.

Tirei minhas sandálias, me olhei no espelho e alisei meu cabelo.

Com uma respiração profunda, cheguei ao bolso do vestido onde estava o Coração Púrpura e fechei os olhos. Antes que eu pudesse mudar de ideia, corri pelo corredor com os pés descalços. Estava prestes a bater na porta de Peter, mas ele a abriu primeiro, o mesmo olhar intenso em seus olhos.

– Eu estava pensando que, se eu não batesse, eu sempre me arrependeria – confessei, segurando o Coração Púrpura, tropeçando em minhas palavras, sem fôlego e tonta. – Estou apaixonada por você. Eu deveria ter dito antes de nos despedirmos da última vez. Eu amo você e...

Antes que eu pudesse terminar, ele me puxou em sua direção e me enterrou em seus braços. Segurando-me contra seu peito, ele me beijou com um desejo feroz enquanto a barragem de saudade se rompia para nós dois. Ele me carregou para dentro e chutou a porta do quarto, fechando-a. O quarto estava escuro, exceto pelo luar que atravessava a janela. Peter me abaixou gentilmente na cama, ajoelhando-se sobre ela ao meu lado, suas mãos emaranhadas em meu cabelo enquanto nos beijávamos desesperadamente.

– Fiona, você está tremendo – ele sussurrou, segurando meu rosto com as mãos.

– Estou?

– Sim. – Ele sorriu. – Tem certeza de que quer estar aqui?

– Eu nunca tive tanta certeza de alguma coisa – respondi, sorrindo através das lágrimas.

Ele beijou as lágrimas no meu rosto, e então se moveu até meu pescoço. Ergui os braços enquanto ele lentamente puxava o vestido por cima da minha cabeça, ofegando pelas mãos quentes dele nas minhas costas nuas. Desabotoei sua camisa, traçando a cicatriz em seu peito com os dedos antes de beijá-la. Ele soltou um gemido silencioso e me puxou para baixo na cama até eu estar debaixo dele, olhando em seus olhos de novo.

– Podemos ir com calma? – Suspirei, enrolando uma de minhas pernas ao redor da sua enquanto ele se inclinava e beijava minha clavícula, gentilmente soltando meu sutiã. – Eu só não quero que tudo isso termine...

– Querida, vamos levar o tempo que você quiser – ele disse, sua voz grossa enquanto sussurrava em meu ouvido. – Nós dois esperamos muito tempo por esta noite.

Não adormecemos até o sol nascer. Quando acordei, ao meio-dia, Peter estava dormindo, a mão em minhas costas, certificando-se que eu estava lá. Me envolvi em um cobertor e fui até a janela. Villefranche era ainda mais bonita à luz do dia, seus prédios pintados em tons brilhantes de laranja, ouro e carmesim, e eu podia ver um vislumbre dos barcos de pesca no porto no final de nossa estreita rua.

Enquanto minha dor por Danny sempre seria uma parte de mim, meu mundo inteiro havia mudado da noite para o dia. Mais de uma vez nesta guerra, minha vida mudou em um instante. Mas hoje, pela primeira vez, essa mudança tinha sido para meu bem. Senti um brilho de felicidade e contentamento que não conseguia me lembrar de ter sentido antes.

– Você nem sabe o quanto é bonita – elogiou Peter. Olhei para a cama, e ele estava sorrindo.

– Estou uma bagunça – reclamei, sorrindo para ele.

– Você está uma bagunça linda.

– Eu não queria voltar para a Alemanha amanhã. – Sentei-me à beira da cama, já com saudade dele.

– Eu sei. – Ele pegou minha mão. – Querida, tenho que perguntar. O que você acha que vai fazer a seguir?

Contei a ele sobre a sondagem da Cruz Vermelha.

– Com tudo o que aconteceu, não quero ir para casa, mas também não quero ir para o Pacífico. Liz contou que definitivamente há vagas disponíveis em Londres, Paris e Berlim. Então eu decidi ficar. Eu estava pensando em Paris, mas Frankie me pediu para me candidatar para ir para Berlim com ela, então estive pensando nisso.

Ele me deu um olhar curioso quando eu disse aquilo. Olhei para ele, nervosa, mas precisando saber.

– E o que vai acontecer com você agora? Você vai para o Pacífico?

– O que acontece é que me mandaram para Berlim – ele disse, estendendo a mão e me puxando pela cama até os braços dele. – Para o dever de ocupação.

– Você está brincando? – perguntei.

– Não – ele murmurou enquanto me beijava de novo e então olhou nos meus olhos, as mãos dele no meu cabelo. – Por favor, considere Berlim?

– Hmm... Eu não sei – provoquei, sorrindo enquanto beijava a cicatriz acima da sobrancelha dele.

– Talvez eu possa convencê-la. – Ele pressionou seus lábios contra os meus com uma paixão que me fez me sentir tonta novamente.

– Vou deixar você tentar – sussurrei.

Naquela noite, Peter me levou de volta a Juan-les-Pins e me acompanhou até a porta do Provençal.

— Vejo você em Paris em três semanas — ele disse.

— Tem certeza de que vai conseguir o tempo livre?

— Vou cuidar disso — ele respondeu. — Nunca mais vou deixar passar tanto tempo para ver você de novo.

— Ótimo — falei.

Um último abraço, um último beijo, e meu coração começou a doer. Eu devia parecer tão triste quanto me sentia, porque Peter pegou minha cabeça nas mãos.

— Está tudo bem — ele brincou. — Desta vez não vamos nos despedir para sempre.

— Eu sei — respondi. — E eu estou tão feliz por isso.

— Eu amo você. — ele disse.

— Eu amo você. — respondi. — Eu te vejo em Paris.

Vi o jipe ir embora e então entrei, checando o terraço antes de subir as escadas.

— Bem, olhem quem está aqui. — Blanche veio correndo até mim e pegou minha mão, me puxando com ela. — Vou lhe pagar uma bebida, e então você vai nos dizer onde esteve nas últimas 24 horas, minha amiga.

— Certo, Blanche — eu disse, rindo.

— Você está com um brilho diferente, Fi, e sei que não tem nada a ver com o sol. — Ela me olhou de cima a baixo. — É bom ver isso. E, posso acrescentar, já não era sem tempo.

— Ora, ora... — Viv estava sentada com Dottie, e eu não podia dizer se estavam zangadas ou se divertindo. — Fico feliz que os rapazes tenham ido embora, porque não poderíamos ter essa conversa com eles por perto. Onde diabos você esteve? — Ela me bateu com o braço.

— Nós recebemos sua mensagem, mas ainda estávamos um pouco preocupadas, sabe? — Dottie reclamou. — Você poderia ter ligado para o hotel, pelo menos.

– Desculpem. Perdi a noção do tempo. Eu estava em Villefranche-sur-Mer. Com Peter.

– Eu esperava que sim – comemorou Viv, me dando um sorriso sábio.

– Eu sei que uma dama nunca fala, mas você precisa pelo menos nos dar alguns detalhes – exigiu Dottie.

– Mais do que alguns – provocou Blanche, me entregando uma taça de vinho enquanto ela se sentava. – Eu quero toda a parte suja.

– Vá com calma com ela, Blanche – Dottie a censurou.

– Sim, sim. Ei, Dottie já lhe contou as notícias dela? – Blanche perguntou. – Porque isso também é importante. Muita coisa acontecendo neste hotel nos últimos dias. Eu poderia começar uma coluna de fofocas do Hôtel le Provençal.

– Você também está noiva? – indaguei, olhando para Dottie.

– Não – disse ela, suas bochechas ficando cor-de-rosa.

– Dottie, o que foi?

– Recebi uma carta – ela contou. – Do Primeiro Tenente Don Hayes, o novo líder da orquestra de Glenn Miller aqui. Antes de Glenn Miller desaparecer, ele falou sobre me oferecer um emprego como solista, para sair em turnê com eles nos próximos seis meses. Eles me escreveram porque ainda querem fazer a oferta.

– Dottie! – exclamei, sorrindo de orelha a orelha.

– Você pode acreditar, Fi? Eu?

– Dottie, estou tão orgulhosa de você que posso chorar – falei. – E você vai aceitar?

– Sim – ela respondeu. – Joe e eu conversamos sobre isso. Eu tenho que aceitar. É uma vez na vida. Ele disse que esperaria por mim. Eu sei que ele vai esperar.

– Eu penso em quando nós chegamos aqui...

– Eu sei, lembra disso? – Blanche comentou. – Martha, Frankie e eu tínhamos apostado que você não iria conseguir, Dots.

– Vocês não fizeram isso! – Dottie chutou seu pé.

– Oh, sim, fizemos – confessou Blanche. – E, por favor, não se sinta mal, mas achei que você estivesse acabada. Na verdade, depois que a máquina de donut explodiu no treinamento, pensei que vocês estivessem todas mortas.

– Eu também – Viv disse, rindo.

– Onde está Frankie, a propósito? – perguntei.

– Frankie está fora explorando Antibes com Patrick Halloran, da 82ª – contou Blanche. – Ele é quatro anos mais novo que ela, mas sabe uma coisa que eu não tinha percebido antes? Ele é como uma versão masculina de Frankie. O garoto nunca para de se mexer.

– É verdade – disse Viv. – Não sei se vai durar, mas é bom para ela.

– Então de volta para você – Dottie falou. – Eu não a vejo assim tão feliz há mais de um ano. E não poderia estar mais contente com isso.

– Mas é algo sério? – Viv perguntou, vendo minha expressão.

– Eu acho... Sim, é – respondi com um aceno. Senti o rosto ficar vermelho, pensando em tudo o que tinha acontecido.

– Bom, então ele tem que ir ao casamento – disse Viv.

– Ele irá – informei.

– Perfeito – comemorou Blanche. – Mas nos dê maiores detalhes sobre sua escapadela romântica francesa, por favor.

– Oh, cale-se, Blanche – disse Viv. – Você não vê que está olhando para uma garota que está de cabeça nas nuvens e apaixonada?

– Você tem que pelo menos me dizer isso – pediu Blanche, as sobrancelhas levantadas quando apontou o cigarro para mim. – Você está? Apaixonada?

Olhei em volta para minhas amigas, me sentindo corada. Sorri e simplesmente assenti.

– Sim.

Capítulo 28

9 de junho de 1945
Paris, França

Três semanas depois, nós cinco estávamos na suíte nupcial do Hotel George V em Paris, preparando-nos para o casamento de Viv com Harry Westwood.

Frankie, Dottie, Blanche e eu estávamos todas usando vestidos de coquetel em cores pastel que tínhamos comprado para a ocasião em Antibes ou Paris. Eu tinha encontrado um vestido de organza verde-menta em uma pequena butique em Paris quando chegamos, no dia anterior. Era sem mangas, decotado e tinha a saia com corte em trapézio. O vestido de Dottie era rosa pálido, o de Frankie azul e o de Blanche amarelo-claro.

— Nós parecemos ovos de Páscoa — reclamou Blanche enquanto estávamos uma ao lado da outra, olhando para o grande espelho da suíte, acima da cômoda.

— Não — eu disse, rindo enquanto ajustava o pente de libélula no meu cabelo. — Bem, talvez um pouco.

— Você está linda — elogiou Viv quando saiu do banheiro, onde estava se trocando.

Todas nós arfamos. Viv, com a ajuda da mãe de Harry, tinha encontrado o mais lindo vestido de noiva em marfim, com uma faixa de cetim na cintura e uma saia de tule que era longa até o chão e coberta com lantejoulas salpicadas.

— Oh, Viv, olhe para você — Dottie gaguejou. — Espere até que Harry a veja. Você está deslumbrante.

Ela estava linda, é claro, seus cachos castanhos brilhando e enrolados na frente sob um véu de renda simples cor de marfim. A maquiagem estava impecável como sempre, e a manicure perfeita e polida estava de volta desde o momento em que paramos de fazer donuts com tanta frequência.

— Obrigada — Viv agradeceu, nos dando abraços enquanto a enchíamos de elogios. Ela se olhou no espelho e suspirou. — A única parte difícil é minha família não estar aqui para celebrar comigo — Viv comentou em voz baixa. — Graças a Deus tenho vocês quatro.

— Vamos representar suas irmãs — falei, colocando o braço nos ombros dela.

— Vocês *são* como irmãs — disse Viv. — Eu não poderia ter feito isso sem vocês. Tem certeza de que vou gostar dessa banda que contratou para hoje, Dottie? — Viv perguntou. — Foi tão em cima da hora; estou surpresa que você tenha conseguido arranjar alguém.

— Tenho certeza de que você vai gostar deles — Dottie garantiu. — E não, não vamos dizer mais nada, pois isso arruinaria a surpresa. — Dottie piscou para mim pelas costas de Viv enquanto ela endireitava o véu.

— Apenas me prometa que não pegou um velho com um acordeão na rua ou algo assim — Viv suplicou.

— Viv, pare de perguntar — reclamei, rindo.

— Ei, eram os pais de Harry que eu vi lá embaixo? — Blanche perguntou enquanto eu a ajudava a ajeitar o cabelo num penteado. — O inglês de cabelos grisalhos e a mulher loira com o chapéu que parece um pássaro amarelo gigante pendurado na cabeça?

— Sim, são eles — disse Viv. — Eles são gentis, na verdade, não são arrogantes como eu esperava, graças a Deus. E tenho que agradecer à mãe dele por encontrar este vestido a tempo.

— Onde foi que ela o encontrou? — perguntei, admirando os detalhes da lantejoula enquanto ajustava a saia.

— Ela pediu emprestado da coleção da Rainha Elizabeth, é claro — Viv respondeu, com a expressão séria. A boca de Frankie caiu aberta, e nós quatro ficamos quietas por alguns segundos enquanto olhávamos para Viv em choque, mas então ela sorriu. — Meninas, estou brincando. — Ela riu. — Mas vocês deveriam ter visto os olhares em seus rostos.

Blanche estava rindo e começou a dizer algo, mas então colocou a mão sobre a boca e correu para o banheiro, com a escova de cabelo que eu estava usando ainda em sua cabeça. Podíamos ouvi-la vomitar atrás da porta fechada. Viv, Dottie, Frankie e eu nos olhamos.

– Ela está vomitando assim desde que saímos de Antibes – Frankie disse.

– Quantas vezes? Ela foi ao médico? – perguntei.

– Blanche, querida, você está indisposta? – Viv perguntou quando ela saiu, pegando sua mão. – Coitadinha, se você está doente...

– Não, só me dê um pouco de Coca-Cola e bolachas e ficarei bem – respondeu Blanche, sentada na beira da cama. – Pelo menos eu não vomitei no vestido novo. Eu estava esperando para contar porque não queria estragar seu dia, Viv, mas Guy Sherry e eu vamos nos casar em Londres em poucas semanas.

– Bem, parabéns! – Viv a abraçou. – Você não está estragando o meu dia.

– Além disso, o bebê deve nascer por volta do Natal – continuou Blanche quando alcançou seu Chesterfield e encolheu os ombros. – Oops.

Todas nós ficamos lá em silêncio, atordoadas pela segunda vez em cinco minutos.

– Eu tinha um pressentimento – Frankie disse, olhos abertos enquanto beijava Blanche na testa e lhe dava outra Coca-Cola.

– Uau – exclamei, sentada na cama ao lado dela. – Como você está?

– Bem, eu fiquei em choque por alguns dias. Não é o ideal, é claro. Quero dizer, nós tínhamos falado sobre nos casarmos, mas não tão cedo. Graças a Deus nos amamos. Eu sou louca por ele, como todas sabem.

– Quais são seus planos? Alguma chance de você morar em Londres também? – perguntou Viv.

– Bem, se tudo der certo, acho que ele vai ser enviado para Paris – respondeu Blanche. – Se eles me quiserem, vou trabalhar para a Cruz Vermelha aqui, pelo menos até o bebê nascer. Acabei de falar com Liz sobre isso.

– Você já escreveu para seus pais para contar a eles? – Dottie perguntou, sentada do outro lado dela.

– Ainda não. Minha mãe vai descobrir e querer me enforcar, mas ela só se preocupa com a sociedade de Nova Orleans. Nenhuma daquelas velhotas vai saber. – Ela suspirou. – Acho que vamos ficar bem. Você vai me ajudar a terminar meu cabelo, Fi?

– Sim – eu disse, dando-lhe um abraço. – E você vai ficar bem melhor.

À s quatro e quinze, com nossos buquês de tulipas brancas nas mãos, descemos as escadas e aguardamos no patamar. Jimmy English, acompanhado pela nossa querida Sra. Tibbetts, tinha chegado na noite anterior de Leicester. A pedido de Viv, ele estava esperando no início da escada, pronto para escoltá-la até a cerimônia e entregá-la. Jimmy estava vestindo um terno azul-marinho e parecia um homem renascido. Os olhos vermelhos e o olhar abatido de quando o conhecemos tinham desaparecido. A Sra. Tibbetts, usando um lindo vestido floral azul-claro, o beijou na bochecha e foi procurar um lugar. Nós três ficamos lado a lado, nos checando uma última vez no enorme espelho dourado no patamar. Isso me lembrou do nosso primeiro dia no *Queen Elizabeth*, quando elas me encontraram chorando no banheiro. Parecia que tinha sido décadas antes.

– Você está linda – eu disse a Viv, com a voz suave.

– Você sabe, Viv – Dottie confirmou, olhos brilhando.

– Eu não sabia que podia me sentir tão feliz – Viv admitiu, mordendo os lábios e piscando as lágrimas.

– Ah, as garotas da capa da revista *LIFE*. – Todas nós olhamos para cima, surpresas ao ver a Srta. Chambers descendo as escadas. Ela nos deu um enorme sorriso. – Vocês estão lindas. Parabéns, Viviana.

– Obrigada por ter vindo, Srta. Chambers – disse Viv.

– Obrigada por me convidar – respondeu ela. – Eu também quero que saibam que o pedido do Coronel Brooks foi aprovado. Todas vocês vão receber Estrelas de Bronze do Exército dos Estados Unidos. Portanto, mais felicitações estão a caminho, senhoritas. – Ela parou, olhando para nós três, uma mistura de diversão e orgulho iluminando seu rosto. – Como sabem, tive minhas dúvidas sobre vocês três. Mas não poderia estar mais orgulhosa de quão longe vocês chegaram.

Todas nós agradecemos, e ela desceu as escadas. A música começou momentos depois... "Canon in D", tocada por um pequeno quarteto de cordas.

– Está na hora, garotas – Frankie disse, do fundo das escadas. Blanche estava ao lado dela, empurrando outra bolacha na boca.

Frankie entrou primeiro, seguida por Blanche, Dottie e finalmente eu.

O salão onde a cerimônia se realizava estava decorado com tule e tulipas, e muitos de nossos amigos da Cruz Vermelha e militares estavam presentes. Tentei não parecer desesperada enquanto examinava o mar de rostos. Quando avistei Peter sentado ao lado de Joe no fundo, meu estômago deu uma pequena volta e senti o rosto aquecer. Ele me deu um sorriso e me cumprimentou, e eu pisquei para ele.

Minhas amigas e eu tomamos nossos lugares na frente, ao lado do capelão da Força Aérea Real, Reverendo Payton. Harry e seus padrinhos, todos de uniforme, estavam no lado oposto dele. Jimmy conduziu Viv, e, assim que Harry a viu, mordeu o lábio e achei que vi uma lágrima em seu olho. O olhar de amor entre Viv e Harry era inegável, e meu coração estava feliz por minha querida amiga. Vi os pais de Harry sentados na fila da frente, e não havia dúvida de que eles enxergavam o que todos os outros viam, que seu filho estava feliz e loucamente apaixonado.

Jimmy beijou Viv na bochecha e se sentou ao lado da Sra. Tibbetts, que estava sorrindo e chorando ao mesmo tempo. Quando a cerimônia terminou, todos aplaudiram e jogaram confete quando atravessamos o lobby até o salão de baile, onde a recepção aconteceria.

– Eles estão prontos? – perguntei a Dottie enquanto atravessávamos o salão.

– Oh, sim – Dottie disse, me dando um olhar conspiratório.

– E você está? – complementei.

– Mais do que nunca. Vou só retocar a maquiagem.

Dottie saiu correndo, e, enquanto eu caminhava em direção ao salão de baile, notei Peter antes de ele me ver. Dirigi-me até ele e bati no seu ombro, rindo enquanto ele me puxava para o corredor do saguão principal e me dava um longo beijo.

– Olá, querida – ele falou no meu ouvido. – Estive pensando em fazer isso por três semanas.

– Você veio.

– Eu não perderia isto. E recebi sua carta sobre a transferência para Berlim um pouco antes de sair – disse ele, segurando-me por perto. – A melhor notícia que já tive.

– Sim... Liz falou que eu fiz uma boa escolha, e até estou recebendo uma promoção por causa disso. Finalmente estaremos na mesma cidade por um tempo.

– Por mais de um tempo – ele me corrigiu, olhando em meus olhos. Avistei Dottie correndo pelo lobby.

– Vamos. – Agarrei a mão dele. – Temos uma grande surpresa.

Eu estava emocionada e contente enquanto segurava a mão de Peter, e entramos juntos no salão de baile. Eu o apresentei a Liz, ChiChi, Doris e outros amigos quando chegamos à mesa na frente do salão. Blanche e Frankie estavam de pé com Viv e Harry, que realmente pareciam membros da realeza quando as pessoas vinham felicitá-los. Guy veio com uma Coca-Cola e bolachas para Blanche e começou a esfregar as costas dela. As pessoas estavam sussurrando, olhando para o número de assentos e instrumentos no palco na nossa frente.

– Que banda vocês conseguiram em tão pouco tempo? – Peter perguntou, franzindo o cenho para todas nós. – Parece mais uma orquestra.

Joe Brandon subiu ao palco, então, segurando uma taça de champanhe enquanto batia no microfone.

– Viv e Harry – disse Joe. Viv parecia um pouco confusa, imaginando por que Joe era o primeiro a fazer um discurso. – Duas coisas: primeiro, eu gostaria de propor um brinde. Desejando-lhes uma vida de amor, saúde e felicidade. À Viv e ao Harry!

– À Viv e ao Harry! – Toda o salão brindou ao feliz casal.

– Agora, suas melhores amigas prepararam esta surpresa para a sua recepção de casamento, e elas realmente conseguiram. Para seu entretenimento esta noite, gostaria de apresentar... – Ele pausou, e agora Viv e Harry pareciam nervosos. – A orquestra americana do falecido Major Glenn Miller, das Forças Expedicionárias Aliadas, regida por Ray McKinley e acompanhada por sua nova solista convidada, Dottie Sousa!

O público ficou extasiado quando os músicos subiram ao palco. Harry e Viv bateram palmas e comemoraram. Até mesmo os pais de Harry pareciam animados.

– Não acredito que eles estão aqui – disse Viv, rindo. – Para o nosso casamento.

– Você está surpresa? – perguntei, enquanto a abraçava.

– Sério? Em um milhão de anos, nunca pensei que eles estariam disponíveis!

Dottie foi a última a subir ao palco, depois que a orquestra inteira estava reunida, e o público explodiu em aplausos, especialmente todas nós do Grupo F. Dottie ajustou seus óculos, sorriu e acenou.

– Obrigada – ela disse. – Eu gostaria de dedicar esta primeira música para uma das minhas melhores amigas e seu marido. Viv e Harry, esta é para vocês.

Os noivos ocuparam o centro da pista de dança quando Dottie começou a cantar "It Had to Be You".

Flagrei Peter olhando para mim e dei um beijo em seu rosto. Viv fez sinal para que todos se juntassem a eles na pista, então peguei a mão de Peter e fomos dançar.

– Por que você continua sorrindo? – perguntei a Peter, os braços dele na minha cintura enquanto nos movíamos ao som da música.

– Estar aqui com você – ele explicou, respirando fundo e me puxando para mais perto. – Depois de tudo. Eu mal posso acreditar na sorte que tenho.

– Eu sei – eu disse. – E agora Berlim.

– Juntos – ele confirmou, beijando meu cabelo. – Finalmente.

Dançamos e depois jantamos, e Dottie cantou com o coração quando o sol do final da tarde deu lugar à noite. A orquestra fez uma pausa, e avistei Dottie indo para o átrio tomar um pouco de ar. Beijei Peter e disse a ele que voltaria assim que entregasse uma taça de champanhe para ela. O átrio era grande e lindíssimo, com piso de azulejos pretos e brancos ornamentado e pequenas mesas de ferro iluminadas com lamparinas que revestiam o lugar. Era decorado com centenas de vasos de grandes dimensões de peônias cor-de-rosa e rosas amarelas, bem como topiárias verdes floridas. As velas e o brilho suave das janelas dos quartos do hotel faziam tudo se parecer com uma terra de fadas parisiense moderna.

Viv já tinha me ultrapassado, e ela e Dottie estavam sentadas em uma mesa na extremidade do átrio, bebendo champanhe.

– Vocês estão bem? – perguntei.

— Eu só precisava de alguns segundos para recuperar o fôlego – desabafou Viv, colocando os pés em uma cadeira vazia.

— O mesmo se aplica a mim – Dottie disse.

— A vida de uma cantora famosa – brinquei.

— Oh, por favor. – Dottie revirou os olhos.

— Esta é oficialmente a melhor noite da minha vida – derreteu-se Viv. A noite não estava fria; e ela não tinha parado de sorrir. – E a orquestra... Eu ainda não posso acreditar. Obrigada às duas.

— Foi ideia de Fiona, na verdade – Dottie disse. – Eu estava com medo de perguntar no início, com certeza eles iriam dizer não. Estou tão feliz por termos conseguido.

— Eu sabia que eles não iriam desapontar a nova solista – brinquei.

— Também ajudou o fato de eles já estarem aqui em Paris – Dottie explicou.

— Eu amo vocês, garotas – Viv disse. – Obrigada por fazerem isso por mim.

— É o seu casamento, é claro – Dottie observou.

— Não, eu quis dizer obrigada por se juntarem à Cruz Vermelha comigo – continuou Viv. – Foi difícil, louco e nada convencional... mas também foi incrível. Eu ainda não consigo acreditar que esta é a minha vida agora.

— Eu sei – eu disse numa voz suave, olhando para as estrelas. – Olhe para nós. Olhe para onde estamos. Vocês já imaginaram?

Dottie balançou a cabeça, os olhos dela brilhando com lágrimas felizes enquanto absorvíamos a beleza do lugar.

— Vou sentir tanto a falta de vocês duas – Viv choramingou. – Por favor, me prometam que vão a Londres sempre que puderem?

— E você, Berlim?

Todas concordamos em dar o melhor de nós, mas foi com a tristeza de que seguiríamos caminhos separados e fazendo promessas que não tínhamos certeza de que poderíamos cumprir.

— Saúde a você e a Harry – desejei, tilintando taças com ambas.

— E para nós, Grupo F, e nosso querido Cheyenne – disse Dottie.

— E para os donuts... *não*, esqueça, para os donuts não. Eu odiava fazer aqueles donuts malditos – resmungou Viv.

– Como se não soubéssemos – falei, enquanto tínhamos nossas taças juntas uma última vez.

Ficamos ali, por um pouco mais de tempo, rindo e bebendo champanhe entre as flores perfumadas no átrio do Hotel George V, desfrutando da companhia umas das outras e do ar quente da noite de verão na Cidade das Luzes.

Notas históricas

As *Garotas de Beantown* é uma obra de ficção, mas grande parte dela é baseada em histórias reais das verdadeiras garotas Cruz Vermelha Clubmobile, que serviram no Teatro Europeu de Operações na Segunda Guerra Mundial. Foi extremamente útil o fato de muitas das jovens da Cruz Vermelha Clubmobile terem sido escritoras fantásticas, que documentaram suas experiências de forma meticulosa e ponderada. Recorri a seus escritos, assim como às entrevistas gravadas em vídeo arquivadas e a alguns livros inestimáveis escritos por aquelas mulheres, ou por pessoas próximas a elas. Sou mais uma vez grata à Biblioteca Schlesinger, da Universidade de Harvard, por sua ajuda neste projeto e pelas muitas caixas de diários, cartas, fotos e outros materiais arquivados bem preservados da Cruz Vermelha Clubmobile e dessas mulheres incríveis. Um enorme agradecimento a minha amiga e assistente de pesquisa Sara Brandon, por sua valiosa ajuda nos meus esforços de pesquisa.

Para os curiosos quanto a quais itens são fato ou ficção, aqui estão alguns comentários sobre a história:

O concerto secreto de Glenn Miller no De Montfort Hall, em Leicester, Inglaterra, em setembro de 1944, foi um evento verdadeiro e uma emoção para as garotas do Clubmobile que estavam presentes. Glenn Miller realizou aqueles concertos para as tropas em todos os teatros europeus. Infelizmente, o avião em que ele voava desapareceu sobre o Canal da Mancha em dezembro de 1944.

A 82ª Divisão Aerotransportada e a 28ª Divisão de Infantaria do Exército figuram de forma proeminente na história, e tentei ser o mais precisa possível quanto à cronologia e às experiências dos homens incrivelmente corajosos que faziam parte daquelas divisões militares na Europa naquela época.

Quanto a Fiona, Viv e Dottie, houve uma tripulação de Clubmobile que chegou a ficar presa em Vielsalm, na Bélgica, durante os primeiros dias do que viria a ser a Batalha do Bulge. Minha narrativa sobre isso, assim como a fuga e a preservação do correio de Natal, é toda baseada em histórias verdadeiras. Várias das jovens Clubmobile envolvidas nesses eventos receberam Estrelas de Bronze.

A história da véspera de Natal de soldados americanos encontrando soldados alemães perdidos em uma casa de campo de uma família alemã na floresta durante a Batalha do Bulge também é baseada em uma história verdadeira que eu descobri. Ela apareceu em um episódio de *Unsolved Mysteries* de 1995, quando o "garoto" do chalé estava procurando os soldados americanos daquela noite. Não havia moças da Cruz Vermelha Clubmobile lá naquela noite, mas achei que era uma história tão cativante e que se encaixava bem na narrativa de *As Garotas de Beantown*, que acabei incluindo Fiona, Viv e Dottie no meio dela.

A narrativa sobre os prisioneiros de guerra aliados que foram forçados a marchar centenas de quilômetros do acampamento Stalag Luft IV são todas baseadas em relatos históricos arrebatadores. As garotas da Cruz Vermelha Clubmobile ajudaram na libertação de milhares de prisioneiros de guerra no Teatro Europeu de Operações em 1945, e essa parte da história é toda baseada nos relatos reais das jovens Clubmobile sobre suas experiências.

A Cruz Vermelha e os militares dos Estados Unidos ocuparam os hotéis no Sul da França para que soldados e trabalhadores da Cruz Vermelha pudessem se hospedar neles no fim da guerra na Europa.

As garotas da Cruz Vermelha Clubmobile foram destaque na revista *LIFE* em Fevereiro de 1944, mas nenhuma delas estava na capa.

Agradecimentos

Escrever uma história é um processo muito solitário, mas entregar este romance ao mundo exigiu uma multidão de pessoas, e sou muito grata a todas elas.

A Danielle Marshall, minha editora de aquisição da Lake Union Publishing, muito obrigada por ajudar a tornar outro sonho realidade. Que bom saber que você está no comando da Lake Union!

A Alicia Clancy, minha principal editora na Lake Union, sou muito grata pelo seu *feedback* atencioso e pela mão firme na gestão de todo o processo editorial. Foi muito bom trabalhar com vocês, e espero fazê-lo novamente.

A Faith Black Ross, minha editora de desenvolvimento, que alegria ter trabalhado com você pela segunda vez. Seu *feedback* meticuloso e perspicaz faz de mim uma escritora melhor em todos os sentidos. Obrigada.

À incrível equipe de redação: a gerente de produção, Nicole Pomeroy, e a redatora, Lindsey Alexander, e os revisores – vocês são os heróis desconhecidos do mundo editorial, e eu não poderia estar mais grata pelo seu trabalho árduo e sua experiência.

A Gabe Dumpit e toda a equipe de marketing da Lake Union, um milhão de agradecimentos por tudo o que vocês fazem para me apoiar e apoiar todos os autores da Lake Union.

Um enorme agradecimento a meu agente, Mark Gottlieb, por toda a sua ajuda e apoio.

Minha comunidade de escritores é incrível, e sou grata pelos muitos amigos que ajudam a tornar este empreendimento menos solitário. Aos colegas autores da Lake Union: que time incrível do qual tenho a sorte de fazer parte. Fiquei muito feliz por finalmente conhecer alguns de vocês pessoalmente este ano.

Aos amigos escritores locais, Susanna Baird, Jennifer Gentile e Julie Gregori Cremins: nossas conversas sobre escrita são uma terapia para mim. Obrigada por me ajudarem a me manter sã.

Uma das melhores partes dos últimos dois anos foi ter conhecido muitas das pessoas fantásticas que promovem livros e ajudam a colocá-los nas mãos dos leitores. Sou muito grata a todos eles. Um enorme obrigada a Andrea Peskind Katz: você é uma autora campeã como nenhuma outra, e sou muito grata por tudo o que você faz por mim e por todos os autores. Suzanne Weinstein Leopold, muito obrigada pelo apoio e amizade. A Dick Haley, da Haley Booksellers, obrigada por me ajudar a me conectar com os leitores de Massachusetts. Aos amantes do livro e promotores, como Linda Zagon, Barbara Khan, Trina Burgermeister, Kristy Barret, Tamara Welch, Athena Kaye e Lauren Margolin: os escritores e os leitores têm muita sorte em tê-los em suas vidas; obrigada por tudo o que vocês fazem.

Aos muitos bibliotecários da Nova Inglaterra que têm sido maravilhosos apoiadores desde o início, obrigada. Sua ajuda e apoio significam muito para esta jovem local.

Obrigada a meus pais, Tom e Beth Healey, por tudo o que vocês fazem para me apoiar e apoiar nossa família, e por serem meus maiores fãs na escrita e na vida. Para minhas filhas, Madeleine e Ellie, vocês me inspiram todos os dias e serão sempre minhas maiores realizações.

Nada disto seria possível sem meu marido, Charlie Ungashick. Obrigada por me ajudar a encontrar tempo e espaço para escrever, mesmo que isso signifique pedir muita comida delivery! Antes mesmo de eu ter publicado um único artigo de revista, você sempre me incentivou a pensar grande e a almejar mais com meus objetivos de escrita. Obrigada por nunca duvidar que esses sonhos poderiam se tornar realidade. Minha história favorita é a nossa.